家國出獄

U0152232

家國之事，神之小大。

杜國輝 著

序

這是我 2002 年 10 月到 2008 年 5 月從獄中書寫的家信。

每封家信都要經過審查，才能發出。不經意間，家國之事產生共鳴，人之常情。共鳴回繞我心，每每言此及彼，家國相通，命運與共，在所難免。我像那幅名叫《希望》的畫中蓬頭垢面的盲者，一直在撥唯一的琴弦。樂聲卻由此傳開，從官非之地，徑入廟堂。

稀奇之事，心事使然，共鳴即在，希望如許。許多年，信往未來，排山倒海！家國命運，實則一念之差，而心之所系，心之能量，竟動大局，聞和聲齊天，見家國出獄。

難以言說，僅把家信奉上，眉批一二，留心者亦查。

2019 年 8 月 29 日

編者的話

　　書中緩緩道來的是一件奇事，鋪陳在許多年裡而成的奇事，倒是平常真切！所有神話都是忽略了時間綿長，濃縮而成吧。本書細讀，足見不以奇期聖而聖！

（一）　沉思四百年

（如此多年後翻起這些發自獄中的信件，它是何等五味雜陳難以面對，就像下面這篇應邀寫下的文章，也讓主管教育與獄政的副監區長難以面對……結束入監集訓分到監區，每人一信必須第二天一早交發，所以寫到熄燈之後；前來巡倉的江副監區長拿去看起來，想必是有所觸動沒說我什麼，其後監獄文化節他竟向我約了稿——我隨即寫下，但顯然觸及了人們難以真實面對的東西，不了了之。）

如果不是來到這裏，恐怕我永遠見不到這樣的景色——這是四百年一遇的圓月，碩大無朋，正從彷彿冒著煙的火山口一旁升起，好像既意味了末日又啟迪著新生。我因此想起一位名人，前不久他從 24 層高樓一躍而下，曾經困擾令他絕望的一切一切於是乎留在身後……應該是在 10 層左右的高度，我斷定他這時一定後悔了：當只是面對生與死，本來曾經難以承受的困擾剎那間變得微不足道。他已經來不及了。假如，這時忽然間出現一張巨網將他接住，從此，他一定是一位熱愛生命並且常常喜樂的人了。

我們比他幸運。

9

　　此刻，海面一定像月光一樣，滿溢著人們的慶倖。這應該是滿月的潮水漲滿了人間，像收穫一樣。我們本來也可以成為收穫者——當海潮漲起之前，因為滿月我們不難知道潮水將漲到哪裡；漲潮之前有我們的投入，潮滿之時就必有我們的收穫。可是，我們卻為了每一朵浪花搏擊；就算我們確曾在潮漲之前投入，計畫在潮滿之時收穫，我們又怎能經得起每一朵浪花的誘惑？每次都贏，它們可以帶來怎樣的財富！現在，每天，坐在需要我們裝配的許許多多計算器面前，偶然之間，我觸動了這樣一組數字：一分錢，每年翻一番，四十年已是一百多億！只是，它何止是要等一個月圓之夜！錢，我們都贏到過：販毒、走私、貪污、受賄……我們卻是賭徒而已，沒有人能夠存下得來如此容易的錢財，又有誰會離得開正在贏錢的地方！我們忘記和漠視應該做個好人的道理，也無法明白一分錢怎麼竟變成了天文數字。它卻如此簡單，就像滿月的潮漲。其實，一分錢變成兩分錢，和五十多億變成一百多億，又有什麼不同，他們本質上一樣！可在我們心中的觀感卻大為不同。我們實在受不起誘惑，我們又無法忍受寂寞，否則，我們的前途何等美妙……

　　原來，成功的訣竅，是做個好人？

　　只是，我們已被小小的浪花吞沒。眼前，那明月一旁的，並非冒煙的火山，那是水泥廠的煙囪正冒出滾滾煙塵；而明月之中，其實是我們家人的淒然淚下和絕望卻又難捨的哀情；每天朝飲暮餐的始終是我們的苦難；其實我們也許已是社會為之唾棄的一群，我們可能永遠無法再在社會上正常站立……可是，福音仍悄悄響起，雖然難以察覺，卻彷彿在一遍遍叮嚀。也許，是一個奇跡，像這四百年一遇的月色，只是當我們凝視，它才向我們說起。不是在這裏，我們可能永遠都不會注意它，是我們像面對從高樓殞下的將逝的生命那樣，忽然發現了它。於是，苦難成了心靈成長的歷程，非凡的寶藏悄然蘊於我們的心中；然後，恰似神明一樣，已為我們擁有，卻註定是從必經的最痛中，迎來我們璀璨的新生……

喜悅和著月光的旋律，令我心中充滿感謝，使我相信自己的富足。明月，彷彿專程從四百年前趕來，向我們，做出證實。

國輝 2003.5.8 於獄

（二）　　罪犯當道

（見面總得介紹自己，我說慣了的套話是我無罪，如何如何……離開入監隊前，我婉拒了可以辦我留在入監隊做協管的說項：一位說客是曾任廣州市府秘書長的犯人，他不時給我點肉食，而三百多人菜裏的肉食分明是都集中到了他們十幾位協管那裏；另一位是曾在此地經商的北京商人，我總被他招去由他管物的房間裏規避一些辛苦——他們不過是在努力為主管分配的黃副監區長招攬生意，卻不知我實在是深受其害，早已恨透了這一套；顧不上現實利害，但我也不能顯得精神不正常呀，所以只說案件馬上可以再審，推搪過去。實際上，這成了我接下來一路推搪的套話了——也就是下面這一套說法，即使是賊們聽著，也都罵著，他們更難以置信會真有什麼再審。在我下隊之前，接我入監時像見到一塊兒肥肉的黃副監區長，他把一位生病的入監集訓的窮犯人認定為裝病，虐待致死；其後的法醫報告，卻變成了陳舊傷發作——他竟然也一臉清秀而且甚愛文藝，離開了這個減刑可以快得多的地方至今，我仍在思量他的靈魂……）

來這兒之前，他們已是第三次關了我！此前，我們一家六口抓緊去海南過了春節。四個孩子，最大九歲最小三歲，我們歡天喜地盡情玩了一個月，我就又被人合法綁架了——是我自己打電話去問抗訴為什麼還不開庭，主管的法官聽說是我就把收音機開大聲音，讓我想起一審判決無罪後主審法官專門叫我去，告訴我應該息事寧人；我實在沒有使他怕人聽見的話可說，他也就在兩天後當庭發回重審把我收押了。接著，就又聽家裏傳話給我，說是中院主管刑事的副院長弄錯了似地把電話打到我家來說他是誰；其實早在不起訴之後又追訴的時候就有後來當了政法委常務副書記的公安局主管副局長打了三次這樣的電話到家裏，自報職務和大名。只是我家人比我更厚道，只相信法律。常態來說，我們自救的機會一一錯過了，這反而讓他們惱羞成怒。

其實，最易產生經濟糾紛的公司業務我做到 96 年底就已經全停了。在香港授權資本制下我老老實實只註冊一萬元的一間有限公司和另一間獨資公司其所開立的信用證總額將近五千萬美元，這在當時已經是我這種“個體”轉口商所能做到的極限了。我想接下來做點投資吧，有些初步的想法。這時，一位不時來電話神侃似乎很有來頭的北京中間人約我替他一位廣西貴港的客戶開一張小額信用證，我漫不經心答應著掛了電話，隨手給了他一份很難接受的合同；誰知他那邊竟立即簽了，更沒想到，我不在時家裏來電話說已經有人送了匯票來要見面。我實在無暇顧及而且那個即付定金的合同實際上已經逾期他才來，就讓回絕了；可是，接著，他竟直接電付並傳真來底單！事情挺蹊蹺，給他安排開證吧就不免要查一查，結果就發現了：他約開信用證的目的港封航建壩！頓時，神侃而來的前前後後也就成了形：是群小騙子。我還挺有風度，電話裏明白知會他們：已悉騙情。我心想還不趕快求饒？這時，家裏第四個孩子正臨降生，A股市場上我也正在試步，於是一晃兩三個月過去了；偶爾給他們撥去一個電話，竟也無人接聽，使我心想他們是做賊心虛吧？每天，我喜歡信筆寫下十分鐘的日記，當時手頭一本日記正好從98年4月5日記到6月10日，於是兒子出生之際到他滿兩個月其間事態影影綽綽都在其中了——我沒想到，賊人不會心虛，是我搞錯了；賊人何心之有，他們無所不用其極！神侃也並非完全騙人，他所說認識的權貴也確有其人，而且得閒——家有金屋也樂得偶聚之時有人手邊遞上一枚小戒指，是心情好吧，就把案立了。我本來是想賊人會來求饒，拖兩天就退款算了，可一聽說有人買通公安前來干預經濟糾紛，使我非常抗拒。這也是本能吧，而且很快昇華到剛剛宣佈的要依法治國的層面——我把封航其前後究竟寫了申訴給局長傳真並信訪遞交，這很快惹來一組人馬夜襲我家。我竟還報了警，而且，來抓捕我的四位公子哥一樣的警察竟被我弄得像沒經驗的綁匪一樣無法近身，他們只能在幾米遠處喘息，我這時再次報了警……

他們把我人關了，便壓我家人講和，開出的條件是：退款，由律師具狀絕不反悔並付八萬元。大約這是以小小行賄即論為彼此同船了吧，卻被我家人告上市人大。這就鬧大了，而且牽扯權貴，必須成案其方得穩妥，於是他們設法上程序先把檢察院裝進來，就報了捕；移案檢察院前，他們擅自賣了股票然後把錢包括所謂孳息一併開了張匯票交給一位姓方的中間人，一舉分贓。他們滿打滿算等我不起訴回家時絕不敢再找他們的麻煩，我也確實領教了中國法治其實，正如坊間懂行的百姓都說：碰見公檢法踹你一腳，你就當撞見個瘋子，別理他它算了。問題是，我在 400 天的監禁裏鑄成了一個由兒子生出的夢！"我有一個夢，我有一個夢……"這彷彿天上飄下的聲音超越了古往今來的現實，使我變成了一個永恆的什麼；倒像是我瘋了，我就跟踹我一腳其實是最正常不過的一夥人過不去了，只是我實在沒有想到──這一夥人，可真強大！

一方面，他們是專家──拿了一份我的日記片段讓我簽，裏面可以多種解釋的語言有他們捕風捉影而來的犯罪故意，我發現這位偵查員似乎若無其事卻恨不能拿起我的手直接簽字畫押；我竟簽了，也給他們按了手印！見他樂得像發了大財一樣，我自忖：既然有了片段，就有整本日記，恰還事實本來面目。不起訴的時候，這本日記他們沒來得及退出案，就在一審判決無罪後交給我，又是那般若無其事讓我簽字，我也簽了──因為，既退日記原文就算他們舉證那個片段，只要我舉證日記全文就會使他們必須承擔用日記全文影本證偽的證明責任……但是，他們不僅是專家，他們還擁有幾乎沒有制約的權力，以致經市場流通而成了官官相護同舟共濟，使他們幾乎萬能！我實在沒有想到，這件我尚不知原來是由權貴交辦的小小案件，竟會經歷整個司法流程！其中，惟有法律被蒙上了眼睛，而那個手持法律天秤的著名雕像所代表的司法者，卻一直轉悠著賊溜溜的眼睛……

國輝於六監區

（三）　　悠悠太極

（這是還在看守所時寫的信，送監之際，尚未讓律師帶出的日記都被銷毀了，信就讓發了。所謂一級看守所，不怕你傳出他們違法的證據那才是怪事。從 01.3.2 到 02.10.11 一年半多，在這裏經歷了發回重審後的一審二審——一審無罪判決都寫好了，卻被二審中院先行上調研究卷做出有罪判詞；二審庭審之後竟不讓簽庭審筆錄，而是在兩個月之後法院書記官托了公安局的熟人溜進看守所讓我簽面目全非的筆錄，以致我補遺良久……原審無罪回家期間仍未痊癒的皮患，也越發深重，彷彿司法腐敗一直在我周身糜爛。）

媽媽生日那天我從郴州老屋想起，想到紫金山下那座生出我們的鮮花和松柏的院落，想到媽媽的如意和不如意，媽媽的忙碌和心意，想得淚水連天煙雨茫茫…會好的，天意總是回應人間真情！

我的事雖其來頭洶洶，卻只是管事者一句句假話支撐著。武王伐紂時，紂王七十萬大軍終不敵武王三千五百虎賁一擊，因為太多的奴隸太多的腐敗一觸即潰……四年來，我們一家人同舟共濟；就算面對更嚴酷的現實，也必須堅持——鏑帶著孩子們等我，用我的精神培育他們！

我們打的是太極拳，只是慢點，但勢不可擋，皆是對方的所為對方的力量，還予對方。現在的情況是，對方用盡其所有，事已不歸。事情本身卻簡單之極，解決之時會覺得滑稽——竟然這麼久！畢竟事情早已脫離法律的軌道變成了別的！要說戲劇性轉折、卻明明事本如此——也許太極拳正在於這份簡單，卻因此神奇。

人民日報那裏內參登出使最高院立案監察了，它照理對事情的發展會跟進（就算不即時反應），對方則會設法解決它，像星球大戰裏黑武士說：你想不到我們有多強大⋯⋯看來你們不用擔心我的情況，因為我總是相信前途並心懷喜悅而感到滋潤！莎士比亞有句名言："囚我於果殼之中，我仍自以為是無限空間之王！"那位愛因斯坦之後的理論物理學家霍金並未受困於頸椎以下癱瘓的身體，最近又寫出了《果殼中的宇宙》。我也從我果殼中遼闊的宇宙，把好消息告訴你們：至愛而至福！

國輝 2002 年 七夕

（四） 災難很美

（這就是我來到六監區的第一封信，我哪裡知道會一寫這麼多年而且彷彿寫到了天上……當晚查倉的江副監區長是第一位看到了它，不久之後在一次車間犯人組長逼我買工位而故意為難我的衝突裡，他用電棍電了那位其實是在為王監區長賣減刑的得力人物。這就弄出了大事，以致於他以難以開展工作的理由打報告請調。結果，換來了一位新的副監區長並加派了一位教導員，都是從部隊下來的耿耿直人，且是紀檢書記專門談了話特別委任而來。）

終於可以寫信了！你們的信都已收到，三個月來滋潤我慰籍我還讓我看見勝利。曾在擔心爸媽身體的夢中驚醒，流了許多想念牽掛的淚；想到姐姐勞心費力、媽媽年邁哀傷、哥哥默默相助，想到鏑愈像我想像那樣堅強、依依那麼聽話、亭亭心中的陽光和送別的歌聲、三兒看懂了照片還有愛和天使，和卓卓那讓太陽看見都微笑起來的鮮花……我們的痛苦和堅強，我們的信心和鮮花，只要奉獻就定有回應，像鏑一路唱的，像我從心中看到了的。不會徒勞無益的，起碼我對你們的愛不會是無用的，我認為它法力無邊，必將成就。

　　是五個月前我給爸爸沒能發出的信裏寫道：月寄深情，使我心想，照在爸爸生日的中秋月上，是否有爸爸的目光就像小時我在爸爸身邊午睡爸爸嗤嗤笑著禁止我轉動閉著的眼睛時那樣，正在望著我？也記起曾玩了一夜電腦遊戲，我卻對勸我睡覺的爸爸亂發脾氣……不知自己現在的淚水和思念能否讓爸爸感覺我的愛、不知我的愛和祈禱能否使爸爸長壽和幸福；還有，我的作為和命運是否承繼爸爸的精華，終成碩果！記得我寫道："可貴的往往是毛澤東困境中《沁園春·雪》那樣的胸懷，才有他西苑閱兵時的淚水──那時迎面而來的，已是百萬人的歡呼……"並非我對現實不瞭解，難道不是我經過了這些現實？我的問題可以解決是因為它已變成給不給人們希望的問題，所以有完全的勝利，變成一個象徵，其實只是一次報曉……我想起媽媽在北京十·一學校醫院看我時的情景，那時我一直在窗口望著媽媽穿著黃雨衣騎自行車遠去，那麼遠的道路，是從郴州那麼遠的地方而來嗎──給了我們生命、許許多多的關心和愛；那邊還有郴州老屋夕陽下曾外祖父的歎息、陶淵明式的理想、博古通今的才華、後繼無人的哀傷，和那夕陽將下……夕陽將下的絕望，如此痛苦，是我在去過那裏一星期之後簽了那個涉案至今的合同後才能體會到的。也許我能撫平他們的創傷，只有我才能實現那份遺志？從鏑和孩子們的信裏，我看到我的精神確有共鳴和伸展，我在隔絕中（如同郴州老屋的隔絕）真的能在世上成功行動著，不僅取得目前的勝利，還可以隨孩子們長大的步伐取得如今世上暫難徹底取得的勝利！我覺得這不僅讓先人微笑，如果有神靈，也都會一齊微笑了！像亭亭心中的陽光，像卓卓微笑的太陽，三兒那些畫在從天而降的禮物中唱歌跳舞的我們，還有美景中與我們的思想在一起的天使……我中秋時給鏑的信曾說："見你在藍洋泉中急切地幫我找掉在水裏的結婚戒指，我感覺是有天使正在一旁欣慰地笑著。從 90 年 10 月 26 日早晨醒來信手翻來的'愛是什麼'，不僅是愛的箴言，而是正在翻開我將一生面對的一顆心！它使箴言成為真實可愛，奉獻成為幸福，苦難釀出甜蜜。雖然我們像靈魂一樣相對了太久太久，但我們竟可以像外星人那樣從心意中作愛，難道每次當我們擁有時不正是一片心意嗎？那麼，當我們真正在一起時，天邊的彩虹都要升起了！"從鏑和孩子們的信中，我看見我的每一片思緒都有共鳴、開出花朵！這讓我欣慰、驕傲；雖然我從來都確信如此，也仍然驚喜、慶倖、感謝……

國輝 2003.01.23

（五）　　肺腑之言

（2002 年 10 月 11 日被送到監獄，沒身份證辦不了入監手續，臨時收下就沒讓剃光頭，直到鏑 10 月 15 日趕來——充滿希望的神情，是因為手握七名港區人大代表提請再審的意見了嗎，是因為更多的專家論證和情況反映在新華社內參刊登了嗎？鏑離去時一再回頭端詳我的臉色和狀態，彷彿只對我放心不下了，只要我能再承受最後一程，我們與法治的勝利就完全不在話下了。我也寧願這樣相信，我沒有回應這裏監區長"儘快從他媽這個門走出去"的肺腑之言，漸漸成為包括了官非的整個官場現實買賣環境中的另類……）

現在有機會用一定篇幅寫一下周圍的環境，讓你們粗略瞭解。

從 10 月 11 日到達這裏，所在的 14 區主要是背誦行為規範和進行隊列訓練，很嚴格，許多超過十多天仍不能背誦或隊列動作不標準者，麻煩多多。我是一天背過了，隊列動作據說屬於"優秀"，處境於是相對是輕鬆。尚不能買東西，家人送來吃的也暫時拿不到，所以三個月來清理了多餘的脂肪，大便已像食草動物。不能看報紙看電視，一條土江從日出的地方流過來然後向日落的地方流去，成了每天看了又看的。三十人一間屋，但適應後，作息起臥吃喝拉撒仍然可以井井有序，也仍然能夠靜下心來。每天形形色色的人形形色色的事自有他們的命運，在這寧靜的江邊，讓人感觸許多事態人情，明白許多真知至理。有些活動，得以瞭解外界：參加拔草，見到了這裏的全貌；參加十六大開幕前的歌詠活動，是被拉去朗誦幾句，以及參加新年前的籃球、拔河、象棋等比賽活動，都使身體增加不少活力。有幾個朋友，像廣州市駐京辦的主任及中關村的商人，也是這樣認識的；無法拒絕他們的幫助，少許吃喝也的確增加不少體力。陽光、空氣、水，帶來純淨氣息，使我常發現頭髮和鼻毛根黑頭白，並讓我感到返樸歸真。他們勸我留在14區或到其他後勤區，說可以減得快，還主動幫我去說，但止於我的沒有反應。我想不必了。於是1月22日來到了六區。

生活完全不同了。也是一個小院和宿舍樓，但有了自己一人足夠的床位、也可以在適當時間到小院散步運動，或在文化室看電視，也恍若隔世見到了許多報紙。並且，終於吃到了鏑送來的東西。不夠的部分，一個開空頭支票的和一個所謂冰毒皇后手下管財務的一定要給我，無法拒絕。每月五號訂購，我可以還他們。這兩人我只是欣賞他們愛讀書，但一個是讀民企經營而苦苦尋找出監後的項目和如何拓展關係把握權錢交易的發展思路；另一個則據他說是通過函授就已經過了醫士考試卻又在拿衛生部研究所的什麼相當於碩士的全科學位，當然他撚了撚手指表示是私下送了錢的。他竟然有關於我所有報導的剪報，並顯示對法律有相當深入的認識，尤其是關於如何減刑的。這裏每天（春節前上下午晚上，而節後起只白天八小時）的勞動，是電子車間的活兒，任務是生產線上流程下來的貨不堆積，完不成任務沒有嘉獎，一年沒有十個嘉獎就沒有減刑；通常投入勞改後一年半有資格報減刑，是否呈報就要看嘉獎數，以至是否表揚以至是否積極分子是否立功⋯⋯這裏氣氛似乎輕鬆一些，無論勞動量和管理都是各區中比較適度的。春節文藝晚會是大家在主持之下卡拉 OK，這裏王區長唱了我 1996 年唱時媽媽連聲說好的《祈禱》，令人感慨良多——當時我是求財求福，如今呢，亦求法治。

我 1 月 23 日，2 月 6 日發出了兩封信。每月只能寫一封信，這封信是例外。每次來接見的時候，想再多見並時間長且條件好，不知是否需要找找熟人。控告之事如何，比較關鍵，不然又被玩程序，就會很長時間，過了風頭⋯⋯我想我應當仍然相信。只要盡力，我們就會很快團圓。就像這裏王區長春節之時一吐肺腑之言：「希望大家都能儘早（他媽的）快點快點從這個門走出去！！」

我也用肺腑想念你們，呼吸你們無時無刻同在的愛！

國輝 03.2.8

（六）　　同心同在

（節前得幹到夜裏十點的活兒，節後到六點就算完了；晚上看完新聞和訓話完了，就可以下樓來繞著小院順著人流做些運動，令人大為振奮。港人監區率先按八小時工作了，其他內地人監區晚間照常出收工的隊列喊號聲也格外讓人感到慶倖。據說是花錢多就有得照料，醫院還有教學樓監區甚至搜出過成桶的手機；花錢買了要位的犯人何止是有人供奉，甚至還有錢賺呢……有人賭球，分明是有手機下注。當然也來跟我攀談，是個東北人，賦閑了的犯人頭兒，曾經經手太多減刑買賣吧，狂起來連監區長都敢冒犯，所以掛起來了。他地位超然，癡迷賭球，既拉我參與他自有一套必勝公式的賭博，又示意我減刑如何弄個值當的工位會有什麼樣的成績。我虛懷若谷，只說案件會有再審，亦似考慮減刑如此這般且驚奇他有如此大富大貴的數學頭腦，豈不賠死總是豪賺的博彩集團！我只有在內心深處，在神秘園裏，感受同心，體會同在。）

哦，羊年了！從去年 6 月 7 日對方的判決就已經送上這份註定將落到我們手中的禮物了，卻需要我們怎樣非凡地戰勝自己啊……

我不免反反覆覆看你們的信，以後記在心裏了，又會在任何時候反反覆覆想起來。我可以常常讀到你們的心聲，然後又從你們的心聲讀到事態，也許是你們也正揣測的事態。這件事不簡單正因為絕非我個人的事情，直接有關的人就已不少，間接有關以至政治上涉及到綱領實施的政策與策略就更廣泛……成敗在此，使命在此，正所謂身不由己。是什麼引領我們到了這種境界，其實《破曉》可以告訴你們那時真實的心路：以為對方不敢妄為，果然如此妄為，不是我們的不幸，而是他們的不幸。所以我從不抱怨，與現實的衝突剛好合上了這時代要變革的節拍；給我們生活帶來的痛苦無論多麼無以復加、多麼漫長，只會是幸運的歷程。儘管這變革並非短期之事，我依然報曉！也許黎明前的黑暗連星光都吞噬了，這只雞又似乎醒早了，報曉之後便很難過；但曙光初照之時，豈不迷人……第三段的歌詞是："啊，清晨，天已燦爛！我宣佈這世界並不黑暗！讚美希望，讚美信心，讚美清晨，是我的歌！"人們講利益，實際運作中政治利益如何平衡；而我們，竟然已經忘記了利益！

我的亭亭：想念你！你迷人的話語，貼在信上趣怪的老狗，讓我想起許多。還是你剛出生我去看你，只見護士推你的小車上伸出一隻小手，那是你第一次向爸爸打招呼喲！終於見你的面時你已在媽媽身邊，我貼近你的臉時卻會有這樣奇怪的感覺——爸爸甚至感覺到依靠！也許這是你許許多多年後的神韻，是爸爸總在說的"我的四十多歲的偉大的杜思亭"吧，還因為你的成就是最"實實在在"的吧。這可能正是因為你曾太理想化而忽視眼前的關鍵之處，忽視了細節；不過你會像一歲時騎上依依不敢騎的木馬驕健地搖起來，當摔下來時你會立即再騎上去，然後才哭起來……你有響徹船上、也想徹整個海灘的哭聲，但後來你不哭的時候，爸爸卻想念你的哭聲。姐妹們跑到前面了，你會一次次回來要牽爸爸的手，當時我讓你去追上她們，現在我卻想緊緊握你的小手……你來到媽媽肚子裏之前，爸媽曾去遙遠島上的一座廟叫法雨寺；當你出生後正好百日，家中的門被人敲開了，爸媽驚奇無比的是：來人手中拿了蓋著法雨寺印章的介紹信，她們來化緣！你出生的日子也正是24節氣中的"雨水"，你從小水多——淚水、汗水、口水，也許像法雨一樣的水早已沐浴你，你的一生都將甘露淋漓，既遇坎坷總化通途，每有困境終將成就。你的哭聲說明你感到不快，你不滿現狀懂得努力，所以你才贏得歡笑。很小的時候你怕黑雲，放你到衣櫃裏你使勁哭，可後來爸爸見到你自己站在櫃中擺放校服，還驕傲地笑呢。是啊，你現在都能理解爸爸所經歷的事情，將來你就一定會有偉大的成就。為了94年2月18日15時30分，爸爸滿心感謝並在你九周歲時深深祝福你！愛你！

　　鏑，你 12 月 11 日、24 日、30 日的信，不僅讓我欣慰，還讓我奢望勝利在即，因為畢竟我們正在戰勝自己，有望大路朝天！我們已如此相通，更盼像 12 年前一樣，洞房花燭，以證神明。附上去年為三兒生日所寫，與你同在；一定注意，細心照料好爸媽身體……

　　親愛的三兒：爸爸給你寫信是因為你的生日要到了！爸爸總記得說你將來是女王時，你好看的大耳朵非常溫柔地朝著爸爸。從幼稚園回來的時候你卻朝爸爸歎息："能不能不做領導人啊！"那時你還說不清楚話呢，你咿咿呀呀的聲音卻是爸爸最喜歡的音樂了！爸爸在生你之前很久就曾對媽媽說過，甚至在還沒見到媽媽時就在心裏想過："如果生個女兒，是在 11 月，像我，會很好！"是在青島，天已經黃昏了，爸爸坐在一座寺廟的庭院前看著將要落山的太陽，心想：如果手中的錢幣投進那座遠處的銅鼎中，就會有奇妙的幸運。爸爸真的一下投了進去。第二天晚上爸爸回到媽媽的身邊，月光映在整個海面並且一直鋪到大床上，爸媽感覺到非常奇妙的歡樂，並把這歡樂永遠留了下來——我們的三兒就這樣，在無邊的溫柔和無邊的歡樂裏，產生了。十個月後，三兒出生時，爸媽還在唱著那首"明月幾時有"！雖然這是讚美月色最好的歌，也還是比不上那一晚爸媽心中的月色。

你是趕在小雪之時出生的，所以你出生時很小，才五斤六兩八錢；你好像生怕誤了爸媽喜歡的出生時間！你在爸爸懷中非常溫柔，臉上好像只有一雙會說話的眼睛。爸爸哼你的歌時，你柔柔的樣子使一切都變得溫柔了。是爸爸把天上的月亮第一次指給你看，你看了很久，就有了那張照片。還在你一歲多不記事的時候，你就會因為爸爸的事情總在磕頭，奶奶說："三兒在為他爸爸祈禱呢！"爸爸這次離家前的晚上，你一次又一次和爸爸擁抱，這邊抱了再那邊抱，然後睡前悄悄對弟弟說："我不想讓爸爸走！"可是誰也沒有告訴你爸爸要走啊！

爸爸有時對媽媽說：三兒是真正聰明的人。雖然你那時還總不能把話說清楚，還在唱："樹上有許多大屁股（蘋果），一個一個摘下來……"爸爸因為你總是慢吞吞吃飯而生氣的時候，你卻問："爸爸，你為什麼要生氣呢？"到現在，爸爸還在想："是啊，我為什麼要生氣呢！"爸爸記得你歡樂的樣子——三歲時，第一次在爸爸手中下水游泳，你驚奇水那麼柔滑舒適；從水中滑梯一次次滑下，你歡樂地嘻著嘴，讓爸爸笑著說："快看啊，大美人兒！"

可能歡樂就是一種聰明吧，人在歡樂的時候沒有什麼事情顯得困難。生三兒的時候，天地間像月光鋪滿天空大海和爸媽的大床那樣充滿歡樂，所以我們三兒也歡樂，不怕困難，十分勇敢。三兒其實就是歡樂，所以叫欣怡。有一天，學習也變成了歡樂，三兒會成為學校的女王；有一天，工作也變成了歡樂，三兒就會成為社會上以至我們這個世界的女王……三兒在家中歡樂，現在是爸媽的好女兒、姐姐弟弟的好姐妹，將來也會是一位幸福的女人！

現在爸爸祝你生日快樂！其實，爸爸在 96 年 3 月 2 日已經把歡樂賦予了你；五年後這一天爸爸暫時離開你，但再見你的時候，歡樂一定使你更加美好。那時，讓我們共享歡樂。想你的爸

鏑：念給三兒聽吧。再到生日，孩子們都在的時候再念一遍，唱生日歌，許願、吹蠟燭、噴彩條……

為 10 月 26 日和 11 月 10 日給你的信中曾寫："……可能我在 90 年 10 月 26 日早晨醒來偶然翻開的，不是聖經中那"愛是什麼"的箴言，我是翻開了我要一生相對的一顆心，是從兒時就想做新媳婦的可愛夢境。我從中可以汲取源源不斷的愛，要比愛的箴言甜蜜，也使神境成為真實。是啊，聽不到你有什麼美妙的語言，可你的心聲為何如此迷人，連家中的花草和小鳥也會默默地愛你。就算你錯誤不斷，你的忠貞卻能把錯誤變成奇跡，而綿長的苦難中必有神賜般的碩果……雖然你未必理解我的理想也未必相信它，卻只有你真切感觸到它，而且

把它們一個一個生了出來……在活生生的世界上，我們卻像靈魂一樣相對了太久太久。這反而使我們知道，人生的確不只是肉體，而靈魂是永遠不息的。在心中，愛可以傳遞，也只有在心中，愛才能完美。每個作愛的高潮豈不是一片心意嗎，肉體只不過使它格外真實！漸漸，我們也會像外星人一樣從心中作愛了；那麼，當我們真的歡合時，天邊的彩虹都要升起了……還有憐惜、心疼，是的，我常常這樣掛念你，有時竟像思念奶奶那樣淚水連連。畢竟，天意尚未明瞭，我說出來你也未必相信，但你記得在大衛墓上我們受過的祝福嗎？我們的路上已有處處奇事，而五年來只是一個更大的奇跡尚未完全顯露。我的喜訊暫時像個傳說，在現實人生的急切貪婪中飄渺無用；可是箴言中必有奇跡，只是到時你我都不會像常人那樣稱奇罷了，因為奇跡只是我們真實的足跡。(壬午寒露)

國輝 癸未年 正月初一

（七）　　戰勝自己

（又到三月二日，抗訴開庭一別兩年，而離開這裏入監隊來到監區過所謂正常的牢獄生活，已經一個月。好像什麼事塵埃落定似的，我回過神來打量自己，從電鍍的減刑成績公示欄框，我能照見自己眼袋深深的樣子，嚇了一跳，想來已然是兩年沒有好好睡過覺了。湊合了太久了，總把監禁當作即將戰勝之事，回家就在眼前，其實是在用幻想麻醉自己實難承受的痛苦吧。為什麼不能面對它呢，努力過好每一天不好嗎？每天的運動，每天的讀寫，每天勞作時神思遐想，每天的安睡——夢依舊做，而堅持就是幸福。據說流動圖書車要來，據說下半年會把自學考試辦進監獄，這對於我來說豈不是荒漠甘泉嗎？我決定有所改變，我為此調侃坐牢："坐一年少活一年，是虧大了；坐一年過去一年，悲哀；坐一年多活一年，沒虧；坐一年多活三年，賺大了！"）

戰勝自己的人，就會從謙卑和喜悅中擁有智慧！其實困難全看你怎麼看，相信和不相信勝利，區別會很大。最重要的是自己怎麼樣，從心態上來說真的有神亦有鬼。經歷過目前的情況，事情的結局其實順理成章，關鍵要人得其修。姐姐，記得你說起打方方的事，我心中暗暗驚訝——出於愛，打自己心愛的孩子，是在幫他定位呀！方方現在的狀況可以證明他一向是錯了位，就是不該誤以為自己是世界的中心。一向以來他倒也為你做一切，那是你讓他做的一切——人家不容易，都做了，卻始終沒有自己的心向；終於他有了，想要女孩子！如果有個品學皆優的女孩倒可以慶倖，他也許因此有了為自己而學的願望……失敗之時，世界的中心不再，一個十歲了都不敢從一尺高的地方跳下來的孩子，你讓他如何面對現在這一切。現在，你再怎麼心灰意冷、抱怨多多，反而要多多鼓勵他了，然後讓他面對後果……都說浪子回頭金不換，是說對人生有了刻骨銘心真正體會的人才真正寶貴。方方的教訓現在來得不早，但千萬不要拖得太晚！珍惜它，在社會打來一記響亮的耳光之後，讓他承擔後果重新定位，真正開始扶持他。

　　孩子們，見到你們的獎狀和老師們的誇獎，我很感動！成績你們以後還會取得很多，而且越來越大、越來越驚人，越來越是你們的樂趣所在，可是你們現在的成績卻可能只是為了讓爸爸高興才做到的！你們為這些成績付出了多少辛苦，少看了多少你們愛看的卡通片、少玩了多少你們想玩的遊戲，小小年紀，讓爸爸也像你們媽媽一樣要擦眼睛了！我覺得你們就算從此愛上了學習，也要注意休息，更別忘記玩。玩也是一種學習，當然，你們已經開始覺得學習好玩了吧。那你們應該讓自己學習和生活像音樂一樣充滿節奏——好玩的學習會讓你們緊張、競爭，那另一種學習是玩則會讓你們輕鬆舒展，有快有慢，有緊張刺激又有任意和輕鬆，才會是好聽的音樂，你們才會漸漸知道自己的志向，而有更多的樂趣！在你們的樂趣中，你們將會走向真正的成功。這樣，你們就漸漸學會了承受困難——當你想做成任何事情，越難做到也正是別人通常都會放棄的，成功的時候才是最寶貴最讓人羨慕的。你們今天學到許多知識當然重要，但更重要的是你們逐漸磨練了能夠承受多少困難，這才是成功的關鍵。要能承受困難，首先要有信心，正確的事情就不要放棄；我們的信心源於愛，是你們愛爸爸媽媽使你們有決心承受許多困難，才取得你們學習上的成績，有了讓爸爸媽媽無比欣慰的獎狀！方方，就是因為從小沒能樹立一個發自心底的願望也沒有養成能為實現願望不怕困難的習慣，更沒有為了願望樂於經受困難的高尚精神；他只是在為了他媽媽的要求學啊學啊，又是獨生子，從來沒有真正嚴厲的管教，所以真正面臨社會的壓力時就無法承受。也許經歷過這次困境，他戰勝了自己，他能變好？但是，二十多歲才開始總比你們現在差多了吧。從前不想讓媽媽把爸爸的事情告訴你們，是怕你們誤認為人生不再美好。可是當你們知道以後，你們不僅自己堅強，學習和生活也都變得這般出色，而且還使媽媽的信心不再孤獨；你們確實使媽媽變得更有信心，她因此更能戰勝自己，這是勝利的關鍵喲。爸爸很久以前看到耶穌的話："應該向孩子學習……"這是因為孩子們的目光往往簡單直接看到了真理吧。我的四個寶貝正是這樣呀！你們因此開始有了人生最重要的信心和勇氣，因此你們已經不知不覺走向智慧，也走向真正的歡樂……

從卓卓滿月，就開始了爸爸現在經歷的事，而現在，卓卓就要滿五歲了。還在媽媽懷三兒的時候，爸爸在看一本書是《從愛到神》，爸媽已能感覺到這本書所說的，爸爸就對媽媽說：“再有一個孩子，會很完美！”香港回歸那天，正是特區政府宣誓的時候，媽媽對爸爸感慨：“這是最好的了！”正是爸爸讓媽媽感覺到完美的時候，正是為了特區政府成立而奏過了《茉莉花》之後，我們不知不覺已經有了一個男孩子。那天早晨，空氣中彷彿還有茉莉花香，我們來到黃金海岸的堤上，雨後的清新中我們唱著《茉莉花》，這種氣息到卓卓出生時，我在朝陽中透過玻璃看到他時還聞到呢。那時真安詳，媽媽也正好被推進來，特別欣慰的樣子，驚奇我已經找到了卓卓，而且知道是個男孩……這之前我曾開玩笑說：“孩子太多了，這個是不是不要了？”我奇怪的是，大家竟然同意了。是啊，孩子太多負擔就太大，而且再生很可能仍然是個女孩。雖然心裏特別在意想要個男孩，因為男孩才能傳宗接代，這竟然被科學證實了：“男孩攜帶的遺傳比女孩多。”你們可能覺得奇怪，可從古至今的人類甚至包括動物都本能要將自己遺傳下去。可是關鍵的時候卻因為沒有信心，差點失去卓卓！後來奶奶曾問爸爸："你當時沒有一點猶豫嗎？"我說："沒有！"也許將來奶奶又會問爸爸現在經歷的事沒有一點猶豫嗎？爸爸也仍說："沒有。"卓卓其實是憑爸爸的信心，"從愛到神"，來到世上；而且爸爸還要為他鋪路呢，從他出生就降臨的一場離奇卻命中註定的災難中，不僅爸爸的信心，就連媽媽信心、全家的信心都受到了考驗。而卓卓呢，你也感覺到了吧？爸爸回家時你會攔住爸爸的車不再讓爸爸走，送你們上車時你會從窗口招手讓爸爸趕緊上車；爸爸在軍艦上抱著媽媽時，你會滿意地笑著扭過頭去。一直以來爸爸只能在思念中用媽媽的手撫摸你。真到和你在一起，又因為你膽小和總向媽媽撒嬌讓抱而打你的小屁股。因為，爸爸覺得經受一切苦難而有意義的是：勝利的話就可以預示卓卓將來的成就，這件事必定是一脈相承的——卓卓有多好、有多讓爸爸掛在心上，不想多說了；卓卓能不能經受並克服困難才是讓爸爸擔心的事，因為現在卓卓好像難免有點太是媽媽的小寶寶了！有沒有問題，可以做個測驗：卓卓有沒有想獨霸媽媽的愛？如果有，卓卓離軟弱和可憐已經差不多了。方方過去就是這樣，他甚至連他媽媽和人聊天時也要插進來搶走他媽媽的注意……其實方方從前所學的專業很可能使他非同一般，最早和他同專業的是個英國人叫牛頓，因為他發現蘋果從樹上掉下來，使人發明了蒸汽機，整個世界因為他的發現進入了工業時代；後來又有個猶太人叫愛因斯坦也學這個，他發現速度越快或重量越大的物體上，時間會變慢，他開創了原子能時代，以至現在已經說到了暗物質和反物質。爸爸想，現在是否需要人來證實時間消失或重量無限時會有什麼、證實天人合一和人體的潛能是怎麼回事？好比人們的頭腦只用了 5% 不到，它的能量被人們的焦慮和煩惱困住了——人們太貪婪，被欲望搞得糊裏糊塗。假如有人能證實經常出現在人身上或多或少特異現象的原理，最偉大的能量就會開發出來——人不僅僅會使地球變成天堂，還可以自由地遨翔宇宙，成為幸福的天使了！方方就是從這樣一門偉大的學問叫做理論物理的專業上敗了下來，多麼可惜啊。卓卓啊，爸爸相信你不會輸給你自己，你會乘上爸爸希望的翅膀！不像生姐姐們的時候，爸爸懷著一個個執著的願望，生你的時候爸爸已經學會在愛中忘卻自己，於是爸爸最好的一切全部自然地投射給了你。你剛出生時，爸爸喜歡用手模你的頭頂，這讓爸爸覺得那麼通暢愉快，你也總笑著向爸爸掙開眼睛！我們其實是心神相通的。那時聞聞你的頭，好像還有茉莉花香呢。現在，你五周歲時，爸爸百感交集！依依亭亭三兒，和媽媽一起好好給弟弟過個生日好嗎？祝福他，讓他像爸爸希望的那樣成長。

也許，亭亭對彗星（流星）許下的願望，三兒希望爸爸星期五就回家的願望、三兒那些有天使的畫，爸媽又像結婚一樣在一起的畫，我們一家人在從天而降的禮物中歡聚的畫，還有依依作文裏雪花飄飄的盼望，都會從卓卓的飛機和火車上運到我們鮮花盛開的家中，因為你們的願望彷彿是太陽和星星的目光裏顯現的，正是天使的願望，必然成真……鏑，恭喜啊，越來越好了。今天是又分別兩周年的日子了，《破曉》也有兩年半多了。雖然緩慢，但使人美麗成熟。現在你該知道，《破曉》雖非完美，卻是走向完美的過程，拿它拋磚引玉，從殘篇引出的章節會更奇妙。"行為文學"，不可能是完美才出現的。是這樣，卓卓都不會來到世上。我的我行我素就是因為等到意見一致才行動，無異於取消行動。你一向並不理解的事情生了出來，這痛苦而漫長的過程，並非代價，這是交付你的原始痛苦，創造出璀璨的生命。我必將見你一舉超越。

因為孩子們的獎狀，說起這些，也許他們還無法明白呢……將來我們可能會住在一個有壁爐的地方，喝著咖啡或茶，而窗外的雪原上滿天星斗！我們一起聊著，話題深遠，孩子們的媽媽像幸福的小女孩目光閃閃！而現在，你傾聽得到我的心聲，思想正在融合，你就絕非只有你一個人的能量……

國輝 2003.3.2

（八）　　夢中破曉

（就這樣，修身養性進入新階段，唯有隱憂的是，擔心鏑偏在此時倦於抗爭而未能有效公之於眾，便會乖乖落入黑箱作業的陷阱之中……等待誰也不相信會有的再審，卻替我省去不少麻煩。不然逼你買減刑的威逼利誘花樣翻新，無所不用其極——以貌取人，我一早被認定是有油水的；也是以貌取人，即入賊道，我必定是位大佬級人物，於是都願意跟我傾談湊個近乎，以圖將來出去給條生路不說，就在這裏面也都看好我不久就會被警察重用，呼風喚雨。跟我聊的那些事兒喲，我知道人有多壞，但我還是沒想到：人有這麼壞！）

每次寫信無桌無椅，爸爸還讓我還練字，電腦時代還練字？這裏開辦興趣班我參加高級班，算練練口語，但很快機器就能會話了吧——不是說 2019 年人腦將被一千美元電腦頂替，2029 年一千元電腦就相當一千個人腦了；哈哈，恐怕人腦另有潛質吧：不是說宇宙除了可知的物質不過 5% 而已，另有 20% 多和 70% 多的暗物質暗能量都和人腦其中尚不可知的 95% 相對應，這便是有待發現的那所謂天人合一的部分吧。其中的區別，就像你們一遍遍所講"現實"，我呢則在一遍遍信中說著別的……我最重要的體會是：不要設定什麼，也不界定未來，不必苟同而確認，每人自去感悟才好，時間將書寫最奇妙的事情，眼前但求有緣而已，不想多說……在這兒，死緩和無期者差不多 1/3。毒販不少，毒梟亦多，花兩三百萬從閻王那裏回來，照樣痛罵留了他們一命的衙門……素質居然還行，共同的特點是非常求實，圖財而不擇手段，精明強幹，通常是很難抓到他們，何況極善買通；只是，貪財者有一共同點，就是贏了是絕對不會離場，所以終於有一天被抓。縱然強悍，可心殿之上不辨神鬼，終於沉淪。倒是現在有了重新做人的機會，卻也未必……這裏落實部級文明單位具體內容，流動書店首次開通。我買了八本書，自認是很好的書。這裏讀書有如毛澤東時代，難得一閱而如饑似渴，所以特別利於消化——那些死緩無期的人最少要坐 14 年和 12 年，果然專心學習，此地未必出佛卻也能成個人才基地了！你們可以寄書來。

爸的回憶，我覺得很有意義，讓我想起爸爸曾說起過的更多更多，那是從我小時候心底對爸爸的萬千敬重……皆始於爸爸的開創，我們的未來不同凡響，不要悲傷。不知鏑這一次來和我所說的，是否能啟動先機防患未然，別被他們畫地為牢又拿回本該迴避的地方再審。我一向所說都已被"我脫離現實"的歎息淹沒了，但老婆還有另一管道和我相通就是那些傳感，雖然智不比對方但情商卓越！教授那些輿論安排和人民日報新華社內參報導我案仍讓我歎息的，鏑終有所悟！接觸太難了，每句話都珍貴——終於找了專家舉薦的人，並找到人大代表譚慧珠，這在藍洋溫泉就有預兆……只是人大代表們是否緊扣本質提出來，是否直說與日記證據相關其證明責任，輿論又是否這樣跟進，就挺關鍵。本該一步到位，但又滑落到本應迴避的地方審理將是一個漫長的錯位，所以我在接見時一再強調惟恐難以左右而致此。什麼是關鍵，諸葛亮讓守街亭的隘口可卻守了山頭，被圍山放火就是錯失了關鍵。失敗的想法和屈於現實的想法都會使事情辦得含糊不清，偏離本質，錯失良機。我說鏑戰勝了自己，但又擔心這也許並非人力能敵而屬於體制難以戰勝的對方佈局，所以無暇見面時風花雪夜，而直催美人如玉劍如虹！現在，首席大法官不是說加強建設、管一件就影響一片嗎，但他的背景你還得聽他弦外之音，是挺難的；權且憑藉相信的力量，把關鍵問題提出來：00 年 11 月 23 日判決無罪回家那天還給我日記，我就有其想以此迴避整本日記的想法；如今無法鮮明提出事情本質，事情可就難以再提起來了……

現在每天做著電子計算器，各種各樣，機械重複中竟像念經一樣鬆弛下來，甚者進入喜悅興奮的遐想。幹活本身也在於熟能生巧，就像讓鏑靠自己，只要全神貫注而非倚賴別人，就可以從不斷修正調整之中觸及關鍵，活兒也幹得飛快了，人也為你所用了。明白嗎，比如學習的關鍵是修煉見微知著洞察本質並直擊關鍵的能力，而非只是把可以交由電腦處理的知識裝進人腦……至於鏑說起美伊戰爭，說遠一點——以色列失蹤的十個支派你知道去了哪裡，據說有的去了英倫；清教徒信奉千禧之兆便是猶太人皈依基督，其創建美國形成正統，通過聖經與猶太人一脈相承，而現實中美國經濟也多在猶太人掌握之中；然後，9.11事件讓布希總統提前來到與伊斯蘭勢力決戰的道路上，以往預言而已的東西變成了美國清教徒精英深思熟慮的決策，但這一切只會加深矛盾。關鍵是什麼，一切有待自然而然：一分錢年年翻番，四十年是109.9億。難在心裏，得有順其自然的耐性！一分變兩分和55億變一百多億並無區別，但在心中就不同了，如此漫長的時間！知難而退或遇阻則滯，事情就理所當然留在陰間，沒有陽光，鬼魅遲遲不退，不然早已化為濃水。一般來說，我們的事情仍將留在暗箱，不相信陽光，就更加如此；相信了則有一線生機，譚慧珠就這樣讓你找來了，就有機會走出暗箱，陽光就照射進來，事情就有更多的人看到，就有機會解決，除非又以穩定之名藏汙納垢，那就是體制性死結了……如此而已，就像1999年那次，把你忙的！每當遇阻我仍堅持，讓你上樓下樓，我從一側看你一往無前的樣子，心中充滿愛惜；最後是你靈機一動，辦好了。你應當記住它，凡事都是這麼辦成的。我曾奇怪前些日子總哼著柴科夫斯基《悲愴》從第一到第四樂章的旋律，原來是你正在聽他的小提琴協奏曲而心有傳感。那堅強的悲觀，我為此擔心過，期望融入我的意境。我可能有時做到了，使你有千軍萬馬！我也鼓舞了自己，從去年六月起我白髮見少，九月皮膚好起來，現在思想活躍、見微知著又能過目成誦，視力可以穿針引線。這是亭亭為我禱告顯靈了吧！每次信中她都會說："爸爸身體怎麼樣……那我就放心了！"依依也把心愛的禮物送給爺爺和奶奶，心跡奇妙，讓我感動。還有三兒回老家的昏昏欲睡，讓我笑了又笑，這該是她最準確的反應了。卓卓小大人兒一樣了吧？我五年前在蒙馬特廣場露臺興歎他出生之日燦爛的夕陽，充滿了奇思妙想——五年來我有如此寶貴的許多心得，原來是那美麗讓我驚歎的一天為我連接了更加廣闊的世界，美景則是豐收時節的因果投映，提前讓我欣慰走來，投身其中！關鍵雖被一再錯過，但終將脫穎而出！其實我的智慧寫來單調，你的智慧才有戲劇性；我太一目了然，你才難能可貴！我們不同凡響！

從 98 年 6 月《破曉》的歌聲響起，誰知它有這番深意："清晨醒來的第一聲鳥鳴，它宣佈世界並不黑暗！讚美生命、讚美歡樂，讚美清晨，是我的歌。"02 年聖誕我告訴鏑第二段："雖然黑夜漫漫無邊，但我總相信天仍會亮。讚美真理、讚美愛情，讚美清晨，是我的歌！"歷來，福音只向心中有福的人顯現，其後就會隱藏，它不會明碼標價成為貪求利益者的法器；智者或外星人都不願成為偶像，卻不知不覺總讓心靈成長的甘露從天而降。純粹的心意裏，我發現我是如此幸福，我將如此富有！鏑抄來那歌《告別時刻》，在我心中一遍遍回蕩——奇妙，雖難言喻，卻像是一個再清晰不過的跡象，證明我們已有的成就，彷彿神明正贊許……

國輝 *2003 年 清明*

（九）　心有靈犀

（王監區長晚間訓話講生產講次品講工位安排，講到這世上的金錢需求，說自己有個兩三百萬就心滿意足了。我瞥見賊們都目光閃閃，心知肚明他就要把目前有成績工位但沒按時續租的人逐一拿下了。換誰呢，我是他們心中候選之一，就看我出多少錢由他們待價而沽了。我不由細算一下，目前他們一年如此收入將近一百萬，就算王監區長拿得狠，落袋平安也不過五六十萬，幾年下來確實未夠三百萬。江副監區長管減刑，可減刑依據的成績全在於工位安排，而王監區長抓全面和主抓生產，看來他也實在不想更多人分錢；監區尤其生產車間的犯人頭兒則都是他的人，每天我耳邊都是他們在說王監區長是個爺們兒夠義氣。不過我想，用不了多久，他訓話時流露心跡，幸福指數就該變成五百萬了。）

讓寫這封信是因為"非典"，官方的通知已寄到北京了；這裏告訴你們：可以肯定，這裏絕對沒有非典。現在，鬧完了伊拉克，又鬧非典，這世上的人們有些倒顛！不正常的事習以為常、正常不過的事大驚小怪……很高興看到亭亭的信，彷彿只有我們還正常——喜歡她，而且知道她寫信那天並沒有"銀色的月光"，因為是初一，但我相信她寫的是她心上的月光。

我在這裏常常凝視城中難得一見的月色星光想念你們，前兩天更在四百年一遇的碩大月亮上向你們傾訴……三月初和四月初給你們的信應該收到了，亭亭信裏沒有回應啊。我從 01 年 3 月 2 日分別時告訴鏑的，沒有變化，只是意境昇華了，所以你抄來的歌也那麼唱道，可見你完全感受得到；只是思路不清，倍受"最大的敵人"困擾。其實那義大利歌的歌詞大意是："雖然你並不理解，你卻懷著我們的果實。在這世上有太多的憂慮，使你無法知道我們的豐碩；可是你心上的感覺，仍隨我一起歡欣鼓舞，只是又被現實吞沒……其實我自始就讓你留意：恰似你心中的神明，明明已經擁有，卻只有從必經的痛苦裏，生出璀璨的生命！"我喜歡睡前看一遍你的歌，總使我十分欣慰，因為從歌中我知道你完全明白我的感受，我不必為你思路不清而掛慮，不用擔心 01.3.2 所囑不行而案件再審又再放回廣東。其實我的意願你不遵行總有代價，這不是別的問題，因為這根本就不是別人的問題！不過，事與願違也許註定，以目前體制想要不如此，似是僥倖，但我仍期待奇跡——經過了如此多的困境，我們心有如此明媚的景色，理應如何？

看見電影裏那與你同生肖同星相也同樣大嘴的女孩沉醉其新婚的樣子，我強烈感覺到你的韻味和渴望。你在信中所說的情境，在沒收到信時我已充分感受。一直以來我讚歎不已的，是你的心聲，是從 90 年 10 月我們遙訂婚約就有心中聯歡的驚呼。你的心聲總比一切都更讓我確信：這是我之所愛。不過，你的信也是美麗的，我多少有點驚奇呢：在我們的聖殿裏，你只穿一件黑袍，袍裏光輝奪目的我們同登極樂！是不是你常常如此思想，使我許多地方都不同以往了！

我相信理論物理學家正在尋找的萬物至理的數學公式，竟在於東西方的結合猶如左右腦的薈萃、與陰陽五行八卦之說有關……在這交匯之處，中醫妙境、道家寶典、人體潛能，還有如我正在看的一本《世界最新科技》的實證奇技，薈萃於心而為政自己亦經濟自己。瞭望世人浮誇的態度、浮誇的知識以及投資態度，我很有心得。孩子們正在學習和成長，我也正在昇華以至成熟。這是真正讓我感慨不已的事，好像是一場突變之後，我驚奇地看著自己身體各處，發現它們有了異能。

你我常在如此狀態，於是，我思故你思，你思故我想；喜怒哀樂，讚歎也好嫌怨也好，都會互相感染。每當你對我不滿，那你就要知道是我也對你不滿了；我們都找自己的差距，知改悔懂調整，就會心懷謙卑和喜悅，此刻的我們已同處智慧之境了。智慧而入極樂，我們已深有體會；這快樂本身不就是智慧，它難道不是法力無邊嗎？

享受你的愛！

國輝 03.4.22

（十）　　陰晴圓缺

（江副監區長讓我給監獄文化節寫篇散文，我寫了《沉思四百年》交上去。每天不用開工專管宣傳的犯人頭兒開始用異樣不安的眼神兒看我，而且被江叫去談文化節安排時，他分明是在指點著我的稿子說三道四，以致不了了之。江副監區長極力想做點什麼，但犯管人員擺明都是王的人，連他負責的教育改造，具體安排也不得不聽底下管事犯人的意見。我來監區是他去入監隊接的，但比我早來沒多久；16大新人上臺的情況，大致也是如此吧……）

聞信欣慰，你們未受非典型性精神病影響！那邊3月22日開打伊拉克，電視臺軍事專家在那兒說會怎麼難打，我笑想：打進去還不容易，如此不對稱還能如何，但接下來有麻煩；幹嘛不留個遜尼派的獨裁者讓它擋擋伊朗人呢……非典呢，就要宣佈取得階段性勝利了吧。一人一個想法，都想到正確的結果，結果也就不會發生了。非典病例不會超過兩百萬分之一吧，愛滋病已有萬分之五，可是怕死了非典的人還在濫交，難道保護措施勝過了口罩？

還記得小時候聽姐姐跟著廣播唱《紅珊瑚》，還有姐姐那些抄來的豪言壯語，仍感覺那是一種美好。爸爸所經歷的，沒有精神狀態怎麼能行，畢竟日本人和國民政府強大得多！。肯德基上校是在六十多歲並且失敗了一千零九次之後才辦成了他現在遍佈世界的家鄉雞店——他可是白髮蒼蒼開著破車在州際公路上挨個餐廳去兜售他的雞塊兒喲。這麼久了，我們損失當然巨大，我珍愛的孩子們的童年和爸媽的老年讓我陣陣心痛！但最關鍵的是什麼？那個老布希當年一句話我還記得，他說他正面臨失敗的形勢是，"我喜歡這種情況"。他喜歡困境？他喜歡苦難與失敗？但他喜歡，而且有了回應，是他同樣總在禱告的兒子上了台，還把他沒想做完的事做完了……起碼，這麼想問題，有很大的安慰，我們身體都會好些——免疫系統是最好的醫院，而神往的意境喜悅的心情是最高明的醫生。我身處這樣的環境若能如此或將延年益壽呢！亭亭不必擔心我的身體，你畫了自己流淚的畫和你生肖的那許多可愛的小狗，都在祝福我呢！我也擔心爸媽的身體呀，因此也更知孩子們的心意。三兒的畫兒還有拼音的信，可愛又神奇，讓我感動；依依長大的樣子在我眼前不時閃現，很有光彩，很想她，她也在想我嗎？在日記裏，她寫下了自己的心事？卓卓呢，我總想起出事時還沒滿月的他，心中喜愛又酸楚，實在非常喜愛小嬰孩兒啊！現在，他五歲生日時我彷彿回到五年前產房見他那一刻，心裏真是光彩奪目！"墨池浩瀚"的亭亭，還在媽媽肚子裏就開始讀宋詞了，如今關鍵不在於豐富的辭彙和形容，是你的心意讓爸爸感動！我久久出神望著"蔚藍色天空上的幸福生活"，含淚喜悅，心中擁有你！你的自覺更讓爸爸欣賞，在你這樣的年齡太可貴了。爸爸慈祥的美貌？亭亭更有天使的心靈和爸爸心中罕見的美貌！小時候問你見過僵屍沒有，你說見過；問你見到的僵屍是中國還是外國的，你說是中國的。家裏準備派你去埃及參加世界僵屍大會呢。你現在卻有天使的境界，你終於被依依和同學逗笑時，爸爸看見你心裏的悲傷！現在，爸爸眼前就有你那蔚藍色的天空，永遠不再離去。還是離開你們之前，爸爸曾問你學習多久可以趕上，一個月？兩個月！現在你已經不在話下了，爸爸倒覺得你要注意休息，按時間表去做，既有學習又有休息和遊玩……鏑問我該怎樣幫卓卓，我想，可以多跟他談談我，多接觸外面的世界，多留在幼稚園，生活上形成自律；誇獎他，但讓他知道外面有許多傑出的孩子，也有壞人；多問他有什麼願望、理想，然後讓他準備好實現它們將遭遇的艱難。

我報了十月的律師專業自學考試，還讓我為文藝比賽寫小品，恐怕我直言寫實它也不會採用所以也就算了。鏑沒必要跑來跑去來看我，有什麼寄過來便是。以往幾年已不下百次來看我，我已倍覺珍惜。"蘇武牧羊"，我不這樣期待，果然如此，最難的時候也過去了。鏑讓我答的心向題，我想我通常會選擇休息好後再前進，但稍加休息就會意識到家人正痛苦等著我呢，而敵人也同樣疲勞正在休息，於是我會繼續前進。另外，沒牙老太太和讓她吃東西的兩歲小孩兒相依為命，是最讓我感動的……

　　昨天看到了3月1日市檢在人大的報告，專門提到："幾經周折終於定案，向社會昭示了檢、法兩家合力維護司法（腐敗）公正的決心和信念。"其面臨的社會影響經久不息，以至指名道姓專門報告。一向讓你知道你面對什麼，這幾天我有時心情如焚但仍感到你如我所望；一旦退回原位來審，你高興地收到再審通知，那就是最糟的局面了，這一套就是幾年，而且不了了之的例子我從身邊都能見到。心痛著你和孩子們，一想到也許會見不到父母，更是驚恐悲痛不已！我知道著急解決不了問題，我能感受到你的愛，愛的共鳴可以啟發我們。我明白這也是對我的考驗，所以你也許能感到我心平氣和——成就也許是在力所不能及的堅持的瞬間電閃雷鳴般達成，是信心所致的勝利。它不是幻想，是強烈真實幾乎撕裂的進取，是意志抵達極限，迎來神明的微笑……昨天感到你變成"藍色的溫柔"，新奇美妙，驚心神往。愛在升起啊升起，有我們的歌聲，是徹底純粹的意境、極度的開心，這一切從我們遙遙相對的心上升起，它就是神明，正在成就無與倫比的奇妙美好，將令世人驚歎。這是我們的傳奇，它只是我們此刻的心境，我們的激情，融匯所有性感的智慧！這已是現實，並非取悅的詩篇，而是我們從熱愛和痛苦的極限實現的真實，它是在含淚的鮮血一樣的極限中瞬間實現，光輝奪目，成為永不褪色的歡樂和永不消失的高潮！

　　遐想讚歎我的亭亭，幾行字已令我感慨不已；說起卓卓，他真的像我，學習不用要求，只是不要被寵壞了，不要以為凡事不在話下。情商，和逆境商數，只有後天修行，縱有悟性但境界無邊，一生不可窮極。養成好習慣。三兒因為一歲多就有了弟弟，肯定更懂珍愛也更不怕困難。這麼說，也就知道卓卓教育的要點了。環境是自然形成的，如我目前的處境，難以人為。卓卓，不要給他太多的欣賞就是幫他了。人生許多事就是如此，當你覺得對他好，實際卻在害他；當你覺得難以承受只好妥協以求小小的"要求"，卻掉進了圈套，彷彿被狼叼住耳朵用尾巴趕著屁股的豬，被領進了山洞……依依呢，給爸爸寫信也往後推？凡事都是從一個小小的進取開始，比如按時間學習和休息，不要讓一件件小事從手邊滑落，久而久之，收穫很大；點點滴滴之中，有你將來安身立命的大事發生，因為從小養成的習慣就會決定你的一生。你兩年以來很讓爸爸感動，你能讓亭亭笑，說起爸爸開媽媽的玩笑也讓全家笑；你陪伴媽媽，不知不覺扶起她幫助了她呢；像送爺爺奶奶小禮物一樣，你善良美麗的心意中有你現在並不完全意識得到的奇妙，爸爸以後告訴你吧。三兒啊，最近有什麼畫和拼音，還是那麼意味深長嗎，告訴爸爸好嗎？你的心事不隨便說出來，但爸爸真的想知道，於是每當你開心或是難過的時候，從心裏看著你，擁抱你⋯⋯

只能擱筆了。每月初會例行發信，郵票需要你們從信裏寄來。抓緊來信。

正在這時，悶了幾天的雨下起來，不間斷的電閃雷鳴，舒服了。我為什麼感到如此鼓舞，還在想這究竟是什麼日子？彷彿天之心上竟有能量傳來，正在我們之間匯合，決定了什麼！

國輝 03 年 立夏

（十一） 神鬼之間

（流水線上潮水般流下的計算器電池觸點，我把它們插實固定，然後由下面一位一共判了二十四年的累犯焊接；他是被判十一年從這裏出去後又判十三年回來的，熟門熟路，計畫著儘快出去幹票大的，把損失挽回來。他不用花錢但拿我做貢獻了，就是製造個麻煩好讓我懂做——這位全監區最高的人其實心眼靈巧，他先讓我替他把弄好的從流水線上拿下存放，卻非我力所能及，然後他就把所有的積貨一推，站將起來，舉手報告了。犯管組長立刻來抓我現行，拿去見官；也巧，江副監區長這時來了，碰巧他值班，就問我詳情，然後叫那犯管組長去。結果，因犯人頂撞幹部，他竟當著全車間人的面拿電棍狠狠電了那位組長。江是一肚子氣瞬間點燃，可高佬和犯人們全都傻了眼，因我而起之事竟使規矩大變——本來的結果必定是我被重罰，如此就可以讓我知道不花錢買工位還有更多的麻煩！深知其中原委的陳警員最後處理此事，他說不出道理但表示總得意思意思，扣我一分，而江副監區長聞訊也點頭默許了。可是，已經不行了，王監區長勃然大怒，而犯人頭兒們則大有沒法兒再給他弄錢的架勢……）

信收到了。我完全可以理解，都是非常非常實際的感想，我也為此沉重歎息甚至有過一陣絕望。我們共鳴，於是一起沉落——爸爸那時又何嘗沒有想過自殺，只是見伯伯死了反而清醒過來；我身邊就有這麼個人，據說死了老爸又走了老婆，每天像僵屍一樣，活在世上已成了鬼，可據說他過去是個很活潑的人呢……你們希望怎樣？你們讓我明察現實，於是我們一起絕望，意見相同：承認吧，我們全都錯了。這其實是最容易做到的事——沒有愛，滿腔憤怒，彷彿冤魂世代不散……心疼你們，不僅是牽扯進來，影響了你們的生活，在這樣的年紀！姐姐也累又更年期，已經亞健康了，不幹什麼都會累，多少年的煩惱一齊爆發出來；爸爸理性，也難免受影響，最應該享受一生光榮的年紀，卻要蒙受屈辱。這一切都是因我而起的，雖然是不可避免，卻也似乎是可以避免。

有句英文說："All's well that end's well！"如果絕望能帶來安慰，我也這樣選擇；如果現在承認一開始就錯了，可以使目前的掙扎如奇跡般出現生機那也未嘗不可。"結果好，一切都好！"可以想像：長征中你感歎不該在南昌起事，而到了陝北面臨東北軍西北軍和中央軍即將發動的圍剿，你逃向戈壁往新疆流竄，那就不會有西安事變的幸運了。其實西安事變是對歷經長征仍不放棄的人們的一個獎賞。獎賞來自什麼，我們可以深思。它確實不是任何人曾經料想，也不是滿腹怨言的人所能領受。它確實是個奇跡，但只屬於創造了長征奇跡的人們。於是，數萬殘兵在八年後變成了九十萬正規軍兩百萬民兵……

在高法門外遇上被人設計好的挫折，於是感慨不該相信依法治國，並且上溯幾十年以至幾千年中國歷史的規律，總結法制史，恰恰不夠現實。現實是：當你啟動申訴，有人幫忙了，而且很熱情，你等來的結果卻必然是對方的介入——你有足夠的威脅，反而使幫你的人有了更高的要價，那就要看對方的實力了。有一種集團運作很具經典也很普遍，就是掌握足以相互配合的各項權力的人，加上利益相關的商人，其利益組合，在巧取豪奪並化解風險時充分利用權錢手段，極具高效。除非，引發良性的政治利益驅動——可是現在常見的這種良性政治利害驅動至多只出現在非典、煤礦事故之類作秀的場合；而一件"小事"，儘管是非分明，但政治利害可有可無，也就得過且過，且不管你芸芸眾生數不清的小事如何雲集。輿論可以鼓噪瞬間但基本是在對方手中，終審庭上滿堂記者不都鴉雀無聲了嗎，人民日報新華社內參登了又怎麼樣，只給更高層人士創造機會；自己出書，則小心定你非法出版……應該相信什麼，我只相信人有良知，不至於自我毀滅——市場經濟無法治、金錢社會無道義，難以為繼！正義必勝並不偶然，長征之後沒有西安事變也會有別的轉機，走向日本人本身就是對的，日本侵華戰爭不可避免。我們也是，根本上來說我們手握勝券。笑一笑吧。知道為什麼香港和北京非典死亡率那麼高嗎？因為嚇的，免疫力嚇掉了。信心生智慧、智慧生勇敢，如此之人，總會勝利。如果吞聲忍氣，求一時平安就算了，那麼一生的陰影之下，將會愧對自己也愧對孩子們，這決定了我們完全不同的命運。只能這樣想，沒有別的出路了！心態呢，將不知不覺影響你的為人你的環境以至你的命運，最後又被人神話起來，亦成神鬼，其實不過是我樂觀你悲觀的區別吧。方方也要上路了，萬象更新，但小心德國寬進嚴出喲，不會又想去美國吧；最後，必然又回到他內心從一開始就出現的難關上——儘管已走遍天涯，不如從跌倒的理工大學門前站起……其實，爸爸真要從歷史上看，應該有樂觀的結論才對呀——經濟全面市場化的結果，必然是完善的法治。雖然收到信一時感到很是折磨，竟成如此環境裏未曾有過的最大困擾，但也忽然之間輕鬆了，我們有愛。

原來，我心上"藍色的溫柔"，是你們在海邊的思想。這些日子我曾享受驚心美好的戀情，奇異迷人的心意。連續兩次，卻不記得夢見什麼，而白天仍在清晰的夢中，比初戀的意境純，比成熟的熱戀美，難以言喻，歡懷而陶醉。收到鏑的歌篇，才知道，曾經感到驚為天籟的歌聲來自你的心上，就像 97 年你生日等化妝拍照的時候，我正從香港過來，心上驚起那份美麗的陶醉——你的表達也像你的美感一樣就好了。你已經唱出了你的心聲，多年來，《破曉》在你心中的感受原來是這樣。我們最平凡的語言已經是世人的天籟了。我驚奇心中相對你時奇妙強烈的性感，而神秘園的終曲已經響起……兩百年前拿破崙說戰爭 90% 靠信息，你的信息卻主要來自我的心上；我們有如太陽和月亮，只是相隔雲層而已。其實，清晨有你的感動、夜晚有你的深情，你我的心聲擁有神明的威力、忘我的境界，足以讓昏聵的世界戰慄；然而，月亮的羞澀和烏雲的濃厚使你不夠自信，不然，僅憑曉月的光輝足以迎來太陽的破曉了！

就算是，我的女強人無奈成了女牆人，擋在我的出路上，我也仍攜時代的進步而勢不可擋；就算是，服刑期滿也未能申訴成功，今天我便笑說：權力將從網上約起（《從網上制約權力》的序《實現對權力的制約》寄給你）。每天，從早晨七點到近十二點，下午兩點到近六點坐在流水線前開始入境，我便做起無限空間之王！去伊甸園見見你，也會在滔天的熱淚裏沐浴神明的感動，彷彿有從天頂迴旋無盡的樂聲，而歌詞只有一句："我們心懷神聖，向著無盡的黑夜，邁出我們的腳步，朝著黎明的方向……"終於，天頂有了眾多和聲的回應："我們能夠，戰勝邪惡；因為，我們美好！"漸漸，我明白了樂聲是什麼，正是我們在決定性的新千年之始一遍遍聽過和感動過的《神秘園之終曲》。我還見到一張照片，是我們重新踏上紅地毯，在白紗與玫瑰之間有如大婚的景象，而照片的四角是我們那四個守護天使正在探望；啊，三兒不是也試著畫過了嗎？只是有點模糊了，是淚水當前了吧……

我心上有句話迴旋不已，是《塔木德》上的還是天映我心：
"交出你的一切，就賦予你智慧⋯⋯"

國輝 03 年芒種

（十二） 點石成金

（是利益衝突，還是抵制腐敗，監區正副領導因我而起的軒然大波總之已鬧出了監區。最後，副的走人，而他的請調報告狠狠奏了正的一本。秉紀委之命來了段副監區長和魯教導員，至於江副監區長，則去當了監獄的監察室主任。他走前，我發出的這封信他看過；之前，他把我孩子們的信讓管宣傳的犯人交給我時，我瞥見了愛心閃耀的眼神……）

見到信，我像一個播種的人查看到如所期待的成長，並且在孩子們信和畫的後面見到她們媽媽的身影……我想我們最大的收穫是從所經歷的事中錘煉出神聖的情感，它一旦在心中非同凡響，孩子們就會擁有一生的光彩和力量，成就他們的未來。

依依的句子成了很好的歌詞，那句"清晨夢中的星"，讓我很感動。爸爸知道你心中想什麼，尤其知道了你正在向著目標前進，就更加鼓舞！你們此刻的進步，使你們一生豐盛得以奠定！還記得依依兩歲時和我一起跑步嗎，旁邊見到的人都在驚歎；一歲的時候也讓家裏人吃驚，那是在香山，一起看你意氣風發地學步。依依你記住，凡事只要你相信，堅持去做、就會成功。從你嘴裏說起亭亭、三兒和卓卓，我忍不住笑了又笑，眼前就有你每次說起她們那副爭自己先的起勁樣子，拿你沒辦法。95年聖誕日，你和亭亭睡醒不見了爸媽，從臥室來到客廳，肉嘟嘟沒睡醒的樣兒，當見到露臺窗前給你們擺成幾排大大小小的娃娃，你們驚喜的樣子；那時還都是小寶寶呢，現在已經大孩子了，想來有些淚盈盈呦！"情到深處人孤獨"，想說什麼都難以表達，寫下什麼也意猶未盡。如此說來，依依的詩不僅讓人感動，還讓人震撼呢。正好在你寫信的日子，我眼前有你們想到了南方綠草如茵鮮花盛開的景象，原來是你從心靈的詩境傳送給我！只有當你心靈純淨璀璨，你才會發現珍珠，它首先來自你自己的心中。你讓我欣慰不已，人一生最重要的"神聖感情"已經在你們心中建立起來了，將照耀你的一生。

亭亭，你一定會如願的，你的淚水裏有你神聖的情感，而你神聖的情感點石成金……你的畫讓我細細端詳，一次又一次，你的許多信已經顯現你小小年齡的寶貴心路，爸爸知道它通向偉大之處。因此，星星們也在歡笑！

啊，笑出許多牙齒來的太陽和月亮，它們之間的那是什麼，三兒？是從天而降的禮物嗎，是因為爸爸媽媽終於手拉起手，天地萬物都來歡慶了嗎？讓三兒等了太久太久了！爸爸看了一遍又一遍你的畫，你的拼音，現在竟然看到了你的字你的詩篇！小三兒，你總能看到真相，你永遠只畫出和說出心底的願望，它也是我們家中每個人都在盼望的。而且，三兒看見的都是將要發生的，因為你是爸爸從歡樂中迎來的天使！爸爸從畫裏詩裏久久久久看著你，享受你，愛你……

還有那棵高啟雲端的蒼松，迎著太陽的微笑，擁有茂盛的果實，而以往待哺的窩中之鳥終於可以振翅齊飛了……是這樣嗎，卓卓？你欲大展宏圖，這太讓爸爸高興了！也許，五年來，從你出生所發生的事，都是在為這一天做準備。是你，使這一切都變得更有意義，成為值得……鏑，今天 6 月 12 日，五周年了。還記得你那時的情景嗎？你和你懷中的卓卓，讓我註定如此——每想到那時你們的情景，我心戰慄就難以名狀！我知道現實，那時托人送給你我的日記，可見我曾在八月以前多麼希望你去妥協；一年以後不同了，可以忍受的程度已經超越了，你知道我多麼希望你不要妥協。你的本能雖好，但面對龐然腐敗只是蠕動或抽搐而已；神聖的情感就不同了，信心生智慧，智慧生勇敢，你因此飛揚！你再去看那龐然腐敗，它已經像我上次信中所說十分具體：問題何在，能否解決，都不再是一聲歎息。勝敗未必就按常規，好比四野打錦州，攻不下蓄水池，塔山就要被海上援敵攻破，瀋陽援敵也將抵達，林總曾擔心而不敢打錦州的事情就要發生，誰勝誰敗？紅軍部隊也攻不下，最後讓山東部隊上，攻破了。再審案件發回原審和被申請賠償的法院來審，是讓腐敗反腐敗。00年5月8日撤銷不起訴決定，省裏是點了頭的，只有讓它迴避才有指望。怎麼做，上封信、2月8日信以至01.3.2發回重審那天所說，都講這是關鍵；只是事態越來越盤根錯節，確需耐心，但又一次落入陷阱的話，耐心意味了什麼？由自己再審自己，只是它們退求其次，結果已定！這裏有人收到過再審通知，兩年後通知駁回。這其中，幫忙的人可是賺了……像藍洋溫泉你一腳踩到我掉了的婚戒那樣你找到了譚慧珠譚人大，像攻蓄水池那樣披堅執銳，終於都做到了，那麼也許能在這一次解決；以目前國情，實在有些僥倖——解決，就會很快，一拖就是有問題，不行了。要把陷阱變成別的，申請再審並申請迴避，這就是目前的形勢。心懷神聖的感情，也像曼陀羅一樣，會令你陶醉。你喜歡性格測試題那兩隻鹿？可你知道嗎，通常鹿不是兩隻在一起呦，一隻公鹿身邊大約有五十只母鹿！你不珍視兩歲小孩讓嘴中囁嚅的沒牙老太太吃東西？這種屬於靈魂的深情恰恰包容一切，縱然情欲也不至於走火，實際上它是一種昇華。我曾笑說我們變成談神愛了，你也要做情聖了……我們懷著神聖的感情，面對時艱！

媽媽，五年沒給您過生日了，從去過郴州進士第老屋之後吧。記得媽媽說起小時候讀過的課文："一隻小小的螞蟻落到水中，它拼命地遊啊遊啊，終於爬上了一隻樹葉，然後，隨

樹葉靠到岸邊……"媽媽從充滿恐懼和饑餓的童年少年走出
來,像那只小螞蟻;媽媽明明已經找到了安全,可直到今天還
在追求安全感。我感謝媽媽找到的安全,使我有一個安全的童
年和少年,以致我既使在今天這樣的環境,也從不擔心自己的
安全。我慶倖媽媽出生像慶倖自己出生,我感謝媽媽帶給我十
分靈感的氣質,使我能夠領悟自己的豐碩。我暫時無法讓媽媽
開懷,也無法平息老屋中的怨艾,但我為我們一脈相承的靈氣
感到無比優越!我們相似的靈魂已使我來到無與倫比的美妙境
界,它終將帶來奇跡和豐碩……一切都會好的,媽媽,不要憂
慮,生日快樂!

隨信寄去的聲明是一定要簽回的;形式上如此,法律確為
我們所信,司法者卻付之一笑……

國輝 03 年 夏至

（十三） 生於憂患

（江副監區長走了，他顯得失落又有些深情；我知道他不過是不知不覺這樣做了，並非他真的打算挑戰什麼腐敗……人心的牽動也很奇妙，即便一個爭權想撈什麼的人，出於人性的美感雖不表露也懷敬畏，鬼使神差弄出什麼大事來。真要想讓他同心同德呢，不改變權力來源，是不會有此自覺的。我信筆寫了篇實現體制制約的文章寄交北京徵文的地方（發了的話能算減刑成績），審閱寄出的黃管教訓話時連聲說著："我們監區是有人才的……"改革開放以來，官樣文章與私下追求並行自然，說什麼與做什麼，互不相干，如果真的在意都說了什麼，恐怕也就做不成什麼了。正是如此混沌，經濟迫使政治，終將生於憂患！）

媽媽生日，瞥見媽媽的出生——是坐著生的，在拂曉前的黑暗中，油燈映著汗，頭髮被揪起，是怕昏過去；終於和黎明一起，響起媽媽清脆的哭聲，讓那座大宅中又添溫馨，尚是家境不錯的時候。媽媽落在軟軟的草灰上，也鋪下了我們的來路……

收到書的郵件（《果殼中的宇宙》），哦，清香的宇宙，果殼中浩瀚的詩意……什麼是中庸，不要誤解孔子，中庸是真理自然而然的狀態，反而是精進是勇猛。我雖然只能等待，但心中始終迴響卻是一年半前對你說的："掃帚不到，灰塵照例不會自己跑掉！"每早 6：10 分，是我來到樓道後窗望向對面江岸的時候，早已化簡的運動之後喝杯咖啡，在油然而生的希望裏，我是在祈禱嗎：似乎聽見，卓卓追著讓你講取勝的故事，而亭亭的信——她很強烈是吧，這種強烈，可能引起星際的震動，外星人也要專派飛碟來探查一番了——啊，人類兒童的詩篇：回想故鄉，像草坪一樣嫩綠，不要讓它枯萎！爸爸的心靈，像一顆燦爛的珍珠，不要讓它破碎……

（寄上《從網上制約權力》片段，有助認清形勢）由於權力缺乏自發性制約機制，腐敗的發生反而擁有普遍的自發性，也勢必形成高度的協同性。在腐敗的環境中，潔身自好者難以立足，不僅難以對腐敗人士構成威脅，反而脫離"群眾"以至寸步難行；當迫於無奈稍稍"讓步"，走向腐敗也就一發而不可收拾："你已經加入了我們，有誰沒事兒呢？"當然，腐敗也形成"激勵"——當權者"有了事"，他會擔心"出事"而儘量做好工作；同時，在創造更大效益之際可以竊取更多的利益。如此循環，是腐敗繼續延伸的過程，更多的利益經再分配蔓延到組織部門、紀檢部門、上級領導，形成與整體多數人越來越大的矛盾。只有當領導機關、政法系統、紀檢機關其人事任命與權力相對方形成有效的良性互動，由此形成對權力有效的制約機制，方能使法治成為現實。如此重心得以奠定，網路監控機制自將合理延伸，令權力生生不息，文明復興。而從靈性的角度來說，人腦無法替代，人心難測——經濟生活全面市場化使利己的行為模式勢成必然，利己的動能也一直推動社會蓬勃向前；當合理周密的制約機制將社會引入法治並遏制腐敗，利己的動能才能持續造福於社會。一向所說的道德，恰在此時，相應而生。趨利避害，見諸公益；愛人如己，是愛自己。道德不會脫離現實存在，它永遠只是約定俗成。在制約之下，不是集體主義盛行，而是利己主義趨於合理，道德與現實相適應：愛，不再是匪夷所思之事，成為致勝的訣竅，最高的智慧；與人為善，好人平安，又再成為名言……在合理的社會架構之上，道德之花勢必盛開，而民信國立，大國崛起接力於中華，文明薈萃！（待續·《愛是智慧》）

非典過去了，可以接見了。自學考試是法律專業，學來保持狀態；而我們的遭遇，也只匯成一句話："法律至上，制約權力。"如此艱難，連自己都成了敵人；所以亭亭的信尤顯可貴，神明一般——我讀她的詩，讀著並相信：今天在她心中種下的種子，將使她智慧，大我輝煌！我們的小肉球怎麼就變成偉大的杜思亭了，是她強烈的情感塑造她強烈的形象；今天她讓我感動，明天眾人都會感動、仰望她的高尚……有過不少夢，難忘的感覺——我們實在美好，我們得到的回應毋庸置疑，我們美好的生活來自我們現在的心中。愛將獲得證實，我們的足跡將閃閃發光，眼淚和悲痛、無盡的思念都有回應，因為我們美好……很晚了，傍晚才通知明日交信，所以寫到這時，正好見證這一時刻，六年前香港回歸一刻我們種上卓卓聞你驚呼：〝太棒了！〞看來，我們從未落空，只需假以時日，假以時日……

國輝 03.7.1 2：00

（十四） 果殼中美好的宇宙

（暮色中，段副監區長首次上臺訓話，開口就明說是紀委書記談了話來上任的。他風風火火一派陽剛，大有立即要把這裏盤根錯節買賣減刑的勾當一掃而光的架勢；同來的教導員也是部隊下來的，一臉堅毅卻有些口吃，據說筆桿子不錯，在黨委辦公室幹過——幾句話說下來雖不露鋒芒，卻意志堅定。如此擔當大任勢在整改的二位，讓一旁向犯人們引見他們的王監區長顯得非常弱勢而且手足無措，只能厚著老臉瞪著一個個眼巴巴望著他找依靠的犯人馬仔，好像心裏在罵他們有什麼可慌的。一向作威作福的犯人頭兒們的確感到意外，他們剛在為江副監區長拿電棍電了他們的人就被灰溜溜弄走而彈冠相慶呢⋯⋯新官上任，先是狠抓內務，疊不好被的麻煩了；還搜了床底櫃，東西都拿走丟了，然後才要求裏面只准擺放一套囚服和三四本書，也要和床上被子一樣有棱有角。我當過兵沒問題，但能禦寒的衣物都被扔掉了，冬天該有麻煩了。）

細細看你們的信，亭亭的感受讓我思量，我想《破曉》的歌詞能回答亭亭，正像三兒畫的那樣許許多多的禮物從天而降，到時候你們唱給我聽！一件事下來會有不同的結論，因為不同的眼光而有不同的看法。雖已多年，我困於果殼彷彿時間短短，孩子們卻變化極大，你們看亭亭信寫的，多麼不同凡響；雖然學海無涯，但你們有了最重要的進步。我們遇到的這件事也成為試金石，怎麼對待它，可以有人生百態……雖然並非是真由你們去做去承受，但你們的反應裏面已有你們最寶貴的志向和決心：有人因為手握權力就有恃無恐，又因為遇到追討就欲蓋彌彰，已把權力濫用到極點。在漫長的過程中，我們追償已成為手段，法卻成了目的。因為實際上我們已經是以個人利益為手段，意欲實現能讓所有人獲益的法治了。這是否現實呢？總體來說還是現實的，因為經濟生活已經完全依靠市場運轉的時候，法治是大勢所趨。誰逆它而動都將滅亡，而我們只會越來越成功，越來越歡欣鼓舞。你們所承受的，都將值得自豪。讓我感動和驚奇的是，亭亭竟然擔心：我不在身邊，你們怎能不被污染……也許這是預見了你們青春期來臨之時面臨物欲橫流的社會將有的迷惑吧，於是，真正的領悟仍然有待你們親自從生命中體會！我已體會其中的美好，無論有多麼苦難、需要何等的承受，但淚水也會變成喜悅，滔天的淚水更有天堂般的體驗，便有最為美好的豐收！豐收時的奉迎，反而不必在意，值得記取只有我們刻骨銘心的體會、我們的詩篇——三兒可愛的畫中媽媽拉著爸爸的手，還高興得像三兒自己那樣吃著手指喲！我的寶貝，你畫得真好！依依大了，但以前的畫我都收藏好了，記得我最後一次離家前每天都給你們念童話，告別時你從床上坐起依依惜別——在你的詩裏，我就看見你那時的樣子，我美好的依依！卓卓無言，是媽媽都為你表達了，還描繪了你值得讚賞的一舉一動。一切衷情盡在你們的信裏回蕩、震撼，最後，盼望全都成了勝利的果實，成為我們一家六口的驕傲。鏑習慣把它寫在每一本書的側面——HDECJJ，我們每個人名字的縮寫，勝利彷彿是為我們每個人量身鍛造。

　　我繼續從令人絕望的環境裏耕耘希望，而我置身的人群，與孩子們童話書裏猙獰的人物怪像相比，竟然一點也不誇張，童話原來如此真實！每天六點，一杯咖啡，開始運動；工休時一杯茶；午休後一杯咖啡；再工休時也一杯茶；晚上十一點睡前一杯奶。半年來天天都睡好了，此前兩年卻天天都睡不好……將痛苦置於身外，信望愛，痛苦就開始強身健體、拓展精神。我們究竟通往哪裡，我總在進步的小三兒最清楚，她畫出來了；再就是對方了，他們也十分清楚，所以不惜工本、但絕不會恨不當初——賊不會後悔，我從身邊的賊們早已得知，他們心懷僥倖不信因果，他們無所不用其極。當以往的一切的石沉大海，終於浮現，在破曉的光芒中，人們彷彿從夢中投來愈多驚奇的目光，感動融匯彷彿天意正在共鳴，我們的新時代也就能量一般神奇湧現啦……而此刻，我身在何處？就像這本書名——果殼中的宇宙，狹小而且禁錮，而我的心境亦如宇宙。我細細思量這位輪椅之上同樣被身體禁錮的理論物理學家的宇宙，他似乎在量子的世界不甚了了。粒子對，宇宙中無處不在的相應，卻只有波函數粗略籠統加以概括，猶如賭博；人類明顯遭遇一個未知的世界，而在我們心上，我們相互感受著什麼？彼此的渴望，互動的心意，何止於此，我們如臨其境作愛不已！如此濃烈、激蕩的愛意，絕非幻境，我們彼此驗證，清楚知道這就是我們真實的同感，是呼應著奔向高潮的共鳴；當深深吸入一口氣，它又是如此清明喜悅。這是永無止境的作愛、永無結束的高潮！如此真實，理論物理如何解釋？粒子對嗎，是否太過粗略？看來人類走出原子和愛因斯坦的遼闊世界，尚對大道至簡的宇宙感知甚少。量子世界已被認為難以確定，即使是一再建立各種公式的數學領域也被發現其實既無法證明也無法證偽。人們在理性時代以為掌握了世界之後，竟會變得如此茫然⋯⋯

夜深時，我更能感受到你們心意的甜美輕柔，真的像女兒所畫：滿天飛花與碩果垂落，鏑和我拉手還怡然吮著手指，天上的太陽和月亮都笑出許多牙齒！第三次果殼之旅，我們又已相隔時近三年！臨行那夜，親密之際，鏑竟怕就此訣別，結果第二天開庭之後，親密卻成為我們日復一日的渴望了。正因為這樣，我們的心跡我們的日記，讓我們知道彼此無時不在的同感共鳴是怎麼回事，我們清晰感覺到能量就在我們之間。而愛因斯坦闡明質量的運動與能量守恆轉換，當鈾原子分裂成兩個質量總和小於它的原子之後，相差的就是巨大的核能！那麼，在我們之間的能量會轉變成為什麼呢？在一起時，我們體會得到：每當歡愛，極樂的互動不約而同，我們同在；我們何止是情緒飽滿、身體強健，我們是與歡樂的智慧同在。這便是最顯而易見的質量與能量的互動和轉化吧。愛因斯坦的後期處心積慮想要統一場論，又有格林推出至今既無法證實也無從完善的弦理論，而霍金所能敘述的量子世界的規律只有大而劃之薛定諤的波函數；人們在變化無常的質量與能量之間茫然期待，不斷把目光投向宇宙的遠方，用更新更好的哈勃望遠鏡守候著，用多少公里長的粒子加速器轟擊著，所能見到的只是並無常態的能量形態、變化無常的粒子和星系；如此無窮無盡的發現，最後只能不了了之。他們對占星術嗤之以鼻，對古老宗教寬容一笑，對就在身邊就在自身的心靈的感受也無暇顧及。其時那些事實歸向了什麼，僅僅歸向了占星術和宗教的世俗說法還是癡迷的愛情幻想而已？這之中是否錯失了什麼，最為關鍵的一瞥在成見中一帶而過，那基於事實的起點被一併輕視了。那裏，的的確確真實的能量有所歸結，而且確實化為足以令人稱奇的質量。從量子的角度，人們其實能夠理解這種轉換，只是對轉換的莫測有些不知所措；而面對幾千年來的事實，顯而易見的事實、隨時發生的事實，人們卻視而不見。作為能量最有意義的來源，我們的心靈，還有它周邊的天時地利人和，無論幾千年來先人們已經概括總結了多少規律，現代科學對它們一概敵視和置若罔聞。如果不是對宇宙的宏觀與微觀無處不在的量子境界不明所以，也許仍然沒有機會讓我們時代偉大的科學家們收回他們茫然四顧或是如雞啄米的目光和態度呢。弦理論想成為萬物至理，而 M 理論畫出了超引力的十一維；而幾千年以來，伏羲、文王以至老子、孔子，陰陽八卦已是他們心中的萬物至理了，中醫也在用它看病——天干地支於十與十二，超引力於十一維。從現代科學的角度，審視它的意義：它是否來源於年復一年人們對能量的感受，是否從經驗而歸結？那麼，我們科學的境界將會有所不同，將會比哈勃望遠鏡和粒子加速器的張望和轟擊少一些瞎忙。能量形態的變化和粒子的發生與消逝其無窮無盡，它們對於我們身處地球特定位置的人具有什麼規律和意義：我的家國、我自己，是什麼能量環境，心態與能量如何相應，而有不同的意境其因果，便是真切而實際的科學對像了。至於在光速和光也不能逃逸的黑洞，在時空完全重疊的地方，是否與我們心上的能量同義且同在，是否一念之差，我們事實已在異空異時；其時間消失之處，我們的心聲猶如靜處的洪鐘？超越光年的力量是否只是來自我們的心上？如此意義之上，我們足以開發最絕妙的能源，建立最完美的世界。科學也將因此證實，為什麼自古以來智者常說：愛是智慧。偉大的愛因斯坦終其一生而未得知，原來統一場論的啟示自古有之，只是意境令其擦肩而過；時至今日，科學的積累與自古有之的啟示如從夜的海面迎領破曉的心跳，薈萃古今的發現才如期而至！

我們從似乎無法戰勝的司法腐敗的監禁中走來，因為能量與質量的互換與守恆，因為太極的出擊只是吸收和轉化了所有敵意的力量，尤其因為：既使黑暗已極的世界，也將在愛的光輝中破曉。愛之智慧，擁有大能。這就是果殼中的宇宙的萬物至理，囚者亦王，使我擁有這清香的宇宙，激賞果殼中浩瀚的詩意。愛成為我的本源，它是寶座；愛本是太極，太極生兩儀，兩儀生四象，四象生八卦，我因此成為無限。

這裏所有的花都開了，四處香氣襲人。我覺得奇怪就問別人，說可能是天太熱了。那麼，鳥又為什麼叫得如此歡暢呢？

去年這時候我想起李鵬的兒子，記得梁雁說他認識李小勇，看來他介紹給了沈英毅來搞我們了。1978年底我在西單牆見一個自稱李小勇者，穿一件農村的棉襖扮成民主激進派，一臉寒慘樣兒，讓人想他最多當個小地主，太過了的話就會死得很慘。那時其父還沒當上水利部長，但鄧穎超的光芒已經開始照耀他們。我批判其故作的激進，說鄧的變革如何可取，他忽然愣著看我，動情說我的思想很可貴。我一直覺得他是裝的，也想不到他哪兒有什麼可貴，那樣兒實在太慘了。他往總政招待所給我來電話，也被我嘻笑怒罵一通，記得他說："是啊，我不行，我哪兒行啊！"不過最後一次見他在《星星畫展》，他倒已經特地換了件體面的衣服穿上，還是被我上下打量取笑一通。結果這次會上了。這些年，越是歪瓜劣棗的人倒越是混得如意！江在高州講話前後保了三十多人，其中有的就和李小勇有關。應該就是他吧，相當折騰啊，現在看來，人走茶未涼。

在關鍵的時刻，總會出現人生的閃亮，無論勝敗：拿破崙，最後一戰滑鐵盧，敵人的援軍到了，他的部隊仍然攻不下那座村莊，他把他最後的部隊用上了，可是幾乎要攻下的時候卻打不開一座門，說是只差一把斧頭。結果，他失敗了。只差一把斧頭，還是只缺最後一點勇氣？他的禁衛軍如果通過那座門，英國人就崩潰了，來援的普魯士人也就會被包圍消滅。這卻成為他最後的慘敗。

關鍵時刻需要的是什麼，是心中的那一把板斧！

國輝 03. 8.1

（十五） 心有能量

（段副監區長朝我翻翻眼睛，好像我是一個挑戰風車的唐吉坷德；也會在央視報導神舟五號下月將要升空時得意洋洋打量我，似乎這種事情會讓我難過似的。其實楊利偉在太空會看見什麼，他不是一個基督徒嗎，段教又信什麼呢，他們看得見心中之光嗎？他仍保持著一個熱愛部隊的士兵的單純，他的愛國心很簡單；剛從監獄長司機任上調到查出涉及了監獄長的賭博案件的監區做管教沒多久，就來了這裏——他是藉故眼睛不好調離該監獄長身邊的，導致監獄長被調走的案件也是他發現開始查的。他的正直不是比我更冒失嗎，而現在他又以為我會痛恨這個國家——不屑地打量一直對他不苟言笑的我，是否在眾犯獻媚笑臉當中的我很是特別呢。他向犯人們詢問我，包括做局弄我弄出江副監區長調走這等大事的高佬。高佬是最會看風使舵的人了，想必會說我多麼的不懂入鄉隨俗，這倒驚動了他的正直；而看信是他瞭解犯情的途徑之一，不知從何時，我發現他一再出神地在看我。）

"我們好吃好睡，而爸爸沒有，再接著，我就不敢想下去了……我一定要報答您！"亭亭觸動我的，並非我心境有多慘，也絕非我需要孩子的報答，但在這裏能聽到孩子的這番話，真是說到我心尖上了，說出了我願意承受一切的其中意義……這是我的感動，也是世間最值得感動的——孩子們還將自己僅有的錢莊重交給他們要出國求學的方方哥哥，如果方方不是咧咧嘴，也不是開一句玩笑，而是沉默，沉思片刻，我就要重新看他了。在他這樣的年紀，我雖然幼稚但起碼可以寫出《初戀》那樣的真情來。情感的素質對人何等重要，它是一切真正成功的基礎。我感動的，是愛的奉獻，正因為它其實是在犧牲自己，真正值得回報的也只有它了！

其實它真實不虛，有大能、定因果！記得亭亭兩歲從家裏旋梯滾落下去，我驚呆的一剎那，奇怪自己並沒有動還在笑著，她竟停在那了，一點傷也沒有；還有一次，是她一歲，在餐廳小童椅上亂動，一頭栽下去的瞬間我也是那種情形，餐廳的服務員還一踩腳跳過來，亭亭已經安然掛在那裏。我在這裏入監隊因穿拖鞋從有水的樓梯上一滑飛了起來，應是後腦勺著地，差不多可以摔死；我只記得我摔著了胳膊肘，應該是曾有一個高難度的空中翻身才對，一個向來凶巴巴的人還關切地失聲大叫，連問摔壞沒有。前不久勞動時與組長有衝突，我沒一點錯，他卻升級到警官那裏，奇怪的是副區長卻拿電棍電了他；因為這極反常，所以為了平衡就扣我一分，那已是後話。我不知為什麼我一急時反而總會全神貫注安靜下來，還帶著興奮——在看守所那位叫老虎的警察見大家都在洗漱沒幹活，提著鞭子進來了，每人一鞭便一道血痕；他也朝我舉起鞭子，我奇怪自己只是看著他，既不憤怒也不害怕，聽他喃喃說著："你知道嗎，我給你面子你知道嗎……"我點頭的瞬間，他狠狠一鞭打在比我大幾歲的官商老董身上，還是位幾十億資產的經理，並且和所裏教導員關係甚好，面子並不小；而且，接著又是一鞭。89年，和爸媽在一個環境挺差的地方吃飯，是媽媽堅持要這樣——我和爸爸坐在那兒，媽媽去買單，忽然間她一滑，整個人幾乎飛了起來；我一急，又是那種感覺，我覺得媽媽是十分平緩彷彿放慢似地軟軟落地。爸爸已沖了過去，我則像亭亭幾次栽下去那樣，沒動彈，是沒緩過神來？媽媽只嚇了一跳，一點事也沒有。更早的時候，路上見一女孩子在前面走，附近樓上傳來我喜歡的一首音樂讓我一驚，我動心的瞬間只見那女孩好像腳步稍微急促朝飄來音樂那座樓趕去，然後才放慢下來回復正常……想起這些，是因為這些瞬間的感覺現在更加經常地出現心中！它應是無法刻意達到的，屬於一種真心；無論是何種真心，只要入了忘我的境界，就會出現那些能量吧。通常說來，這屬於奇跡喲。可我覺得它十分自然，應是任何人都曾擁有，只是未加注意，或許有更重要的計算把它排斥掉了。是太多的失望在我心中鑄成了希望的通途，所以能量就常能自然顯現；是苦難帶來的渴望和憧憬，令能量不僅通過現實的行動，還直接轉化成為事態……能量妙不可言，當我認識到這些的時候，應該說，我心上以至孩子們未來路上的一座里程碑已經樹立起來。它是一座豐碑。

六年以來，事情自有原委？從 97 年元旦，我將貿易停下，生活頓時安靜下來。讀著書，想著投資，並不知冥冥之中我在準備什麼。還記得元旦那夜，黃金海岸的窗前滿天焰火，有些寂寞，還有許多意味深長的夢和境遇。先是二月前後不斷夢見鄧矮子，時而會場時而路上，他雖然無言卻期待良多，令我十分奇怪並感動。不久，他就去世了。接著是三月，去長沙，招待的人送我去了韶山一遊。我有意去見識傳說中頗為神奇的毛的祖墳，來到一處在路邊幾乎快被踩平了的墳頭，村婦說是毛不認的那位由父母所定的妻子的墳，相伴近旁他父母的墳則是透空在山頭上，一派雜亂無氣。接著，他們又說還有一處是他爺爺的墳。我們來到他屋後一處極深的山溝，是毛澤東發動文革後曾來這裏住過幾個月的地方，倚山而行就見到那叫虎歇坪之處，修了亭子，毛常來。那墳就雄踞山前，面向群臣侍立般的兩側山翼，而那山谷氣勢磅礴直下遠方，逝入洞庭湖——猶如毛的一生！這期間我又重溫一些戰史，對毛澤東的艱苦卓絕和雄才偉略竟如臨其境，感慨而又對自己感到奇怪。到七月一日，大約在特區政府宣誓就職的時候，種下了兒子。這一年時有旅遊，多年來難得遠離客戶和人群；雖有寂寞感但書海與心路上時有所得。十月我受騙買了包含陶淵明夢境的農莊，同時陪爸媽去了媽媽同是出於陶淵明夢境的祖居——那座建于民國初年的清代進士的宅第，是母親的祖父辭官歸隱的地方。宅中未能出走的親人全部湮沒其中，有許多許多大志難伸的歎息和沒落貧窮的痛苦怨艾縈繞在殘垣斷壁。十分奇怪的是，從那裏歸來的一周之內，就飄來了那份騙開信用證的合同和匯款。

　　兒子誕生的感慨和喜悅中，我想起我曾問過爸媽是否該做人工流產，畢竟已有三個女兒了。他們同意了。我因此知道：兒子來自於我的虔誠。他滿月時，開始了我的囚居，一而再三。我同樣絕不放棄，奉上我的虔誠。當看到克林頓在他父母懷中的照片，我大吃一驚：他的父親活脫脫是現在的他，如同我兒子活脫脫是我小時候。早就聽說過，兒子命運不凡多會背父。如今，五年了，我竟沒能給兒子過上一次生日。第三次囚居開始前，我開始讀一本西藏僧侶的《生死書》，講的是死前準備，是不息的靈魂準備慶典，在死亡的瞬間準備好昇華的發射。這時曾在我囚居時不斷飛到家裏來的九隻虎皮情侶鸚鵡，只剩最初的兩隻了；在我前往開庭時，它們死去了。也許，命運確有這樣的安排：我實現了我的一個理想，有了勢將前途無量的兒子，所以我將為此付出，而他的生命將抵消我的。可是，從囚居的第一天，我都會有這樣的想法——可能，很可能，明天我就會回去，像我離家前照著鏡子自言自語的："……迦太基大將凱旋而歸，耀武揚威！"我也奇怪，為什麼從第一次囚居開始我就每天都有這樣的期待，把每次鳥叫當作獲釋的預兆，以至家中飛來了許許多多虎皮情侶鸚鵡。難以說清我這樣期待的理由，事實上我可以憑藉每一個字跡包括妻子投射過來的好心情便在想像中開始期待。每當幻想破滅，新的幻想便又發生。我因此沒有被環境吞沒。又是九百天！日日夜夜，希望不息！無數失望之後的再生，希望已經潛移默化，融入我的血液。也許正因為如此，希望趕走了死亡，改變了命運。既然希望永不消退而且融入了血液，它便是事實，是從我平靜釋然不再想入非非的心境中將時空重疊，並把能量轉化為質量，改變了原定的結局，而希望變成了事實。

2002 年新書記黃麗滿剛來，大談司法公正，說要加強黨的監督，似乎對剛一上任所見所聞頗為不滿，對外省參觀團也說不要只看外表，實際問題很多。而政法委書記一直顧左右而言它，直到在京人大上肖揚講了不得干預經濟糾紛，他才忽然間入了正題，大談司法不公的嚴重後果，說代價極大，似乎心痛不已。這些漸漸變成了一陣雲煙，是在四五月間有變。黃書記開始說法院定案，特殊情況當然要聽從黨委的意見。聽來十分生硬，讓人想到是被牽扯到的權貴又介入進來。從那張匯票在向檢察院移案前交給負責分贓的方某人，那時權貴們就已經不是隨便說說幫一下忙那麼簡單了。從 1978 年底在西單牆見自稱李小勇者穿件破棉襖假裝民主激進分子，我就琢磨過他們。他們真的就像那類不成器的人，當我坦言鄧將有的改革會有多麼富有，其驚愕中脫口而出：「你這樣的想法很可貴，難得！」而二十年之後聽說李小勇已經在珠三角和海南熱鬧極了，成了巧取豪奪的領軍人物——其所驚喜的改革前程，不過是橫財就手以至於雁過拔毛的慶倖。這倒和最初所見那副小地主模樣十分切合。關鍵時刻，又是他與時任市委書記的張高麗互動，下了決心，鑄成了終審結局。現在，這事兒到了北京的層次，上了內參，人大代表遞案，一系列控告申訴——如何是好呢？通常會強調穩定，"保護隊伍"。正值港人普遍不滿，問題就已經不是經濟層面了。又需要香港模式引導臺灣回歸，這種情況下難免檢討九七以來港人不滿的成因，也不再泛泛歸於經濟因素，實在來講港人已經變得太政治。那麼他們九七以來地位的改變，在內地的遭遇都不免變得極度敏感。估計對方會先把案件弄回自己手裏再審，然後祭起一個拖字……一切盡在他們手中，我們只有正義——永不消失的希望，使我也成為希望，以至成為社會的希望。我不僅戰勝死亡，十分慶倖我一早有所準備，慶倖九七年以來已在心中樹立起如此豪情與靈感，慶倖心中有神明常在！現在，我也終於明白：97 年元旦，那滿天焰火中我心上的百感交集，意味了什麼。

白露，依依的生日了！天地此時純淨明澈和豐碩，而碩果上的白露，閃爍著喜慶。閉上眼睛，就可以聽到祝福，和滿溢喜悅的淚水，像白露……有首曲子，現在終於知道了歌詞，卻是你們四個孩子寫的："你的心，像一顆璀璨的珍珠，你曾把月亮指給我看！這張舊照片我已能看懂——清晨夢中的月，你為何流淚？不要不要破碎，我的珍珠！我們等你，已經太久！沒有你的保護，我們怎能不被污染——清晨夢中的星，你是否明白？"

中秋其實是不團圓的人們的節日。01年秋天我預感而讚歎："秋天真好！"已是第三個年頭，還有多少個年頭？01.3.2赴庭，聽檢察院龍建華在那兒故意說給我聽："那人出來告訴我，說是洞中一天，人間千日！可我發現洞中一日，人間還是一日。"當我真的在洞中過了九百多天的時候，我卻發現：的確只有幾天！恍然近千日已過，想必是有幾成仙氣附體了，不知天上宮闕今夕是何年？二月水星凌日，病；八月火星沖日，如何？當年武王罰紂，牧野之畔，五千虎賁對七十萬，一揮而就。那是文王逝後的事了，歷史的進程比起人的生命，實在是太過漫長！無論如何，且看定手中的板斧吧，它確在手中！每天每天，怎麼形容我們之間？不能用想你們愛你們來形容——我們彼此已經融合，只欠超越，"從必經的痛苦中，迎來璀璨的生命！"

國輝 2003 年 白露

（十六） 萬物至理

（他經常斷然喝問，會把犯人嚇得魂不附體；王監區長的人馬已經順風駛舵討好起他了，常年難得減刑的沉默大多數不禁從他一身正氣的身影裏開始期待公平，以致王想要穩住陣腳常常整晚訓話用掉大卷紙巾也擦不完他的汗……有不少買賣減刑的蛛絲馬跡已經爆料，段副監區長直截了當毫不避諱放上臺面，勢頭人氣便明顯向他傾斜，就差讓對方見光死了。雖然事情絕不可能這樣簡單，王監區長上面貢著的我聽說是省廳局的頭目了；可是眼前明擺著的，彷彿就要邪不勝正了！我不禁做起美夢，莫非我的案子也正如眼前的形勢，會出現奇跡？我為之鼓舞，衷心祝願，而段似乎也對我越來越感到好奇。他一直在讀我的信嗎，難道他也會深入思索我之所想，很稀奇喲。）

女兒也聽上了《神秘園》，使我心中的感覺浩浩蕩蕩，當年卻是在一條崎嶇小路上聽到這來自天路上的樂聲！看他們的信和畫，擁有哲人的激情——從我們盟婚的 10 月 26 日，那時只是朦朧的靈感，如今卻已漸漸形成了……你看卓卓畫了什麼：我牽引著他，向著一個個里程碑，拿下一面面錦旗；似塔入雲的境界，是通神的道路，是絕無自以為是的道路。亭亭甚至對 99 分也不滿意，但能發現不足在我看來比一百分還好，應該給你 120 分；三好也加上一好，就是勇氣好！希望你永遠能在謙遜和喜悅中向前，生命因此豐盛美滿……我們在 10 月 26 日相遙 2500 公里相約，似乎註定我們要有如今的遙感，使我們不曾忽略肌膚之親時的心意，至美的能量也不只是交合本身，而是心意在爆發中融合、昇華，是全新的境界、實質的天堂，永駐於我們之間。由此，我們已經不同凡響。

從你寄來的書上望向宇宙，和著老子《道德經》的字字珠璣，是令我一目了然的境界：理論物理學家的苦苦思索，如果是從我的角度鍥入，偉大的劃時代的方程應當立即出現了。他們總在關鍵的地方錯失，像蒙上眼睛尋物的人讓周圍旁觀者所見的樣子。可能外星人也這樣看我們，卻不做干預和進一步啟示，是因為整件事上的要點尚需人類的心靈成長，否則，迷信比不信更加可怕。最早的啟示放到了數千年前，神話一般湧現的河圖、洛書，演生出太極、陰陽、四象、八卦……圖、書，放到一邊，才有實證的西方文明得以走來，彷彿只有這時黎明的陽光才可能照亮這古老"圖書"真正的意義，人類將因此完全不同。原來科學尋尋覓覓的萬物至理真的存在，所有的證據最後一齊指向了中國古老的"圖書"。只有這時，陽光才照亮了它！這一時刻如今說來，何需幾百年，何需一百年，它已臨近！反而是在西方，臨近它的啟示越來越多，以至此類書籍動輒賣出近千萬冊。當中國這負有答案的國度正忙於金錢大運動的時候，它的國寶卻漸漸照亮基督教文明中先知的眼睛，而這文明也不可阻擋已融入中國，經濟生活已經來到徹底開放的不歸路上。一切西方文明的經濟引起的社會規律都難免在中國生效——法治、民主，以至中國曾消化了無數蠻族的文化也終於要在西方文化的融合中，如同陰陽相愛，昇華出全人類此次數千年以來全部文明的精華。彷彿是神的計畫，卻是自然的定律，奇妙的能量之境的約定而已。

　　我們的生活，是在經濟逐步到位後實現法治的過程中出現了小小的障礙。而我們的事情如此清晰不可迴避地浮出水面，它不解決就無法解脫的永遠的麻煩是自然規律賦予當權者的。無論多大的決心多大的力量多大的資源，都無法抗拒。惟有我們的事情偏偏不同於他們一貫所為，因為我們的境界。天意，遲早將顯示如此險惡深不可測的實情；勢將影響到經濟運轉的司法機關，在把經濟完全卡住之前，不可避免從改革開放最先開始的地方開始調整……這裏曾有孤單的身影，漫長的苦難，痛苦與失措卻在天地間社會上最本質的力量中變成頂天立地。無論最終的決定多麼令人猶豫，它都是迫不得已要做的，而且一做就絕非一般……依依也感慨這世界“就是不公平”的時候，鏑沒給她定向。雖然不公平是絕對的，但公平是準則。發生不公平時，越是不公平就會有越大的力量向著公平，最終推倒不公平，矯枉過正，不僅達到公平還超越了它。智者中庸，但絕對不是面對不公平時認同不公平，而是因勢利導，當仁不讓。越遲，會越好……我還謹記 00 年 6 月 22 日我在大嶼山黃昏最後一縷陽光中凝視天壇的尊者所驀然想到的，記在被抄走的日記裏：不可居天功為己有。這應許之聲言猶在耳，使我準備好無論多遲也信天意，心存感謝。那日第二天清晨我擱筆便陷囚居，五個月後出來時一身皮患，尚未治癒又陷而今！雖極緩慢，但像亭亭貼在信的中央那美好的小烏龜，已經爬出了整個時代的捷徑。連兒童的心都已經看出了其中的奇妙。這樣的兒童必被賜下無邊的富貴，她會給我帶來如此豐盛的感動！

孩子們夢見我回家了，是三兒的夢嗎？沉默中三兒有什麼秘密嗎，我的小先知！你們在唱你們給我寫下的歌，我好像聽到了。已經有許多歌，我們已有組歌了——《破曉》、《我行我素》、《難以實現的夢》、《誕生》、《妮子的歌》……土江邊新州島上正是秋高氣爽，北方大雁已來棲居，我的飛鴻也已十五封了，可以結集而出了吧——是《天堂、地獄、人間》？是《我果殼中美好的宇宙》！我常常奇怪我是在這裏，竟會滿心歡喜，意境如此豐盛，竟會有這麼多有趣的事；可我的確是在這裏，而細看周圍，也仍然心情依舊——我確實實現了這樣的境界，我們也確實實現了我的初衷，並非夢幻！沒時間看書，但半年看完了三十本書，是每天點滴時間的積累！法律流覽完畢，實踐也到了極點！每天每天，非同一般的時間流轉而成著——每天每天的沉思，每天每天的承受，失望培育著希望、痛苦澆鑄的喜悅，希望和喜悅因此永駐！

想起鏑終於披上婚紗拍照時，我還在趕來的路上已經聽到那心跳了，那份喜悅喲！如此希望被愛，這本身就多麼可愛！現在，從我的陽極如同彩虹飛越與陰極相接，我感到萬物至理那渾厚的力量據此伸展，可以揮動整個宇宙，喜悅而迷人，揮動了宇宙！

國輝 03 年 寒露

（十七） 愛與法治

（鏑來見我時，這明媚季節的光彩，究竟是從天上還是從心上，照在我們相隔的鐵柵之間！段教竟也趕來，就坐在我身後拿起監聽的聽筒；我見他分明是不好意思，但仍硬起心腸就是要聽。因為此刻，經他通信的兩顆心，終於面對面了……他與教導員奉命整改之事，越深入也越發現不知究竟最後要誰來拍板解決了。新任何監獄長剛到，從前是省局管教育改造有宣傳工作氣質的人，已在水池邊擠得水洩不通的時候見過了。他一行人從我面前掠過，正是晚上睡前洗漱的時候，只有我所在一號倉水大些，都擠過來用水，而我的床位就在水池邊，正任其來去盤腿而坐寫著日記。何監經過時，有些驚訝，竟朝我大為贊許點了點頭，是因為這與他從前主管業務相關吧。那麼，我的日記就更被一些明眼的賊們看來作為一件大事拿去彙報了。收工回來的時候，總坐在宣傳室這個犯人軸心的地方幫忙的高佬向我透露：段教來關心你了。大概是見我並沒驚慌，有些驚訝——從床下櫃桶我發現，我的日記被拿走了。直到晚上熄燈，忽然樓層值班驚慌跑來叫我出去，是令他敬畏的段教站在樓道口等我。他把我那本橘色封皮的日記遞給了我，只說："收好了，休息吧……"我囁嚅了什麼，大概是說這是些自言自語也不知寫了什麼。他只是一個背影，聞言背影有顫動，卻沒再回應。我寫了什麼呢？第二天早晨我看見，我寫了他：一個真誠忠直的軍人，正在保家衛國。）

現在是 26 日晚上十點，得以坐下來寫幾個字——早起就感覺到大日子的氣息，百感交集！今天也是考試的最後一天，商法與民法，令我斷案無數！沒想到，這次考試根本就沒時間準備——原來說要專門給時間，結果正好相反，連晚上都要開工，完全沒時間了。所幸，最後一周下達了集中學習五天的安排。這五天，我民法讀了兩天、民訴法讀了一天、商法讀了一天，經濟法讀了一天，都是挺厚的書，我說是考特異功能。今天上午考，還想著你們，心裏開著玩笑；不能說沒有特異功能，臨考前看了一眼商法的共同海損，結果正好考到它。商法應該過了。欣慰的是只在這幾天中能讀完它們，邊讀還浮想連篇這些年裏諸多案事，它們都清晰完整因果明瞭從法律書中向我顯現出來了。我理解、我太理解法的意義，以至於充滿“法的感覺”。那麼，將來案件再審翻案又拿下司法考試，我就有了律師資格，也等於有了法官和檢察官資格。這件事挺好玩——孩子們也在不斷考試，不斷拿著好成績向前領悟人生，而我身處“法的中心”，竟然發現：它確實具有神性。離開考場時鼓樂齊鳴，是這裏的管樂隊在迎接司法部的人。此時南方秋爽而亮麗的天空，讓我十分欣慰愉快想到這是我們訂婚的大日！感覺著鐺的許多感慨，知道你在想著我們的好事，而當我試著深深吸入一口氣，一道光芒從心中升入腦海——是真的，有一道流星從此刻的夜空閃過，預示著我們：我們的願望註定實現，我們的極樂無法言喻！這感受真是奇妙，竟有如此迷人的意境，是世人所難體會的妙趣！

如今我變得遇上開庭考試之類事，就興致勃勃。法律，對於我有特別的意義。曾讓卓卓問你："你的榮譽是什麼？"你的回答木訥，就又問你："你最快樂的是什麼？"我從心底向你揮動的，具有特別的意義。我曾在信中說過："我們滿懷神聖的情感，向那無邊的黑夜邁出我們的腳步，朝著黎明的方向……我們能夠戰勝邪惡，因為我們美好！"一個月前忽然有了樂曲，是成婚那個除夕夜首唱的《同一首歌》。歌與我，都要向你一再重複："我們能夠戰勝邪惡，因為我們美好。"雖然，法律成為強權者的一種交易，但強權也必須在法律內外運作，社會的架構已然如此——就像南山的一級看守所評上時完全是假的，但最後怎麼樣，半假亦真。社會由於不可更改的定律所迫，不想如此的人也只好如此。我已經說過，經濟生活已經漸漸到了不為法律正名就無法運作的階段，許多名義上的事就必須要付諸實際了。制約的要求將越來越強大，越來越成型。我們是其中的組成部分，或將成為閃爍光芒的部分。這不是我們想要的，一切只是自然而然，甚至迫不得已。

學會如何面對關鍵了嗎？我從這裏，落葉可知秋、滴水觀世界！小三兒也能發現最重要的事情——為什麼爺爺說話總閉著眼睛，為什麼他們腦門都有一條線；還有，"要放下包袱"。你看，這麼小，就會告訴自己放下包袱，尤其是放下和弟弟在一起時似乎失寵的包袱，而且，她知道我對她好……事情的關鍵總是在放下包袱後才能一目了然，一舉解決。快到這個寶貴的日子了——11月22日，我們歡樂的紀念，多麼美好，竟有如此靈感的生命降臨！俗話說三歲看大、七歲看老——我看到放下包袱的三兒、總是擁有和掌握關鍵的三兒，把握了未來！

鏑寄來的九旬夫婦化蝶，他們靈魂的牽動也類似那兩歲小孩一再讓沒牙老奶奶吃東西吧，純粹的愛的感動如此，但如何才能達到？密宗要經過類似道家採陰補陽的過程達到曼陀羅，自有一套修煉之法約人上路。禪宗呢，"頓悟"便超然入境了。人與人靈性各異，而我面對你亮晶晶的性感，早已不約而同！我們跨時空的交融，使我們從彼此獲得了精力，歸於愛的"空白"而神性無邊……爸媽他們的心心相印，一切事都協調一致，既使出錯亦無妨，因為更重要的是他們協調一致；而錯了的事遲早都會回轉，他們絕沒有因為區區小事意見不合而壞了大事壞了根本。鏑說"讓一個笨蛋愛你一輩子"的時候，我惟歎絕頂的智慧！再讀《道德經》，心中奇怪自己對老子的感悟如此了然，感同身受！老子，孔子！五·四運動之後，他們備受衝擊反而解放出來，以至今天我對他們有如此親切的感受。說實在的，他們的許多想法竟然如此切中當今的時弊。這真是聖人的了悟，而人性的真理是如此亙古不變。在此，我鑄成了從西方的聖人到東方的聖人通古達今的了悟——如此同感，不約而同！其實它可以在每個人心中出現，因為每個人心中都有這樣的種子，但卻有待心靈的成長。真正點石成金的秘訣，仍在每個人心中沉睡，大家迷失在自鳴得意的各種技巧之中，而聖人不行而知，不見而名，不為而成。

　　00.11.22 輸液時照著太陽，我已知要發生什麼，只遺憾錯過了三兒的生日。第二天開庭鏑急著先告訴我結果，記得我沒有反應麼？庭上宣我無罪的審判長也看我的反應，也沒有。市局預審的吳峰問我有什麼打算，我問他："有什麼建議嗎？"他應聲掉下樓梯，咕嚕著："我能有什麼建議！"然後檢察院李舜宜傳過話來："市檢是跟市中院溝通過了才起訴的。"一切都是註定的，不妥協也是註定的。所有親情都面臨考驗，也是註定。三兒畫了從天而降的禮物當中，雖不醒目卻有至關重要的"心"。三兒一直沉默，是因為畫中已包含了一切而你沉默在其中，是嗎？又到你生日了，我的皮膚無需輸液已經痊癒，曬著小雪晴麗的陽光時我又會知道什麼？凱旋之聲是從寂靜的藍天漸漸飄來的嗎，意志的凱旋早已從內心深處正步走來了……仍要等待一封封信，仍要等待心靈的成長，需要時間。

時間彷彿神的手，物換星移中改變著難以改變的事情。猶如蘊育生命，經過心靈的成長，有如此驚人美麗的新生！在這秋的最後一日，五年前，逮捕正式開始了這一程序。我是從熱淚中舒緩過來，感受溫暖的陽光和一直播放的《田園》，是天地間的氣息安慰了我，以至使我覺得當時就正在走向勝利。今天，雖然仍只有困頓環繞，為何心境格外明亮，哦，傳來鳥啼，是只有這裏才有的一種格外好聽的鳥啼。我見到一對小鳥高駐在燈架上歡叫著，抒發著生命的歡樂。我彷彿遊人不急於離去，我欣賞著景致，有些事我很想看到它們的結果：就在身邊，同樣的時代主題也在演繹著，預示著時代的本質其變遷，彷彿與我們的命運共振……一切原來如此簡單，卻要費盡周折；真理原來如此簡單，再複雜的盤算再強大的力量也奈何它不得；歡樂原來如此簡單，像相戀的小鳥面對清晨的歡呼，讓一切煩惱變成多餘。而憑我愛與法治，達者兼濟天下，窮者獨善其身！

國輝 03 年立冬

（十八） 心靈的成長

（難道是從我心中發出的能量嗎，我能感到心靈上的回應如此真切，所感所思恰如我傾訴即獲共鳴——這分明不是來自我的家人，因為我的信剛剛交出，而且這已不是一個人的心聲，彷彿有兩個人在傳頌而且唏噓……段教和魯教導員彼此呼應敲打著從前王監區長的王國裏買賣減刑盤根錯節的機關，一個是抓犯人的紀律，一個是抓警察的紀律。王與管生產的廖副監區長以及兩個車間主任則對應著在找犯人頭們密談對策，回到監舍就會看到犯人頭們又跟擺明是買到工位的犯人叮嚀囑咐。16 大後新人新政也有咄咄逼人的架勢，而我的案子，我也能從心上感覺到家人幾近雀躍的期待了。）

今天是第一千天，第三次被抓的第一千天，讓我想起許多：從第一次被抓那天你抱著卓卓，從日落到月出守在看守所門口；從那年中秋月下你抱著卓卓在監視居住的樓下張望；第二年我終於回家，你忽然不見了我就又抱著卓卓樓下樓上找、最後在樓頂天臺找到我，還是抱著卓卓……我心裏有滔滔的熱淚，憑此誓要有一個結果！我追求的完美，碰上了最為醜惡的一夥，他們從收黑錢，到後來掩蓋罪行，一路顯出如此龐大的原形。有終審結果之後你探望我，舉著檔案袋擋住臉，你流的淚今天還燙著我的心。又是一千天！我知道你已經竭盡全力，我時刻擔心你倒下，為此我激勵你讓你相信未來……你的心願天天都觸及到我，你也用你夢幻的喜悅支持著我。雖然你常常舉不起它來，甚至寧願迴避它，但在我心中，你已經舉起那把板斧，它在物換星移之間的天意裏高懸。我也事實上已經達到完美，是我們自己行出了完美的心境。心底的感覺總是難以言喻，但我知道，你在我心底，是我最美好的一部分，也是我的靈魂的組成。你隨我而動的那份喜悅總在我心上，是我的心跳是我的呼吸。總想起你的眼睛，是初次見面就有的眼神，後來見到孩子們好奇和喜悅時都有的那種樣子。從這一千天還有這之前的 553 天你望過來，你的深情依然，只是已經融入了我的靈魂！

可能是在我們的意境中，那把板斧被舉了起來，是我們的淚水還是你的手在發抖，那板斧使金石為開……但不是現在吧，即便現在再審，還不是他們自己來審自己。由於千絲萬縷的聯繫，首席大法官成為他們的王牌。也許，我們的意境只搖搖晃晃舉起它，就被他們拿下了，我們心中的板斧則在時空中成了能量！

每天做運動嗎？我每天做每天都能堅持的運動，然後靜心片刻。每天有片刻的讀書、片刻的筆記，積累而成卻是許許多多的舒展。你每天堆積了多少褶皺呢，會生病的！從此刻起應該一天天把自己舒展。電腦前一次不宜超過兩小時，每天不要超過五小時。雖然它方便，但輻射和垃圾信息有害，焦躁有害。一早讓你落實依依的日程表也是想教你好的習慣，現在你刻不容緩了。事關人生態度、人生效益、人生質量，結果大相徑庭。凡事都在於恒心，時間一久結果非凡。來得太容易倒反而守不住，心態搞壞了。我們曾經那麼快賺了那麼多讓人驚訝的錢，如何？其實慢慢來也並不要太久，一千日長不長，可以成就很多事了。一念之差會有天壤之別。這裏有位說自己是唯一良民的人最近說我救了他。我只是和他聊了幾句，讓他開竅了？本來他老婆因他另有女人跟他離婚又得了乳腺癌，孩子也不見他，只見他臉色鐵青已然行屍走肉。現在老婆癌也沒了，孩子也來看他，準備重婚了，就連勞動成績也上來了。你看還有這等奇事，其實只是一念之差。我對你說的只是，習慣之差。關鍵的事每次都提起，就算講了才做也能愚公移山了。如此漫長，有待心靈的成長？真的寫了篇《心靈的成長》，但以後給你，有待心靈的成長。這回先把《文明薈萃之時》附上。曾經給你的文章若能陸續在大報上登出，就算減刑也不用多久就可以回家了。而我更珍視心中所感動的，還是愛最重要，其他都是相應而生，因此才有生命之樹常青！那"唯一良民"臉上的紅潤就是證明吧。如果我們家也有如此長期冷戰，會怎樣？智商高並非智慧，情商和逆境的商數反倒更能證明心智。你心中有愛，說你傻你卻智慧，說你智慧你卻謙卑，就智慧常在！

98年春節的《我愛你，中國》早已變得傷感，除夕正在沉落的令人驚奇的木星一樣的太陽，我後來在看守所見過，是在一個人被鞭打得變了形的屁股上，它竟像木星一樣。年復一年，你依然脈脈含情，仍有好奇又喜悅的眼神。沉重的烏雲下，你和孩子們極目遠方的渴望不曾減少、與日俱增。我用通常理當絕望的目光看去，驚訝又難過，感動淚水長流。如我所說的完美，確確實實來到我們心間。它雖然只是心情，只是境界，但，像我以前說過的定律——質量與能量守恆，我們所感受到的能量必然現身於世……

關於日記的說明其實有用，想過為什麼沒有？從始至今我寫的包括你寫下的，都是有用、可用的，想過為什麼沒有？從前我是軍人，打過絕妙的仗；現在雖仍是你們的中心，但在行動上卻只能做個文人了。走出智慧的蠻荒，你這女真族的女武士葉赫那拉來了！記得我們一起去聽瓦格納《指環》的音樂會嗎？那即將滅亡而復生的傳說之中，我竟睡著了，是女武士的旋律把我嚇醒的……

三兒生日，她受寵若驚多少有點兒沾沾自喜了吧？讓我感到她欲罷不能，第二天才乘上歌聲的翅膀……信也是寫給孩子們，但只有聽你解釋了；如果媽媽還不明白，那就要將來由他們解釋給他們的媽媽聽了。想起我的家，我總是無比欣慰！又要到聖誕了！去年聖誕前小三兒在畫中許下的願望能否實現？是否會像我神奇的三兒畫的那樣呢，還是像梳著有魔法的小辮子的三兒在夏天畫出的那樣呢？也許既像冬天又像夏天，因為這些願望是一生的寶藏，會在所有春夏秋冬賜福我們！很愛聽的一首樂曲，是在 84 年有人告訴了我它的歌詞："……全世界都在期待，紅人白人黃人黑人都在期待著，他們期待著一個生命的誕生，他給世界帶來了希望！" 85 年聖誕我又有了一首心愛的門鈴樂聲，也是關於他的。88 年 1 月我隨手拿了一本關於他的書在南下的火車上看了起來，還做了些許唯物主義的解釋。90 年 6 月中旬也是隨手，我買了一盒《萬世之星》的影帶，卻看了一遍又一遍，以後見到了你。以後，我們所到之處去了所有的教堂，終於，去了耶路撒冷，就在 12 年前的這個時候。奧秘，卻只在內心深處，而且如此簡單——一個犧牲的聖人，能量竟會如此巨大……還記得《家歌》嗎？我們已經從《破曉》到《離別》，又到《同一首歌》，只有《家歌》無言——是在晨曦與夕陽的海面上無限伸展的意境，和著聖人的意境；只有三兒童稚的畫，可以說明！

又到嚴冬，有時候會挺憂鬱？我在這裏，只能從你的心情洞察事態。不知你的看法是否有准，我感到了的你的高興是否值得高興，而憂慮是否值得憂慮。難免失望，但畢竟你的幻想送來的喜悅曾鼓舞我經過了許多艱難。而可行的好事會在猶豫的心上錯過，留下憂鬱的樂聲。酷夏有酷夏的煩惱，嚴冬有嚴冬的憂鬱——毛衣都被新來便抓紀律的副監區長沒收了，你來時在門口東問西問禦寒衣物的事，使這裏又讓訂購了一次，但還沒交貨；洗澡也要向寒冷衝刺才行了，我絕不錯過如此良機。奇怪的是，並不感冒。首次開始擦面油，希望回家時這張臉恢復如初。有憂鬱不妨盡情憂鬱，釋放後就歸於寧靜，喜悅以至智慧油然而生。生命與心靈是十分奇妙的，有無窮的意境可以追求；成功和失敗全是一念之差，相似種種卻相差千里。所以常說心靈福至。在我們相通的意境裏，在許多信中的微妙表示裏，有奇異的能量。依依，喜歡你們《妮子的歌》嗎？亭亭，因為寫爸爸的作文在學校太出名，被一些問題難住了吧？你不用回答，爸爸很快回來的話是件大事，他們都會知道的；爸爸很久才回來的話，你已不在那裏了……卓卓真懂事，幼稚園問家長姓名，你深情地說："寫我媽媽就行了！"你就是爸爸的代表，替爸爸陪著媽媽，還要愛護媽媽！你肯定已經不再鬧著讓媽媽抱著已經很重的你走很遠的路了吧？還有三兒，爸爸祝你們聖誕快樂……曾有幾次覺得自己左乳頭長了什麼要命的東西，一驚，然後覺得可笑——男人怎麼會？又擔心爸媽身體……鑰，生完卓卓該按摩乳房，你說自己來、還問過你，你說做了，到底做沒做？情緒低落，免疫力就會降低，異物就有機會擴張或突變。不能隨便用刀，其後的化療更加降低免疫力，而新增的血管網路無法切盡，所以多數會發生轉移。不知廣州的氬氦刀怎麼樣，但應當先去一下北京的中醫研究院（北京東直門內海運倉胡同 3 號，電話：84023323，網址：www.keai999.com)。免疫狀況是關鍵，像我這種有點過敏體質的人就難長什麼東西。規律性生活，習慣性的運動和靜心都是很好的調整，良好的飲食習慣更加重要。這是我身處困境保持健康和喜悅狀態的心得，十分可貴。你應當學會愛惜自己，也是愛惜我和孩子們。身體好，就算無所作為，一切困難也會隨著時間而過去。從現在起，不管到底有事還是沒事，安排好生活，有定量運動、適當飲食。記住：運動後的舒展有益，深深的呼吸和寧靜的開懷有益。在我的境界裏，我其實已經走過了疾病和它身後的死亡，我相信生命和健康像歡樂一樣簡單，永駐我心。在我們非凡的心路上還會有什麼艱險呢？只要意境在，百邪不侵、百邪消盡。你最懂得愛，我可愛的小女孩，我的天使，你照亮了我心中曾被忽略的許多角落。你的深情，年復一年探望的眼睛，震撼我，揪動著我的心我的靈魂。你是無言的智者！在我們的境界裏，可以戰勝敵人、戰勝疾病、戰勝自己，只有歡樂！我們能夠證明：這世上其實好人才有好報！我求了……我祈禱、我相信，我感謝！我相信我們的生命平安無事，我們生活中的一切危險就全部都變成了好事，越來越好！不止於字面，這裏有我的心跳我的能量：我們一定會平安，如願！以往還不夠逍遙，因為有待心靈成長；今後的逍遙，日復一日、年復一年……

看了媽媽的信，好欣慰，感覺到媽媽的健康和思維敏捷有力，還會罵人——到時候烏龜王八蛋成串讓媽媽燒，在這時代最高的祭臺上。事態仍可選擇的階段早已過了，對方絕不天真，為此所付出也早已遠遠超出原標的了。我01.3.2就告訴鏑："什麼時候了？！"他們非常清楚連鎖反應的能量，不僅是因為他們的賊事太多，還因為這將導致重大的進程。像亭亭一直擔心的黑雲，顯身出來的怪獸如此巨大。親愛的媽媽，現在想起你99年9月那句話還覺得舒服："和他們鬥！"當時我聽得渾身都通了氣。媽媽小時候的鬼屋我來平息，這裏的焦慮我們一起戰勝。我們有愛，同在最偉大的力量之中。這愛是以你和爸爸為榜樣，然後在我們心中無限壯大。媽媽的爺爺也會為此而欣慰了，因為從我們身上竟然得見孔孟為歎不已的情懷。曾記得哥哥問過爸爸："如果當時村口正好有別的部隊經過，會怎麼樣？"爸爸說不會有什麼不同。我就信，命運決定了爸爸的道路寬闊，所以爸爸知道誰貼心。五年之後，局面就明朗多了，八年之後爸爸已經渾身放光，走在勝利的大路上。所以不能太勢力，不說相信真理，也該傾聽一下心上的聲音或是講點良心，不會有錯的。凡事都如此，慢慢看總會如此，慢慢看總會知道。這裏，才有真正的利益，包括財富，而且正財不失。有句話是"菩薩畏因，小人畏果"。只看眼前可能一年都太久，可當事情有了結果就已經無法改變，事出有因，讚歎也好後悔也罷——有其因必有其果。事已至此，靜待佳音吧。你們寶貴的願望一向具有神奇的力量，我確有體會！喜悅和寧靜產生良好的調整，也讓你們身體健康。為什麼張學良和曼德拉這麼長壽，你們仔細想想我現在能做到的心態，便知奧妙所在……我已經報了下期的自考，又是四門。學法律挺好的，社會各行各業的事具體怎麼做都屬於法律的範疇。實現法治是大勢所趨，否則社會趨於瓦解，這是沒有選擇的。當然，個人生命相對歷史進程過於短暫，但通常也不過十到二十年而已；我們漫長的經歷也即歷史的瞬間，已然跨越了；因果已經分明，而天亮前最黑。讓我們深深呼吸，最興奮的時刻就像長夜的日出，令人難以置信，有我們無比相愛的歡樂。一向我從信裏鼓而舞之，不僅因為這必定是事實，還因為信心不僅決定成敗，還會影響健康。在全家人同心同德的鼓舞之中，我們健康，而心中那把終須舉起的板斧也渾身發抖舉將起來，輕輕一落，事情出乎所有人的預料……愛護如此美好的心情，它也許不是黃金，但黃金是因為有它，才閃爍光芒！

國輝 03 年 小雪

（十九）　神秘園

（段教讓高佬找到我，說耶誕節要辦晚會，讓我寫篇朗誦詞。我問有何要求，高佬說段教說信得過你。晚上看完新聞訓完話，洗漱熄燈前我寫了，早晨出工集合前我經過樓口宣傳室的時候遞給了他。他眼冒金星似的翻了翻，連忙當寶貝一樣收起了。收工時我與他照面，就問他："怎麼樣？"他眼睛像蜥蜴那樣眨動著，說給了段教，恐怕不太適合。我不禁一笑，朝他點點頭，就上樓去了。他仍以為像以往那樣，就連《沉思四百年》都不適合，因為啟發犯人的良知豈不就壞了拿錢買減刑的好事了。當晚看完新聞有自由活動，忽然見他心提到嗓子眼一樣來叫我，是段教正在宣傳室來回踱著，背著的手裏拿著我的手稿；他很想平靜，但畢竟性情中人，連聲說道："就是它了，你自己朗誦，沒問題吧……"我說："沒問題，段教。"管宣傳的犯人躲在一角做著字畫，正努力迴避這一環節，而且他少不了向王監區長彙報多多了。其實他悄悄壓了我不少按要求提交的稿件了。我淡淡回應過段教之後，他也就望了一眼旁邊的孫樂，沒再流露滿心的感慨，低聲說："那你去準備吧。"其實我說的是：縱然一時巧取豪奪橫財就手，難免因果究竟；如今報應，當悟良知，平安是福……段教把它稱為《平安頌》，放到晚會節目的壓軸時段，卻不料監獄何監一行早早巡來；我見段教急切想把他們留住，忙前忙後不得要領；何監嬉笑而言，已起身離去："演出就要背下來嘛……"段教顯然感到失落。他現在推進的清流，亟待新任領導的定奪。我朗誦時，人們熱鬧談笑的聲音已經不小，但漸漸，明顯安靜下來；當我沉靜如星夜般告誡完"平安是福"，退下的時候，人群裏似乎只有心跳漾動了。身邊一個人膽怯問了句："自己寫的嗎……真不錯！"其後有卡拉 OK，王教和廖廠反常的喧囂似乎在極力轉移人們的注意力，回歸"平常心"。最後段教說了："今天晚會的主題就是《平安頌》！"並且，他也說一個笑話："有個老人在雪地裏站了一夜，雞巴凍掉了，只剩下蛋了。所以叫聖誕老人！"）

這裏讓寫"平安家書"，說說一年的情況。正好聖誕，鏑帶來"聖誕禮物"——最高院督辦再審，說是冬至知道的。那一天我也感到暖洋洋的，正寫完這裏段副區長出的題目《平安頌》，然後在見過鏑之後的那天晚會上念了出來。心中有很奇異的感覺！在這裏過聖誕而且開晚會，又說的是這些，十分耐人尋味！尤其瞥見人生百態在星光之下，隨我平安夜的頌歌聲輕漾，十分奇妙！我確實見到了真誠，雖然無言，卻心知肚明，讓人感慨。連我在這種環境之下都會如此深切觸及得到，難道不該有信心嗎？這種可貴的共鳴，只有你相信，才會出現。不然就像失婚家庭的孩子，是難以找到好的婚姻的。

又是在這一天，鏑出現！許多年了，我們的聖誕願望已經無言！可是，真像我曾經說過的——"它是從寂靜的藍天漸漸飄來的嗎？"曾映在我心中的，如今如期而至！儘管再審仍在他們手中、真誠的人也無奈體制性腐敗車輪滾滾，但這消息仍在冬至那天暖透了我。在這之前，我曾感到鏑那份揪心喲，我所說她難以置信，已經太久了，她太需要好消息了，不然一切都在憂鬱之中，實在是萬般不能……甚至想帶依依來見我，接下去是不是想到自己不行了就讓依依繼續來看我呀？真讓人難過，是否太悲愴了。我不認為鏑身體有事，我雖然擔心鏑不告訴我實情，但心底卻有放心的感覺。早知她會有一刀，有了會過去。不過我仍要說，真的有問題，應以北京海運倉的中醫為主，廣州復大腫瘤醫院的氬氦刀為附；至關重要是我說的"習慣"，好的意境和提升免疫，都要靠習慣去積累。做任何事都要投入與堅持並掌握節奏，這樣不僅病無礙，今後的人生都將受益。心靈的成長，但願早日進入佳境，那簡單與喜悅的智慧。鏑已讓我看見她心中驚人的美麗，可是為何言拙嘴笨，為何常會錯失之後想我早有此言。這次仍然錯失是否天意，機會並非永遠都是越晚越好：首席大法官也難，剛判了他廣東的高院院長，他不得不小心。鏑做到了，他就無法回還了，不然千絲萬縷的關係通常會把他也裝進去。不是一級級上來，都是如此嗎——把他也裝進去，不是把所有的臉面都裝進去了？官場上的暗動永遠會讓你茫然，也就別問為什麼，上去一斧就是了。連天地都為你感動，你沒有感受到力量？

亭亭竟然有文見報了，才九歲！她總像棵陽光燦爛裏受我讚歎而在風中快樂顫慄的小樹！我在這裏應要求寫些什麼，也有十多篇了：《深思四百年》、《不賭了》、《嚇死》、《文明的碩果》、《大勢所趨》、《自學與自新》、《在崎嶇的小路上》、《戰勝自己》、《兄弟之爭》、《你走好》、《平安頌》。另外就是自學考試，通過了就有表揚。勞動方面只有兩個嘉獎，還是靠別的分加上去的——只有安排了你生產線上分值高的位置才可能有嘉獎。扣過分，都有點小故事。看上去是在逐步規範，也確有正直向善的警官。即使高牆深處，也可見社會的進步和人心的良知。像我的情況一般來說，成績夠的話，減兩次是到06年結束。04年11月過半，成績夠的話，又具有假釋執行機關的保證，也可以假釋。成績是關鍵，工位則是成績的關鍵。這裏的一切事情圍繞的中心，就是減刑。一年來，表面上越來越規範。中國一切權力的制約來自中央，各種進步也就難免從形式開始，逐步深入，或走過場，少有自發。不過也許會出例外，就令人驚喜，尤其是面對真誠以至同心奇妙的共鳴……鏑，像《誕生》歌裏唱的出生，說會生個男孩是指爸媽曾同意我開玩笑說做掉卓卓而我悄悄留下了他——我所堅守的一切，將會有同樣寶貴的結果。多加哼唱，會有能量。還有《同一首歌》，我的詞，孩子們準備好上臺演出了嗎？已有那麼多首歌，可以演出了。為了你年復一年揮望的眼睛，從一次次懷抱卓卓的期盼，就在從不改變的聖誕探望之中，歌聲響起，禮物像三兒所畫的那樣降臨……清晰可見，身邊的政治和我們的政治，都正醞釀重大突破。雖已確定，但突破仍會被暗動所遏，多麼希望可以帶來普遍的推動啊。從這裏聖誕晚會的星光夜晚、平安夜歌聲，我真切感到尚無法看清的非常巨大的進程正在臨近，奇怪著許多事情並不相關卻像是約好了的，彷彿天設地造的什麼正臨近我們……天亮之時才能讓我看清之事，已使我如此心跳。女武士，那一擊是我們心境中的力量高舉起手臂；因此戴上了棕櫚枝，那是可以治癒一切傷痛的光榮花環！命運，一貫如此，遲早嘲笑太過貪婪的人們！

亭亭因為"爸爸"掛在嘴邊惹出不好回答的問題，是可愛！卓卓因為"爸爸"不好回答索性迴避寫爸爸的名字，是智慧！新年了，這個問題期待可以解決，讓你們高興一時！我想著你們一起唱著我們的"組歌"來慶祝新年的那番景象，鏑還給你們拍了永遠紀念的錄影，真是人間奇景。太燦爛的光芒了，官場的暗動也掩蓋不住了。就連我身邊的事也都看得出來，突破口就在那兒，人心是關鍵，公之於眾而具有穿透力是關鍵！而有了機制，力量才會真正調動起來而成良性運作……新的一年，希望一切相應而生！台海緊張漸漸散去，經濟增速，美國復蘇助動，關係亦愈溫柔，而法治進程已入瓶頸，我們則柳暗花明又一程，遊人樂中年──縱然無果，能量長存！年，應從冬至那天算起，我日記寫道："一早有鞭炮聲，但難以除去遠方城中家人那沉甸甸的感覺！十點鐘，忽然間好起來——鏑太需要好消息了，是終於有消息了……越來越舒展，鏑心結已解：天氣好，事態好？我卻想：別是發回廣東再審了。也巧，最高院再審宣判，當即斃了劉湧……有第一就該有第二？果然如此，一正一反，最高院豈不有形象了，但恐怕它卻並不審我案。身邊的事也讓我想到，不容樂觀。而我寧信其無，該做什麼我照做，僅憑心中真誠……"

又聽到了《小小螢火蟲》，是勞動時播放的音樂，可我的"小肉球們"卻長大了。遇到個紅寶路監視居住時在一起的，說我變化很大，好像我那時年輕瀟灑似的；又有人說見我之前是見法治報上我的照片，也說變了。是嗎？我的心境卻活力無限——鏑，治國齊家要正，用兵卻要奇。不能只是循規蹈矩，沿著別人掌握的網路行走。直擊關鍵，很簡單，但卻需要勇氣。我驚喜望著種種跡象，包括你說起了《神秘園》之四——還記得我們 00 年誓師之時大聽其三，終曲聲中我說起應有其四！你現在形容那樂聲，幾乎是我當時原話。我當時就覺得，這首樂曲彷彿靈媒，自始昭示著我們整件事的意境。天機，也是承諾。真的，為什麼你會聽到，為什麼我尚未聽見時就已料到？而你，來見我時連高牆之內廣場上播放的《神秘園》之一都聽到了。你我的心情隨時互映在彼此心中，無需回應……天地也歌唱，《神秘園》之四的柔美歎息猶如上帝之愛，證明我們的詩意何等真實，它是困境中神明的一瞥，預示幸運，就像《神秘園》之三的終曲已響，之四的幸運還遠嗎？知道你的榮譽嗎，你始料未及，它不是來自你所學的作曲，卻的確屬於音樂的本質，在於我們的心境。正好下午你來了，能覺出你等得著急，剛想到你每次長途奔波來此而見面時間短短，就叫我接見了。我們相對，心裏話：說什麼都太浮淺！你來前晚上我曾有一夢，已送給你了一個聖誕禮物——說實話，雖然形象飄渺但都是你的感覺，極樂同在……劉湧事是因網上點擊18萬次，按被害人申訴程序再審。也是國內民營及外資經濟大增之後法治的需求，相應而出的案件就會引發政治利益驅動，除非又被暗箱作業。這你應已充分領會。此前信很少呀，凍僵了。最近聽到《1812序曲》，英勇與凱旋，真像那場戰爭：俄羅斯只是撤退但決不議和，讓自己的冬天吞沒了戰無不勝的拿破崙七十萬大軍。現在你告知我最高院將發文要求再審，但無法讓廣東高院迴避審理，無法讓我們的冬天降臨他們……又是這一天，反而是凍僵的我們憑此已僥倖取暖，不敢奢求其他了！可是，不成功申請讓他們迴避，暗箱操作的結果也就註定！但說什麼都多餘，在聖誕和煦的陽光中，你還沒從凍僵中完全緩和的神情和思想，但願已被我心上溫暖的光輝照亮。

　　喜歡聽輕鬆的笑話，略說一二吧：其一，有位英國朋友，一起喝酒到下半夜時他走近讓他欣賞的女孩，拉出自己那話兒莊重地交付到女孩手中並替她把手掌合上，讓周圍人都以為他十分得體交付了定情之物。其二，是一位朋友醉醒後發現褲扣開著，卻無論如何記不起發生了什麼；所有人都讚歎他昨晚風雅至極但都不知其後之事，只有一位女孩一直笑而不語。他至今還在感歎，不知那位女孩為什麼如此高興……還在想你凍僵的樣子，我的小女孩太難承受如此重負也太需要好消息了，於是聖誕的慰藉來了！申請迴避的事，你憑心去做吧——如果是預設的陰謀，在目前體制之下，想改也難。寄來的書正是我想看的，早點就好了。不是愛看南懷謹，是愛看他附上的《素書》、《陰符》，當然還有重溫《論語》。我想，從藍洋溫泉，到這些書，你我陰陽和合，你所觸及，我之所動！逝去了那對鳥，卻迎來了你花盆長出心型的葉子，我們可以化腐朽為神奇了。98 年春節初一零時，你在岸邊我在海中，滿天星斗。我看見海水之中都在閃爍星光，索性躺在海面望向它們，可是漸漸烏雲四合了，你也在岸邊擔心起來。這時我感到一股幽深的力量，仍讓我停留了一會兒。這半小時就是這些年的縮影吧。後來初三在東山嶺踏著星光帶孩子到淨土寺前望牛郎織女，也是漸漸烏雲四合了。走在海口萬綠園大草坪，我們這一家人奇形怪狀——兩個孩子在前面跑、保姆推著車中的一個、你肚子裏面還有一個，有人匆匆走過忽然大吃一驚停下來看。以後這六年更加讓人吃驚吧？可是我敢擔保：你現在去到天涯海角金海灣那片海面，仍會望見滿天星斗，也可以俯身海水從中望見星光照耀。我在看守所時就曾經想到，雖然很久不見星空，但所有的星光一定還在。只是現在我們去時，也許多了些流星；以往曾有的焰火中，會多出一些光環，那是我們淚水的光暈吧……

讓依依亭亭無限回味的歡樂、讓三兒從照片中看懂的往事，卻是卓卓難以想像的。我輕撫他初生時的頭頂，享受通暢舒展還略帶馨香的氣息，心中有出神的想法："嘿！這是我的兒子！"這些他都無法感受，他只知道媽媽和姐姐的想念，會攔住我要離去的車或者在車窗拼命招手不讓離去；一歲的他已知道這些，也只知道這些。我失去了他的童年！我想回到98年的春節哪怕回到01年的春節，可以拾起人生最寶貴的童年中嚴父的慈愛給他，卻明知六年後的春節仍然不能給他遲到的關懷；終有一天父親來到，能否逾越他童年將去的心中的障礙？也許我們一家六口團圓的時候，會有這樣的感覺：分別只是瞬間，就像98年初一零時在海中的半小時，其實我們一直在一起！只是容貌有變，孩子們也驚人的長大了！但是我們一直在一起，我們都會有這樣的感覺，六年來我們從未分離過！我們彼此感覺得到，六年來彼此心中的一切都似曾相識！這樣，對於你我、對於孩子們，我們就有了意想不到的收穫，就有了你我和孩子們一生都有益的心得。也許難以言喻，卻正像神明，永遠是從無所執著難以言喻之中、從愛，顯現！卓卓就成了我們家最善於以心感與我相通的一個，註定他有成就。此前說起過周文王，那是個商人；脫羑里歸紂王之囚後，得四十餘國追隨但仍服從殷商；待其子周武王繼位，終以不到五千虎賁在牧野河畔擊潰紂王七十萬大軍，滅殷興周。八百年，中華文化由此而成。如今，中華文化復興正待其時，倒不是個人的事，是來自許許多多的共鳴，是天地間能量的聚集⋯⋯我們的生活變得更有意義，我們的收穫也更值得喜慶。甲申年定是美好的開端，我們的心終於"渡江"！你少女時的夢境是否有這些，還是你為了夢境需要付出的代價有這些？其實是心靈的成長，難免有這許多蹉跎，無論你我還有依依亭亭欣欣卓卓，都有機會來到佳境，戰勝了什麼贏得了什麼倒在其次了！我們首先成就了的，是我們自己！看看孩子們成長了多少，他們的信他們的畫他們的成績，太值得欣慰了！此時，我對你和孩子們滿懷讚歎！你們承受了凡人所不能，戰勝了苦難、敵人，和自己！於是我們同在感謝和愛，擁有了無邊的自由和智慧。

國輝 癸未年 小寒

（二十） 希望與光榮的國度

（可是，權力來自於哪裡呢？段教聖誕晚會見何監蒞臨而忙前忙後不得要領的情景，所有人都看在眼裏；此時此刻，人事如何定奪，已經查出的問題該如何更進一步，都有待新任監獄長全面部署。中國的權力來自於上級，高佬說我剛寫的一篇特寫很難在監區入選報送監獄文化節，我彷彿午睡後在出神，隨意囁嚅：「可以直接讓監獄看看嘛……」監獄花幾十萬給一名長期服刑的犯人換了不用再更換的人造氣管，我說他從新生的氣管吐露的心聲一定是他新生的真誠，不然他怎能呼吸？這是愛之因果，就像高佬不斷放飛藍天的小鳥，總會自由飛回他的手邊。高佬眼睛翻了翻，竊喜投機，就去跟段教嘀嘀咕咕。從此，我寫什麼，就不會再在監區呈報也不會因此在監獄活動裏獲獎了吧——我一共寫了三篇，包括何監突然出現在熙攘的洗漱人群以及後來的文化節演出下起雨時他讓為他們撐起傘具的警察將其撤掉的另兩篇特寫。後來，教導員忍不住在他值班的晚上訓話時示意：他原本在監獄黨委辦公室工作而有機會往上呈送諸如此類的消息。我能因此感受到他的心跳，而包括我的信在內的各種消息已不僅是溝通他們與領導關係的工具，而是一種天意，或許是一種福音……）

來到六隊，已整一年。這裏挺像我 73 年在北京清河的營房，坐落在臨江的半島上。每天開工時，抬頭可見窗外的草地，有紫荊花、棕櫚樹、龍眼樹。院牆像江南一帶的廟宇，是橙黃色。四角的崗樓則像北京故宮的角樓。我也是近來才注意到身邊原來有美景，還從院中舞臺前廣場的音樂和各隊小院牆上的風景畫和琉璃瓦及月形拱門，感到似有神韻的氣息。因為，周圍許多悄然而至的事情，不得不使我另眼看待。

知道什麼是罪犯嗎？就像孩子們看的童話和卡通裏的面孔和心態，讓我驚奇那些作品中的描繪並不誇張。可是，一旦管理嚴明到位的時候，他們竟顯得十分善良，既懂謙讓又懂禮貌。這使我想起小時候朗朗背出的"人之初，性本善；性相近，習相遠；苟不教，性乃遷……"惡行，多半源於缺乏制度和教化。爸爸當年失意離開部隊時，有位後勤部長攔到車前，揚言立即躺到車輪底下。可是爸爸複職後我陪著去原部隊探望的時候，聽我建議去了正在落寞的那人家中。我記得他瞎了的那只眼睛竟在那兒轉啊轉啊，濕潤起來……有個曾痛說他八歲親眼看著爺爺被村裏民兵打死、總在罵官的人，變得出起神來——是和警官談完話出來，竟然一臉肅穆，眼睛放光。他也瞥見了公正？聖人說：用師者王、用友者霸、用徒者亡。上邊開始講求真務實，講求才若渴，是在實在太多的假話和太多的陽奉陰違自行其是之中，明白了應當用師而非用徒？當然，只有當制約的機制在摸索中建立起來，以此為底線，真誠和良知才不會再在美好共鳴之後消散在現實利害之中！在有效的制約之中，愛人如己是愛自己的觀念將在不斷回應和證實之下不斷加強，共鳴才會成為時代的洪鐘！真誠才不會變成悲劇，如同屈原那樣在絕命的江邊遊吟……說遠了，事實則在眼前。經濟發展和全面市場化運作的現實，不容許社會倒退。敗亡的也永遠不會是真誠和良知吧。那麼，究竟如何實現制約？眼前，如何實現評定成績的真正規範，包括生產、教育以及行為規範等各方面的規範。電腦網路的監控可以一試，但是軟體能否應對實際事態的複雜而不鬧出笑話來？無論怎樣，幼稚的制約總會走向成熟；簡單而有效的制約總是來自行權的相對一方，權力則會在制約逐漸實現的過程中日益惟法是用，日益純正而強健，成就完善的法治。

一年前此時，我正好來到六隊。只見花池草坪上寫著公平公正公開，讓我一驚，欣慰卻又迷惘。實際如何？漸漸，那些字湮沒在草叢中了；但見草叢湧動，鼠群交易正忙而貓成弱勢也未必盡然——廣東的老鼠特別大而貓則相形見拙確是一景，但不可一概而論……來了一位副區長和一位教導員，他們從前都是軍人；電了我們組長的副區長因為該事竟然請調走人，而有了如此人事變動。現在，那些曾湮沒草叢的字似乎一時寫在這裏的天空上！星月為證：我曾在無數失望之中依然不息的

希望，如今在這小小的院落中，無言相照，隱約顯現！我曾對
一位沒人探望的倒楣蛋半開玩笑："只要你相信，抱定希望，
後來呀、後來就成真了！再後來呀，再後來就成神話了⋯⋯"
他卻相信了，而且真的破鏡重圓複了婚，妻兒與他又在心中團
圓了，更有了家合萬事興的跡象。我一直相信，最初只是我和
鏑輕聲唱起的同一首歌，會漸漸和起共鳴，以至迴響廣闊的天
空，而音符飄落在蒼茫的大地，竟然生出一片鬱鬱蔥蔥！而我
將永遠珍視我就在這裏的、最初的，我們真誠心聲的共鳴！

國輝 04.1.17 於新洲

（二十一）夢有感召

（監獄廣場全監活動的時候，何監多了個動作，他會專門朝舞臺下面的犯人隊伍深情揮一揮手。主管宣傳的滕副監獄長被他換掉了，是我應邀所寫小品裏有領導告誡犯人切勿做借錢來買減刑的蠢事，而犯人領悟這是又該去送錢才行了；其實，滕監也信誓旦旦讓犯人們不要觸及高壓線甚至借錢來買減刑……我們彼此之間，究竟在心昭不宣什麼呢？段教因此已很有信心，覺得今年春節終於可以回家探望一次了，他與大家交心：他家有八個孩子，而他排行老八，孝心其狀難以自己……他走之後，家信審查回歸正常，又是王教的人管了。我寫的信，說及這裏買賣減刑如何有系統，而近來改變勢起，不過是何究竟則要看制度。何管教人總是笑嘻嘻，監區沒用的紙箱曾見他興奮異常奔走招呼著他找來的收舊者滿載而歸。他在等著撈什麼呢，可想而知。他找我說，我不該在信裏談這些，那態度尚屬置身事外，我便說那我回去改過吧。我用粗筆把信大段大段塗掉不少，而聽了他彙報又驚又氣急著趕來想看信的王教就只看到了這個，臉上仍泛著青。下午出工前，我在電鍍公示欄上照自己，見他走過，他停下詭異笑著問道："又看見什麼了？"我也笑笑說："照照自己……"聽說照自己，大概是又想到我偏在段教離開時才這麼寫信，因此他反而沉思起來。不久，他拉開陣勢全區動員，開始了生產流程及工位排定的改革，像模像樣要求所有人提出意見，應當如何改進。如此，他也回應了我。）

卓卓耳朵發熱那天，鏑讓他知道是我在想他了，而且我正好同時在信裏說："他若一直在心上感覺得到，就註定了他的成就。"雖然他未必懂，但起碼記住了耳朵發熱的感覺，記住耳朵發熱的時候爸想到寫下了什麼，長大可以回味。鏑問我所寫是從哪裡找來的資料，但那都是回味而已。深沉的回味可以理清一切記憶和親身經歷諸事的原委，還會把知識以至整個世界的原委理清，照亮！許多關鍵，並非窮思極慮可得，卻總在沉靜之時伴隨著清淡的喜悅，映在心中。智慧的性質如此——"怕了你的思索，卻深愛你的感覺"，以前這麼笑你也說明心智究竟……新年，三兒會很好。從新年起，叫她欣欣。就像肉球叫回亭亭以後，飛越進步，也是七歲。今年欣欣可以向榮，笑到最後。就像依依，在家裏人非議最多的時候，我仍看好她，她本來就是個善良出奇的孩子。亭亭更別提了，那時自己大唱自己是大笨蛋那首歌，智者善自嘲啊！我們這一家人，心靈成長，從命運的曲折感悟智慧！逆境有益，少年得志則是和中年喪妻、老年喪子同樣絕望的事。記得 00 年初說楊瀾嗎？因為我驚奇她說起唯一最大的困境是寫畢業論文時忘了存檔卻停電，全要重新來過；可那時她卻張羅起陽光衛視，買殼上市。

我當時讓鏑看下場，這不，賣掉了。因為凡事，在命運中都不是對就對、錯就錯。錯往往並非錯了，而是要承受，正確才會顯現，最初的聰明才變成智慧。楊瀾回頭去專心做節目，她說沒能透視未來；但將來收購陽光衛視的人做好了，又該說什麼？人怕少年得志，就像神童方方，如今去德國，回來時卻空空行囊，就會想起我曾說他再面對理工大學的大門時，就會知道：始終要過的，是自己最初心上的難關！

我愛鏑信中的感覺，我們心上的舞跳得如此曼妙。小小的區別是，我的感動我的認定會立即付諸行動、毫不猶豫，也不會後悔莫及、反反覆覆。還不錯，我們不會出三國時華佗那種事，遺下的神奇醫書都被獲贈的獄卒老婆燒火用了。不過，時機，在戰爭的妙用，使武士總是目光炯炯，因為死穴一閃而過的瞬間不容錯過……這裏已經張燈結綵，據說從未有過，是專門開車去水泄不通的街上訪遍處處脫銷的商場才辦齊的。你可曾見過官場上有如此熱心腸，佳節遠離親人，事業追求與正義感高尚而又諧調？看灰了的東西，也就相應變灰了；可我身邊卻像有上天回應我永不失望的希望……當然，不戰而勝、化損為益的勝利，註定要有相當遊刃有餘的心智來主導矛盾的轉化，而在機制未立之時，談何容易。我們的事反而幸運，乾淨徹底解決？如此機制之下那可實在是太稀有了，不可勝數的這類事都是永遠沉淪了；雖有定數，我們已付出還將付

作

出多少代價！如果因此成了一個曠世警鐘，加之逐漸加強趨向到位的制約，能讓社會自身化解矛盾——真的會有一定程度的不戰而勝、化損為益，實在是一個好思路，一條好道路。

卓卓說想要回到媽媽肚子裏的時候，我正寫信說到依依亭亭總在回想過去的歡樂，而欣欣是從舊照片看懂了往事，於是卓卓他也自然想到了媽媽肚子裏時的愜意。是啊，他那時在媽媽肚子裏，我們一起在金海灣大酒店的泳池，讓他開心而跳呢！幾天來，我一直在想鏑信中那些話，來到了大寒、來到了除夕、來到了零點，靜靜看著時鐘的擺動，指向猴年。我沉思什麼，靜謐中難以言喻之思，有一大片《神秘園之四》如天堂般的感動。我曾望見晚霞中的羊年落日，想讓你再讀一遍我羊年初一的信，也像我們在上一個羊年著急等待依依生命的來臨，那信卻像寫了此刻——你信中說的是："我懷著朝聖者的心靈來到 2004 年，完完全全意識到自己已擁有像稀世珍寶一樣的情感時，一切的結果又會是怎樣呢！"

它從地平線上綻露之初，我就意外發現了它，橙紅溫暖。忽然降臨的晴日裏，我讀完了《素書》、《陰符經》。古今所見略同，我們已然行知。"人知其神之神，不知不神之所以神也。"當年助成湯滅夏興商的伊尹被稱神人，卻原來是酒保；姜太公呢，是個殺牛的，後來神得上了天。甲申年初一，陽光燦爛，我從心上與你們、我的家國團聚，其樂也融融！眺望註定會有的幸運快樂和豐盛，我們應當謹記不忘的又是什麼呢？

國輝 甲申年 正月初一

（二十二）愛是智慧

（段教想必是探家之時就已聽說王教大張旗鼓搞起名堂，回來和魯教導員當眾商量時意味深長看了我一眼，似乎想笑又在探尋什麼。其實，弄出這種局面不過是說：體制改革是關鍵，生產工位怎麼排，如何優勝劣汰，一旦恰到好處形成制度，想賣減刑也都難了。王教彷彿當真是轉了性才如此，並且樂得段教年輕有為，當眾示意將來監區長位子就是他的了——專門搞個茶話會，找了骨幹來聽意見，竟有不少好吃的擺在那兒，讓收工回來的人們垂涎不已。段教專門叫了我去。其實都只是做做樣子，所以我也不說什麼，但按要求寫了書面意見其後統一交上——《末位淘汰》，生產線上工位按每人效率排序，末位淘汰；不再由警察示意犯人組長指定工位，也就沒了買賣工位成績的空間了。如此一來，王教急忙一錘定音，搶先公佈了工位改革方案——形式上允許犯人報名某某工位，而定奪之權依舊。生產由他主管，我所提議，當然他以實際生產裏行不通為由給否了。接著，他的所謂改革送上去宣傳，而我說的，則要等待監區人事的變化了。其時，國政進程也大致如此，權力演變最難。說到底，還是權力究竟來自於誰的問題……）

最重要的東西，卻是學不到的；只有經歷它，體會它，才能獲得。其中可以依靠的，只有信心、希望和愛！

信都在今天收到。今天，終於天晴了。很舒服，活潑喜悅，氣象萬千，熱鬧了。依依信中說她想到的，曾清楚映在我心中，是你喜氣洋洋的猴年來了！依依感慨沒有對爸爸更好些，倒是爸爸覺得應該對依依更好些——這就是愛吧，總想著讓對方更好。懂得愛，是我們的福氣。當然，這是心裏的秘密，但是秘密中也會發出能量，你就會因為愛獲得愛的回應，而且這回應無窮無盡，於是福氣也無窮無盡了。它就像欣欣好看的有魔法的小辮子，會讓美麗的幸運充滿生活。還有一件事，叫做效率，就是用儘量少的時間，做成儘量多儘量好的事。這很關鍵，每天如此，時間一長，怎麼真有了魔法？就像亭亭貼在信上紮著發結的小烏龜，神奇就在於一點一點不斷不斷地向前，而且習慣如此，高興這樣，不這樣就缺少了什麼。奇跡也就這樣發生了，每時每刻的好習慣改變了命運！每天只做自己能夠每天做到的事情，不必貪多；首先要做到的是堅持，能夠堅持了，再適當延長時間。你們將來就會更加知道，絕對不會有什麼事情會停下來等你們，只有抓緊時間做完它，否則你就什麼事情也做不成。就好比這個國家的腐敗，它從缺乏法治的市場而來，其速度遠超所能抓到的鳳毛麟角；如果反腐敗的速度不能超越它，結果也就危險了！這事兒包括我們在內，是我體會最深的一點……事關生死存亡，而勇於超越，也不止生機勃勃，而且心情昇華以至潛移默化而有神奇的心得，它日積月累，倒彷彿真的有了神明！

今天初九，出現了晴天，是在很多天來非常寒冷陰暗的天氣之後，像天賜的禮物，還有你們的信。依依好像知道我正需要一個本子，於是寄來了學校的獎品，讓我可以寫下一些珍貴的話。我要說，正像亭亭說的，"成功悄悄來到我們心上"，這是決定性的──首先，讓我們相信……讓我想想我像你們這麼大時在幹什麼？那是文化大革命，不上學了，玩瘋了，成天去皇帝的花園裏捕蟬、打彈球、撈魚捕蝦，玩鐵片玩煙盒，還看武鬥、看革命小說；是到依依這麼大的時候，玩夠了，只想讀書；漸漸讀書又讀過頭了，有點窮思極慮。那時無法無天，全看自己，好在自學成功。其中，追求真理之心不渝。相信什麼很重要，不信不足以成事業，迷信足以成荒謬。99 年聖誕，我們在黃金海岸家的海邊爐旁聚餐，星空明月下我講起聖誕故事。不是書上說的那種，有點意思。廣場那邊開始變魔術，故事已經講完，讓你們去領魔術變出的糖果──亭亭猶豫一下，離開又停下，是不捨那故事嗎？如果是信念，又當如何？記得欣欣跟著我們從景山到故宮後花園然後一直走到天安門廣場嗎，才三歲。她都叫起來了："怎麼還不到啊？！"可是我說："三兒才三歲，就走過了六百年歷史！"她立刻邁出大步，很讓我感動喲！終於，在王府井讓大家在冰天雪地之後吃上了涮羊肉，像個勝利，個個滿臉紅光！不堅持，信難行而行無果；庸人其樂倒也無妨，只是凡事必定是生於憂患而死于安樂。卓卓的畫讓我感慨一再：大大的鯉魚躍過了什麼，談何容易？是信心生智慧，而智慧生勇敢……雖然只能從媽媽手裏將我的心意傳遞，但看來卓卓很有追求呢！

"過五兒"時我想到你們在吃餃子，也在這裏找出一個餃子型的點心一吃湊個熱鬧——只能是心中想想，但你們吃到了那麼多（甜餡和硬幣）甜蜜和成功，都撲面而來圍擁於我啦！寄給我的葉子是從那盆出奇的花上摘來的嗎，上面的"愛"和"H"也是自己長出來的？你們期盼奇跡，希望美好生活從天而降，再審通知來到時就會信以為真……實際卻是，落入了本應迴避審理的對方的陷阱！期盼之所以實現，是勇敢付出而自助天助；雖然極難，但輿論捅破它就有一線生機。那本《中和的精神》我權且當枕頭用了，因為在現行體制下你講中和不合時宜，都被暗箱操作了。現在是什麼時候，我就講講國共決戰吧：1948 年時從全國來看，仍是國軍強過共軍，只有東北是共軍略強於國軍。如果東北國軍退出東北與華北傅作義合成一股，林彪四野入關不容易，而淮海二野三野處境危險；就算僅僅傅作義部隊南下，都令其堪憂。因此毛澤東決定讓最強的林彪部隊首先發動決戰，就是打錦州而全殲東北國軍，然後包圍華北，淮海也就可以動了。但是打錦州對於林彪卻十分危險，一旦海上援敵及瀋陽援敵趕到，背後又有仍未解決的長春，被殲滅的可能是自己，像滑鐵盧一樣。他決定先打長春，但此後靈機一動改變了主意，難道是毛澤東大發雷霆也有傳感？打錦州，真的出現了林彪估計到的危險，攻不下蓄水池。被包圍已迫在眉睫的時候，山東部隊替他拿下了蓄水池。其後就像多米諾骨牌一樣：營口的援敵立即退到了海上，瀋陽援敵則被解決了錦州的林彪主力連續作戰加以圍殲，長春的守敵也投降了；又迅速入關，包圍了平津，使淮海可以以六十萬開打國軍八十萬，並同時取勝。這時史達林說他研究了中國的局勢，認為從實力來說國共應沿長江分治。談判中，解放軍已沿長江一線各就各位。談判結束，也只 30 小時，長江已經全線突破。此後解放軍倒像是踏著方隊向全國操進，到 50 年金門之戰以前沒聽說國軍打過一場勝仗。因為，劉少奇主持的土改已經到位，翻身農民鋪天蓋地而來⋯⋯中和，在這種時候算什麼呢？慈禧，嫌光緒變法躁進，攔在那裏；矛盾激化後，囚了光緒；又怪洋人支持光緒，便縱容義和團滅洋，結果弄來八國聯軍，國勢盡去。這時搞什麼五大臣出洋，許諾九年後立憲，出臺民法、刑法、商法，以至武昌槍響了又宣佈立即立憲等等，都難以補救，機會已失！如此說來，中和不如知機，中和的本質也正是依時而知進退才對吧。孟子說："雖有智慧、不如乘勢；縱有鎡基，不如待時。"時到應當精進猛出，刻不容緩；時過應如老子所說："功成，名遂，身退。"他留五千言，倒騎青牛出幽谷關而去，不失為完美人生。所以我說，這等時候，應當先翻一個筋斗雲，然後讓大家都跳起猴子的舞蹈來，不然錯失啦！老子說："治大國，若烹小鮮。"治理中國，還是我這小院中的一國，還是鎬那美味一鍋，運作起來的道行都是一樣。這樣說來，也就手拿把捏了！是不是想饞我呀，故意提起王婆菜？我現在樂得七八成飽，且善於少吃多餐，是健康的境界。將來美味當前仍會如此！歡合之事也沒像從前那樣想個沒完，欲已入腦。該是"閉關"了吧，那不得了了，應該是在曼陀羅修行那三個八年中的最後一個了！其後，我們頭頂豈不冒出光輪來！可是，大庭廣眾之下頭帶著光輪走來走去，多不好意思！還是想辦法藏起來吧！那樣的話，我又會把你變成臉紅心跳的小女孩了！

春節以來想到爸爸，總好像小時睡在爸爸身邊時聽見爸爸讓人舒服的呼吸聲；還想到長大以後抱媽媽，她有小孩兒一樣的神情。想念老爸老媽，讓我出神不已……我眼前掠過鎬去機場時路邊的景象，我感覺得到鎬為我生日於心掀起的美好感覺。我們一起來到我兒時的中山陵，我身邊的胡女讓孫大炮詫異。那個黃昏不是異常美麗安祥嗎？紫霞湖不是有幾分飄逸神奇的氣息嗎？明太祖陵和民國的梧桐樹，無論陰陽，都貴氣十足。正好在明陵與中山陵之間往南的軸線上，背倚紫金山的紫霞湖曾是蔣介石建中山陵時就暗暗給自己選好的墓址，如此好風水非但未能成為他的終點，倒是在其南面留下他給夫人所修美齡宮似正為之興歎：反腐興國，臺灣已遲……我們的家在其山下，爸媽在那裏種下了我。還大著肚子，媽媽爬上美齡宮羨嘆那份當年奢華。曾像對待卓卓一樣，想搞掉我；她跳我也跳，竟使她要拿抽屜頂住我，實在由不得她了。鮮花與翠柏中的醫院，就在家與美齡宮之間；軸線之上，寅時其位，朝東出生，由此一生漸轉南運，何時正午？似乎是個奇妙的象徵，出生伊始人在能量中，而一生追求，彙集能量，歸於佳境？歡合造化，我的孩子們也在受孕和出生的決定一刻完成能量的進化，人生一路不知是誰在教育我們，引領我們。難道不是我們自己的心願化為能量，歷經曲折，方致佳境。媽媽不知在美齡宮接觸到什麼，我則在 1974 年觸及宋慶齡伸出相握那柔軟的手時，感觸到異樣的靈動！其與夫君未了之願，輪回而來。"沒想什麼的想了什麼"，彷彿極樂片刻歷神境，恍若太虛！紫金山前先有了國共合作，又有了我們滿漢合作。我體會能量，恰是意境，假不了也做不出，是源於心底而自然而然。它既有靈魂的源頭，也有現世的命運，還有生命的修為。必須追求，卻無法可依；也不止於情感，而境界要靠心靈的成長。我們六年以來成長出了什麼，能量自然就會顯現出來。就算神奇，也絕對沒有絲毫的做作，也做作不成。而大能，無邊無際，永無止境、令人喜悅，真誠為要。我們的真誠，映出了什麼？在最難為之處，在我身邊，卻有反應；可在最容易的地方，在理應同仇敵愾的家人之中，也許難有共鳴——當寶貴的童年逝去，孩子們還會為我每一句感慨而歡呼不已嗎？如此，也就知道真誠有多麼難得多麼重要了。錢是什麼？我最先開始做生意，是從當時社會的寶塔尖上下來做生意，可是錢帶來多少困擾，為什麼有時它會越多越煩惱？其實它理應是人本身才能和素養的一個反映，是一個結果——如果不是這樣，就只是浮財，過眼雲煙；更不要說邪財了，是存不住的……我望著窗外的景色，天色陰潤，時而從雲層綻現陽光，竟有光柱。那些亭亭玉立的樹，讓我想起孩子們。還有，你急忙趕著的感覺，是在趕赴我們的心靈之約嗎？有個外號天師的易經愛好者湊過來說：“大師啊，靠你近點就這麼高興，為什麼……”我正感受你的欣慰你的自豪，感到越來越濃的蜜意，和性感。我說它是智慧，這種說法，可能除了你都會覺得奇怪吧。我從中的確感到使我稱謝的美妙喜悅，於是愛就昇華成為智慧啦——亮晶晶的，如此歡欣足以淚盈的喜悅，還有饑餓者魂系的菜香！你如此鼓舞，是歷年之最了。02 年此刻你送進看守所生日蛋糕上的燭光，雖然讓周圍人以至全所震動，但我們心上卻是惆悵。可今天不同，喜慶而且奇異的氣息，讓我知道你有多麼陶醉。我想，不管你是否誤判形勢，但在真誠以至愛中，智慧無言四溢，它必有所成，非一時一事也非財富所能衡量。記得那個笑話嗎——學生時代，他送給她一盤花生米，說：“假如這是一盤鑽石！”她相信了；

富可敵國的時候,他送給她一盤鑽石,說:"假如這是一盤花生米!"她也相信了;後來呀,後來呀……

國輝 2004.2.2

（二十三）大能救亡

　　（上次交出要發的信，收工回來午睡之後，我先下了樓，在出工排隊之前坐在一處陰涼裏。彷彿有一大片光芒從午睡時就閃爍著，此刻我看見它就在段教興奮的臉上，讓人竟有戀愛一樣的感覺——他跟管宣傳的犯人心不在焉聊著，瞥見我的目光顯然一振，然後扭過頭去，背著的手裏有我那封信，我老婆寄給我發信用的那特別的信封十分顯眼。他已不再要求我寫什麼，而我每封信也顯然沒在監區統一封口送出；有了攥在段教手裏這特殊的環節之後，我的信變成了意味深長的什麼，被拿去呈上啟下了。何監相應會有所行動，並總會在監獄聚焦節目裏披露，彷彿在做一個負責任的回應。如此啞謎，惹得每每被觸及的王教就在我身旁對他的車間主任高聲評論："他以為他是誰，以為都能按他的指揮棒轉？"此刻正在看新聞聯播的犯人都聽得見，也都能想到一向的傳言——省廳省局裏的頭兒，由他供著。我提過末位淘汰之後，他曾在值班時借評說每個宿舍上臺一人演講的普法："都說我們這裏有人水準了得，我看就那麼回事……我們這裏管宣傳的你要當心了，不知什麼時候換掉你你還在那裏賠笑臉呢！"隨後管宣傳的孫樂就和他那圈裏幾個所謂的骨幹聚在一起朝我指指點點，宿舍車間也都能感到他們一路人異樣的目光；還不至於朝我下手做什麼，但形成孤立我的人勢並不難做到，畢竟安排能夠減刑的工位仍由他們大權在握，而吸金的管道仍由他們往上流轉不止。如此下去，結局也可想而知。）

竟會在這裏，我一遍遍聽到它：“有個小生命即將誕生了，它給世界帶來了希望！”這首歌現在來自車間播出用來緩解情緒的電臺音樂，卻是我所聽到的最好的一種唱法了。鏑說心中隨我鼓舞而有“一起飛”的歡暢，卻會忽然斷電一樣陷入茫然，我也從照片上看到了孩子們全都伸不直手指的勝利手勢……你們已經承受了一般人難以面對的年復一年，其實哪怕只是片刻都能把一群人嚇跑！我又何嘗不是日復一日發夢第二天就能回家呢，那些長夜，難以言喻的沉痛，無數次已到難以面對任何失敗的狀態了。如今心想，難道這就會是最後的沉寂了嗎？希望，在人看來如此渺茫，但神性唱起就彷彿天必回應；信心如此重要，其歌如令，志定成敗！

96 年 5 月無錫有一個臺灣馬口鐵工廠開幕，我們泛舟太湖，吃喝著，我說到台海危機，那位梁總說絕無危機，當場六人簽了字據：一瓶茅台一飲而盡——賭四到七年有無危機。他的公司叫“統一”，但他絕不相信能統一。結果，四年時陳水扁上臺了；七年剛過，茅台飄香了。宋美齡曾說：“神啊，為什麼讓我活這麼久？"她106歲死後第二天，臺灣爆發15萬人台獨遊行。而她常說："祝福中國！"江澤民也提到了自己的童年，讓我想到，1944年邱吉爾收到史達林一封信，裏面只有一張他的照片，邱吉爾也就明白了：史達林進攻波蘭了。如今，類似豪情實難推行了；危機，也不過是臺灣競選一時鼓噪，韜光養晦的大陸仍要待時……每天挺忙，沒時間看報也沒訂，看兩眼標題已然會心，消息靈通。內心舒展，勤於自省；靜觀韜光養晦的進程，不容樂觀；但見：小院也成一國，自有許多攻防，先發制人倒也現實；體制性腐敗乃市場自發，稍不淡定，迅即迷失而滑落。機制若能到位，你說"喚醒良知"才不可笑，不然脫離現實了。如今中國人就是這樣，在國外見人抱起觀賞魚合影會問魚好不好吃，鴿子落到肩上便悄悄藏到懷裏——乳鴿，不吃白不吃！所以孔子說"民可使由之，不可使知之"，於是中國幾千年都是精英專制，而專制難免腐敗，所以每兩三百年改朝換代，何況全面市場化的今天！有一對夫婦花160萬買兩個單程來了香港，自我感覺有錢啊，買了不少樓花。可一向信奉的"樓市不敗"不靈了，樓花都成了樓屎，倒欠銀行的錢；就去賭，又輸個精光；不服氣啊，只好去搶，就來到了這裏；又在公檢法那一程想救自己出去被人騙了，全沒了。寫信讓老婆每月務必寄六百元來，卻收到老婆一大堆眼淚，說孩子上學的錢都沒了；最後，收到了一張離婚通知書……美國第一張專利是它的第一位總統、國務卿、司法部長合簽的，那算什麼呢？不是現金，不是乳鴿，當然也不是離婚通知書──由它開始了無數的專利，成為美國經濟之本，至今美國技術可予產業化的儲備已夠用三十年，似乎長期把持了經濟發展的制高點！而我們，真正的通途卻要何等非凡的戰勝自己，走出怪圈！似乎註定要經歷類似長征那樣的歷程和心靈的啟示，這是應當歎息還是應當自豪呢？既然這不是常人所能，又命中註定非要承受不可，那就自豪吧。如果不遇國之非命，那麼就是國之幸運！

我剛當兵是在原紅一軍團一師一營一連，而以後的工作又與長征有關，曾在軍隊高層次參與長征專題，21歲被稱為"以你這樣的年紀對黨史軍史如此通曉，在全軍，是沒有的！"王願堅向我久久伸著的那根手指，現在還在我面前晃，卻讓我知道其實他說錯了──我只是現在才懂：共產黨之所以勝利，是緣於長征的造化，那是他們的禱告，他們由此產生了他們心底難以言喻的能量，揮出了一件件神奇，包括西安事變，包括無數人才的投奔以至翻身農民鋪天蓋地而來，包括許多全神關注而見微知著的策劃，是長征的歷練使他們因此而完全不同以往，他們變得不同凡響。我21歲所識記只是電腦一樣的存儲，如今則對他們感同身受……先是能量，然後有了那些說不清的基本粒子，它們來自哪裡──所謂宇宙大爆炸，是從黑洞湧現而來嗎，它比長征還要漫長？終於，可以說清了：有了氫，有了核聚變，有了氦；漸漸，出現了越來越重的物質，而有了鐵核的地球那已是很久以後的事了！恒星、太陽的氫以至氦，燃盡之後將會怎樣？塌陷，再塌陷，因而擁有越來越大的引力，形成了黑洞，吞噬一切物質，然後呢？接近以至達到光速的粒子，重如黑洞，而黑洞其物質緻密的結果也像光一樣，已是能量！這是時間為零的境界，所有的宇宙一切的時空都發生重疊的境界，也像男女至愛高潮的瞬間空白一樣……那麼物質極限屬於能量的境界，與心靈的神境，是否同在？愛與極樂之中，能否看見：物質而能量的宇宙和這一平面之外無數層次的宇宙不僅相通，而且憑極限所在的奇點同在？而且，就在那裏，果真存在著，有如上帝的寶座？對於宇宙和對於人心的認知與感悟由此通達，永動之能由此融會貫通——其實是自古以來的啟示，從太極八卦到黑洞與光，大大小小的宇宙周而復始從爆炸到黑洞、從黑洞到爆炸，以至萬物萬事的演變，以至人類的演化，以至人生的轉折，都已因此有律可尋。一向所說的萬物至理在此，人類的佳境，也將由此而至：超越物質，反重力，抵達光速，也抵達黑洞；在極限在一切宇宙時空重疊的地方，與神同在……我想，是類似長征的苦難，使我終於瞥見科學家們尋尋覓覓的宇宙黑洞究竟通向哪裡，連非凡的霍金也錯了——人在黑洞不是變成了麵條，在連物質都消失的地方，如果沒有與其相應的反重力漩渦，人只會像所有的物質一樣，成為與之守恆的能量，通向物質的新生——正如我們的苦難也變成能量,但通向希望的實現,有待能量的共振;於是,共振將從所有宇宙相通的奇點,湧現大能——啊,永動之能,不再守恆。

　　如此磨難與謙卑,才會倍覺可貴這相信的喜悅,才會適時聽到彷彿心中神明呼喚而來的老歌——惟有憑信心啟動的神跡,才能造福家國了;而終於共聚的能量,足以化腐朽為神奇!我在歌聲中沉醉:"它給世界帶來了希望!"信而得神,竟是物理學終極的至理。那麼,美好希望的雪人旁邊,在本應無憂無慮歡笑的年齡,我的孩子們還無法完全伸展的勝利手勢,幾乎觸發共振出大能的奇點了!

國輝 2004.3.29

（二十四）使命如歌

（省高院表示不願再審，最後卻又回復高法考慮啟動——接見時聽見老婆這麼說，我心裏其實涼透了，但不想影響她的情緒，我只是搖了搖頭。她難得如此高興，押送我們接見的管教在回程也下意識哼起《同一首歌》；見我看他，還不禁笑了，眼色溫柔。人心期待正義，這是人的本性。可是正義的制度，還在歌聲裏，在眼神中。再審掉進省高院的黑箱，我身邊的進程又能博弈出省廳省局那些受賄領導的掌控嗎，整個國家又何嘗不是如此？送出金錢的犯人們知道的，恐怕比正在博弈的愛國者要多，連我都耳聞了王教供著的是誰；段教和魯教導員還有從我書信的機緣裏溝通協調了的何監和他的政委，他們以為只要按照線索找到了證據，就可以解決這裏的問題了。愛國者深陷制度腐敗的泥潭有所不知，王教也一時被步步緊逼而坐立不安——盯著一向被他上下其手渴望買了減刑早日殺回社會的犯人們，我看見他搓動著手掌擔心不已，正在數著他視野之下全體集合看著反腐敗新聞的人群裏一個個有過的買賣，極其緊張地評估著。）

雨下了二十多天，沒覺得不舒服，只是擔心你們的身體……維生素這裏有賣，蜂膠需要的話得先申請，獲批之後寄單給你，你再憑單寄來。我想不必了，便秘點也好——總吃罐頭，全部便秘，宿舍沒有異味兒。以前總留意的額上褐斑，前些日子忽然發現它幾乎看不見了。不起訴時它出現在我的額上，像個預兆；如今轉移到脖子兩邊，似乎在說：我的頭腦盡可以去上天，但官僚體系卻已經像我脖子兩邊自成集團了。到此為止，你們也該知道他們為什麼敢於如此了吧，知道他們的王牌是什麼了。你難以使他們再審時迴避，那我們還在等什麼呢？我不想說出來讓你心痛，我也不想讓有志反腐敗以拓展自己事業的良知者，感到氣妥。但是，大家的信心要靠制度扶持，首先是要解決權力來源的問題，否則什麼都不過是他們的買賣……靜待物換星移，是個辦法，但對於人的生命，歷史的進程太緩慢了；而憂國憂民者，片刻難耐啊！那麼，絕望之中，最好的選擇是什麼……是，希望！

很久以前，我攤開紫微斗數，命宮亥位之上浮現"月朗天門"的情景，雖非我的格局卻分明感到一種異樣的親切，彷彿是自己生來如此……喜歡我的每一個小女孩，但不知為什麼停不下來。我們迎來那天的朝陽，它的確嬌豔！你辦了手續，一臉容光煥發。我放心走了，喝過濃濃的咖啡，輕鬆愉快；拐進那座教堂，像到家一樣，我已經在感謝什麼了。那種美好的感覺臨近，九點半時躍起驚人的欣喜。難以形容那時的感覺，至今仍縈繞心頭——這是你我的共鳴，你可知道我們當時從我面前的燭光上究竟意會到了什麼！走出教堂的時候我買了張白鴿飛上藍天的賀卡，寫在上面的話你還記得嗎？你發現我已經都知道了，在你被推來之前我就已經在大窗上看見他了，離得很近，他的背影在晨曦中給我無盡舒展的氣息，連那天我們黃金海岸的夕陽景色也都格外美麗——漫天晚霞裏，聳立著卓卓的父親！真的說得上是自我實現啊，從再次攤開的紫微鬥數上，我吃驚發現：命宮亥位，月朗天門！當看到你信中照片上他玩帥的憨態，我暗笑：中國將來不會有女選民因為他舉手投足的那股帥勁兒而尖叫一聲暈了過去？他的官運，從他出生就開始了，是從我開始，始於官非。的確，世事奇妙！此刻，也像他出生那一刻，我又感到了那種生命誕生的轟動！我也知道你又在為這一天難過！是啊，六年了！不過比起那些"背父"的命中豪傑，我們只是不能團圓，算是天公厚愛了。真正的利害，則是從因果中顯現；於是，禍福相倚，伏得深厚則起得高遠，我們自有大路朝天，另有造化！

囚居中，有奇特的自由，有許多異常遼闊的想法：知道嗎？火星上發現了水的痕跡，而紅色的表層則證實是氧化鐵，也就是說火星上曾經鬱鬱蔥蔥，植物帶來了氧，當然也就有動物存在，那麼為什麼不會有高級智慧存在？小行星撞擊之前，"火星人"是否有能力轉移？地球為什麼會在寒武紀忽然冒出那麼多生命？為什麼DNA證實起碼西方人類都始於非洲？變成了迷信的埃及金字塔是否來自柏拉圖從埃及所知那如今已在大西洋底的史前文明？銀灰色的皮膚，高度發展的社會，已會使用金字塔形器皿中不同尋常的能量，卻在冰河期結束之際天塌地陷沉入海底，而埃及文明正是開始於一萬一千年前冰河期結束之後。不會是誤入歧途的能量帶來了毀滅吧，冰河期之後已升高了兩三百米的海平面淹沒了的，只是遺跡？我們的新文明之初的智者所啟示的，勸人不再誤入歧途，是否正是因為人心能量歸向何方，生死攸關？從牛頓啟發了工業革命，愛因斯坦啟發了科技革命，人類如今不是正在發現新能量的前夜嗎？重大的突破，開闢出一直就在我們身邊的能量，將會是福還是禍？我們心靈的成長能否因此抵達自古傳唱的千禧佳境？還是需要一場至大的劫難，人們才能明白，豁然感悟到自始就有的啟示——就像我們的家庭，只是從所經受的六年一程，才如此領悟實在可貴究竟是什麼！良知之下，人類和人生將不會毀滅，心靈的成長可以通向永遠，結出無限非凡的成果！當你問起是否存在外星人時，一個簡單的數學概率應當可以回答——已經看見的一千四百多億個星系之中，最少也有幾百萬種外星人了；反而是，有沒有地球人才成問題！在通向智慧的長河，只要沒有誤入歧途和毀滅，其妙無窮，能量革命的意義深遠……能量之中，我們隔著玻璃拿著電話——這分明是超越光速的信息，早已同在；但人之常情，的確相隔於窗前！又見面了，我多麼想靜下來好好看一會兒你。這卻極難！短暫相見，又是長別，默默沉吟之時聽見帶隊的官員下意識哼起了《同一首歌》——在這卓卓的生日裏，我敢說：總有一天它會在大多數人心中迴響，而勢不可擋⋯⋯

想問卓卓一個生日的問題：在你的那幅畫裏，爸爸牽你的手，爬上了一層層錦旗的寶塔；但到了最後，只你獨自來到那最高層，接下來，會如何？那只越過龍門的鯉魚，後來怎樣了？九點半時，我心中有七聲鐘響，我的確聽到了：它不僅是祝福，還有，真正的歡樂！

國輝 2004.4.7

（二十五）神的手筆

（表面上，局勢很平靜，但看得出來，雙方都在運作著自己的力量，而且都顯得信心十足。段教掌握的證據，想必是日漸深入；王教上貢的錢數想必也大了許多，我能看到他的手下神神秘秘交頭接耳弄妥一些新來的有錢囚犯坐上有成績減刑的工位，已然亟不可待；一向只顧自己錢袋的他，被逼無奈也就想開了許多——他的幸福指數已經從個人變成了團體，因為經驗表明，財不可能只是一個人發。在不同的軌道上，有截然不同的思路，而信心顯現在他們彼此的客套裏。魯教導員略有不安的揣度，他會在這樣的場合從側面看看隊列中坐著的我，而我會照常按時交發我的信……何監調整起監獄人事，公開感慨犯人借錢買減刑的騰副監獄長被他申請到年輕沉靜的馬監取代。其主管獄政是塊肥肉，那麼經手無數犯人調配後勤監區肥缺的獄政科長，他把這位曾極被看好要升副監的薑科長調任偵查科長面對自己拉的屎；新上任的上了年紀的邱科長就專門到六監區來沒事找話說幾句：他沒有金錢需求，他只是愛抽幾口煙而已。照理，人事調整也該在監區層面展開了，三個港澳臺監區以其購買力格外引人關注。16大新人也如是展開調整，但仍然未及軍隊，自然也不可能涉及常委；就算幾個月後如約坐正軍委主席，恐怕仍被挾持。權力的來源，必須正視。）

剛考完試，這個年紀讀書考試挺好玩，我也就知道卓卓一直好好讀下來會是什麼樣兒了——雖說知識不是智慧，但智慧總是從瞭解知識的過程中獲得啟發！有位七十歲的醫生為憾平生沒讀過醫學院而去報考，被破例准考，但結果，總分只有二十。精神可嘉，時不我待；不僅在於終生學習，還在於保持腦力延年益壽呢。其實每天有 1 小時足矣，好習慣呀！

我們的經歷，時至今日，恍若隔世，父母與兒女變化了的身影銘刻著已經逝去的時間！我心隱痛惆悵，但也吃驚自己心態依然，難道歡欣已在我心中永駐？我們失去了相聚快樂的歲月，但留下一種永生的精神，智慧降臨了我們。正如《破曉》所唱："清晨醒來的第一聲鳥啼，它宣佈世界並不黑暗！雖然黑夜漫漫無邊，我卻總相信天仍會亮！"不可放棄的，是它。如果說真正的成功有什麼神奇，其實都不外乎是因為相信——相信，始終相信，就有了法寶，在許多心血許多淚水之中……不相信，又怎能做到呢？四年前的五月，姐夫來電郵說申請賠償的結果說得衷懇，我不願承認卻也清晰知道將面對什麼，心情卻仍那麼好。5 月 8 日是撤銷不起訴的日子，我在晴日細雨中看到了彩虹！三天後鏑告訴我他們又上門了，那天是浴佛節，我來到公眾假日裏歡鬧的海堤一旁獨自遐想，吃著雪糕，還是滿心歡喜；以至 6 月 23 日晨，一瞥晨曦裏已成詩篇的《破曉》，人在天壇，心上已然預先領受了尚在遙遠未來的我們的破曉，並聽見了彷彿已是既成事實的神諭："天功並非己有……"我寫下日記，就去迎接起訴了；五個月後，無罪判決並非終點，而是真正長夜的晚霞綻放——破曉何止是姍姍來遲，猶如猶太人的聖經歷程和共產黨人的長征，他們不僅僅是拼上了性命，還付出了靈魂……苦難中我瞥見了智慧，不希望發生的事，卻蘊含我們一向朝拜之時的期待，惟有如此遭遇才有啟示臨頭！我沒有葉公好龍，沒有怨言，常常喜樂！正是那個五月裏，我說過："智慧，是從人們無法在現實中得見，卻穿越時空，在冥冥中預見了並實現的成就，是從困擾的現實中脫穎而出的佳境！"

天氣爛悶了十多天，終於起風了，我的等待也變得輕鬆了些……勞則思，逸則淫——長期以來，我在思之佳境，你也隨之起舞，讓人難懂的奇怪攻勢如此展開。這支歪歪斜斜的隊伍，事後看來也許像精靈飄逸的天軍。其弱無比，卻也得道，總也舉不起來的板斧是誰讓它高舉，竟然一揮而就？迪士尼，讓孩子們雀躍的遊戲，童年最後的歡樂，都必須等待；只在等一點點領悟，是心中砰然一動的豁然開朗，可能是一瞬間，可能要十年！儆醒的心將會覺察，否則只會在迷失的森林中永遠打轉，其實簡單之極：右腿強過左腿，所以每走四十公里又會回到原地。心靈的方向早有閃亮，只是難以堅定不移走上前去。你已瞥見天色暗藍，夢也變得幸福，但破曉一定要等你從夢中醒來，而暗蘭的天邊將要煥發何等的異彩！也許，斧頭折斷而盔甲滑落，我的女武士容顏失色瑟瑟發抖，原來是柴禾妞兒硬撐大局；當一切落空，我們惆悵而去之時，堅不可摧的大山轟鳴不已，漸漸綻裂，破曉終於出現了！天之無恩而大恩生，我從雨後的晨與夕，已不時望見你夢中清澈的湛藍，明閃閃，已不再幽暗；近幾日越來越多的輕柔欣慰在你我之間溝通，不時閃現年復一年漫長等待的片斷，在《神秘園》"你鼓舞了我"的歌聲裏，猶如漫天霞光，使苦難成為妙不可言的奇旅！

我慶倖有你，這也許來自猶太人失落在中國河南的血脈向我靈光一閃的經歷，使我更珍重和諧，以至我們的"曼陀羅"，已從身到心將和諧實現，成為我們難以言喻的智慧！凡事必經曲折，才有佳境。那天從羅浮山回來的路上，我提及此事。因此，其後此程你難免時時儆醒而有患難與共的自覺！我覺得應當恭喜你，我覺得我幸運，這是所有勝利之中我的一個最古老的勝利，是我以往勝利的證明，也是今後勝利的保證。不管腳步有多麼蹉跎，踽踽前行或駐足茫然又踽踽前行，你都忠心耿耿，讓我永遠感動，永遠感動。記得看完《廊橋遺夢》，有位大情人立刻照模照樣遞進浴室一支可樂。如今世道還在意如此用情嗎，如今問世間情為何物，有誰懂得以身相許？時光如此飛逝，從視窗98剛讓我讚歎不已的時候，而今奔騰四和視窗XP都快過去了，手機也都上了網有了視頻——數字無限擴張，我們和孩子們基因的數字也都演變，只是生命的靈性並非數字，頭腦與智慧不全是數字。也許只有我們，心存一種奇妙的收穫，就像旭日與滿月映照的滿溢的海面，《神秘園終曲》那樣的意境——果然是最初夢見的樣子，竟會成真！也是數字，被他們擅賣的股票已有 72 萬股了，官僚資本主義進程則更為神速——道高一尺，魔高一丈啊！掘墓人，正是他們自己……我也想玩迪士尼，尤其太空梭；不過我們不會像爸媽玩過八爪魚之後暈成那樣，和你一齊往一邊歪著走吧？亭亭信裏沒提到迪士尼，挺不錯，有定力。上次不夠高，沒讓她上；我們直上九霄，還能聽到她的哭聲呢。我想起她還在搖籃裏時，見我們走開，她眼睛都跟著轉進了眼角，哈哈！以後不再分別了，當我們擁有和諧。

那兒的班底有變化，但遠談不上洗底，除非迫不得已。當然啦，已經迫不得已，但仍心存僥倖，就難免癡人說夢。胡總說一切嚴格按照法律並講和諧，集體學習時還聽取曾給我們做過專家論證的北大和人大的教授講授法律，但也不過是又做了個姿態。緊迫的現實，要有政治利益驅動才會抓緊，可目前體制永遠把良知大而化之而不切實際；是權力來源有問題，體制自有腐敗動力無窮，另有一套的官場規律運作其中，其權無制而市場為大，漸漸也就爛透了。也罷，天若有情天亦老，人間正道是滄桑。都在自欺自誤，也就順其自然吧。只是，多少日日夜夜啊，片刻難奈卻延綿無盡，家國之痛！在你我孩子們之間經過的一切，只是因為愛和相信，才沒有像蟬鳴那樣在肅殺的秋末沉寂，殁於無奈……在看守所，有一種在赤道與北回歸線間遷候的燕子，我歷經它們多次來去；北方的燕子總在它們飛走後才來，而在它們來之前又去。我還發現，蟑螂們竟然像貓一樣會梳理觸鬚清理打扮，古靈精怪。此刻，出工前望著晨曦中晶瑩的絲絲綠草，讓人想起這裏曾有過一隻靈巧的貓，眼神像能看透人心的悲涼，跟著歎息。它自己也遭遇難產，死掉了。另有一隻愚頑的貓，則在非典時期被戒心太重的人們撲殺了。讓我想起我養過的小貓，它竟使本來只有黑貓的崑崳山裏出現了金黃色的貓們，因此生生不息了。我們將來去那裏時，要告訴孩子們埋它的地方喲；還有屬於依依亭亭的總被你剪去爪尖並被帶上了念珠的錦園大法師，它也家族興旺啊——不便養狗，就給孩子們養只貓吧。當年，一開門，就讓你溜了進來了。這些年，也沒見你後悔。我現在明白，從91年春節初一醒來就聽到的那首加州早晨殷切傾訴的歌裏那份熱切唱著和說著的究竟是什麼了，她是在說："無論會經歷什麼，這裏都是我靈魂的歸宿！原本是我一向的期待，誰知它竟通向天堂！"

"我心裏，充滿愛情，自從看到你的眼睛……"那天哼著《瑪爾塔》，我載著你們去追01年伊始春節初一的落日。抵達西海岸時，它留下一片冷漠的霞。然後我去健身，心得絲

絲，卻讓你們等得太久——海面的船燈、自助餐的燭光和星，
都在風中顯得冷寂，還讓依依瞥見了酒店那幅禁忌歡愛的塑
像……於是我們不僅在這一年結束的落日之時仍未團圓，而且
直到依依青春期到來之時，仍然分離。心得絲絲，"從此佔據
我心靈"。那歌當時也讓你心隨之起舞，是吧？此刻，希望仍
使我們歡欣鼓舞，已是美好的五月；我們互相看到的眼睛，也
滿是流光異彩啦！還記得那些霞、燈、燭、星，那份冷寂嗎？
那些擔心和轉瞬釋懷的不祥預感，是在無邊難明的大海悠悠的
風中……世事難料啊，只憑讀書就誤以為自己主宰人生以至世
界，但行在人生和世界時，驀然回首卻已見大海茫茫，而自身
渺渺，便意識到了命運，以至風浪來時漸漸了悟因果，也就明
白了何為主宰，於是依稀可辯此與彼、人與事、究與竟。心態
也能變得如空白般釋懷，且滿懷喜悅般了然……從未成為宗教
的俘虜，也從未被其形式所困；可是，不知緣起何處，也會有
類似其形式的經歷：那個二十來歲的五一節，我與"猶太人"
正處於神經戰，又錯算是 4 月 30 日發餉而大吃大喝花光手頭
的剩餘，以至三天假期身無分文。光棍特色，爸媽當時不在，
又不想舉債，又神經戰正酣；只找出瓶食油和已發黴的瓜子，
便煲鍋靚湯痛飲，然後沐浴完畢，在《英雄交響樂》樂聲中入
境三日。這算是齋戒了吧，倒也果然領悟許多難明的意境。其
後五月四日收餉開齋，也就知道那幫回回和猶太人何以歡慶如
此非同尋常了。我從此養成吃完每粒米、每根菜的習慣你也看

到了，不小心就會超重，但好處卻是主要的，更多的好處甚至是難以言喻的。讓我奇怪它的來由，為什麼平生以來只此一次，而且是在完全不該發生的場合偏偏發生了。那時，"英雄"的樂聲在沐浴之後從霞色晚風中襲過心頭，在我人生的古往今來流淌！又是五月一日了，我在此回望渡過的一程，更是奇怪何以至此，竟會發生這樣的事，又竟然將有如此這般的一些結果，真是奇異。實在奇妙，我們心底有自然而然與宇宙相應的能量湧現，實在奇妙——謙卑敬奉，絕不為過，絕不為過！我想，從當年事發前和宣判無罪回家後，我們總是由山入海，又由海入山，那正是行其預兆而行其表像吧——仁者樂山，知者樂水；然後，我們行出了實質——仁者無憂，知者無惑。以至我們彼此意會的境界，如此心照不宣，如是釋子與迦葉拈花一笑；由此，說是另傳了絕妙無上心法，傳到 28 世達摩，傳到中國，又傳到六祖，如你我所見，在韶關曹溪南華禪寺，他一千三百多年不化仍端坐堂上——卻只是拈花一笑……這兩天，又讀完《論語》，深受感動。兩千年來誤傳而成泥塑的聖人，卻是逆境中的智者。人之安身立命的訣竅，成就與富貴的真途，皆在其言。我更感慨的是我的傻鏑又使它出現在這裏，與我共鳴。無意識中有多少奧妙和能量，都在我們心底不約而同啊。孔丘在其身後三百年始得興起，卻成為兩千年中國大一統精神的核心而文明不曾中斷。如今，掃除泥坯之後，中西薈萃之間，閃亮復興正當其時。歸結於此，不僅有孔丘七十歲擊馨歡懷"末之難"那死不瞑目的心願，也有曾外公黃圖九身後竟然寸紙未留而今仍在夕陽將逝的進士第窗外回蕩的難以釋懷的精神；我們呢，我們在各各它山上的愛與曼陀羅上的極樂，釋懷成智了嗎？苦難化為能量，腐朽化為神奇！

昨天清晨，夢見了三年來最美妙的事啦……注意到猴子的舞步了嗎？就像 12 年前我們穿過香格里拉那片海邊去看電影時常常跑出的步伐那樣，是朝相反方向一跺腳便射出許多步來——已經有越來越多的人這樣跳起，如此不約而同，舞步流暢，歡快向前；一時之間，高歌猛進，無惑水深泥爛。反者道之動，時間奇妙而命運如歌，成就神的手筆！

國輝 04.5.3

（二十六）同一首歌

（不知何時，每月可以寄發兩封信了；我的信，段教拿在手裏，不久都會出現在魯教導員手裏——魯教值班時訓話，曾提起他是從監獄黨委辦公室下派到監區的，那麼我的信也是通過他傳遞上去了⋯⋯人心的能量對於數量確定的現實，能有什麼影響嗎？有人因為亞原子物理實驗中觀測者的期待總是影響實驗的結果，就否定了時空也否定了數字，斷然認為世界的一切只是以生物為中心，而沒有意識，什麼都並不存在⋯⋯此刻，從我信的信息裏，我的確感受到同心的力量：它如此驚歎如此稱奇，彷彿為官至今的一切俗套都將顛覆，而眼見為實的奇跡正在面前！我深知：人心個人的能量，只在影響著粒子的變化；同心者們的能量，也只能改變某一局部，而時空仍然存在，數字仍然既定——我們的能量尚不能將不同級別的時空重疊，體制依舊，腐敗主宰⋯⋯可是，聆聽著心上的同一首歌，如此令人沉醉的夢境，我又怎能忍心將它打斷，我又何嘗不希望它能就這樣一級一級的唱上去；真的唱上了天堂，更加恢弘的力量更加偉岸的觀測者，也許就能把我們這裏的結果改變。我的2004年五月，我的初夏的風，我的案件再審，我身邊的一切，於是都在激越的同心裏鼓舞、幻化，彷彿一切皆有可能。）

我剛在信中提起過，五月初交信的那天早晨，就聽見這裏播出了《英雄交響樂》；當又聽見《加州早晨》，我就心想：怎麼這麼巧！這些音樂播了幾天，而今天又播起了《田園交響樂》，我想這並非偶然了……有位臺灣斯文者說他極愛聽《田園》，我指指空中正在傳送的："這就是啦！"見他聞之陌生的樣子，我想他真愛聽《田園》理應不會去搶劫了，或者只是一種做作而像《這個殺手不太冷》裏的黑道警官喜歡在交響樂中殺人？當夜裏，我從一位同倉像連整頭豬都吃了下去的磨牙聲中醒來，以為自己果真醒在怪獸的山洞裏。可是就在這裏，也當真而非例行公事要開始啟發和感化怪獸們了。如何恩威並施似乎是個很有學問的系統工程，貝多芬第六交響樂也並不比貝多芬第三交響樂少讓他們煩感，但人心其實很簡單——他們不是靜靜在看《泰塔尼克號》嗎，曾讓我們迴腸盪氣的那位蘇格蘭英雄華萊士的《勇敢的心》不是也讓他們感動了嗎？我就知道：本來，大家，都是好人——他們個個投機取巧，但也知好知壞；只是在此更為典型而已，其實所謂社會精英們不也都在罪與非罪之中掙扎嗎？現實如此，我在監視居住的地方等著他們來逮捕我的那個中午，辦案人不是無地自容了嗎，是因為明媚天色從我心上晶瑩的淚光裏把這部《田園》望向了他，竟然是難以言喻的喜悅，這讓他久久怯步，無法執行他的任務……五年之後的清晨，我又在這裏的天空看見了它，它已經迴旋在晨曦燦爛之中，不再只是一隅的低吟和期待。記得一月我那封被迫塗了又塗的信嗎，我最後說："最初只是我和鏑輕聲哼起的同一首歌，成為越來越多人們心中的共鳴，直到天邊迴響，而音符飄落大地，生出一片鬱鬱蔥蔥！"我所相信的，不過是天總會亮；我所唱的，你已讓孩子們排成了合唱："我們懷著神聖的情感，向那無邊的黑夜邁出我們的腳步，朝著黎明的方向……我們能夠戰勝邪惡，因為我們美好！"如今，我從身邊也能看到，在現實的生活中就有，把職責的榮譽視同生命。這真是一個好消息！是從我經歷中最深的體會，讓我對人心的美好如此敏感，讓我如此希望人們美好，這已然超出了自身利益的需要，並非僅僅是希望別人以美好的態度對待自己了。我熱愛真誠的人，哪怕他是像我從妓女瑪斯涅從良之後愉悅的《沉思》裏所聽到的真誠。實際上，這樣的真誠才更加是真正昇華的美好。越來越多的人會從心靈福至的良知中發現平安降臨，而且有真正的成就不期而遇。正如我們所見的神奇，它不是刻意追求所得，而是從非同一般的平常心中不期而遇；而神境，總是因為悄懷謙遜的愛心，隨智慧降臨，能量非凡；不在於供奉多少香火，也無需高人指點……

　　如果數學修養到位，我就可以建立那個萬物至理的方程了嗎？時間為零，時空重疊，還有數字嗎？也罷，寫下物理哲學的詩句，給某位上天屬意的人物一些啟示而由他去建立那個將讓世界徹底變化的方程吧；或許，是某位物理和數學都不及格的人拿下這份諾貝爾獎！記得相對論嗎：能量等於質量乘以光速的平方。能量革命的方程不能只是一個意會，它必須是方程？它不會是零等於一嗎？數學高手們不是早已迷失了嗎，一切數學定律不是正如最近有所發現——它們既不能證明，也不能證偽！甚至連相對論都一定程度包括在內——質量乘以光速的平方，其結果，既不見了時空又從何談起數字呢……1984年，我那位冤家，弄來個會彈吉它的追求者，是社科院的博士生，他學理論物理。和我談話，他就像在鬥智。那專業，也可以說是物理哲學，是我現在所說能量革命的範疇。傾談之下，他忘了是來幹什麼的了。"能量革命的意義深遠……"其實，你知嗎：一等於零，而且，零等於一！就像你我，我所謂聰明所以找個傻的；你傻，所以聰明……那個一加一不等於二而永無結論的歌德巴赫猜想，也就因此有了真正的結論。見到中央台播出墨西哥空軍剛拍到的七個 UFO 嗎？像一切記載一樣，他們幾乎直角轉向，其速度也顯示其不受重力影響，因此證明它們擁有反重力系統無疑。這使它們足以抵達光速卻解除了黑洞般的重力，於是可以從光速其重疊的時空裏瞬間抵達我們，其實是——與我們同在！人類，不是也已經發現並開始提取反物質了嗎，這正是實現反重力的關鍵所在吧，只是目前科學的基本原則反而成了僵化偏執的誤區，妨礙著這一非數字領域的真正突破……我們正處在能量革命的前夜，而萬物至理的方程迷思得解，就是開啟它的鑰匙！

人心的能量卻被太多的患得患失和無謂情緒消磨了。簡單說，人生三戒：少年戒色，中年戒鬥，老年戒得。不說迷於色、陷於鬥的害處，單看荒於得的滑稽吧——儒林外史寫一老官見客，彌留之際，還要讓手下在門外如此這般，一個喊："身體欠安，不見客！"另一個喊："送客！"他在裏面聽著就很過癮。越老，越覺得自己時日無多而急有所得，怕有所失。多麼奇怪啊，實在應當適可而止，不可到了如此貪心的地步，以至壞到麻木，壞到有一天讓自己都吃驚！追求什麼，為商為政，應有境界。老子說有五等，一、上之；二、親之；三、譽之；四、畏之；五、侮之。是說最高境界是無為而治，其次是親如一家，其次是令人稱道，其次是使人畏服，最次就是讓人罵了。一般之人，也只得親、譽、畏、侮，難得其上。可見人生求索修遠而趣妙，大有可往；而勝過自己、昇華其時，實在美好！往往正是不太在意自己的時候，成果卻偏偏降臨……見你胖了些，是底子好，永遠苗條，又長了少女的青春痘，滿是春意，讓我感觸洶湧澎湃的熱情，卻又不能在那種地方爆棚。不時在睡前感受到你豐滿的吸引，然後在說不清的甜美夢裏醒來，便知你靈與肉已然沉釀如此甘美的韻味！還是 1990 年你往香港來信說："我也有能量！"那時沒人說起能量，你也說不清楚，就像給依依起名字一樣你也說不清楚，意境中無意識感觸到了，我則說出了它確切的意義——我當時默默驚訝地記在心裏，就像我們歡愛時也會忽然從你額上讀出你的閃念，讓我深有體會。我們在萬綠園和仙湖總也放不起來的風箏，亭亭至今也仍然放不起來的風箏，正值勁風，長歌一樣升起！就像亭亭形容的那樣："我閉上眼睛，彷彿出現童話世界——一條筆直的大道在我面前，沒有盡頭，一塵不染！而一個沒人放的風箏正高高升上碧藍的天空！"這是值得一生記取的名句呀，是我們能量無邊的意境。亭亭已經看見了它，真讓我感動讓我自豪……是在晨曦中，我發現院門口一棵像玉蘭一樣的樹上竟開出幾朵花來，細看之下，原來滿樹都已是待放的蓓蕾喲，它們像在朝陽的暗影裏偷偷憋住喜悅已至的笑聲。有人驚歎："這種樹也會開花？！"這也是沒人相信的事，看來是要證明一個天大的道理！不僅滿樹的花正在招展著好消息，就連鳥兒的歌聲也更多婉轉並且匯成了合唱！

我喜歡品嘗美好的願望，品嘗像亭亭那樣懷著心願種上一顆小樹、懷著心願開始寫一本日記、懷著心願面對一個挫折以至一場似乎沒有窮盡的災難……我們最初寄上的那些聖誕卡真的只迎來輕蔑一笑嗎？它畢竟是外國的最高法院基座上並不相干的詩句："法律是神在人間的基石！"但是，這是我們的願望，並且，我們一步一步從無邊的夜中向著它走來，所以它是我們真實的黎明："法律是人間正義的基石！"在法治遠沒有效的制約予以保障的時候，天真的我們就像孩子一樣挺身而出了；我們唱起的童真的歌，經過漫漫長夜的低回，何時成為清晨雲霄的和聲？手中只握有心願的我們，何時制約了權力，實現了我們的法治而童話成真？如此長夜，如何讓孩子們始終相信：人生仍然美好，正義必然勝利？歸納起來，便有我們的"同一首歌"，我把它獨立成篇寫了下來——

"不見天日，我知星月美好；漫漫長夜，我知朝霞燦爛。見了太多貪婪殘暴，遭遇太多麻木不仁，仍然指望人心的真誠？是的，我探尋人們的眼神，期待發現愛的跡象；我留意人們的態度，希望找到善盡職守的忠義……似乎迷失了，歲月悠悠的囚居中畢竟不見天日，苦難的長夜中畢竟難見朝霞。眼前遍佈著無忌的貪行，似乎誰都確信：天日已不存，長夜將永駐。莫非整個世界，只有我，還在期待黎明？而且相信，天日猶存？

可是，愛是什麼？我輕撥心弦，它便在苦難的幽冥天際迴響，便有輕柔的歎息向我回應。我知道這也是回應我心弦振顫的你的心上的和聲。你並不相信正義主宰我們的命運，只是在絕望地愛著，彷彿只穿一件黑袍，來到我們心中歡合的聖殿流淚狂喜，無畏滅亡……只是，每當我的希望之歌無言傳送，你仍感到依稀有望的欣慰，也使你仍去進行看來註定失敗的抗爭。畢竟你沒有正視我心中的光芒，或許是因為它還不夠清晰明亮，於是像在森林中迷路的人們總會在每走過四五十公里的時候，又回到原地……彷彿成了永無止境的進程，已是無數失望堆積而成的希望，卻成就了心靈的成長。悠悠歲月，只為讓我體會：如此渴望人心的美好，如此期待人們的良知。這是我們至深的體會，是我的希望，也是你的絕望。我們已經如此敏感，有聞好心的故事或歌聲就會立刻使我們熱淚盈眶。

我對人心歸於美好的期待，已不再只是期待它會讓自己受益。我為我正當權益初試的法律之劍早已卷刃，當我一再磨礪它似乎難以磨利的劍刃，又再將它高舉的時候，我竟已忘記了自己。這是我難以言喻的感情，它常在沉思和淚水之中飽含熱愛。我已悄然在謙卑的愛意裏，覺察通古達今的智慧……這是無需多言而貫通人心的能量嗎，它竟使我與同心的人們默默交流。只在此時，我一向堅守的希望才變得明澈——原來它確實如我朦朧之中信守的那樣，它是真的，真誠的心願一直悄然在人們心底湍動，更多的人並未在貪夢中迷失，他們只是被貪夢的現實所震懾。良知如此簡單，它會在愛的微妙關切中輕輕開啟，然後互動，揚起波波相連以至無邊的共鳴。這是我的希望與你的絕望裏輕聲哼起的同一首歌嗎，它在善待自己的良知裏輕吟，從古代智者就有的意誠心正而身修的初衷，成就齊家治國平天下的浩蕩功業。這歌聲從我們孤獨的心上傳出，並無意識，卻讓人驚異、共鳴而且回應，竟成強音，以至在一切有空氣的地方振響，在一切有人心的地方共鳴，回蕩天際，長歌如虹，而音符飄落，大地為之蔥鬱！

這是我們的同一首歌，它神明般奏響，並非出於香火的供奉，只緣於那在無比卑微之中純粹的愛，緣於無數失望之中永遠的希望！於是，天地共鳴，人們回應，彷彿是讓世界重新發現了自己！絕望的你，也移去黑袍，白雲之下你白紗飄飄，藍天有你燦爛的笑容、亮晶晶的性感……"

國輝 04.5.29

（二十七）至誠通天

（我的律師李貴方並沒有提交指定管轄申請，即使提交，再審也仍然只是由於廣東高院同意才正式啟動；它因當初申請賠償決定時被我告上最高院以致督辦，與本案存在利益衝突——是何居心，可想而知。只是在如今這樣的環境裏，我的心情，從我用信鼓舞起來的回聲中，難免相信奇跡，極願成為童話般故事的主角……又像當年重審一審之後我拒絕上訴，那時因為捏在我手裏的通篇判決是以無罪證據認定之後根據二審法院上調研究卷擬定的結果作出有罪判定；我不上訴，就使這樣一個判決成為終審判決，急得審判長跑來三趟幾乎是在求我上訴了。最後他說你老婆就在外面，那意思是再不上訴就會讓家人以我名義代行。我深知老婆此時的心情，她已有人民日報的接應而且參與刑法編纂的專家們也都作出無罪論證，這使我難免與她不約而同幻想上訴審能夠有所改變——明明就是由上訴法院示意的有罪判詞，可是啟動最高院再審也還是先要經過中院高院的復查駁回之後，而它們仍然可以先行再審形成二審維持原判，趁機把卷重新做過；就算最高院提前介入了，程序仍然如此，而最高院其實又如何呢。如此體制，結果自然而然；當然，也最容易存有幻想，也最自然而然粉碎所有的幻想。然而此刻，我的再審，我身邊的反腐敗，正義之心高昂的能量，就像柴可夫斯基《悲愴》交響樂第三樂章那樣一次次遇挫又揪結而起的雄壯，越來越強，怎容悲愴。）

這裏小院花壇的草地上，從前繪著"公平公正公開"，後來它被雜草湮沒了。現在代之以花樹，造型是龍鳳呈祥。在我心目中，它們彷彿珍卉異木，代表一種美好的心意！而消息一樣開滿院外樹上的鮮花，則傳遞一種使我感動的天意！從你所畫那個讓我越看越喜愛的上唇冒汗的傻冒兒，我知你已心情開朗。我們和我們所觸及到的，何時已滿溢愛和幸運，讓我感謝莫名……此時，感受你對團圓的翹首以待，那種欣喜和熱望，不免讓我想起一次次庭審後你同樣的期待和失望時驚厥般鑽心的痛；這次為何沒有了隱憂，輕快得像我還沒聽到但早有想像的《神秘園》之四那樣的釋懷和舒展！可是，政治上沒有幻想，結果總是有跡可循——如果再審沒讓廣東迴避，就落入圈套無疑。我們那句老話是：信心生智慧、智慧生勇敢。我希望不會失去良機，但實在不忍打斷你的美夢；它也傳到我的心上，實在太美——我其實比你更需要它……這裏又添了一缸金魚，心意啊，它能改變體制性腐敗來源於市場的無法無天的力量嗎？顯然，想讓賊有所改變之事不能強求，不說劣根性，關鍵在於世無法治；可是，起碼可以在他們心裏種上良知的種子，起碼使這裏不要成為培養罪犯的地方！其實賊也歎世風日下，常說從前盜亦有道，而今合作起來提心吊膽防不勝防。歌也唱道："最近比較煩，比較煩……"大家累啊！華東理工大學開了孔孟和老莊的課，山東的中學也把做人放到了求知之前——其實這樣的話題從監獄講起才不同凡響，且觸目驚心。可是，良知和善待自己的浪潮，何時席捲中國，成為愛心回歸的燎原烈火，尚待制度扶持，尚待因果證實——目前為止，倒似乎是罪犯當道；證實了什麼，似乎是賊路通達！但願，經濟發展之後，中國將從信仰的蒙昧之中，真正成熟起來。

亭亭不到十歲就發表了作品，多美好的事情！我曾在她的生日感覺到她的淚水，但這是美好的淚水；我慶倖十年前這一天她的來到，當時我看見她與生俱來的墨池浩瀚——維港全部的尊貴從我們的窗口湧來，都不及她的墨池浩瀚呀！這也是源於她在小樹苗邊許願那非同一般的沉思吧，她所愛的春天來自於我們所經歷的冬天，正是許多艱難和痛楚之中屹立不倒的希望，使她從不幸裏感悟到真諦！欣欣也能寫這麼多字了，她又想起我第二次回家後去接她的那一幕了！當時她情深義重說要回自己的家，才四歲，明明白白！我知道她為什麼常常走神了，她明知她的爸爸深愛她，可為什麼總不回來看她？她從沒懷疑過爸爸會不愛她，還在說："祝爸爸工作愉快"——這麼久了，她仍希望著爸爸一切順利，多麼以大局為重啊！其實她在我走前的那天晚上就已經知道，她對弟弟說："我不想讓爸爸走……"又三年多了,連我還在希望不至於如此的時候,她已經知道了闊別。現在,《春天,我愛你》——別情化為摯望,是在小樹苗前久久駐足許下的心願,彷彿天籟!一切變得那麼平靜,有支薩克斯奏起的款款心曲不停迴旋,似乎沒有任何事情發生;是的,沒事發生,一切仍會這樣持續下去,就像長久以來一樣——歷史不會總是如此無動於衷吧?可是,為什麼這般平靜……

哦,歷史從來不會無動於衷!

五月以來一直心情明朗,充滿鏑心情投射而來的翹望,讓我也以為團圓在即,似乎歷史的等待並不漫長,甚至覺得某一天鏑驀然回首,"那人卻在燈火闌珊處"。這使我料理身邊事總無長期打算,鏑不是也把變了的手機號碼寫在信的一角,似乎怕我忽然出來了聯絡不上!多麼相信奇跡的一家人啊!這個社會不需要奇跡嗎?可是腐敗其中的利益集團,他們允許奇跡嗎?不過,如此困境之中,對奇跡的期待的確安撫凡心的痛楚,不然漫漫長夜我們怎能熬過?夢的渴望究竟如何昇華,我又如何從無數次失望裏繼續希望,結果鑄就完全不同的境界……我知道那個夢,很清晰很到位,在心裏它非常近,正如我們的渴望,它是真理是青天之下的人之常情,顛倒的一切才不真實呢!每次遇挫,彷彿只需深吸一口氣,再堅持一程,然後一切就真如暢想一般無礙實現，邪惡也就煙消雲散！只是，凡人還是無夢比較好，奇跡必是凡人所不能——至難而信的心上揮將出來的大能，古往今來雖有湧現也都稱為神跡了。知道這有多重要嗎？這裏有個自稱在英國諾丁漢大學學測量的人，大方腦袋，大約十歲起就自摸，二十五歲腰就彎了，現在四十一歲已然臉上和那兒都是老年斑。他的性接觸只是六歲碰到女童那兒，還有公園裏見到草叢中激愛的響動，以及火車上看手相接觸到了美手，再就是剛從海南拿單程證進入香港時曾被入境處女官員摸過他的頭頂！總之，一見美女，他就扭頭進了洗手間，自己解決。這兒有不少人，訂了美人畫報，購物時買了腎寶，前列腺都出了問題。我教那位大方腦袋："還有救，一是停了自摸，二是學會做夢，三是出去後找到高潮。大方腦袋裏的胡思亂想歸於生命，歸於寧靜歸於行，人生就有了智慧。關鍵在腰。"哦，說來一笑，他胡思亂想依然——酷愛飛行卻不知飛機翅膀上流體力量如何把飛機托起，不知他那大學怎麼讀的，也許是另外一個幻想；每晚，他穿得像飛行員一樣入睡，自說只有一小時睡眠，想必哪兒都飛到了；寫了無罪申訴，在江澤民七十七歲生日那天貼了十七張郵票寄出去，接下來可能是開了阿帕奇直升機來到珠海中院大門口，轟掉了一隻石獅子，並揚言如不再審就要轟掉另一隻……能量，它花枝招展在人心中，我們不會也在胡思亂想吧，在我們的處境裏太容易這樣了！我們如何在痛苦中屏息靜心除去幻想，如何看清事態並堅定信念？能量在愛而不棄的心中自會昇華，如同在心搖意蕩的高位舒展開來，持續下去，凝聚而又凝聚，實現非凡的意境——因為我們堅持，因為我們舒展，也因為我們喜極卻淡定，因此那將是何等的高潮！我慶倖你已用心上的感覺去看，沒用你的分析；倒是我來給你分析，其實早已說過：在卷中作假，能讓再審看卷的人少些責任就更好買通；只要不開庭，也就一手遮天了！你問我對事態什麼感覺，我曾說過"猴子的舞步"，反者道之動，不能順著他們來，必須將事情原委公之於眾！如今不是"軍隊無小事"，如今是"司法無小事"。我們足下的冰山是全國，我們心靈的成長也將爬上這個國家高高的枝頭，期待破曉，希望家國一片燦爛！做不到的話，我們的團圓就遙遙無期，這個國家也將面臨言而無信……卓又要過生日了，我多想把他扛上肩頭！第一次回家時，這讓他驚喜；可第二次回家時，他卻哭了；害怕當然要哭，沒什麼，但哭有用嗎，只會更糟！反而設法解決讓自己害怕的事情，一切會變得十分有趣——從他出生，我們家庭就經歷了這種事情；在他六歲的時候，讓人害怕的事已經變得意義重大，能否戰勝自己已經事關千秋功罪！這仕一時雖顏面無光，卻有大信永遠回應。這必是能量的昇華，當超越自己的瞬間，光彩奪目！

依依不到兩歲就跟著我跑步，行人停下來讚歎，如今她運動會得來的獎品筆記本我希望用它記下勝利的腳步，爸爸也會想起什麼是一生最大的成就了——其實小時候就聽爸爸說過，是有了我們。不然父輩們打下的江山，縱然有改革開放一路以來的成就，仍終將倒在腐敗之中變得一無是處！我想起那個獨眼的老頭兒，思考時總會打起呼嚕。愛漂亮的皇帝和貴族們都對他不以為然，他反而以唯唯諾諾而獨善其陸軍總司令之身；在戰爭中，他也以一退再退飽受非議，他卻因此全殲了偉大的戰無不勝的拿破崙全歐的大軍。光榮的載入史冊的軍中豪傑，隻身逃出俄國冬天。歷史仍然盛讚拿破崙，而戰勝他的庫圖佐夫卻如力量之道，永遠謙卑。我知道，智慧難以言喻，只有體會。隨心所欲的能量來自無罣無礙的心上，卻必經至難，方有成！這一切有待心靈的成長，一切卻源於童年。希望卓卓能從童年記取的，正是不斷超越自我的勇氣！最初那三天，《紅梅贊》在看守所的天花板上迴旋，都是兒時的印象——五歲時看完有位女軍人犧牲前栽櫻桃樹的電影，聽媽媽哼，我記住了："櫻桃好吃，樹難栽，好事情總不是容易來……"以至今日我已深知：與其患得患失追求富貴，不如做好自己，是不畏艱難實現自己，於是一切自然而然。富貴只是個人素養和意志的一個結果，而不義之富終不成富。我想要扶起孩子們的，也是他們從童年起將決定一切的精神，足以以不變應萬變，足以點石成金。而童年的愛，卓卓幸好有母親讓他感受到這種非同一般的教育，我則緣于我的奶奶。這真是難以言喻：她去世已三十年，我卻感受她更加清晰。這就是永生吧。於是決定了我的許許多多，我永遠都記得：每週從中學回家，夕陽下，我還在離家遠遠的橋上時，已經看到奶奶在家門的廊前扶著柱子久久眺望。山風吹來山中寂寞的慈愛。當兵離家時，要上車了，奶奶顫顫巍巍緊跟著我，她的心像要掉出來，臉上卻還是那樣安詳的笑容，她知道這是訣別嗎。我忽然意識到什麼又再回頭張望，她已在山坡上的身影變成我心中一座永遠的雕像！她這時投給我的最後的愛撫，也成了永生的願望，這一切都將一生啟示著我……還有我們的曼陀羅，從最初在承德似乎無意識中顯現出來，卻凝聚起一向以來愛的精華！我聽見你說："我只是老公身上最不出色但卻不可缺少的部分"，而我說："我們的一切像一首歌，你是其中的副歌，卻是最好聽的部分"。那時，曼陀羅的雕像只是個象徵，卻預示了我們實現佳境！我看見美好的太陽從紋絲不動的瓦片雲中迅速沉落，它的愛卻顯現在碩大橙黃的圓月之中，冉冉升起。這景象，讓我終於知道三十年前的這一天，其實發生了什麼。我感謝爸媽，使我能夠擁有這一切，包括為我接來了奶奶，包括你們喜愛鏑。你們的希望，也同樣，會在意外中實現……媽媽，我說的對嗎？每當你同意我時，我會驚奇心中那種通暢的感覺。記得 94 年 6 月到韶關曹溪，在廟宇最深處那間內居已逾百歲的方丈禪房門邊，你下意識吸入那股香味說都吸進去了，瞬間我更有奇妙相通的感覺與那間禪房直至六祖而達摩以至釋子與迦葉拈花一笑融匯貫通。從六年前我盼能出來給您過生日，到四年前我身披天壇大佛的夕陽餘暉來赴您的生日被抓，而回家仍未及給您過生日又陷囚居直到今天——是在這樣的地方，向您提起：我無比珍視您和您的給予，我已使它不再受困，成為寶藏！

國輝 04 年 芒種

（二十八）洞中一日

（曾經做局想迫我就範買減刑的高佬，現在格外乖巧在段教鞍前馬後幫手忙活監區後勤的事，人也竟像轉了性似的格外善良，甚至善待生靈——他在我面前擺弄悉心養大的一隻小鳥，像看泰戈爾一樣仰望我登高放飛它然後又如何飛回我的手上。恐怕他也想進入我的家信：作為一名改造好了的罪犯如何富有良心發現，於是更受賞識更快減刑，回到社會幹一票大的，一勞永逸把兩次判了的 24 年全部撈回來。我擔心如此輕信的小鳥不知處境險惡，而真誠想要改造罪犯的段教何監也不知如此法定的宗旨早就已被沒有法治的市場刨掉了老根。與他們努力營造的改過從新軌道不同，另有一套，車間主任黃培強的說客東北老王來與我攀談——他從其著迷的賭球說起，信誓旦旦自有一套逢賭必勝的公式絕技，保證大賺特賺；而安排哪個工位多快減刑出監，他只是順嘴一提。我也依舊客套聽著，甚至貌似關心探討幾句。我明白這是被段教深入查辦如此買賣，來上一個反戈一擊，如果連我也被拉上賊船，豈不更加靠譜。這才真叫制度自信。那只小鳥就比我要單純得多，它相信的愛使它不願飛去，院外的野貓就趁夜晚爬上了它被掛在樹上沒有關門的鳥窩。我仍然相信愛，我叫住東北老王的時候他驚

喜以為我終被拿下了，我卻只是問他：難道切爾西這樣的球隊
也常踢假球嗎？）

　　六年前這一晚，我在廁所邊的地上睡著，成了人們解手時
必須跨過的門檻；徹夜的驚魂，經過六年的歷練，有了法力？
是以個人的小周天，法出了宇宙的大周天嗎？於是從我目前所
處的環境裏，我彷彿看見，我們的行程以至國家的行程，竟
有同一曲節奏同一款韻律，而事態演進，彷彿鯉魚欲躍龍門；
難道這是真的嗎，即將破案了嗎？彷彿一隻奇大的箱子擺上了
臺面，如果願意的話，就可以從箱子裏拎出一隻咬著另一隻成
串的螃蟹，它們早已膏肥蟹黃！能做到嗎，誰來做，他是誰？
我為之出神時，螢幕上那位垂暮的老太太正顫巍巍接過國旗並
趕緊把它放到一邊，她是急著要把自己的臉貼向棺木，然後，
她用手輕輕撫摸著。這一刻，讓全世界震慄嗎？我只是覺得，
自己與鏑遙對的心上，已然一片淚水！當然，這是美國人選出
來的總統，不是我們的——他所懂得的愛和他那些總不間斷的
信，讓我感動但並非國人的真實；誰來解決我們的問題呢，我
們的箱子擺到了誰的臺面，成串的螃蟹不會一直牽連到他的身
上吧？

　　真的能從心上看到許多，你們呢？說一下吧，便於你們聯
想：表面上，每天機械而平淡，並不似內心浩瀚無邊且風起雲

湧。早晨，六點起床，以每天同樣的姿式下床，卷起枕頭（書和筆記），登上洗臉池把它放上壁櫃，然後疊被，小便洗臉，接著做五十個臥撐，然後體操，50個上下蹲，100次踮腳向上，就該吃早餐了；然後讀點法律，搞好份內衛生，就下樓集合，準備出工。這時會與人聊幾句，看兩眼減刑成績及各種獎懲的公示。七點，三百餘人出監區小院門口，步操到車間開工。流水線操作很像念經，會使人忘我而鬆弛，漸入浮想之境，時有愛意飄飄或灼見閃閃；有時會聊幾句，但多數是隨心中之歌起舞。九點半工休，自己抓緊時間做一下操，然後小便、飲茶，望兩眼窗外的草地樹木與藍天白雲，再開工到11點45分，然後步操到宿舍，提了水壺上樓，抓緊在午餐前沖個涼，午餐後便上床寫筆記，小閱閒書，接著入睡片刻，便起床整理，飲盒優酪乳、吃一個蘋果，再讀兩眼法律書，然後下樓集合，仍看兩眼公示欄就步操到車間；兩點至三點半操作流水線又有入境沉思漫舞，飲茶望遠及體操之後繼續到5點45分收工，步操到宿舍，上樓拿碗與罐頭便下小院按排列位置坐定晚餐，然後上樓排隊等著洗碗並等沖涼，之後小看幾眼法律書，6點50分下樓集合看新聞並看星星和月亮，接著或有警官講話或看電視或上樓讀書；約九點開始排隊沖涼，因所住1倉水大，樓層不少人擠來沖涼，我便坐在床邊讀會兒法律之後飲杯奶並吃點心，然後開始讀閒書，通常最後一個沖涼，床位也緊靠沖涼的地方；接著再寫幾筆筆記、看幾眼閒書，便是熄燈入睡之時了，大約十一點，眼前必是你們已經入睡的樣子……這裏空氣尚好，之前所說火山爆發般冒煙的水泥廠，先是除了煙，最近索性關閉了。從前是河灘水域，後來治理河道改為運河，河灘則建成痲瘋病院，然後設立了監獄。水是從羅浮山方向流來，工業發展的排汙多在下游，可見水管偶然冒出小蟲，欣喜獲知生態尚好；而香港供水卻在工業區域下流，難怪雖經專業處理，在香港仍能感到水中死氣。水好，空氣好，還有陽光好，所以從 00 年九月在看守所因疥蟲引起的皮膚過敏緩緩康復，氣色日漸恢復。鏑見我眼睛泛紅並非眼疾，是通常流水線上盯久了產品所致，心境卻鬆弛自由。雖如此日復一日，心中另有進程潛移默化：三年有餘已大不相同，尤其近一年半來漸入佳境，能量外化，不以人的意志為轉移。並非報喜不報憂，是已漸漸無憂，卻又無法細說其喜，還要你們善於想像、善於領悟，然後共享欣喜、共入佳境，便心想事成……

曾提起有位犯人組長找我毛病意在逼我花錢買成績的事，那位副區長不是出人意料拿電棍電了他嗎，因此這位副區長竟然呆不下去了，就打報告請調，結果換來從部隊下來的一位教導員和一位副區長，並且是紀檢書記談了話奉命而來。不久，因另一關押臺灣及外籍犯的監區其犯人與警官內通外聯大規模參與賭球，牽扯到監獄長，因此也換了人。新的監獄長忽然下倉時，正是其他倉的人都擠來我這裏沖涼而我盤腿坐在床邊寫著筆記，忽然看見他時見他驚奇打量我而且點點頭。混亂之中，一切匆匆，對於彼此關切並無所知，何況地位如此懸殊……其實週末只有一天，不像鏑想像的，通常只坐在不到一尺高小凳上看書兼看兩眼電視或者下棋；已習慣坐得如此低，心境再高仍不時有揪心的思念，著急和擔心之時實在有些坐不住，但仍然日復一日坐在上面，習慣了那個姿式，也習慣了等待！希望因此變成永恆？不過是一個簡單的事實，卻要期待它從權力來源如此顛倒的司法腐敗深潭中浮現出來，成為奇跡！迎來破曉，真相大白，腐敗的巨人化為爛泥與膿水，而我不期然從如此低矮的小凳上顯現出威力無邊的高高在上的權柄？這是我安慰自己的浪漫想法吧，不然如何承受！多麼難以承受，信仰卻使我毫無怨言地接受了，變成義不容辭。凡事輸贏不在一時一事吧，棋奕中也常見輸一著而妙勝全局，做人也常見吃小虧佔大便宜。好比中國漫天飛舞的假貨，以至人們不想為也只好為之，說是都這樣所以只好這樣，各種腐敗豈不如是。可是像沃爾瑪那樣的企業就謝絕假貨，它寧可不贏利也樹立品牌形象，最後顧客豈不都去了沃爾瑪之類！雖易知，卻極難做到；我們所經過的，又有誰肯經過呢！

還記得那年他們帶我去見金田姓黃的老闆嗎？是談合作，那位黃總卻當即拍板讓我到他香港的公司主持工作，讓第二天就上班。我回來後發去一封傳真詳談了合作的想法，他大約是不高興了。後來知道他那個圖有其表的公司經營惡劣，他又是好色好賭之人，爛賭輸個上億都不眨眼，號稱十大家族。公司股票 ST 了，卻仍到處可見它圍而不建的地盤。再後來就知道他是誰的弟弟了，而他姐姐又是誰，其任國務院電子部辦公室主任時的老上級大駕光臨都會欽點去她家吃餃子呢！剛上任，她大談司法公正，可 02 年初卻改口特殊案件要由市委決定——其弟與李小勇爛熟，能不聽招呼？他弟弟那座猶如半壁懸崖的公司大廈始終屹立不倒，李小勇劣跡斑斑不也照樣沒事兒！這些真相，一點一點向你們透露，便於承受——事實上，比起他們，我們手中除了真理和正義，一無所有！四年前這時候，我在車站準備過關，打死一個竟在白天叮我出血的蚊子，我驚訝這種反常，而接著就在過關時又被抓了。判了無罪，我們隨俗在海邊燒掉那些滿是疥蟲的衣服時，煙卻不僅踴向我還向身後看守所的方向疾去，似乎我小休之後再去那裏將無可避免。手持一桶藍山伯朗咖啡，我在黃金海岸家邊遊艇會臺階上坐著，出神張望如鏡的海面，傻笑著，使經過的老外們也會心一笑。美國少女投幣撥響了一曲生氣勃勃的勁舞隨之跳起。那些夕陽下湖綠色的窗盞上，有我從童年彈球心的湖綠夢幻中朦朧啟蒙如初戀一般驚心的愛慕，而無比逍遙的神境，從低沉鼓聲中若即若離的大島上顯現。蔚藍泳池裏夕陽與湖綠的逍遙，你和孩子們不知煩惱在即的歡暢，是在命運歸程的神秘園的樂聲裏！離家時，金黃色的客廳在湛藍天空襯映下令我駐足片刻，我喃喃如夢："馬上回來！"鏡中有我額上褐斑更濃的烏雲，我卻說著："迦太基大將凱旋而歸，耀武揚威！"我們來到那個縣府大院一樣的法庭門口，我想起他們好像是在四海公園那樣的幽靜茶室中早已商定了一切，我只是又回到了不久前告別的那個看守所的門口。洋人們隨我手持咖啡傻笑而共鳴回應時，並不知道我是剛剛從哪裡出來，也不知那杯中的迷人是什麼，不知我一身疥瘡的過敏還要年復一年才能康復——我睡在兩個一身疥瘡的少年之間一時猶豫沒有調換，莫非在此有我命中註定能量昇華的奇訣嗎？法庭門口，市檢那位龍檢察官見我上前致意，竟然大吃一驚，他是側著身往法院大門走，還在驚奇什麼回望我一眼。他迎來了他們一夥，市局負責偵查和預審的張吳二位的麵包車疾駛而至，隨後是市中院牛某等人。張的那一臉笑容是在我三年來幾次三番祝他福至心靈之後沉入地獄的凱旋。我們正從院中一片陽光之地手拉手漫步著望見這一切，第一次見面的牛某忽然像惹了麻煩那樣皺眉看一眼正緊跟著他進行"法律監督"的龍某，法院照辦檢察院的決定全都寫在了他的臉上。沒有任何安排，我們自動走入他們的行列，穿過黑暗的過道時，被前後簇擁的我們已經命中註定在圈圈中套牢了他們。休庭時我不得不抓緊時間看看他們，我彷彿是在回身望向窗外的陽光，遇到張文波目無定睛的目光時就示意他胖了，他也示意我胖了——究竟誰才該減肥呢；負責預審的吳某則彷彿暗中一驚，大概是因我所處的角度更像法官吧；龍某就說起了他的那個故事：某人出監後找到他，說原以為洞中一日人間幾何，原來一天都是一天。我默默一笑。我知道你難過，而你覺得根本不該理他們；在你身邊坐下，我沉默中想對你說：你有所不知，到了他們真正坐對位置的時候，自會知道洞中一日人間幾何了。那位牛法官一行三人吸著煙回來開庭了，他一抖戲服一樣的法袍，念起我早已從剛一照面就從他臉上讀到的一切。所謂洞中歲月又來臨了。即使在洞中，我也見過不少這樣的官員了，雖然他們都憤憤不平——憑什麼那麼多人都沒事，偏偏抓他們；何況他們情急之下都是入廟進了香的，接著卻被抓入洞來，便詛咒廟宇以至諸佛。我就解釋：其實這是把你從那個軌道拿下，使你不再作惡為害自己，因果早上正途，比起仍然沒栽的官場眾生實為大幸，我佛慈悲！這話不中聽卻成笑話，惟歎佛有靈動，竟有這麼多臨時抱了佛腳就被立即收降的貪官！

見一份審計報告說長江防洪工程有一半豆腐渣，當年朱鎔基曾信誓旦旦說防洪工程不能變成豆腐渣。可是撈錢的事誰忍得住，貴婦還在商場偷東西呢，絕對忍不住啊。大開殺戒，刀不卷刃嗎，何時變成有效的制約？有位爭辦富士康工廠食堂上億生意的黑道人物，他告訴我：他帶了上百人去"換約"，可對方一下出來三百人，他只好開槍了。他有雷明登和微沖，打出一個骨盆碎裂的重傷。涉槍又涉黑而且是張高麗交辦的案，應判十五年以上吧；可是重傷鑒定改成了輕傷，也不涉槍涉黑了，只判一年。他說他那圈兒裏的公安人事，可是比組織部門還熟絡。對於我們，張高麗臨走時說："要辦成鐵案，要經得起時間考驗。"我們不比黑道裏的人物，他們更有脾氣，總是一拿一個準兒——他們有制約能力啊……禁毒日，大雨驟至讓人舒展！每年如此，開殺之時，群毒們訣別人世的歡息，竟有如此恨別的淚水。幾乎難以逾越的時光的崇山峻嶺，總使人難見因果；當見因果之時，事已鑄成，難以回還！而戰勝自己，有待心靈的成長，其征途茫茫，無法強求，也無捷徑，全憑愛而不棄，全憑因信致福。9.11，雙子星大廈裏的猶太人一起沒來上班躲過一劫，卻引來非議；可是出於靈感的告誡，說出來又有誰信？我呢，則一直堅信——"雖然黑夜漫漫無邊，我卻總相信天仍會亮……"

因為愛吧，院中的一隻小鳥，叫它它就飛來我的手上——它完全可以飛向藍天，卻不想離開愛！

國輝 甲申年 夏至

（二十九）本性應天

（東北老王遊說我未遂，車間黃主任就在車間盡頭總是陰沉地盯著我，也許一點什麼事就能讓他對我做出什麼來。神主牌與我同在沒有成績的工位上，記得很久以前聊過他三次驚人的性經歷，就曾經考過他女人下面洞口的排列，他竟然一無所知；這次又問起他，他一愣，說等一等——這是英國諾丁漢大學學子在研究問題，還是香港中五學生在試答題呢，他終於記起了我輔導他認知的次序。"正確！"我給了他響亮的成績，當然不是他想要的工位成績；因為我情不自禁摸了一下他的大方腦袋，他的眼珠就轉起來，十分詭異；過了會兒就見他去打報告，然後黃主任派人讓我過去。原來他報告說我打了他的腦袋，我望著他忍不住想笑；那邊黃主任已經宣佈：扣我一分。段教隨後查抄了東北老王的筆記本，以其中涉賭，而且盤問時他仍揚言自己逢賭必贏，扣三分處理送入監隊關押並召開了全監區大會讓他做檢查。王教人馬何管教偏偏把神主牌也弄了個什麼事扣兩分送上來一起做檢查。每人都舉著個自己涉犯事由的牌子站在台前。我見何管教朝我笑笑，就深知段教必是已經抓到了他們痛腳，竟至於如此急切想要滅火。）

有只瘦貓，當我們收工經過時，它一貓身警惕地盯著我，而它身下的水管溝裏有四隻小貓正在天真張望著。它們正準備去哪裡，使我會心一笑。難道它們懂得了我在笑什麼，以後每天下午收工，它們必在夕陽下的牆邊草地上逍遙，倒像是在等著我們……心靈的相通，讓我知悉事態：你等來的再審，和當初我拒絕提起的上訴一樣，都在他們的圈套裏！我順從了命運，陪他們把司法程序玩盡——而我仍然寄望由你展開的公之於眾，看來其實與國情不符，至於讓你翹首的好消息我已盡知它是什麼了！奇怪的是，我也開始對它抱起幻想，畢竟再審程序能夠啟動已是我目前處境中的稀奇之事，這勢必引起轟動。有一絲欣慰，如我所見那只瘦而堅強的貓媽媽呵護著它四隻可愛的小貓，它們在夕陽草地上如此美好的"等待"，這證明一切超凡脫俗的想法，都不過是內心本性的浮現——真正的平常心，勢必充滿能量；簡單至極，卻要戰勝自己。可惜，就像我聽不懂人們說上帝，人們也不太懂我說本性。知道貓的本性嗎？老鼠多了不好嗎？要等少了才去抓？那只瘦貓走來走去找來一些人類的剩食給孩子們充饑，卻從不去抓就在身邊的一隻只肥鼠。它迷失了，所以倍覺辛苦，甚至有些崇拜起老鼠來了。可是實際上老鼠卻極想裝成貓。好在那些小貓並沒有蒼白的童年，也不追求平庸的人生，他們在夕陽草地上躍躍欲試，一定是出自一位優秀的父親……夜深時，瘦貓就到垃圾車上找吃的，肥鼠們當它是透明的。它瘦到忘記了那出於本性的一撲不僅可以讓孩子們因此吃飽，自己也將健壯愉快起來。可是我仍然為這只瘦貓感慨，是因為它艱辛中的承擔，這只毛色難看、歷盡艱辛的瘦貓竟讓我心中某處汩汩淚動。真是這樣，只要草地不濕，它一定是每天夕陽時分帶著四隻可愛的小貓在那裏等候，談何容易！

你囁嚅著中庸啊中和，我們奇形怪狀的軍隊仍能有所作為？我們又再落入圈套，但信仰與愛的力量，它在我們所能觸及的心上流動；這是我們心底無比真誠的愛，成為不可抗拒的心願，成為我們同一首歌。事情因此有所不同，弱為道所用，我們敗出一個新天地！因為一笑，連貓的一家不是也都每天等在那裏……總想起你凝望深深的目光，越來越甜美也越來越自覺在心中相通著；當我就事論事說起危機的時候，你也用溫柔吸納。當然，我更愛你的共鳴，更愛一路自省的同心同德……兩本漢奸的書都看完了（《中和》、《今生今世》），這也是巧合，讓我注意到這些，相信你會完全融入我至簡的真誠，掃蕩畏怯的雜念，才有絕對的保證。當我收工時又看見驟雨中那只瘦貓仍準時等著，見我們來到了才起身招呼在水道裏避雨的小貓們離去。這使我想起，我的保證，還牽連到冥冥中無邊的力量……你以為是表像的形勢變化，實際上是我們身邊實實在在的推進，雖說結果而論仍為時尚早，但我們家國的修行千真萬確。我笑那只貓，夕陽時分，終於不見了它的等候，卻見它在我們集合看電視時匆匆趕來探著頭從門口往這邊望上一會兒，然後離去。這算告別了吧，以後沒再見到它。人和萬物的本質決定一切，所謂良知絕對不是自我犧牲的說教，它其實是出自本性的利人利己的智慧，是何等的相得益彰；好比夫妻之間的戰爭堪稱世界最大的戰爭，可一句諒解的話會瞬間帶來冰雪消融——何等輕鬆，而爭戰多麼無聊！所以，愛是智慧，這比上帝更容易理解吧？而愛家愛國，該當如何！那只終於明白了的瘦貓又再出現時，一定牽著一串乖乖的老鼠了吧！想知道嗎，依依寄來的獎品本子裏我已經記下了什麼——啊，這裏的副區長已經掌握了證據，那麼他將被調走了；看上去是高就了，那麼與他同來的教導員暫時會兼任副區長；我會聽到他洋溢著勝利氣息的告別演講，似乎在說：一切不僅將繼續推進，還會更強……我也聞到了再審通知將至的氣息，只是深知：一切仍然不在我們的掌握之中。似乎已有勝利的模樣，卻是我們的心願而已，只是這心願已近神明！

依依的進展如何了，團圓之時是否值得開懷去趨迪士尼呢？我眼前有你已漸少女的模樣，讓我瞪大了眼睛想：這就是我的小依依嗎？在你這樣的年紀，心中出現了許多力量，你會因此不滿學校甚至不滿媽媽，這沒什麼，可以在批評與自我批評中成長，但要記住學校老師尤其媽媽是深愛你的。你應該注意到世界其實充滿愛，而一切美好的事物卻要從你的習慣中一點一滴形成；安排好你的時間吧，然後從容不迫去實現它，美好的一切就離你越來越近，美麗的愛也就不知不覺圍擁你了。吹滅12年前忽然唱起生日歌的猴子頭頂的蠟燭，你終於破泣為笑！欣賞美好的東西不該只看它的外表，比如你好看的本子，如果我不珍重地在上面寫下什麼，它還能有什麼實質的意義呢？漂亮又有實質的美好，帶給你光榮而非虛榮；貪戀錢財，不如忘掉它去做好你熱愛的事業。亭亭從樹叢採集了許多"金子"，如此珍藏我卻故意拿來給了欣欣；亭亭哭得好傷心，可隨著我的一個眼色，欣欣就把"金子"還給了你。你把它寫到作文裏，而你的生活也許隨之將出現許多類似的事情——因為你的謙讓，得到了別人更多的謙讓。你在別人需要時盡心幫助她卻明知她無從回報，可是有一天當你走投無路的時候，有人幫了你，正是你幫過的人，他擁有讓你意外的法寶。可是這法寶實際來自你當初無私的關懷，源於你的愛。我欣賞你已經從"金子"到作文，瞥見了愛。既使面對邪惡的最不值得愛的人，你的愛也將智慧無邊將其化解，而你百邪不侵，勝利竟會如此微妙。我對你的日記充滿期待——彷彿從心中瞥見了它，在你一點一點記著它的時候，我的心便溫柔舒暢與你同在……欣欣三歲多跟著我們從景山入神午門穿越整個皇宮，登上天安門又走上廣場，欣欣叫起來："怎麼還不到啊？！"我只說了句："小三兒真了不起，這麼小，已經走過了六百年歷史！"你立即昂首闊步了，腳一邁那麼高，笑聲至今還在我的心中回蕩。

亭亭非常感動地在作文裏寫到你給她的啟發，這是最寶貴的，一個人懂得再多卻不懂得愛，那他還是什麼也沒有懂。珍惜你的愛，無論多麼困難都堅守它，它就會昇華，成為奇妙的力量……卓卓，就要上學啦！先學做人，你是山東人，那裏有姜太公周公、文聖孔子孟子、武聖孫武孫臏，有諸葛亮，山東自古多名相啊！而且，中國文化的精髓由此承傳，智慧高遠。你會學到無數知識，但真正的智慧總離不開你的出處——秉持自我是生命的真諦，一切源於你的血脈，因為爺爺就是山東人！那就讓一切從這裏開始！你問地球的末日何在，動手設計了能救全家人的飛船。但是你，只是歷史中的你，存在於你有限的生命裏。人類終於自如應用心底能量的時候，超越光年的船上會有紀念你的標誌而已！飛船是未來人類的事，爸爸想問你眼前一件事，看你有什麼設想——如果臺灣宣佈獨立，就會打仗，除非美國阻止臺灣這樣做。最近中國軍隊似乎進入臨戰狀態，美國也就進行了有史以來最大的集結，調來七艘航空母艦；而中國，則有臺灣海峽沿海的上百個機場，美國的航母進入海峽還會遭遇中國潛艇，而勝敗則取決於制空。美國忠於自己的利益，它經濟和軍事比中國大十倍，但兩國的經濟利益卻十分融合並且具有最佳互補的前景，它在臺灣反而沒有可以相比的利益……會發生什麼事情呢，卓卓把它畫出來吧？將有何事，再來看你的畫會很有意義；以至你長大了，也會發現自己才六歲就見證了歷史，而且是在它發生之前，你不僅非凡地看見了而且畫了出來。不過，那畫中擋住了敵機以致擋住了戰爭的，不止是氣球吧？

也是給爸爸用來健腦的問題，是爸爸生日的節目之一……我最想在爸爸生日裏做的，是在中秋月圓的佳境，像我前年在中秋圓月照臨爸爸生日時盼望的那樣——飛到黃山，喝毛尖，吃月餅，歡團圓！

國輝 04 年 大暑

（三十） 信以為真

（似乎已有壓倒性態勢，我心上也有家人的歡欣鼓舞彷彿覺得翻案指日可待——每天都有賊們異樣的眼神在吃驚打量我什麼，肯定這裏有想買減刑受阻的不滿，當然也有打算投機轉向的試探；我木然面對，恰好從他們的態度裏我感到局勢其實不妙，畢竟這是一個賊的環境，並無壓倒性勝利，只是鑽營的方向在做調整，恐怕一時還是有錢的人最終擺平；不知得要經過多少回合，才有真正壓倒性勝利了……我應段教要求每人都寫一篇與法的故事，寫了我的案件經歷，人之常情要把希望付諸其中，我寫的光明的結尾恐怕真是太把對手當沒料了。我很可能誤導段教了，他沒錢，更不會拿錢去解決上層關係；反而對手現在捨得花錢了，無非是買妥財位接著撈唄。身邊的賊們不是無時無刻都在告訴我嗎，他們會用一切手段買通任何環節！我的事不也是，就算我家人訴諸了媒體也十有八九能給按下，更別說自媒體刪你個貼又算得了什麼；司法者成天面對的都是各種收買打算，反而賊們其實總在自欺不如呢。也許將在許多年後，槍桿子終於拿穩在愛國者手中了，刀把子也遲早回到人民手中，這是定數。我只是太早太早信以為真了！）

在你為依依變成少女的驚叫聲中，我在沉思：終究，本質還是經濟上的。市場經濟決定了社會法治，法治經濟決定了社會制約。中國崛起很簡單，是因為廉價勞動力和工業配套及基礎設施完善。除美國與中國經濟出現高度互補，其他周邊國家和地區包括日本都會出現與中國越來越大的利益衝突。以至資本在 WTO 框架下流往中國，其自身的工薪層小業主則將承受失業與經濟不景。反華情緒糾結在資本利益之中，十分怪異但無礙大局。其實，中國的事情一切都好，只是腐敗不好，足以亡國。貪官太多了，制約很無效。關鍵就看你能制約什麼——很多年過去了，依依也是少女了；只要你能提交到位，就在你提交到位的清晨，大退潮的海灘上一切都將浮現出來，六年來你所有的提交都在那裏，成為朝陽下的收穫！當制約已然來自制度形成的自發，也就不會有我們這樣的事了，歐洲歷史上類似的階段也就不會叫啟蒙時代了。在腐敗高度自發的時代，制約的自發還是夢想，我們卻經歷了心靈的成長，積累了朝陽裏的收穫。啟蒙中，我們的文化，變成了產業。良知正是財富，這對於貪婪實在意外。但相信才能實現，你堅信它就在眼前而非將來，你在失望中希望，然後呀，它就成真了；然後啊，它就成了神話……卓卓的信使他就在我的心跳裏，是他剛出生時我摸他頭頂所感受到的氣息，已經長出"老尾巴"像龍一樣起飛，帶給我彩虹一樣的感覺。最初從你的懷中探出的驚奇的眼神，沉思著一步步，但願他成為天之驕子；而你，只要你相信，你就可以扭轉乾坤——哦，曼陀羅中的相信！

這裏有個徵文，題目是《我與法的故事》，我寫完想到：雖是寫實但畢竟虛構了結局，所以寄給你們吧——

"我是碩士生畢業，讀的就是法律，只是我不脫離現實：現實中法律是可以買賣的，如同遊戲又絕非遊戲——一分錢一分貨！我凡事用錢開路，到廣西貴港計委名下花錢掛上一間公司，靠的是當時市委書記李乘龍。他後來被槍決，我便決定卷幾筆款離開此地了。我先以一個保齡球項目弄來筆貨款，是打計委名下公司的旗號又買通了關係所以沒要我抵押；然後，我瞄準貴港航道建壩封航的機會找人開信用證進貨，這就交上了此後一纏六年的冤家。我和他只是通過電話，我們一夥的那位北京人說他常常開證又正好彼此不熟，好下手。簽約後辦下貸款已過了付款期，我趕去送款他卻不要，說是不做了。我想他還不至於懷疑我，應該只是懶得做；不愁他不上鉤，我回去把定金直接打到他的賬上——再次求他幫忙，他只好答應了。可過些天通話，他口氣變了：'你到底想幹什麼？玩合同詐騙是吧？'我當下一驚，忙說：'怎麼會，我查查……'我先把電話掛了。很顯然，他查到了約定讓他開出信用證裏交貨目的港封航的消息了，而且已經想到貨物不能抵達目的港會被滯留之處的海關沒收而我可以憑關係象徵性付上點罰款就把全貨提走，留給他信用證該付的貸款，他得照付。我咋舌，我上海人的門道兒就這麼容易讓人看穿了，他這種人看來是欠收拾。現在我剩下的賺頭兒就只有另外開證進貨，然後把建好的保齡球館租出去再連租約一起悄悄賣了，沒人知道，銀行也不知道，我徹底走人了。只是這樣少賺了不少，還是得想辦法從他那裏先把定金追回來。他怎麼答復？讓我寫份認錯的傳真給他，他再考慮退！這不是讓我承認合同欺詐或預期違約嗎，事情鬧到法院是他有理；所以，只有到公安局找熟人幫忙了。正好，北京哥們兒說他認識京城顯要的兒子，可以平蹚當地的司法機關。我就這麼辦了。之前，專門去探了一下虛實：那是一座濱海的複式大宅，一大家人，包括他父母，三個女兒，他老婆又抱回來一個剛出生的兒子，一共八口人，看上去歡聲笑語。我想公安局的人一上門，他還不嚇掉魂兒？別說退了我錢，公安局那幫人他不得拼了命酬勞？也就省了我更多破費啦！於是，先是凍結了他的帳戶；可等了些日子，沒見他來求饒，就逼著證券公司賣出他的股票打算把錢直接劃走。可沒想到，他竟然跑去申訴了，說其實是我騙他開證未遂，而且說要轉他的款是非法的。他是向局長申訴，辦案的人正是局長的女婿，交辦案件的又是市委書記。看來，不吃點苦頭，他是不會明白了。當晚就派人去了他家，他卻關了自己的書房門打電話報警，一下來了一屋子警察。看來好說是不行了，就辦了搜查和拘傳，打發走了派出所的，又把他值錢能拿走的什麼銀行卡、轎車全都扣押；有幾千萬美元的銀行信用證正好在那兒，辦案的人當成了現金，裝走了滿滿一大包。通常這種時候都該知道求饒了，要想馬上把東西拿回去就更要懂做。可他倒好，做口供時還惦記著法律，全說他怎麼有理的事，就只好辦了拘留。不難辦，科長知道他報警而且勁兒大得讓人不敢接近他，已經定了要收拾他；上面批的時候費點口舌，局長女婿去發了脾氣。關他，也是讓他老老實實懂做；一個月，然後轉監視居住到辦案單位自設的一處看守所差不多的地方，由我按賓館的價格替他付費。花銷已經不止那筆定金數的三成了，辦案的人就把他股票戶上 30-40% 升值作為孳息一齊扣到了公安局的帳戶。我想我最少也能淨收回定金的半數吧。只是他並不善罷，款也不是押他去轉的，變成公安局違法這麼做。他家人又弄來公安部的幾波人問起這事，都回復了說確實有事而打點他們當然由我繼續買單。本來已和他家人商量出錢辦取保，要求他的律師書面保證不會反悔，可他家人卻告到了市人大！最後上面說了：把他報捕，捕了以後檢察院要放，再不服也是檢察院的事了。我暗歎英明，讀書哪裡讀得到。本來管預審的副局長和局長爭得頭破血流，可一單走私案讓省紀委問到副局長，他就老實了——我這案從預審、報捕，到移案前把款轉出來給我，他都一路綠燈。拿來一張匯票，寫我公司的名，由京城顯要人物的兒子手下人拿著，交我時先點了我提來的滿滿一箱錢，便兩清了。終於等到這一天，加上那不到 40% 的補償，淨收回還不到那筆定金數的一半。我當時忘了問他：我認錯，他是否真會退款給我，也許他只是想退我款時澄清責任備個案吧。到此為止，我以為雖然不盡人意，但事情總算過去了。好歹我也不枉所學，用活了法律，而那位堅守法律的傢夥卻要慢慢搞明白了。

大約過了將近一年，局長的女婿忽然通知我，他要和檢察院的人來我這兒補查那件案。我心中一驚，他也不說沒事，直到我招待他們的時候尾隨他去了洗手間把錢塞給他，才聽他說其實沒事，不過是按證據不足不起訴，不涉及無罪證據，而且只放人，不提財產。幾個月之後，我收到一份聖誕卡，上面寫著：‘法律是神在人間的基石！’竟是那人寄來的，他什麼意思呢？我想他要對付我了，便準備躲一躲，我是怕他也使出什麼陰損的招來。可是不久我卻收到一張法庭傳票，是他按民事侵權起訴我侵害他名譽，傳我到庭。真是笑話，我還想起他聖誕卡上那句話竟是外國最高法院基座上的題詞，真不知他生活在哪裡。接著又聽說他向公安局申請賠償也向檢察院申請賠償，竟然搞到最高院準備發函督辦，把有賠償責任的檢察院搞急了。本來省檢讓內部解決，但市檢堅決不賠，搞成省檢成為被申請人到了省高院。省高院遲遲沒立案。市檢起訴處這時上報說可以追訴，便撤了不起訴，於是皆大歡喜。又把他抓了，省高院是早已溝通好了卻通知他老婆說：已經對他們的賠償申請立了案但調卷時知道已經追訴了。據說電話那邊一點回應聲都沒有。又聽說他還把替公安出賣他股票的證券公司也告上法院，也開庭了──一審駁回起訴，二審卻乾脆做起判決，說根據憲法他們有權動他的股票。憲法也可訴，樂得我叫絕。法的現實正是如此，我怎會看錯。民事案和追訴他的刑事案同時宣判，刑案判決只是說他無罪，仍不提財產。我想同時收到這兩份判決，他久囚得赦也總該明白了，那錢他是絕對不該要了！不久，我收到了他民事訴我侵權一案的撤案通知，心想他總算懂了。未曾料想，隨後又收到了他的聖誕卡，這回上面寫的是：‘法律是人間正義的基石！’什麼意思，難道這回想自訴我刑事違法了？他已經提出了對證券公司侵權的再審申請，還把公檢法的領導責任人和具體責任人都告上了中紀委。如此氣概，正是他若無罪便成我等全都有罪。局長的女婿會同檢察院和法院的朋友一起商量，也叫上了我。其實上面已定了判他有罪，但具體辦法還需推敲。我是專門飛過去的，在一個公園角落的僻靜茶室見的面。商量了四五個小時別無妙計，還是用他日記的隻言片語來定他犯意。我知他整本日記所說其實對他完全有利，但其他指控他的證據不是被他舉證推翻就是反而成了對他有利的證據，也就只有把他的日記倒過來看了。好在早有準備，他整本日記已經趁一審判他無罪時退還給他，二審就說日記片段是一審已經舉證過的證據；他若重審再提起整本日記反駁，可以說再經他手提出的日記已經真偽難辨了。問我還能提供什麼，而且說我是法律專家。我拱手告饒，說法律一錢不值，關鍵看官場形勢如何——‘這是托了誰又由誰交辦的案，應該不會有問題了！否則，首先二審才舉證他日記片段已經過了舉證期限，又有退出整體證據而使用其中節錄的行為，違反了證據連貫性規則；一旦他舉證日記其他片段以致整本日記的時候，他要求曾經持有該證據的公檢法機關拿出依法定程序理應持有的全套影本證偽，不拿出來就構成舉證妨礙，對他的犯意也就完全證明不能了——日記片段本來就是孤證，而且與其他證據相矛盾，再證明不能……不過，庭審和判決盡可以迴避質證和認證這幾點，庭審記錄也不難作假。’我想我這時所見他們臉上不約而同的笑容，應該算得上是獰獰了。春節之後，二審開庭，發回重審又關了他；然後重審的原審法院審監庭不敢判罪，市中院就上調研究卷。這時他家人又告上市人大正趕上人大評議兩院，於是給市人大答復和給一審定罪的判詞一起下達。我對他們獰笑什麼的體會更深了——誰身上沒事？誰敢不聽擺佈？政法委書記被他家人找到，只在報紙上丟下一句‘不要欺壓群眾’，就匆匆調走了——他兒子因為挪用鉅款無法追回，還不知該判無期還是 15 年呢，要是定性貪污受賄就連命都沒了。他家人從北京辦來專家論證，是六位參加編寫刑法的權威作出的，說他無罪；以後人民日報跟進，市人大也再跟進，許多媒體都來了，有幾家還對一審的情況做了報導，又有照片又有評論的。但是，一切不出左右——即將離任高就的書記只說：‘為什麼不能開庭，有什麼不能開庭……要辦成鐵案，經得起歷史的考驗！’不要說是他交辦的案了，他妹妹生孩子的時候用女孩換了人家的男孩，一直被追著告呢，還不是靠司法替他把人關了擺平的。又來一位書記，一開始調門高，說司法公正是最後的屏障，事關政權存亡，要監督包括黨內監督，並認為事態極其嚴重，是因全國人大司法檢查提及此案而且又有最高院轉函過問吧。但是，其弟濫賭，公司巨虧已成罪惡滔天，再看這邊交案諸多背景，她的黨內監督也就變成了特殊案件要按黨委決定。於是一片鴉雀無聲了，只有人民日報登了內參，那又能怎樣。從開庭時在滿堂記者注視下公訴人不置一詞對應被告的慷慨陳詞，到開庭三個月後把面目全非的庭審筆錄拿給他簽字時他在紙邊上寫滿了補充，司法這一套都不過是玩意兒而已。這種時候早已用不著我再花費，一切上交，花費另有其人了。終審判決的時候，他老婆失聲叫了起來。我當時和朋友們一起在監視器裏看著，旁聽席上從前坐滿的人都被挨個定了身，不來了；只有人民日報因為是上面交代下來，記者站只好派來個年輕女孩做做樣子，倒讓她看傻了眼——他老婆的唾棄在富麗堂皇的大理石上擲地有聲，法警一時也傻了眼，趕來的隊長則懊惱沒能抓到人，只見他倒泰然，說：'你別抓了，將來大家都能看到她唾棄的是什麼。'這話聽來可笑了，一審時被下達判詞判他有罪又因為他不上訴一次久著急著去找他的審監庭長，也曾為他類似的話用專業語言問他：'你的依據是什麼？'

此後，他的家人就淹沒在上訪的人潮中了。雖聞新華社內參登過兩次消息，他家人又請動全國人大代表七八人一再提過意見，但終審法院審判委員會還是決定不審，兩院報告都在市人大提到此案顯示了他們維護司法公正的決心。經此一役我見識大增，也能趁人有難之時憑上這些朋友狠賺它幾筆；就連用銀行貸款建的保齡球館，我把它租出去又賣掉仍然不還貸款，照樣沒事——不是掛靠市計委嗎，虧的都算共產黨了。我是學到家了，一如《反經》，我一概反其道而行之，與法律相對之處，橫財就手！

物換星移，當我聽說最高院有人批讓下面彙報此案的時候，彷彿已是恍若隔世！有些意外，照理說無論他家人怎樣申訴都走大包郵件發下去，控告更是如此，然後也就進入廢紙回收的程序了。大不了是找到熟人去跟提過意見的人大代表談，把他們也定了身，他們也不至於暈到真把自己當民選了。什麼人民日報新華社內參的，不是也都無聲無息了。要有良知嘛，現實明擺著，不可造次。雖然不用我再花銷什麼了，但整個付出早已是我從前付他定金的十倍不止了，還不知要再花多少。省高院初步彙報是準備不審，但上面又轉來他家人經人大代表新提交詳實指控的文件，最高院又要求全國申訴案件限期清結。當然，最高院管了，才有人情可賣——對此案負有領導責任者，級別不低了。於是，省高院重新研究，上報最高院決定再審。當然，是由他申請賠償決定時向最高院一再投訴遲遲不予受理的審監庭再審。我開始還嚇了一跳，但不久就真相大白了：這回徹底鎖死了！書面審，關於證據質證認證有效無效那些我們的死穴，也就無從涉及。花錢唄！再審駁回之後，大不了花錢花到最高院去，也就到頭了。再怎麼著，就事關國家穩定，不可造次了！啊，經歷這種事，真是人生境界啊，竟有如此見識，得如此造化！

省高院通知再審，就放在那兒了，結果不言而喻，我也不再關注。局長的女婿又打電話來時，我剛從賭船回來，差不多要忘了這事兒了；他問我說話方不方便，忽然變得像地下黨接頭似的，讓我後脊樑頓時全是冷汗！那意思是已經被中紀委盯上了，緣起那再審一案的家人從哪兒買了書號出版了他寫的一本有關案發以來經歷的書，叫什麼《破曉》，而且關鍵的事實都在網上貼了出來——書火了，網上的帖子竟被點擊幾十萬次，變成見光死！於是讓他家人辦成了迴避，案件改由最高院指定別省的高院再審，頓時開庭審理已成勢在必行！'完了，開庭就全完了！'我脫口而出，他則像即將殺身成仁的志士那樣臨別遺言：'無論怎樣，不說就沒事。'轉眼之間，竟然末日臨頭，這讓我難以置信。我們從此不再聯繫，就連與他們稍有相關的人我都不敢打電話。但隨著時間流逝，我愈難自製，實在太想瞭解情況了。當得知要開庭的消息，我終於忍不住，決定去旁聽。反正只有我暗中見過他，他這詐騙了我的人還從來沒有見過我呢。於是我從流亡之地前來趕赴已然成為我生命中大事的盛會了。此刻，它竟然已成社會上的大事，不僅有媒體記者還有各界人士雲集。如果不是裝模作樣尾隨記者，恐怕我還無法進場呢。見到他的時候，沒再戴手銬，人變得清瘦安詳，許多年來的水深火熱對他倒像是件好事。有種精神的流露，他開始讓我坐立不安。好像知道我會到場一樣，他甚至朝我瞟了一眼。當退庭的時候，就有兩人朝我走過來，這時我才意識到他們早已在那裏等候多時了。他們讓我跟他們走一趟。這一趟，我就一路來到了這裏。徇私枉法共犯，沒算自首但有立功，仍判十年，和同犯們一樣……我沒上訴，急急忙忙來到監獄想儘早減刑。只是這裏並不像外面和看守所傳說的那樣，也許不久的將來，這裏不僅買不到減刑，想買改造成績也都難了！這世界究竟怎麼了，難道真的在變？如此說來，不是他僥倖賭贏了，不是他走了運，而是一早他就算定了我們註定要輸，倒彷彿是我們在賭。本來大獲全勝，卻從此背上了法律的咒語，這依法當然是要背負一生；一旦法律真有了意義，栽的當然就是我們了。當我終於有時間靜靜想來，往事也就成串變得清晰了，前因後果讓人戰慄！我似乎看到正是經濟發展的手緩緩推進了法治，不容違抗，制約正在從輿論走向制度，終將使法律昂起頭來——我曾苦讀的法律竟在我的蔑視之下，一天天尊貴起來。再想起他在法庭最後的陳述，我實際上已經開始要為自己所為恨不當初了，我記得他竟然這樣說：‘從最初為那點事我向公安局申訴，直到今天，其實我想說的只是一句話：
'法律至上，制約權力。'現在看起來這已經不僅是我的個人
利益所在，這是人民的根本利益所在！'他聖誕卡上那番話，
現在我要用牢獄之苦慢慢體會了。這算博士還是博士後的課
程，關鍵卻歸結在一個信仰之上，使他竟然變成了我的導師！
一向以來，我們是從得意之中挖著一個越來越大的陷阱，而最
後勢必落入其中的正是我們自己。它無法迴避，因為這正是我
們的力量，是我們自己推動的進程，它在終點是註定行不通
的。原來我們威力無邊的力量，只是消滅我們自己。

　　法律，的確有點神奇。"

國輝 04 年 立秋

（三十一）相信未來

（何管教讓我去，監舍值班室的燈光從他背後照來，我在門外文化室的黑暗裏看不太清他的神情。那是一種陰沉吧，他讓我簽了省高院的再審通知書送達回執。我看見上面寫著今年第一號案，也知省高院是不得已而為之。心裏沒有一點高興的感覺，手腳發麻而內心不安，正如通知中"審理不停止執行"意味了的圈套與結果——我也從何管教態度盡知他雖不安卻足以期待最終駁回；想要大吃減刑飯呢卻來了個法治勝利，他難以置信又情何以堪。段教卻在全監區大會上公開為之鼓舞，說曾與高佬等犯閒聊會否能有再審，都不相信，現在怎麼樣……他甚至早已張羅為我減刑，就憑我自學考試取得的那兩個表揚，自然被主抓生產以工位成績賣減刑的王教加以抵制；如今監務會上卻有轉機，何管教也給我報了名，想必沒人反對了，因為不能讓我一旦再審無罪出去，該說他們苟且之事了。其實，又掉了進去，又不知要把我們玩兒上多久。在老婆和全家人稱慶的心聲裏，我唯有自謂，相信未來。）

記得是十幾歲時曾讀到參考消息上有個義大利人判了四年就自殺了，心想他一定是難以承受這麼長時間的囚禁；到了我被關了 15 天時，有位會計師從厚眼鏡片後面瞪著我問：

"什麼？！你在這種地方，已經呆了十五天了？！"已經呆了五年的人瞪了他一眼，沒人回答他，似乎都在沉思這份驚歎。到後來，知道有人在電視架上吊死自己，也聽過一位只判兩年才四十歲的人拿著判決書竟然嚎哭了一整夜，他認為自己全完了……從前我不敢下午喝咖啡，會睡不著覺；睡前更不敢看用腦的書或多想問題，弄不好一夜就在思緒中滑過了。現在奇了，總要在晚飯後調一杯有夏桑菊的咖啡喝下去，不然就會困；睡前不僅看用腦的書，還特別喜歡出神想上一會兒，然後一翻身，立刻睡著。前一段不是有位同倉整夜磨牙嗎，那聲音彷彿大吃大喝咬碎許多骨頭似的，全倉人不時起身咒罵或歎氣，我卻驚醒時不由一笑就又睡了。六年來是什麼改變了？一向所說"戰勝自己"，看來不是說了就能做到。它首先是變成了習慣，然後變成了下意識，最後它來到了心底，喚起了潛能……這過程並無止境，苦難其中，倒似機會難得；它並無止境，卻也喜樂無邊。淺顯體會，我尚且已然今非昔比，順其自然之時，豈不力量無邊而無憂無慮？

江蘇有位組織部長，在任十年，買賣官位牽涉千人。我不由暗忖肅貪究竟什麼比例才具威懾，不少於 10%，不多於 30%？如此比例，威懾而又不失穩定？如此比例，就可以戰勝自己了？要是另外百分之七十甚至百分之九十也貪了而且更多，那可怎麼辦？戰勝自己，看來的確不是說了就能做到——

它首先是定好了來自相對一方的制約並變成了習慣才行吧，然後變成了下意識，最後它來到了心底，喚起了潛能……看來，只有把權力關入人民的牢房，才能做到了。實際能抓的貪官不到千分之一吧，還都是失了勢或錯了位而自己覺得"冤枉"了的！出於對錢財不可遏制的欲望和對於錢財堅定不移的信仰，不斷演化的利益集團處處可見，彼此之間偶有爭鬥但和諧共進已成為其所謂良知；只要經濟繼續增長，貪婪的和諧似乎也能維持下去……此時，向我送達了再審通知書，又讓我作何感想呢？副監區長在會上說：有人不相信會再審的案，現在再審了！他那為之振奮的心跳，同心同德的鼓舞，有點喜形於色！表面之上的進展，難掩實際的事態是在誰人的掌握之中。只是因為新任省委書記不甘架空，直到把前任的這位組織部長拎到他盤根錯節的地盤之外了，才勢在必行——在中紀委，他吐了的超過了 30% 嗎，超出了穩定嗎；只是換班需要吧，就上了程序，不論法不責眾了。這其中的規律，甚為普遍，大同小異。其實現在，我們身陷其中啦！

夢卻招搖著，白露之時，我們同慶有夢：在至簡至純的意境，我們喜悅，彷彿迎接正義的凱旋。當初依依詠誦："小荷才露尖尖角……"如今，"我家有女初長成！"我在她跑來的獎品上曾記下那貓神性的一撲，揮來成串被俘的老鼠！記下了夢想成真，記下了愛的勝利！2000.11.23 在學校門口，忽然見到車裏坐著我，依依腿一軟一聲歎——爸爸總算又回來了！那天在時代廣場噴泉回廊的流光溢彩裏，孩子們跟我走著各國軍步唱著各國軍樂，那份高興喲！終於又見到孩子們這樣高興，鏑在一旁淚光閃閃破涕而笑。但是在藍色泳池的海邊，我們仍要唱起《離別》。後來亭亭信裏說："我永遠忘不了這首歌，永遠感謝爸爸，我要報答您……"為了這首歌的感動而謝，我接受，我高興而感動地接受！不知再見到你們時的歡樂，是否驚起藍天的彩虹，是否引來臨別一遊時就有預兆的那群孔雀，它們定將全部盛開初見時尚未綻放的尾屏！也像欣欣卓卓一再畫過的那樣：五彩繽紛之中，白露依人，亭亭玉立，欣悅怡人，卓而不群！爸媽之間的彩虹從你們頭頂飛躍，爸媽的喜悅使整個世界歡欣鼓舞，給你們帶來自豪，給你們的心願帶來成果！其實如此豐盛的成果和禮物，這時已漸來到，其中最大也最不起眼的，就是我們的愛心喲！

又看完四書，再看一遍探索外星人是否曾致力於改進人類基因的搜奇。其中能量的現象，與我們的心靈感應，皆屬自然。只是這白然的無言的的靈動，歷經古往今來的心靈成長，仍然遠遠未到收穫的時節。但這種成長的每一程，哪怕只是每一點每一滴，都已令人驚喜——不是嗎，因為這一刻，我們已在天人合一的極樂，擁有時空重疊而盡通宇宙的智慧卻不自覺……這是我們內心的真實，而與書中所說那星際的無限靈力相對，不管它離科學上所能驗證的真實有多遠，卻能實在感受它至愛的回蕩，正如星星般眨眼微笑。而這裏的星空，不知在我離去後還是否真實；也許世上所有的神話都確有其事，其實不過是平常之心至真本性的輝煌一閃。它源於心底，而神話是難以戰勝自己的人們對於勝出者的禮贊。當我聽到港人們在罵國人之劣根，說到基因改造，正好是陝西黃帝陵祭祖的日子，於是我問其中一位：“你看上去還不錯嘛，泡到那麼多洋妞，她們叫你什麼——華人是嗎？”生命其實在於秉持自我而修行自我，戰勝的也是自我，至寶自在！果然有外星人自始引入的心質嗎，那也只有理順心境，生命通達，大能才會油然而升。數千年以來人類心靈的成長，似乎圍繞於此；它源於自我，源於澄澈的心，成為無罣無礙自我肯定的喜悅，於是煥發出超越自我的能量始無窮盡……

慶倖的是，起碼我們已經具有這樣的能力，能為值得感動的一切深深感動，而真善美成為我們的摯望！當社會對於自發的腐敗尚無自發的制約機制，我們的內心深處卻已經有了自發的制約，成為我們永遠的福祉！那首《破曉》，不會像鏑在我們墜入黑夜之前彈它那樣像哭了，它是首好歌：“清晨醒來的第一聲鳥鳴，它宣佈世界並不黑暗……”雖然，是由理應迴避的省高院再審；雖然，我們心靈的成長，難以改變超強控制系統其中腐敗的運行；“雖然，黑夜漫漫無邊，我卻總相信天仍會亮！"起碼，我的再審陳述和附件都必須入卷吧，那就順其自然好了。

　　傳來施特勞斯的圓舞曲，像是張燈結綵的舞會正將舉行。這讓我想起 1978 年一位中戲戲文系的朋友邀我去參加他學校首次舉辦的舞會，那是一間把桌椅挪到一邊的大教室；進門時，撲面而來的樂聲讓我這位朋友竟然落淚，當時感慨的是：中國真的開放了！如今，又是這樂聲，也是門口，撲面而來的卻是另一個時代嗎——我，相信未來！

國輝 04 年 白露

（三十二）心之所動

（中秋之前，突然晚上開會，宣佈了段教調走的消息。段教仍然到場，並且告訴大家一切仍將進行下去，而他在監獄獄政科也會時刻關注這裏的進展。竟然是獄政科邱科長來做宣佈，段教調任為唯一的副科長也似乎屬於升遷，而這裏副監區長則暫由魯教導員兼任。看起來是提升了是擴權了，有所推進，接下來就會由他接替這位老科長，而魯教執掌他在此未盡之事終將取王教而代之。也像我的案件，不是已經通知再審了嘛。實際上，刻不容緩其案發之勢，就此打住。官場有所交換，而得以回還的黑暗，可以從容在腐敗體制裏抹黑一切了。這一切，卻要在我面前展現，好像是場喜事似的。上邊如此要求，何監只好如此調動，但他珍惜以往傳心之事，努力讓事態光彩照人。明月果然如約，我卻像在簽收再審通知時的那般心情，隱隱不安，為何焦灼……）

爸爸生日，讓我想起許多，為何獨得爸爸一人傳世？命運總有原因，能量使然，於是有了爸爸的身世，有了紫金山下的我們，又有了獅子山下卓卓他們。能量的故事這些年又書寫了我們的經歷，而我們的經歷蘊育的能量又將書寫出什麼？我們心底如此年復一年的能量又能書寫出什麼？我們已不祈求奇跡，也不再指著雲層透下的光柱說那是異象，卻在完全歸於平常的心中，揮出奇跡一樣的心願竟從藍天繪出彩虹了嗎？

　　從小時候仰慕爸爸到今天溯本求源，我明白了英雄氣概和堅持到底的意志來自何處……姥姥逝于燒炭生火時窒息，媽媽也在煤爐邊洗澡時暈倒——還記得奶奶驚慌急切的神色，可是爸爸一臉鎮定，他開窗並試了媽媽呼吸，然後一下子抱起媽媽去了衛生所；我從爸爸帶起的風中，無比震慽，至今還記得爸爸猶如天人！小孩總喜歡看見父母相愛的樣子，感到欣慰，因為正是如此氣息之中有了自己，而來到世上又同受父母疼愛。總記得爸爸下班走過來時追趕著把我們抱到懷裏，用鬍子紮，還有股讓人興奮的好聞的味道。我現在回想起這種感覺，才意識到那是爸爸身上的酒香，才意識到為什麼爸爸臉會那麼紅，又笑彎了眼睛——酒使他的愛更濃烈！那是我從小愛聞的味道，是濃烈的父愛的味道。現在讓我驚奇，自己為什麼長大了總要和爸爸爭辨什麼，豈不知爸爸的嘮叨也和童年的酒香一樣，飽含著熱愛，飽含著希望！為什麼直到現在我才得以悟到，已在爸爸垂暮之年了，我成長的心靈才恍然大悟！今天，在爸爸的生日，雖未團圓，我也能心情飽滿想著爸爸愛著爸爸，感懷爸爸的生、生活和生命的一切，於是我從心底感到無比通暢，從生命之根感到明瞭而又喜悅，彷彿一棵美妙參天的大樹已從心中伸向藍天，而碩果燦燦！

也到姐姐生日了，我想起14歲就跟已當了兵的姐姐寫信談大事。那些信我至今留著。姐姐字好，下筆也俐落，展現在我眼前的白城是寂寞的白雪公主的城堡。不斷通信，姐姐也不斷來京看我。我單位的人笑說見到一個漂亮女孩在背後推著我走，我說那是我姐姐，他們還不信。姐姐來我住處，引起同事們異樣騷動……23歲的你是從白城的夢境中走來，有你的那些筆記為證，滿是青春的理想！我們真的是從小就好，到了這時和你一起在北京走動，你同事家啦，舊識新交啦；只是爸爸還沒回京，我們還小，走的挺累……我至今也還對你的青春理想記憶猶新，如果它沒有累倒一直進行下來，生活和生命的素質也會不同，那註定會是生機勃勃，富有則是一向生機勃勃的結果！既是初衷既然寶貴，就別放棄，讓它成為你生命的支柱，昇華之時會讓你的生活充滿異彩，洗盡鉛華而美麗依然！是真的，它的確鼓舞了我……又到中秋，我曾說中秋是不團圓的人想往團圓的節日；如此，又過三秋！讓我驚奇的是，來自《神秘園》的那對天使正朝我深深凝望——有人正舉著這份報紙在看，是他們親臨深圳的中秋演奏會消息。此行之前，我在日記裏說神秘園將會如何；鏑去年來信說聽到了，果然如此，正是我想像的意境！此刻這對靈媒會說什麼？在中秋，會是我三年前就曾滿溢心頭的預感嗎？我曾木訥於時光流溢而心聲喃喃："秋天真好！"記得我們踐行未盡的那個中秋願望嗎，是在如瀑月色之下天體而行，天人合一！更有黃山月影，秋菊濃郁，毛尖清逸，餅香世界！無論是什麼，我從困境所釋懷而滿溢心中難以言喻的願望，我們的精華，至正至純的能量，會同天意了嗎，將在月色皎潔的大地上行出什麼？誰在輕輕歎息，誰正含淚微笑，誰把千古傳唱的月華頌歌化為現實？

在這裏，同樣身處官場——不是官位，而是官非；不是升官，而是減刑。亦如聖人語："治大國，若烹小鮮"，這裏的一切與治國同理同步。當朱元璋已是天子，卻聽說有人竟與他命造辰未戌丑四庫相沖同局者，大驚，喚來欲殺之。來者卻是一位養蜂的老頭兒——朱元璋治國以中央十三省，他治蜂則以十三窩。朱大笑，賜宴重賞，讓他回去了。皆是同理，檔次不同而已。我近年以極卑之身，曆治國大事，有所欣慰，有所證實。看來欲治其國，任人為要，而任人如我曾說：用師者王，用友者霸，用徒者亡。而居權當知源，欲上層樓，勿忘其源；以目前體制，善用者亦難為，其權之源無制，早已異化……朱元璋治貪以剝皮，治而不已，最後是貪皆剝之，僅得身後永樂盛世不過兩三代。他就不如那治蜂的老頭兒，人家君主立憲，使各窩蜂群自發制約腐敗，得腐衰廉盛，而循循有序，一派勤勤懇懇，欣欣向榮……98.6.11午茶，瞥見電視裏出現國旗國歌新片頭，不知哪來一陣激動。以後竟在這情境中衝鋒陷陣，據壕死守或匍匐向前。以至02年我來這裏聽到《紅旗飄飄》，竟然淚水滿天。我不知自己激動什麼，說實在的我不知自己竟然激動什麼，並無理念。如今當我無為而投入心願，雖無機制，可事態演變竟也有了自發！我反而驚異會有如此滿懷正義與良知的同志，既有激情又有智慧。我從身邊的人事變動，猜想著與我有關的人事變動，就像我曾提起貓來告別那一幕；我們從心上相視而笑，如此寶貴！正值中秋，教導員兼任了副區長，幾乎拿下大案的副區長則調去了剛換班的獄政部門，他別前誓言進程依舊……並無體制確保，我卻有句話發自內心如此滾燙，觸動歷史悠悠的傷痛，就像掙扎不已的希望仍在呻吟："恭喜，恭喜了……"而我的欣欣也天真地說：爸爸快點回來吧，就在星期五！這心聲和那些可愛的畫已經年復一年了。爸爸回來的時候，是你們等了又等已經忘記了等待的星期五！因為這天，是你們放學歸來的日子；這一天，果然將會有你們畫中的景象？

水至清則無魚，水至濁呢？法律本身已是中庸，還有怎樣的中庸？可現實確需逐步改善，畢竟法不責眾，但究竟貪與廉哪一個進程更快些？難道刑事違法可以公開容忍？確實啊，什麼都變成了交易，什麼交易都捎帶暗扣，彷彿天經地義：人為利動，單隨人走……沃爾瑪是怎麼回事？購銷竟然全部以總部中央電腦收支出入，絕無暗扣，而且任把供應商挑來挑去，價格壓到最低，竟把貿易商都踢出了局，成交額卻成中國出口之最，財富也成世界之最。這叫不信邪？中國經濟發展付出的能耗是正常三倍，腐敗墊高的成本更難以估價。實現法治，透明購銷，真正高興當然是真正的老闆，不會行不通。國家 GDP 也起碼增加幾個百分點，而且成本再降競爭力愈強，則強者更強。這叫不信邪。只是體制性改變有待何時，時無英雄還是英雄待時？真的會有我們所期待的會師嗎？

白天的夢境中，終於和鏑走到了一起。她仍忙一切，彷彿我沒在身邊，是幾年來的生活使她習慣如此，她肩上擔盡了一切。我拉住她的手，使她停下。我們停在秋日的金黃中，停在耀眼的藍天下！我曾經擔心她臨別時的凝視，擔心那笑容不是一般的離別，擔心她出意外。我知道她對我意味著什麼，我們生命與共。不管平常怎麼說，其實她是我永遠柔美的無聲的情歌，不息之愛的心跳。我擔心的時候，彷彿看見，她正像童年那張照片上那樣側著臉憨望著我，不知時空何在……多少年，我們只能從心中彼此感受，也只有真誠感動的時候才會如此。這需要相信，更源於熱愛。這一切純粹出於自然，做作不來；我們因此可以總在一起，無需說"保持聯繫"。團圓以後，我們不應忘懷：每天見面的心底其實有著表面難見的心跳，那是我們心靈成長的寶藏！卓卓他們也會記得：耳朵發熱，意味了什麼！

國輝 2004 年 中秋

（三十三）痛苦孕育歡樂

（魯教接手副監區長便立即觸動生產工位排定的問題。段教拿到證據的案件，被王教拿錢擺平，剩下的問題其實是做做樣子。魯教卻是認真的，監獄那裏也有明確要求。迫於省局的壓力雖然奈何不得這位王教，但王教其實也並不想再有什麼事端，不然又要大筆花銷。於是工位略有調整，作出若干公平的樣子，買賣的比例有所減少，積極勞動能夠減刑並非絕無此事了。只是仍然在賣的工位一目了然，而且顯然價格大幅攀升。花了錢的人起初都很牛，王教就在會上叫喚："你們以為監獄是我開的嗎，我說給你減多少就減多少？"不像段教，魯教並不聲張，拿捏一樁樁買賣的蛛絲馬跡只是點到為止。向他投訴的管道看來暫時暢通，追求公平的氛圍有所增長。我的減刑裁定也發了下來，兩個表揚四個月，雖然讓人笑話了，但也算默默無緣減刑大多數裏顯現異象。我們分明是在擋人財路，但遠未改變體制，我說的計分上崗末位淘汰，仍然只是計分而已指派上崗。財路若斷，腐敗便成傾覆之勢；體制不改，公義終將難以圖存。我一路走來的法治追求，如今會合了多少同志，一派心之所動；腐敗卻在真金白銀，實實在在組合擴展，勢在難免橫空出世。我們其實只能靜觀他們毀滅，卻要承受多少失落多少寂寞！）

想起亭亭，欣賞你。時間不多，但我仍寫了不少信；然後，我期待共鳴和回應……兩年時間，你已用行動有所回應，表現在為了理想戰勝困難，和為了理想養成習慣。這說明你已經掌握到關鍵，你的能力也不同了；沒注意到吧，你的心境也不同了，你的願望在你的好習慣和好心境中越來越能夠把握！我感到有你共鳴的喜悅，這不僅是你從知道爸爸的事情後戰勝了困難，更是你跟爸爸同心同德。當你最初取得成績的時候向著遠方，你心中說："報告司令……"我能感覺得到，喜悅和感動已經遠不止於你的成績本身，這讓我欣賞不已啊！這一切源於什麼呢？源於從小把你開玩笑關到櫃子裏，源於牙龍灣讓你埋起自己污染了潔白海灘的大便時那傷心的哭聲，還是源於把你放到海中讓你獨自應付浪花？有位顯赫的人物，當他回想使他成功最重要的東西是什麼，他說那是他小的時候，父親帶他划船出海，竟在那麼深的地方把他拋進了大海，然後竟然划船離去了。他是獨自遊回來的。雖然後來他指著被拋進大海的地方其實離岸如此之近，可在當時，他能感到生命行將毀滅，那是滅頂之災，而對父親充滿怨艾。這卻讓他成功了，他面對偉大的成就之時，想起已不在人世的父親，心懷永遠的感激……第二次回家，僅僅三個多月，我打了心愛的卓卓兩次屁股！是否我抓得太緊，讓卓卓至今也不會忘懷吧？是否內心深處有種擔心，擔心自己有不足讓爸爸不滿？而我慶倖，他不會因為周圍想必太多的讚賞而忘乎所以；不管他是否優秀，他面對的社會不會以他為中心，怎麼可以讓他誤以為自己就是中心了呢？他還是個什麼也不太懂的孩子，家中的讚賞和疼愛可以毀了他，就像現在社會上可笑的獨生子女們，像你們姑媽總也弄不好的方方，他們都是在讓他們誤以為自己是世界中心的環境裏長大！知道什麼東西最要命了吧？腐敗也是如此，沒有制約就會腐敗，絕對的權力絕對腐敗！將來，慣壞了的孩子們，面對慣壞了的權力，會鬧出何等的笑話呀……

碩大的鴕鳥以為把小小的腦袋插進了草叢就可以躲開危險。亭亭問一下媽媽，這樣等來的再審結果該是什麼。她表現出來的並非如此，勇敢和堅強使人感動，但內心深處難免會在貌似龐大的機器面前聽天由命。事實上一般人都會這樣，而我們的危險正在於此，將在關鍵時刻功虧一簣，然後再來，再來……事情終將朝著對我們有利的方向發展，不怕再來，但總是要考驗我們最重要一刻的擔當，一旦錯失，又將再來。現在，不是說竟然無法決定再審辦案人嗎？是不是都在設法迴避，以至鬧到院領導那裏，變成他們要看案，將由他們來負責——無疑，這就是枉法裁判的責任了。知道了嗎，再審的任務，只是如何駁回！本身很簡單，對於我們來說不斷再來的過程對於他們一撥撥人卻像五花大綁！只是眼前並不樂觀，除非神勇，和盤端出一切，令金石為開；倘若半信半疑任其發展下去，結果也就只能如此了！亭亭去年這時說的吧："好像成功已經悄悄來到了我們心裏！"亭亭，你曾經想像爸爸如何在黑暗的獄中，而不敢繼續深想；說出來你可能難以想像，即使在這裏，爸爸也能遇到極其寶貴的人和事，甚至能實現比你在外面更多的光明，是從地獄遇見天堂……在我們的事情裏雖然你會覺得最苦的是爸爸，但實際最多喜悅的也是爸爸，最辛苦最苦惱也最堅強的其實是媽媽，只因為她尚不能獨自實現爸爸的喜悅。這表面上是信心不夠，實際是心靈仍待成長。你能懂得照顧她，讓我感動甚至感激；她也是爸爸的小女孩，讓人心疼。你則讓我驕傲，也會越來越讓我信賴。這其中，心靈的成長是關鍵，其中的奧妙應值得你一生去體會！另外，每週帶去學校五盒牛奶，每晚睡前喝一盒；學會放鬆，沒什麼可緊張的，放鬆才高效；比如肩膀，尤其左肩，總繃那麼緊，會疼的。沒什麼可緊張的。

鏑，現在聽的是少年時爬上單位的牆頭望著夕陽唱的那首"老莫晚上"，還有和你在牙龍灣唱的"溫柔"，是薩克斯吹出它們，讓我真的感覺轉回去了……想起 02 年生日時你來，點燃蛋糕上的蠟燭，約我許願，替我吹滅。在你臉上燭光的能量中，看守所為此震動良久！那是我迄今所嘗過的最好的蛋糕了！終於等來宣判，你來見我，手舉著大紙袋擋住自己的臉，我們就這麼相對而立——在寶貴而短促的接見時間，我們聽著心跳，那種震動，到了 03 年還讓他們在人大的報告中忐忑不安說來說去：“……幾經反覆某某某案終於定罪，充分顯示了檢法兩家堅決維護司法腐敗的決心絕不動搖！”如今，當我從時空旅行中歸來，在“晚上”和“溫柔”的旋律中像少年人一樣張望——如此霞光紫氣的少年們是誰，從電子民主開端的制約竟讓他們演繹得生氣勃勃，當道的罪犯被他們一一揪出！而你的目光，變得慈祥，痛苦孕育的歡樂如此甘美！你又在收拾家，照料那些默默愛你只有我能聽到心聲的花草和小鳥……

看來，上半年宏觀調控到了位，現在我們菜裏的豬肉明顯多起來；看來廉政也有進展，一時竟讓想花錢買減刑的人有些徬徨——只是，市場仍在，權力依舊；除非是機制到位，諸如：“競爭上崗，不限處遇；開放循環，末位淘汰。”如此豈不一了百了，卻分明是在擋人財路！

國輝 04 年寒露

（三十四）做最好的自己

　　（魯教服役時所在部隊的軍部就在羅浮山吧，我也總是想起第二次離開看守所回家後，便是直赴羅浮山而去，沉醉在璀璨的星空。返程時，駕車經過那座軍部，不經意向以跪姿於門前手持紅綠旗的士兵敬了軍禮——他迅速挺拔的回禮，直到後視鏡上，至今還在我心裏。我們之間的鼓舞互動，更使我們的良心戰勝了環境，魯教甚至覺得勝券在握，送走段教後他就示意：王教那一套已經是秋後螞蚱。而何監，每次在監獄大會上向犯人的方向深情招手之後，他才會離去；他新換上來的教改科長甚至會在上任首次主辦的愛心活動上，為本來陰雨將至卻星月綻放而感謝說：“一定是你們中間有高人，所以天公作美。”他把監獄的新聞聚焦，每週播出，片頭是我常說萬物至理那樣的奇點，漾出互動的能量。每天中午或傍晚播出的音樂及對白之類還有廣場台幕上定時改制的畫卷，總是在我發信兩三日以後深情回應著什麼。聽來看來一頭霧水的犯人們會嘟嚷著罵上一句。他秉承何監，但想必不過是在一向本職工作的教改宣傳那一套思路裏，尚未涉及官場現實，而魯教則真正屬於軍人的耿耿忠心，正在救國救亡。與他教導員工作相交接的監獄政委，很少露面，我卻能感到，這位政委對反腐敗之事抓得甚緊。十六大新人已然過度將近兩年，軍委主席也終於坐正。

新風之下官場動向不免湍湍，新主舊主，誰能做主。犯人們也是眼閃閃、心湍湍，揣思打探，事關命運。）

　　在羅浮山上，亭亭裝在礦泉水瓶裏的七星瓢蟲被卓卓不小心倒進肚子裏了。我勸亭亭別哭，說那瓢蟲也許正在高興呢。事隔四年，卓卓吃到肚裏的七星瓢蟲已經升上星際，在卓卓的畫裏它像從心靈成長出來的神跡，要讓我拉著他的手共同仰望，是在繁星點點的星空，是當初羅浮山上的約定，是勸慰亭亭許下的願望，證明：只要敢於承受，奇跡也能心想事成！

　　這是卓卓送給我們結婚周年的禮物！啊，那些美麗夢裏的七星瓢蟲在星際的天空，是精靈閃閃的見證，是我們十月二十六日天空的禮花，正向因智慧而純美和因簡單而純美的結合致敬……你曾歎息不如的權貴裙帶，讓我想起往事：喬家女兒說她馬上要去澳洲了，一定要我去趟她家，雖然覺得她冒昧，但既去 22 號樓中新社那個攝製組也就順便去了中聯部她家，她卻是讓我見她父親；只見她爸爸抱著她老祖母肩頭朝我說笑，覺得挺意外，那頓飯吃得也有點怪。出來時我見路人都奉迎向她搭訕，她就說了，大家都看好她爸前程。我急著要去 22 號樓，她說我是故意這樣，指我只穿了身沒有領章的舊軍裝。我笑而作別，祝她澳洲之行順利。她忽然紅著臉說了句："那你就伸長脖子向上爬吧！"十年之後，她爸爸已是顯貴，我在香港遇見她哥，一起吃飯時他還在說："我們出身不好，出身不好……"再後來是在看守所了，聽說喬家女兒搭救了一位被市局關起來的法籍華人；還聽說，主管預審一路給我案辦案人開綠燈的副局長曾因庇護走私被雙規，是喬家的關係放出來的……現在我明白了，為什麼如此，因為我們的命運必須獨自承擔這一切；我們只有純潔的心靈，因為真誠面對自我而實現自我——經過了這一切，我們的真誠已達極致，有從卓卓心裏長到天際的七星瓢蟲為證；我們的婚姻合乎法則，合乎本性。不管有多少煩惱，傾心感受的時候，我們的喜悅，無比優美。這足以決定一切，於是在結婚紀念之日，卓卓用畫提醒我們：他不小心倒進肚子裏的東西，已在蒼穹，天人合一！我們已是能量無邊的幸運者，我們心底的真誠已經因果在握。

爸媽走到一起時，不也是嗎。爸爸告訴媽媽，要的不是容貌而是心地。媽媽不理解，走掉了；第二天結婚時姍姍來遲，一個大紅臉——是終於懂了爸爸的話！然後，如此簡單，只是把兩人的行李放到一起，從此開始了心的融合。至今，53年相濡以沫，相敬相愛。再提起爸爸當年的話和媽媽姍姍來遲的大紅臉，不是很有趣嗎。真心，塑造了我們，以至我們的真我，以至我們這些年歷難不棄的真我，我們才有如此造化——我不輕取方便，迎來真我的富足，是完全來自真我的權貴和富足，屬於我們，並及於後代。爸媽婚慶，我們婚慶，同在此時；同慶並值得記取和讓孩子們牢記的，也在於此！

　　使命是否讓卓卓感到很沉重，我笑你竟然會說"上帝就是想讓我孤獨唄"。你這神話般的形容在現實中便是，命運讓你體會到幸福與成功必經實現它們的艱難時刻，其中痛苦，無法迴避……依依最初的日記我在黃金海岸的夕陽裏讀著，心想這樣記下去該是多麼美麗的心事啊！你吃驚我那麼快就讀完了，而那是你很多天裏記下的事——如果現在有你一直記下來的日記，那我要讀多麼久？成功就在你不知不覺養成的習慣中啊，一直記下來的日記，如今再讀當年從夕陽中開始的，應該成書了！我相信它應該是本好書！因為你所經歷過的絕非平常，雖然你只是記下了它，命運卻使它閃閃發光，正像那天夕陽中的我們！你已不會像那時吃驚爸爸那麼快就讀完它們，你將吃驚連我們自己都被深深感動啦！那已不是一時半會兒可以讀完的日記，它本應是這時代不朽的經典！哦，好的東西，絕對不要放棄。在火山口石山羊餐廳，我們曾見那只待宰的羊多麼不願進屠欄卻又並不堅決的樣子——鏑，那叫包容嗎？如此包容何止是沒有立場啊，你不能沒有立場！我的立場定如金剛，我的包容才如蒼穹……

　　我們的處境我很清楚：中國之所以成為中國，緣于秦之大一統，至今仍是那時的兩千多個縣。稱為漢人而非秦人，惟因漢代才樹立起大一統之文化，但體制絕對始於秦。自此，每兩三百年從興起到腐敗，周而復始。像毛澤東這樣聰明的人雖其一早說過：我們終於找到了擺脫歷代盛衰輪回的法寶，就是民主！但理念不勝宿命，一旦自己掌權，反而覺得非秦皇不可！如今的現實卻是兩千年來不曾有過的，一個徹徹底底的市場經濟已經形成，融於世界。民營還是國營又有什麼意義，何況外資早已大舉進入，而市場就是市場，幾乎可以變通一切！統治，只有法治一途！沒有法治，經濟則無法運轉，成本將無法負擔，創新亦無法實現。但是，沒有制約談何法治？制約之法千頭萬緒，卻殊途同歸，制約自發的腐敗，只有依靠自發的制約，那就是行權相對一方的制約，俗稱民主。現實中，民主卻與動亂等同——這不是說笑，以中國歷史亦可為鑒，須臾軟弱便與統治無緣。可是經濟畢竟變了，社會的經濟基礎決定一切。當初鄧小平說五十年不變，不是隨便說說吧。他在定了江接班之後，說胡錦濤這個人不錯，是隨便說說嗎？毛曾說誰不行誰不行，但那個矮子極其聰明，前途不可限量，是隨便說說吧？我 1977 年見赫魯雪夫寫的這些還在想：什麼是前途不可限量？鄧定胡來是個制約，鄧之後完成開放非江莫屬，需要圓滑來整合保守與開放博弈的混亂局面，但胡的純正可以扭轉圓滑的某些後果並抑制某種欲望嗎？諸葛亮隕五丈原前有人問他，其後是誰；他說之再三，但再問，他即緘默。鄧也說了，再其後他已帕金森症說不出來了……科學發展強調系統控制，問題是權力平衡歷來在於黨內各山頭勢力的平衡，從前是哪個方面軍，第幾野戰軍，現在的人脈因緣恐怕還得加上權錢運作合縱連橫，弄不好就成了腐敗勢力之間的平衡。如何脫穎而出，又涉及穩定的問題——不少人並不看好中國的民主，但沒有行權相對一方的有效制約，如何遏制腐敗。民主，首先會努力在黨內推行吧；我想，只要確保共產黨能在臺上，會有所謂的民主吧；只是，有了第一步就要有下一步，沒有雄才偉略就難免陷於掣肘和顧慮之間，一切仍回還於黨內各種勢力之間扯皮，而各種勢力也因缺乏制約盡在權錢運轉之中加速變異！浴缸水滿為患，是用小勺一勺勺往外舀而有系統安全，還是索性拔去浴缸的塞子？社會發展，經濟基礎呼喚相適應的上層建築，卻對中國大一統釀成了威脅？中國豈會分裂，亞洲各國有誰加入倒說不準，只有自大妄想狂才會如此患得患失吧？

我們所處的位置，的確就在歷史長河這樣一個瞬間。當法治的呼喚漸成強音的時候，我們擊響小小的音叉，雖無人聽見，卻彷彿已有連天的共鳴……可是，望著深圳名校在其校門樹立起群狼奮進的雕塑，我知道這就是這個引領中國改革開放的城市其權貴精神的體現了——主導社會的官僚們，另有其軌！包括我們的事情在內的許多事情都證實了這一點，也使男人女人們更加渴望和不擇手段。心懷無邊的貪婪，這讓他們眼睛都綠了，也讓他們勝了又勝；難得有人來到這裏，偶爾碰到了，也會說："誰讓我輸了呢！"這只意味當他再次搏弈，將會更加殘忍。急需，急需有使人印象強烈的證明，證明已成其勢的這種城市精神，恰恰是自我毀滅的成因，證明毀滅自始就已註定。可是體制，是在權力來源上出了問題，無法自清！危機啊，已經成為整個系統的危機，但它是否又是良機呢？大一統之秦制，能否與市場經濟所呼喚它自己的上層建築融匯貫通——只有戰勝自己的人，才會知道！戰勝自己的人，大能覺醒，天人合一，能量從此盡為科學：易而知，簡而能！拔去了浴缸塞子仍然統一的中國將完成它的使命，是東西方文明的薈萃，統一了世界……

那傢夥一直鼓搗各種名堂，沒見成功過；66歲了還在折騰，人見人憐。這回他開著那輛破車四處向人們兜售的又是他的新玩意兒，並且用雙手捧上，就這樣又空折騰了一千零九次，雙手捧上……現在，全世界的大街小巷都有了這位退役上校的雞，他的塑像必定站在門前，還是那樣，雙手捧上，至囑："請您一定嘗一嘗！"而我們，羅浮山上的道路坑窪又崎嶇，有人歎息為什麼專領走這樣的路！終於找到的七星瓢蟲，又被卓卓吃掉，嶺頭雲上全是亭亭的哭聲。不過，雖然只是希望，雖然一直困在連如此希望都幾近忘懷的崎嶇路上，七星瓢蟲卻從面前升起，竟與希望一模一樣——豆大的瓢蟲已然碩大無朋，升上蒼穹。這時，群星璀璨！

國輝 04 年霜降

（三十五）愛所成就

（我的信究竟在說什麼呀？滿溢於心的對話，我信筆寫下來——是我說與誰，是誰回應我，難道在訴說天意，我已然成為靈媒？然而，內心的感動實在而真切，思想的互動虔誠而珍重，我願意說的，的確有人願意做。家國與我，天人合一，一併說了！魯教不斷叫著犯人出去談話，都是多年沒有減過刑的；表面他是在爭取為年齡大而勞動產值低者加分的事，實際在深入瞭解買賣減刑的新動向。監獄劉政委每次經過我們集會的文化室，總是會從窗外意味深長望進來，魯教見到他則面帶喜色；兩人所為仍然屬於段教走時所說繼續推進之事，而足以杜絕買賣減刑的工位上崗競選制度，有待監區主管人事調整。政委與教導員，管的是警察。而愛國，我有何監的回應，他在省監獄管理局教育改造處長位置上習慣了的工作方式，不僅不排斥這一點，反而專此擁有了真誠的心跳，甚至稱奇的意境。他樂意向人們提起這一點，更願意向能有同感的上級提到如此驚喜，何況這本來就是教育改造的一朵奇芭。）

凡事都是具體的——當你看準方向，你就要收回目光看清腳下……日本製造業的能耗比中國低 15 倍，國情最為清廉，腐敗成本忽略不計，其競爭力仍不如中國，就因為中國勞力成本只有其 3%！而今廣東用工出現缺口，因為浙江等地勞動力市場崛起，而廣東的腐敗成本偏高，各種各樣的行賄竟要十倍於用工費用！那麼，解決方案是什麼？法治，就是這樣的靈丹妙藥，且不說它如何確保創新，它僅使你以所能有的低廉成本便可贏得更加廣闊的市場，而強者愈強，勝之又勝！凡事都是具體的！這裏現在要照顧年齡大者，擬按 55 歲劃線。但人並非一下變老，54 歲怎麼算，53 歲呢？既然目的是為了減刑時公平，那麼偏大的平均年齡線以上每歲遞增適當百分點以提高其勞動成績，也就量化了整件事，而不留"空間"。具體而簡單，於是可行。法治很具體，制約要簡單，司法其權其制相約於民便是。

這裏的兩棵椰樹不知何時不約而同伸出勝利的手勢，一棵巴西木蔥鬱站立在門口滿懷心意，又有兩隻一模一樣的小貓蹣跚出現令人愛惜。這裏滿是訴說！自從他們來到，小小的院落一年來已有巨變。一個是真誠敏銳令人興奮，一個是正直沉穩使人信賴——在他們背後，像我心中的約定，陸續有人微笑而來，詩意竟然超越了現實，心聲相應令我讚歎不已，是稱奇的激情照耀了我們，竟使獄園放射異彩。彷彿已到收穫的季節，樹也讚歎起勝利，樹也滿懷著心意，賊人也必須信服。是否，日漸驕健的小貓可以確保老鼠不再橫行？可以肯定的是，我還有約定，那是同樣純正的人，在這個國家權力的來源，有同樣的心聲！這是否已是足以信賴的確保？人民的力量尚在體制之外，所謂權力的來源是否只不過是各種勢力的微妙平衡？毋庸置疑，我們心中昇華的感召，既是良知，便已是這個國家不可逆轉的命運！

歷經危難，但你們一定要相信！

1978年參加那個專家組，我在總政招待所的房間有頭兒安排讓他一位朋友來同住，叫瞿琮。當時正是所謂"歌德"與"缺德"在爭論，我對他的歌德傾向並不以為然。聽他專門趕來製作的新歌《我愛你，中國》也反應淡淡；見他和作曲鄭秋楓兩人激情洋溢的樣子，一笑而已。只是不知，時隔二十年在天涯海角那個春節初一清麗的早晨，這歌竟變得讓我如此心儀，一遍遍哼起。接著就碰到同住酒店的鄧家人等。我不知要發生什麼事，但似乎"心"中早已了然。一再唱它，已是三次被抓；久而久之，變成傷感。可為什麼忽然現在我又聽到它，讓我吃驚的是它的旋律似乎盡顯秋日的碩果金黃，將六年多來的感傷變成陽光燦爛的天上一片幽蘭！這裏廣場上的音響，一次次令我心動。我想，我們此行，的確有著，神聖的約定，的確。記得這裏副區長剛來的時候，讓大家看一套《燃燒歲月》的劇集，除了我沒有幾個人愛看；現在，他調主管部門走後留下一套劇集叫《玻璃鞋》，所有人都追著看，而且面帶天使的神情，也許細查一下能找到其中有人已經長出了天使的翅膀……是什麼東西獲得了證明，有什麼東西贏得了尊敬。一向都有人叫罵，越是死刑買成死緩而活下來的人就罵聲越大；可近來漸漸靜下來，連看新聞時常常會有所聞的嗤之以鼻也變成若有所思，有什麼事態不得不讓人當真起來。那些強勁的經濟數字就算震撼，日新月異的國貌就算驚人，並不代表幸福指數，公平才是關鍵！難道遍及全社會的腐敗起碼從這裏有了遏止的轉機，以致賊們都眼定定細想究竟應該如何生存，是否真的不必收買？眼前的一切，看似並非只是說說！果然如此，民族復興以至文明興起皆有通途；但是談何容易，又怎能不處處顧忌，斷人財路更要小心挨整！只是社會發展仍會向前，傑出的人物也勢不可擋。我14歲時跑到爸爸部隊放映室的庫房翻騰，找出幾張唱片，聽來神往，一遍又一遍，就是現在也仍然響徹我們心中的《我的祖國》。原來我們骨子裏都是愛國者，而愛是智慧，這具有決定性意義，於是就有了讓人們默默吃驚、難置一詞的轉變……我發現自己在笑，我抬頭望向夜空：哦，群星璀璨！愛家，便有家的回應；愛國，必有國的回應；愛行大卜的時候，群星也將為之歡呼……

我想問鏑什麼叫副作用？選舉前，拉登忽然又冒出來顯示自己的時候，小布希愁眉苦臉，拉登覺得很威，他對於小布希起副作用？其實倒讓美國人立即感到反恐第一，小布希還有

用，不像老布希完全打贏海灣戰爭就被美國人撤下了。什麼是
副作用？滑鐵盧就缺那把板斧，那一刹那劈開村門，老禁衛軍
就能讓英軍瓦解，趕到的普軍也就不會擊潰法軍反而被拿破
崙回殲──這是他的計畫，只因沒有板斧，就全都成了"副作
用"。剛好相反，遼沈時林彪恍然大悟照辦了毛的計畫，及時
拿下的錦州沒有成為滑鐵盧，成就精彩！究竟什麼是副作用？
現在鏑擔心副作用而不做，從程序上就將被徹底裝進去了！
朱鎔基不是說此役難過戰爭年代也難過改革開放，敵人就是
自己，如何趨避？你看他是怎麼保全自己的──一上臺就明言
一百口棺材留給自己一副，北戴河會議攻國企改革幾乎讓他玩
完卻仍得保住他並尊其意。因為他一早明言，使他不能被犧
牲。

　　鏑以為97年我讓你讀到剛才所說的只是碰巧，其實它是
一早給予我們的預示！你星相下流淌的愛與恨，理應成為威力
和果斷。它的閃耀怎會是我的美化，怎會超出你的能力，它只
不過是你的本性，它是無所顧慮時自然而然的表現，正如我所
鍾愛！《誕生》裏，你從困惑中覺醒，你頓時從刹那破曉的光
芒裏發現了自己，女武士的英姿投射在豐饒的土地上，煥發真
正的性感！越是臨近你的生日，我越是感覺到它，令我陶醉不
已。七年來沒有與你溫馨共度這一天，這一天卻漸漸變成了真
正的喜慶，如你自己所說：你也參與我來把撕成碎片的生活變

成一生唯一的好詩。無奈只有用文字來形容這一天，它越來越有難以言喻的豐碩美妙，已經成為最精美的寶藏而允許我在這一天把鑰匙交到你手心並替你把手合上，你就握到了燦爛迷人的心跳，擁有了最為美妙的生日禮物！

國輝 04 年 立冬

（三十六）希望，神的意志

（有點兒神奇嗎，因為我們的心跳彼此可以聽到，還是悄悄讀信的級別越來越高，王教和他的犯人馬仔都也肅然起敬一般，格外小心翼翼起來。我在身邊見多了尊敬，而賊們的敬意其實最讓我憂心重重⋯⋯魯教也期待起感化，他在會上談做人的因果，並常跟警員們攀談，甚至把工作做到那何管教頭上。他以君子之心，度小人之腹，是體制腐敗強勢下僥倖的希望。只不過此時此刻，我們的互動，似乎已讓一切皆有可能。）

又沒能給三兒過生日，心裏不是滋味。我們失去太多，卻別無選擇，這是市場而無法治的時代強加於我們的。你能理解嗎？我心裏看見你已經長大許多的樣子，又不像去年生日的時候了，你多了許多深沉的遐思；留長了頭髮，紮起有法力的小辮子了嗎？最初見你的時侯，一雙秀美的大眼睛讓一切變得安寧，是沉靜一片的溫柔無限！我抱起你哼上你的歌，撩起你的感覺，那麼嬌柔！八歲了，我的小三兒！心中的燭光在你生的時間點燃，有你的面容楚楚動人，與生俱來的幽深目光有我們神聖的安詳，於是我意識到了我們通天的能量源於什麼，就在這個小雪之夜，從你眼中晶瑩的寧靜，令無邊的智慧閃耀，恰如此刻我心中的燭光引來明月與繁星深沉之愛的輝映⋯⋯

聖誕鐘聲也將敲響，那位兩千年前誕者的目光會有怎樣的明澈？我一直寬容對待那些神話，並且我相信那種寧靜中含蘊的智慧，那是完全真實生命裏真實的智慧，只因長大以後行出了其實是每個人心底的由衷，就變成神話。它果然神奇，不過是讓每個人都感到了愛──太多的貪心和太多的焦慮，使大家錯過了它；急功近利的時候，便不知好事總是眼前的難處，不知財富只是人們綜合素養的一個結果，不知愛是智慧。他只是實現了自己而已，卻成為萬王之王，而他其實拋棄了自己的一切。我想，屬於誰的本來就屬於誰，是本質決定的，不該有的也終究不該有；強求到手，仍將斷送，必是加倍斷送；該有的，卻未必貪求而只須做好自己，總會有的！這類事早已讓我觸目驚心見得太多，那句古諺我說起也有二十多年了，如今更覺新奇：「神使人富足，並不加上憂慮……」它出自當時富甲天下的所羅門之口，算夠權威了。只是，不懂，仍舊不懂，而當見到了才懂的時候，那滋味又當如何？我從前是把沒怎麼實現的事說成實現來讓人鼓舞，而這些年來卻是把將會實現的事放在最糟的現實中來讓人相信。後者好些，是真心迎領，必可長久，也能共享。聖誕的鐘聲，不僅是傳達愛，也有對愛不應背棄的忠告和歎息啊！

無論多麼孤獨，無論怎樣蹉跎，陰霾終將散去，像神話中的應許，只因無與倫比的信念，不移的初衷。經歷過太多失望的希望本身,已經是個神話,卻竟然完全真實;它越過千山萬水終於照亮我親愛的孩子們的面容,點燃他們心中永遠的聖火。我書寫的一切,說了又說的很久以來的一切,神話似的一切,全部是真的。孤獨已經變得如此令人驕傲,只因我們終於經受了一切考驗,能量無邊的世界因此彙聚成我們所希望的模樣了!說實話,這一切當年站在橄欖山上就似乎已有察覺,不僅僅兩千年一目了然,也有我們的命運。那時至今的足跡並非偶然,事過境遷方才明白我的生活為什麼如此這般,又為何既使困苦非常的時候我仍有喜訊在心中洋溢。多麼好啊,我們確有非同一般的愛與我們同在,腳下坎坷的奇妙也只有一個個結果來臨才會使人驚歎:你失聲驚叫,我喜悅低吟。不能不說是自古降臨的智者帶來了神聖的感動,彷彿來自天上的歎息——愛雖無言卻靈異無邊,實在美好。

可是,孩子們的心痛幾乎讓人難以承受,我們已經習慣了的一切又在孩子們獲知實情的痛苦中讓我想起最初一刻!那些傢夥如此所作所為竟然能夠習以為常?那時在紅寶路監視居住,我看著四個孩子的照片心潮起伏,也勸過那些人福至心靈,有誰聽過?他們心中只有錢,如今為了花去的錢又在拼命撈著更多,撈不到就騙就搶,買穩買高了位子去害更多的人。如此習以為常,究竟何為天經地義?天經地義,正是孩子們心中現在說不清的一切!他們的淚水,他們的心痛和愛,比起我們經歷而又習慣了的一切還要剛直無邪。這便是我能在這裏承受一切原因，是永遠的天經地義。孩子們已經用他們純真的心痛和愛，無需任何語言就從心上激蕩了我，讓我懂得他們淚水的能量，知道愛的結果！至寶何在，絕非只在我們一家……感冒的時候試著不吃藥，當全部症狀出齊的時候，免疫也啟動了。從此難得感冒。痛苦既是良藥也是補品，更是自身免疫啟動的必經程序；對於心靈來說，它是昇華的煉丹之火。各各它山上的痛苦，與我們寶貝孩兒心上的痛苦，都是難以承受的，心上的神境由此開啟，兩千年前神聖的痛苦因此已是心中的真實，天人合一！

讓孩子們也經受這一切，我知道有好處，但難過。他們本應歡歌笑語過著童年才對，我第一次回家帶她們到處去玩，車上問依亭長大還跟不跟爸媽一起玩，她倆異口同聲說要——心都要蹦出來那樣歡呼著；欣卓我總算抓緊了 01 年春節的時候帶他們去海南遨遊，還有十二年來那麼多照片和錄影，都是為了這長久的離別吧。他們已經付出得太多了，不管這對於他們是如何的好事，都不應該發生！可是，體制腐敗啊，有誰獨善其身？電視中又有了牛玉儒，說起他辦城建絕不收好處的時候，許多人哄笑；前一段還有任長霞，說起她在黑道人物拿出錢收買她時立刻讓門外準備好的人進來抓住他們，有人說那是講數不成即刻翻臉；要是說到兩千年前那位聖人，又會如何？

我卻聽見那位說任長霞翻臉的人最近在說："耶穌為什麼讓人尊敬，他做的事情讓人感動，所以還是要做些善事……"我奇怪他難道賊性已轉，莫非是單憑一般好人好鬼還是鎮不住邪，一定要把至誠如神者擺上正位，像許多國家張羅的那樣？為什麼我們不用學習誰，我們也能面對痛苦承受痛苦並戰勝痛苦，為什麼我們也能作出讓急功近利的人們恥笑的事情呢？因為我們心中有著讓我們信服的理由！若讓人們學作好人好鬼，讓人們敬神，也要有讓人們信服的理由！其實這理由是明擺著的，就是愛與愛必有的回應，是好人好鬼的功德，以至也是神的功德，而利益無邊。其實這是善待自己，這是良知，理由已經足夠充分了。所以我希望，無論多久，我們事情的結果，終將證明這一點，並給我們孩兒神聖的痛苦留下永遠的紀念！

這裏把我的刑期減到法國大革命220周年那一天了。我們也許不需要那一天，中國的事情也許會更好地解決。這是我們的希望，祝福中國！依依亭亭朝思暮想的迪士尼，是明年依依生日時開張。這是讓依依心都要跳出來的節日，亭亭也不會讓我們直上九霄還聽見她不夠身高而無法同行的哭聲了；欣欣卓卓不必像姐姐們經歷太久的痛苦才能迎來這一天嗎，其實是卓卓從出生就已經承受了的，到時我們的歡樂已經滿載你們一同參與耕耘的果實了嗎？這麼快，它們就已經結在了屬於你們的國家這棵大樹之上？憑什麼，只因為在這聖誕的季節，由於全體孩子的參與，就可以童話成真？從2000年遊艇會海邊爐火的聖誕晚餐的耶穌故事，繁星下的魔術，到今天我們心靈的成長，孩子們心有能量——真是奇特，他們在我心中還都是小寶寶那副模樣，卻群情激昂議論著謀劃著，他們的愛滿溢我心，凝聚了決定性的什麼嗎？彷彿那個千年之初的約定，終於在這個敢於面對痛苦的時刻，從愛匯齊了金木水火土全部元素的靈動，一切才得以實現？我寧願相信這個童話，我清楚看到這一切，實在是太可愛了！彷彿正是在惡人竊喜而我們失落的關鍵時刻，陽光照在了我們身上，強大的黑暗瞬間消亡！

我常看見這裏最高的一個人去和兩隻小貓交談。顯然，小貓懂得他的話，便熱烈傾心地回答；它們在說什麼，有什麼讓它們如此全心全意——並非人類的語言啊，有誰能懂？於無聲處，在這世界最多歌聲的季節，我用手頭最後一張郵票封緘，因為我知道：只需要有像欣欣出生時那樣寧靜溫柔的目光，就可以傳達一切了！

不知黑夜還有多久，但因確信，這便是在黎明之前；黎明之前，這裏靜悄悄……靜悄悄啊，愛意飄飄，聖誕快樂！

國輝 04 年 小雪·大雪

（三十七）太陽的生日

（買賣減刑的活動幾乎停了，有人歎息摸不清頭緒，奇怪賊也能轉性。犯人頭兒們忽然得閒，他們沒了以往讓他們忙個不停的指示，各自忙起古怪的私活，甚至有人縫起陽具上面灌珠的裂口……也有人會忽然惱怒望我一眼恨不能如何，屬於急等著買到減刑的新犯，尚不知深淺。冬大過年，在南方尤其如此。沉沉的冬至，彷彿一天之中的零點，靜靜指向子夜。時間，終將演示希望的曲折和它的結果。）

這是夜最長的一天，卻是太陽的生日。我們曾見古埃及神廟，那裏所有的拱門竟在這一天的日出一瞬，讓晨曦直射到廟宇深幽盡頭的神位之上！中國人也敬重這一天，都說冬大過年。這一天竟有什麼隱秘，蘊含什麼能量？耶穌的信徒把他傳遍羅馬的時候，羅馬太陽的生日變成了他的誕辰，又把他的出生定為紀元；而被佛陀言中將出現在其後 500 年的興起，那正是與他圓寂同肖丁巳之年，而且是在夜最長的一天——基督徒心中神聖的誕辰，不僅早了他們年年慶祝的大日三天，又比他們心中的紀元早了四年。這一切查證略實的時候，已無可更改，似乎命運在說：人類的聲張和儀式與真理無關，內心的神明可以顯露但從不允許有絲毫的做作。果然，人類的崇拜年復

236

一年，可神明真實的能量卻長隱於世。崇拜把智慧變成偶像，身心不二的至寶卻已遠離……有人能懂、有人察覺，這是因為平常之心經受了非凡的歷練，因為來自心底的不移信念成為永不失望的希望，才使摯愛成為大能？沒有做作，絕無做作……人類的徬徨來到今天，從未徬徨的那是人類的宿命——當佛說的轉世靈童，從十字架上悄回祖地的時候即已預示了：基督教文明攜著它兩千年來的所有家當，也會從另一個方向，越過大西洋，又越過太平洋，來到東方。正如耶穌本人兩千年前守候在印度的期待，神話、偶像、奇跡與真理的雜燴中，人類眨動著不見不信的實證目光，就連自古相信天人合一而道器合一、體用如一的中國，也毫無顧忌擁抱了基督教文明豐碩的物質；然後，在物質的擁塞之下無邊的貪欲之中，人們開始察覺，有什麼已經背離了本性。

人類理性的充分發展，又回到了起點。其實人類的認識仍然只是滄海一粟。從起點，文明之初的東方已用無邪的童心烙下了真理；但高懸起來的八卦成為另一種偶像，使科學只從西方出現。實證和理性卻在西方把耶穌和他的事蹟變成人性之外的神話，而科學把迷信剷除的同時，也排斥了實證的眼睛永難看清的真理……人類又回到了起點，在所有的家當將要把車轅壓斷的時候。

　　那也是一個起點，是夜最長的一天，日出之時地平線上湧現的絢爛光輝瞬間映過所有的拱門而顯現在神位上，使所有的廟宇和神位都成為毫無意義的擺設。它照亮的，是人的心。

國輝 04 年 冬至

（三十八）樹也知道

（犯人頭們沒得張羅了，不久，出口美國隨貨贈送的計算器也沒得做了——看得出是王教和羅廠撂挑子，要看看何監他完不成生產任務如何交差。大家都在生產線旁坐著，時近聖誕，已有成績的坐著也成績領先，沒成績的坐著等死。大家聊著，外號山雞的毛賊來挑逗我："你說大陸經濟多厲害，兩三年超日本，你厲害個屄，你新聞聯播啊，什麼你都好啊好啊！"我說山雞是日本人，起碼往日本帶冰毒的時候屄多了日本娘們兒。他跑去跟姓黃的車間主任打報告，黃培強就叫了我們去。還是兩年前剛進車間，他已經叫我去談過，入監隊曾給過我肉食的原廣州市府秘書長，他說是他親戚，說讓關照我。至今未見我求他關照，於是找了山雞要給我點由頭下手了；我想也好，正好在談愛國，回去後接著批判山雞。他又第二次去打報告，這回沒再叫我過去，黃主任起身直接到黑板，寫下扣我兩分的告示。大家議論紛紛，從中看出權力角逐的風向有變。不久我見魯教找黃主任談話，黃一臉無奈的樣子，好像說已經警告過我了，而公示了的處罰難以變更。魯教望一眼車間，全部停工怪異的景象在我事件的襯映下，一目了然時局究竟。其實換作胡錦濤溫家寶又能如何，貪官們動輒要脅會影響經濟增長，政

239

治局和軍委常委有什麼還都得請示一下核心的意見。解決之道與當務之急是何究竟，我與賊說，雞同鴨講，扣我兩分，更像一份聖誕禮物。）

孩子們付出了努力，當把獎狀寄來的時候，多麼令人欣慰！成績裏有多少辛酸和勇氣，我總記著你們最初做到時那種感慨，絕不習以為常，因為成績以至將來的成就都只是表面，關鍵卻在你們寶貴的情感。我們經歷中那些壞人，難道他們沒有能力嗎？他們棋下得不錯，有很多技巧，在如今官場體制錯位的環境中很有勢力，但終將落敗，是因為什麼？你們如果領悟其中的關鍵，你們日益上進的成績才有真正的意義。好成績面前習以為常，也就索然無味了，是吧？當你們寫信給我的時候有沒有想過我們誰的時間更多些？是你們還是我？我每天可以拿起紙筆的時間不過半小時，還要寫點別的，可覺得沒時間寫信的是你們。太久了，你們是否覺得世界就是這樣了？寶貴的卻是，越在這樣的時候，你們情更深意更切，心中信念歷久彌堅，而玫瑰鏗鏘，堪受未來！人生的訣竅不過如此啊！知道那些神童都是什麼結果嗎，都沒有下文了！少年得志成為無可救藥的事，就是因為失去了敬畏，沒有養成挑戰與戰勝困難的習慣；最深摯美好的情感，總是從困境中湧現。你們的愛憎是你們寶貴的明燈，應從小高懸！"沒有你的保護，我們怎能不被污染……"亭亭這話靈異，也許正是你們心路必經的曲折，但讓人心痛……你們的好成績如果始終來自你們真誠的心痛，你們的愛就會給你們順遂的一生！要懂愛，愛才擁有戰勝惡的力量和勇氣！所以，我寫信說愛，也說血濃於水；可是，人之常情卻似乎更應該是你們有所抱怨，畢竟是我們陷於痛苦之中──當你們罵完貪官之後，難免也會罵我。你們可能不知自己在罵什麼，彷彿國人自罵中國，惟洋人經過才會驚奇竟有人如此津津樂道罵著自己。無論如何，這是祖國，就算不承認也仍然吃著中國菜說著中國話並且長著一副中國的尊容；去了移民聖地的美國一問，便有權威的答復："別罵了，你是中國人！"

我可能冒昧說出了還沒發生的事態，但如此下去，再審的結果已經註定，失敗會讓大家無所適從而哀怨叢生。國亦如此，從清末的全民腐敗到如今將至的全民罵街，難道沒有理由自我鄙夷？百年沉淪，不僅錯過了西方的崛起而且錯過了以往不足掛齒的周邊國家的崛起！就算如今它已崛起，卻又讓人生氣：人比人，氣死人！不公平啊，但就算有了公平的環境，考驗人們智慧的，卻非有無名氣，也不在於有無本錢，仍在於意志在於承受。在一切難處之中，實際只有一個難處，就是你能否承受難處。不是在美國收購一間十幾億的公司所要花費的現金一點兒不比收購一間鞋店多嗎──70% 銀行貸款，25% 的垃圾債券，5% 的現金，現金尚可以另讓合作者投入，於是幾乎不出分文就擁有了過半的股份；所需要的，卻不僅在於有無設計出如此收購的智慧，它不會是憑空而來，這是福氣，它必來自於愛而不棄的志向，來自於不同一般的承受。所以，還是好好修行吧！孔子早就說過：富貴若可求，有人拿著鞭子在旁抽打，他仍會去求；而富貴不可求，他就還是做好他自己。好好修行吧，修得至福！

其實，這是一個文明薈萃的時代。當文明越過大西洋，又越過太平洋，在 1853 年進入東京灣，又在 1978 年登陸中國，相比而言使中國成為目前世界經濟無爭熱點的廉價勞動力就絕非只是偶然一現的優勢！紀元以來的歷史，興衰此起彼伏，沒有永遠的盛事。這是人類的本性所決定，歷史也只有在興衰中向前。仍說中國曾有多麼輝煌的文明沒有意義，但說它註定徹底興起在現代，卻正因為它的底蘊深厚而足以與西洋文明碰出火花。其實真正具有意義的薈萃正在這裏發生，經濟發展與腐敗正是玄機所在，反者道之動啊……難以跨越的腐敗、難以跨越的自身的劣根，都不應成為咒罵的理由。如果意識到是在咒罵自己，就不難明白：無論如何大家都還愛著自己，所以巧取豪奪而橫行於世，為了滿足自己甚至坐牢；人們對自己堪稱無私，無所不用其極，甚至敢於面對死亡！這是真愛的話，又當如何？腐敗和劣根恰在我們祖國的身上，也正是我們自己的腐敗和劣根。如同所罵，罵中國的腐敗和劣根，其實是在罵自己。

真愛完全不同。若像愛自己一樣愛國家，首先應該戰勝的是自身的腐敗和劣根；人人如此，國家也就戰勝了自身的腐敗和劣根，於是國家回報你一片祥和。罵卻不行。不管要使人人能夠如此這需要什麼，經濟的發展都將決定性地推動它。市場經濟呼喚與其相適應的上層建築，勢必造就自發制約腐敗的根本性制度——終有這一天，大家只要一起說一聲，那便是了。這在今天仍然視為奇跡的東西，自然而然都會有的，只要尚未讓罵聲斷送我們的前程，中國仍在文明薈萃的興途；它一早就有卻已僵化而成為碎片的至理，正被西方實證精神撈起，這是世界之福！東西方文明勢必共創而昇華成為新的文明，世界從此完全不同……如此造化，機會卻在大難。大難臨頭，只在咒罵，則將斷送自己；秉承自我而戰勝自我，則是昇華——腐敗正是良機啊，徹底超越的時候到了。

彷彿俄法戰爭裏漫長的撤退，我仍在說愛，孩子們卻以為世界永遠是冬天了吧，尚有壁爐火旺的房屋已屬慶倖……我相信愛有勝過命運的力量，卻驚奇能夠改變的只有事後的撫慰；在命運中，人們心靈成長，有許多不幸，有許多慶倖。終於，聖誕的清晨，孩子們醒來的時候，每位的枕頭邊上有了一份聖誕禮物。依依那份上寫著：清晨夢中的月，在淚中歡笑；亭亭的是：總也放不起來的風箏，沒有線，它高高飛上霞光的碧天；欣欣：摘下彩虹的日子，是星期五；卓卓呢：敢於吃下甲蟲，它才升上蒼穹！鏑：我們夢中的破曉，是在連夢都已破碎的時候，出現在壯麗的天上！這一天，我把歷年聖誕一幕幕無一遺漏串起在心中，不由驚奇，似乎正將成為一個完整的故事，讓人釋懷而歡欣……這裏，相當一個旅，有 16 個營，五六千人。平安夜晚會，小院裏來了領導一行。歌聲中遐想，我看見許多心意，感到家國安身立命的基石猶在。記得去年聖誕提到平安吧？雖說不錯，但身不由己者眾，何況一旦失位豈不牆倒眾人推？所以，還是要貪；而我說平安，不僅讓人不安，還遭記恨，就送我了一份聖誕禮物扣了兩分。胡錦濤也來了，沒去深圳卻有所指那裏壓制群眾，說不要在中央和群眾之間作梗。但有誰見過黑道大佬金盆洗手，那完全是傳說，是放下屠刀立地成佛。不要說愛國，連家都不珍惜的人，又怎麼懂得如何去愛自己？拿他們如何是好呢，卻是生死關頭！天意啊，所以，年年聖誕過的，串成奇妙的故事了！我們在黃金海岸海邊長堤上漫步，就已經告訴孩子們了："後來呀，後來他就拔起最高的樅樹，倒插進沸騰的火山口，蘸上灼紅的岩漿，把火一樣的大字寫上黑暗的天頂——從此以後，你們，還有你們的子子孫孫，都將仰望天邊燃燒的火字，歡呼地讀著這個故事……"

我托腮凝視你們，在聖誕鐘聲的餘韻之中，傾聽你們的沉默！看上了 42 吋的清晰電視，使我多年以來第一次看清楚外面的圖相。如同我心中的眼睛可以看清真相，多年以來的追求也找來了一致的步伐，而有如此不約而同的陣容，該讓你們驚奇了！這本是眾人心底的渴望，威武無邊！小院裏，本有兩顆一樣大的椰樹；每天清晨我抓緊時間做完簡單的原地運動，總會去走廊靠近院門的窗前在可以望見曙色的地方眺望一會兒——無言中，兩年來，在我窗前的那棵椰樹比起另外一顆，已經明顯高出了許多！

每天的張望，每天的感動，樹也知道。

國輝 04 年 聖誕

（三十九）天堂在望

（忽然之間，有了新老闆，做的是各種名牌手機配件，材料很快全都搬了進來，那老闆充滿關懷看望犯人們接手裝配他的訂貨並全部貼上了馳名商標。據說他加工費開價十分爽快，王教不得不行動起來，廖廠則被換成了從前也是軍人的羅廠，而何監親自前來視察；其實正是他找來了這位老闆，在無法換掉王教的情況下，硬是把這裏的生產恢復起來……我想其中必有正牌受託工廠的代理加工合同，作為表見代理就不構成假冒商標；但是，生產任務得以完成之際，也難免有什麼讓人捏個正著了。我見何監在生產線旁一路探望而來，魯教則在一旁引領，十分強勢。何監格外注意犯人們的臉，就像在找誰。也許他心中有個天堂，但無論如何心中的天堂與周遭的實際並不是一回事，就像他以往一向所做的教育改造也與實際改造了沒有關係不大。我知道他是真誠的，看見我的一剎那，他眼睛亮了起來，已不是當年剛來時隨意嘉許那樣點頭，而是紅著臉走了過去。從車間門口離去時，他又朝犯人們招了招手。比起每次活動結束後從舞臺上向犯人招手，他顯得十分唐突。我見有消息靈通的犯人頭兒在拿眼瞄我，不過，並非是誰都能夠參透天堂裏是何究竟吧。我不知何監已把天堂的消息傳到多遠，但正因為它如此"不切實際"，並無現實糾葛，所以作為理想的奇趣，傳入雲霄又有何妨呢？）

又要過年，大家又要說恭喜發財。我還是喜歡小的時候看爸爸拜年──做個揖，滿面春風，並不強求什麼，只講革命友誼。從出生就感受爸爸們的革命氣息，雖然隱約有晚會的舞樂聲，但那是連女人都喜歡穿軍裝的年代。爸爸那時喜歡講的是，從前有多窮多苦多堅定。的確，馬克思著書的時候正是資本主義開工不足時代，勞工苦難。他對資本社會的分析至深至詳，可我在爸爸讀老毛讓讀的六本書時也讀《資本論》，卻受困在究竟如何實現共產主義的思路上，還給姐姐畫了一些窮思極慮的路線圖。小孩子的直覺是對的？想不通的事往往也行不通？科學分析了資本主義社會的馬克思只引出一個社會公平的理想就打起了紅旗，當然他對未來的社會也就根本無法作出像對資本主義那樣深刻的分析。他死後那些從恩格斯開始修正的馬克思主義者成了社會黨和工黨之類，現在還不時在西方上臺執政。理想化的道路卻在貧窮和有獨裁傳統的東方不斷走下去，在俄國，在中國，實現了的社會主義並非源於經濟發展的自然而然！馬克思對資本分析的一面之詞並沒錯，凱恩斯確信這一點，於是他為資本主義引入了國家干預的理念。三十年代資本主義大危機，神聖自由市場的信念搖搖欲墜，歐洲出了法西斯，美國卻有了羅斯福新政！正是凱恩斯的"剽竊"，使美國經濟煥然一新，以致在二戰結束之時其 GDP 竟然成長了一倍有多，一時約佔全世界的 90%！資產階級說得偏執："馬克思主義被淘空了！"相反類似的事情是在 1978 年，鄧小平摸著石頭過河，奉實踐為經典，最終敬出了社會主義初級階段的法寶，言下之意也是把資本主義淘空了。他是最後一個修正主義者嗎，一百年的階級鬥爭難道由此結束？全都奉行了國家干預與市場運作相協調的世界經濟，真的正在一體化？那麼，對於社會公平的追求，終將成為政治層面的民主訴求？實施了市場經濟的任何國家註定要對此進行兌現？話不這麼說，於是理論的缺位便讓改革開放以後的社會全都變成說一套而做一套，信念的缺位更使體制性腐敗盡情施展！究竟馬克思主義如何自圓其說，人性是否真能如其設想，其實並不重要！貪心四起的社會現實並不可怕，只要法治，良知自然只循合理利己，而君子求財，取之有道！愛人如己，是愛自己！社會明明已從愛貧憎富變成嫌貧愛富，卻仍高喊集體主義，實際生活裏的司法腐敗則鼓勵著一切巧取豪奪——既然求真務實，既然實踐聖明，那麼無論最早還是最後的修正主義者都必須審時度勢而與時俱進，必須面對這一明瞭現實的簡明至理，法的精神不容迴避——沒有制約就沒有法治！與民約定遏制腐敗，是唯一有效的方法。鄧小平早有預知？他說多少多少年不變，是因知其後必變？毛澤東說他極其聰明而前途不可限量，他的事業不會像毛澤東無法超越自己而被斷送吧？從 1978 年解放了的中國社會因此可以十分幸運在福禍相倚的流轉之中向前，既維持了穩定又實現了由經濟而政治的一體化改革？既保持了統一又實現了現代化的國家制度，而將愚昧保守和腐敗一一超越？我想，如果沒有爸爸們的人民革命從貧困苦難和腐敗奴役中脫穎而出，又集傾國之力建起一定規模的基礎設施，改革開放的崛起也不大可能，也就無從面臨文明與法治的追求了；只是同樣面對腐敗，能否儘早走出迷局，從容將日益激烈的社會矛盾轉為良性互動，才不至於像蔣介石當年無法指望自己手下的地主兒子們搞土改，也不至於像他無法指望身邊腐敗的親戚們反腐敗！我仍樂觀看待這一進程，恰是從我親身處境最為負面的角度看到了整個社會的發展與腐敗將如何才能實現軟著陸，度過這一深刻社會變革的瓶頸，迎來長治久安的新時代。

那是前年年底了，我們只是相視一笑，卻使我知道了心中共同的願望將如何約定；而如此心照不宣的彼此支持一旦成為制度，我的希望便將成為神的意志。我曾說貓們神性的一撲就會牽出成串的俘虜，那天見到一隻大鼠，尾巴被拴到了鐵架上；我去看它，它竟朝我呲牙咧嘴尖叫；有人為免尷尬把它放了，小老鼠們以為這已是結局，就唱了起來："老鼠怕貓，純屬謠傳……"他們不知貓鼠難分的時代終將過去，是因為本性不同，它們不知與民相約的權力來源將善分貓鼠。這是真心的意會，這是良好的制度！當年佛陀拈花，迦葉一笑，無上心法至達摩而慧能傳世中國，惟憾禪宗遍地花朵竟然無形而大隱於世！心有而制存，我們的良知和本性才能發揚光大！如今從上而下的制約空泛而易被收買，覺醒者越來越多但盡在體制之外；本性，最讓人欣慰，而與民相約的制度則能唱出心聲，成為同一首歌！

雖是定數，卻也待時：備受權力寵慣的官員，和備受家人寵慣的孩子，他們難免以為自己就是世界的中心！除非他們立即就能戰勝自己，否則他們彼此勢必拼死遭遇在貓鼠不分的時代，因此而有的造化，可以期待……

方方結束預科了嗎？德國學校寬進嚴出，他什麼時候才能畢業呢？知道德國的嚴格了吧，我們也都領教過馬克思的嚴格；如果方方來新洲會怎樣，這裏的嚴格會把他怎樣？我笑說給全國獨生子女辦所學校，入學一定是半夜把他們從被窩裏抓出來戴上手銬帶到新洲這樣的地方，先搞它三個月的入監教育，也寬進嚴出。我相信畢業時小太歲們一定都能脫穎而出，以後就算只憑自學考試大學畢業也都個個人才勝過名牌了。省錢又高效！我身邊的頑劣們，雖然難以改造但也都能學乖；小祖宗們就不同了，只有抓了他們，萬千寵愛的毒害才會遠離，而真正的慈愛將會在驚濤駭浪中讓他們有所體會，那實在是妙不可言而難以言喻。權力也是同樣。其實，拯救民族危亡的覺悟以致制度的誕生，由此開始。

姐姐又羨慕什麼了？你說 2000 年 6 月投身 IT 業會遭遇什麼，絕非像 1995 年以前投身可以佔盡先機吧？那是秋收之時的過度投入，收穫的是失業和資本縮水百分九十五以上的慘澹嚴冬！為什麼不在拂曉前動身卻要迷戀黃昏時的輝煌？是否天亮前的黑暗太嚇人，其實美妙黃昏以後才是真正的漫漫長夜！中國的財神都是些捨身而忘財取義的人，比干啦，關羽啦，知道為什麼嗎？所以，拜年的話讓我來說才有點意思！你那位投身 IT 的同學起碼現在是賠大了！哈哈，恭喜發財！啊，許多年沒喝酒啦，一點也不想喝了；不過以往喝了那麼多酒也沒有現在時而浮上心頭的迷人醉意啊，而且如此醉意絕無酒後不適，喜悅雋永，情深意長……1994 年 1 月夕陽的海面上漾出《家歌》，前年我說將有歌詞，那只是我心中的確信──近日，它果然湧現成真：

這是我的家園，這是我的國度，

只需要一聲歎息，就說清所有的真理！

這是我的家園，這是我的國度，

只需要望上一眼，就響徹愛的歡呼！

這是我的家園，這是我的國度，

只是因蒙難不棄，才終於成為天堂！

國輝 2005 年小寒

（四十） 道同相謀

（怕暗箱操作，但體制如此，防不勝防。我案再審已然暗箱了半年，身邊減刑買賣消停也有半年，什麼事半年了還拿錢解決不了呢？我看得出何管教跟王教越來越志同道合心領神會的樣子，想必是魯教暫代的副教一職已經被暗箱了。又過年，魯教回家。監區大搞舞獅開年，只見幾個香港黑道上專玩兒這個的老少爺們一路舞上樓門口的桌上，為王教摘下了象徵錢財的菜果籃子。王教一臉嚴肅收下，他是準備新年大發一筆了。算來他已然耽誤不短時間，而且少不了花銷。車間黃主任更是在車間養下了一缸食肉魚，很炫眼在那兒餵著，似乎在欣賞弱肉強食的生態，其實在向所有人明說世道為人該當如何。）

幾年來，心情還從沒有這樣低落——臨近過節，家家戶戶都在謀算著收穫計畫著來年，我卻武人變了文人，所說所思讓你們看來近似幻想！想到年邁的爸媽，想到已然錯失的孩子們寶貴的童年，黯然神傷！兩個冬至了，媽媽都骨折，這讓我如何是好！看著鏑信中所說的"無能"，窒息的感覺彌漫，然後深深體會國人的無奈！而她已有太多凡人不能承受的痛苦，太多女人不能無懼的任務和使命！她總在我心中出現的探望的眼睛，似海的深情，有多少我不讓表露和不容存在的悲哀……孩子們在嬰兒床上都舉起雙臂，當時笑說是投降；我沒有投降來到今天，是相信孩子們舉起的也是我常舉起的勝利手勢。可是我們實際深藏了多少悲哀，終於團圓的時候，卓兒已近少年，爸媽年已老邁，我們也成了老夫老妻；永遠不再有嬰兒床、不再有卓卓嬰孩時光……這是我們的修行？卓卓生日時我就算能帶出我在這裏內省的日記，但能說明心底的一切嗎？

他當時正準備走出楊家嶺的院子，有兩聲砸碎雞蛋殼一樣的震響，是兩枚炸彈落進了院中，尾部的風信還在飛轉，喚起哲思那樣讓他久久凝視。正是這種出神的意境，他竟敢把大軍分派各地，以致身邊廖廖所部被幾十萬大軍追到了黃河邊上，駭浪滔天已是絕境，只見他一屁股跌坐地上，抽起一根煙；稍後，他起身，一揮手，率部徑向追兵走去。也像面對落到院中的炸彈那樣，追兵並未揮軍掩殺，反而大驚，認為必有其詐，急忙退去！他就這樣走了過去，帶著對炸彈不炸的沉思，來到了西柏坡村，而有跡近神奇的三大戰役，其中波瀾不驚似乎盡然已是囊中之物。什麼原因呢？他從西柏坡來到北京西苑，一步步浮上臺面，百萬大軍山呼萬歲，讓他落淚。淚又從何而來？恐怕是長征最後關頭他僅帶右路軍八千人逃出張國燾的追捕將近陝北，竟然數落歷代盛世名皇，敢稱"數風流人物還看今朝"——其實他那時心底已然沉鬱多少"失敗不言悲哀"，所以有淚！所以有了西安事變，有了如此這般種種"奇事"！

可惜，他後來自以為是，壞了修行。而在我去他祖父墳前所見因緣，那是兩側雄峰相擁一峽直入洞庭，其途諸多蜿蜒，也正是他一生的寫照。他是自助者天助的典型，以至成就於人民戰爭的汪洋大海！如今，我身處體制腐敗的汪洋大海，人民尚在體制之外；我雖無奈但能聽到心上的樂聲，確有一派簫笛箏琵正漸上傳，驚起天籟！然而，不相往來，便不切實際；心已往來，能量將何去從？方寸之內亦千里之外，冥冥之中，能量偉大；如不敬若神明，勢將如何？言而不行，後果如何？人民其勢，理應順其始而善其終，不可造次啊！

雨後的清新寒冷中，我知道鏑和孩子們在給我過生日。恐怕只有鏑相信，我會收到她從心上的祝賀。我無暇顧及時會忽然感到她的急躁，轉而面對她時，就迎來飲淚喜悅的似海深情。難怪人們自古以來建廟搞儀式，正是因為每個人心中都有這樣的靈性；可惜即使在廟裏，焦慮和貪求仍舊把它吞沒，儀式也成為走火入魔。所以爸爸嗤之以鼻，不信勝過迷信。可是在我和鏑心中的漫舞卻如此真實，是她的感覺充滿了我的身心我的生日！我忽然意識到曾經問過她卻至今仍未回應給我的副歌，豈不正在我心頭無言流淌嗎？最美最好的部分，總是副歌！彷彿是在星光璀璨之下從我們孩兒亮晶晶目光燭影裏唱起，我的靈魂鼓舞而起，喜不勝收，飛越暢揚……接著，第二天，我看到了孩子們的信，又像六年前監視居住時望著他們蝴蝶一樣撲身向前的照片，那美麗的哀愁！在美麗的哀愁中，他們長大了，每封信每個孩子的心，都有了寶藏！

青春了的依依寫了一首很好的歌詞啊，從你歡天喜地的回憶，你說出了寶貴的一切。將來你會知道，這種感情，正是你最出色的部分，會帶來許多福氣。這是你寶貴的時光，啟蒙從這裏開始，而你在苦難中美好的張望，已經手握了生命寶庫的鑰匙！只是，無怨無悔，才能開啟它……

"遠大理想和堅持到底"的空話已經讓亭亭厭倦了嗎？你渴望行動，渴望著我們的團圓，你渴望即刻擁有《獅子王》中的美麗家園！可是，當今體制卻有言而無行的習性啊，而你的理想卻是你真實的情感，充滿即刻行動的力量，它已是你不實現就無法生存而勢必堅持到底的意志；這是昇華出彩的意志，絕非混跡官場利益錯位的人們可以理解，而你就是人民！

我們是否同在呢，欣欣親手把她一向奇妙的遐想這樣寫在信裏，多麼讓我感動！她每天喃喃對我所說，不僅會讓我熱淚盈眶，還使她擁有了可以把握生命幸福的咒語！我原來還想問她有沒有注意到爸爸在心裏同她說話呢，而她聽到了天籟！

卓卓也聽到了，他可愛的海底的世界現出真彩，他可愛的"爸爸、爸爸"的大字讓我心裏一震又一震！在體會智慧的過程中，他將知道：智慧只能體會，難以說明，是書本上學不到的；惟有果敢而行，才能把握；它來自於心，愛而不棄，終於造化！好比耳朵發熱，竟能聽到爸爸的思念！哦，從無字的心情之書中感悟，去行動，在一生中追求——它太偉大太令人歡樂，實在讓人樂此不疲；如此因果，不期已然豐碩，人生大放異彩！

副歌聲裏，我心懷感謝。學會感謝如此重要。過節了，我們應該感謝什麼？2000年中秋那天，已經下午五點，只見一人聽說他被釋放時失聲驚叫，那是他家人買來的。這世上邪勁兒挺大，當把這裏的貓和老鼠放到一起時，嚇跑的是貓！所以當我發現竟有貓在早晚的寧靜裏一次又一次抓回老鼠的時候，有人就是不信，作證確有其事的人也都驚訝不已。貓抓回的老鼠越來越大，它並非想吃它們，似乎只是出於職責，那是它的天職，所以格外自豪地擺弄著俘虜。這是否也是在向飼養它們的人們致謝？並非出於思想，我只是莫名其妙為之感動，為這自然的定律歡欣鼓舞。天地正氣自會讓邪道陷其迷局而自斃，以為可以讓貓止步的老鼠也是如此。過節了，聽說要加七天菜，餃子也會略有增加，而中西樂聲交融，和上你們心傳的曼妙愛意，我已滿心感謝，難以名狀——許多心意啊，許多許多心意，恰似理論物理的能量諧動，從身邊到中國，同樣的過程，驚人的協調，同樣的面臨自我超越，面臨光榮革命的良機！這是忠於職責的良知——利國者利己，愛人如己是愛自己，於是放下只會越來越重的包袱，避開只會越陷越深的陷阱。我和賊人談起美國的一個數字：罪犯的財富竟在社會貧困線之下，這讓以此為業者吃驚又惱火。我又說："如果建設性力量小於破壞性力量，社會早已瓦解，人類早該滅亡了。"這話更讓他們沮喪不安。只不過，就算他們理解，他們也仍然想著先撈足一筆再改邪歸正不遲；可是誰會從贏錢的地方離開呢？所以，人類文明之初就有兩樣彷彿天賜的法寶，愛與法！出於愛而遵照法律，把只會越陷越深的罪行制止，把它從位置上拿開——可以是體面拿開，可以是"光榮革命"，在尚不太晚的時候。

亭亭說學習之中語文是諸科的心臟，讓我想到未來傳媒的力量。目前中國的文化傳媒產業，不到經濟的 3%，而且諸多宣傳，遠非"求真務實"。相比發達國家其佔經濟五分之一以上，可以肯定：中國毀在如此蒙昧的貪婪之前，文化傳媒產業註定興起！這是新的媒體，從電子民主共生的媒體！而文明的薈萃，就是歷史對它的喝彩！這是我們每個人的文化，這是我們共生的傳媒——每個人的心，它就是全世界！的確如此：拿我來說，爸爸的爺爺心中有佛，媽媽的爺爺心中有儒，我青春期適逢從北京跟著爸爸鑽山溝，來到全真道的祖庭，滿山的道氣。爸爸是無神論，解放了我們，又遇改革開放使基督教文明滾滾而來！新的經濟現實中有了我們近年的遭遇，於是在我們心中崛起了什麼？當我們成為主流，傳媒規約而有，必然是制度的形成……

　　我撫模心中的至寶，不禁感謝，感謝爸媽哥姐自小的愛護扶持，感謝先人的靈動，感謝妻兒們同心，友人的關懷；感謝相通的心、良知的共鳴，感謝能量世界綿綿無盡難以名狀的愛意。我也感謝其中的使命。此刻，我情不自禁想起此程之初，真巧，就十分驚異聽到了那年春節的《相約98》！不知是我的思緒召喚出它，還是我的感謝有些神奇？那時我們走在連接海天的巨大草坪，依亭在前邊跑，欣欣被推在車裏，我守護在旁的鏑鏑肚裏還有一個卓卓！豔陽霞光裏有人跑步匆匆而過時忽然大吃一驚停下，細細查看我們這支奇怪的隊伍。你們來告訴我，初一下電梯時遇上了鄧小平的癱兒子，他和他的簇擁者驚歎我們的孩子："這麼好的小孩兒！"三亞的海灘滿溢著美麗，俄羅斯那位似乎永遠的駐華大使也不禁要把一把破傘從海灘撿起丟到很遠看不見的地方。我們的愛心也是同樣一塵不染，不容玷污。我帶著孩子們在軍樂中遊行，我喊隊操步，卻不知為什麼有節奏喊著："往哪而去，不知道！"泳池的除夕落日裏，孩子在水中歡笑，連卓卓也在鏑的肚裏戲水了。那落日，像木星一樣！我沒想到，竟會在看守所中也同樣久望著沒完成生產任務被打得變了形的一個屁股，出神想著它怎麼會像木星一樣！2001年我帶你們去追初一的落日，仍是海南的海灘，來到時它已隕落。我獨自去遠足健身，走走看看，回來的時候，你們在燭光點點的酒店海灘的風中出神地望著我。那時我曾猛然感到似曾相識的什麼，原來竟是將要發生的事情——就像一個順從天意的尋夢人，我回來得太晚了！其實我明知一路去追它意味了什麼，也明知將會去哪裡，只是我身不由己，畢竟它發自心底！98 年初一零時過後，海灘上煙花炮竹已經沉寂，這時我緩緩步入海中，游向遠方——仰望滿天星斗，俯視星光照亮的海水；但逍遙只是片刻，我已感覺到它深沉的靈動難以名狀。明明感到鏑已在岸邊開始擔心，我仍駐留在那裏渴望感受它：說它來自於海洋深處或星空深處，不如說它來自於心底，如此令人吃驚而且喜悅……我回到海灘，見鏑鬆口氣高興地說起她的擔心，而真實的事情隨後就發生了！哦，《相約 98》，已經迴旋了七個年頭！當時覺得它像優美圓舞的咒語，如今它已飽含凱旋與讚歎？

  "心相約，心相約，無論咫尺、天涯！"

國輝 05 年立春

（四十一）因之果

（我寫了封特別的信——開年拜財，食肉魚缸，買賣工位，違者扣分，都寫了進去，就沒指望它能寄出去；雖說濁流滾滾，也說清流，也說希望，說得如此難能可貴，彷彿神魔大戰。魯教仍兼副教，他看過而且還在車間盡頭的辦公室裏複印了，但原信卻任由負責發信的何管教拿了去。王教大動干戈，急報他的老闆⋯⋯何管教找的我，只是說："你都寫了什麼？這樣做違反規定你知道嗎？這回就不處理你，以後注意，你的這封信就不能發了。"信讓他扣下了，雖然我這裏隨即留了個底，但接著魯教傳達了省局新規定：今後出監，什麼東西都不能帶出去。正值雞年報曉，胡溫新政緊鑼密鼓，而腐敗現身盤根錯節，同心者見狀自當思量：解決之道，寄望何在，有志者唯有求索愈上。）

事情到了關鍵時刻，總要考驗你是否真肯付出。誰知你是否只將言而不行呢？1975年七八九三個月鄧小平抓緊機會大搞整頓甚得人心，但觸動了文革。毛澤東把話放在那兒，他說他一生只做了兩件事：一是打敗蔣介石，一是文革；讓鄧小平主持中央開個會做個決議，對文革三七開。關鍵時刻，鄧勇於犧牲，說自己是"桃花源中人，不知有漢，遑論魏晉。"於是三落，然後才有他的第三起，成就載入史冊的偉大開放，基督教文明滾滾而來……如果耶穌說愛人，卻不敢去上十字架，愛又何在？正是在那痛苦而且恥辱之極的羅馬刑架上，照亮人類之愛永垂古今！如此犧牲者，其實尚且中庸有度——鄧深知整頓已打出旗幟，三落必使它高揚，而對方氣數已盡；耶穌則洞察愛之大能，交付了的生命勢必將它實現而存證未來！蘇醒過來的耶穌不僅讓信徒遍及羅馬，身歸東方出處的他，也留下最終的期待，安息在那裏！雖然印度其後淡陌了佛教的信仰，而復活了印度教忙於與來襲的伊斯蘭教博弈，但這與基督息息相關的信仰卻在他有生之年傳到了中國而且從此植根到了中華文化的廣闊天地；如今，在鄧小平打開的國門裏，這一切竟然與復活的羅馬的基督教文明，融為一體！這個早在紀元前數千年就已不斷出現在猶太羊皮卷上的預言，不僅發生了，直到今天還在延續！

勇於犧牲而有所成就，成就人們神聖的希望——而這是什麼樣的犧牲啊，就連最親密的朋友和學生也不認他；他的苦路上充滿恥笑，人人都看到他徹底的失敗，他分明死在了那個時代最卑賤的十字架上，就在兩個賊人中間！雖然後來曾背棄他的人也以能被釘上十字架為榮，還說不配，竟被行刑的人將十字架倒轉過來一笑；而這又成了榮耀，行刑的地方成了羅馬聖彼得教堂百年一開的大門。這只是因為並沒真正死亡的耶穌活了過來，而且能量非凡；這只是因為保羅和彼得已把基督傳到了羅馬，而崩潰的古羅馬又從資本崛起的時代非凡復活了！如果沒有這些後來的榮耀，耶穌和彼得不過是兩個慘死的卑賤囚犯，鄧小平也不過是一個又被一踩到底的倒楣蛋。憑什麼就可以確保十字架上會有死而復活的潛能，可以成為宏偉大教堂百年才開一次的門路，成為第三次崛起時迎領基督教文明復興中華以致薈萃東西方文明的開創者？這世界有許多迷信，總是那些在事態關鍵時刻不信的人，當見到非凡榮耀之時，變成迷信。宗教反而成為禍端，智者的能量早已遠離那些廟堂和寶座。冥冥之中許多考驗，而信、望、愛，能使每一個人都可能由此非同一般，卻總是來自於最卑微的時候……

睡十一號床位。旁邊是個睡熟之後就露出獠牙的老單身，喜歡看些有美女的時裝和電影雜誌，卻有太多的焦慮，總在反覆疊被反覆整理著什麼，看得讓人心驚——可能是他太需要焦慮，所以兩年來不知不覺已把我殘存的焦慮全都帶走！不是說人腦所用不過 5%，而人所認識的宇宙所謂物質也不到 5%，另有 20% 暗物質，75% 暗能量——正所謂冥冥其中，恰好是與人腦另外 95% 相對，而有天人相應，而求天人合一。但在焦慮中，人們背棄了自己。焦慮中能有什麼呢？因為平民百姓萬般無奈是嗎，強勢腐敗讓人看來如此生存環境已成定局是嗎？不是嗎？無視所有證據的唯一結論，隱匿相關證據之後拿個沒有證據資格的孤證來證明我有犯意，仍無法排除我其實是認為對方欺詐並且收買公安司法人員非法干預經濟糾紛而心存抗拒——如此案件，竟然已有十個合議庭三十名法官加各級審判委員會共上百人忽悠其中！怎能不焦慮，是吧？如此邏輯，暗箱作業，勢必最高院也將徇私枉法——當法律被玩於股掌，公正被視為兒戲，世無公信，如何讓人心安理得而不焦慮，是吧？

上封信沒讓發，事關機密。其後宣佈：今後出監不得帶走任何東西，不得有片紙寸書，細查到肛門。據說是省局指示，上關省政法委……

相信因果吧，雖然報應姍姍來遲，權力的來源在我們遭遇此事的時代依然錯位，但我們代表了什麼？一切都將歸結於什麼？法治，民主，看上去十分遙遠，但歷史性的制約十分具體，制約其實近在咫尺，只不過是菩薩畏因而小人畏果！對於當政者其實沒有退路，無可僥倖了！我，不焦慮。

感冒了，大家都會治，我沒治就不叫治嗎？我自從上次感冒隨它去，症狀出齊了，難受過了，就再也沒得過，已經幾年了。我剛開始從權力中心下海做生意的時候，那還叫投機倒把呢。你們看欣欣在說什麼，她先說恭喜發財，還祝我長得更帥；然後她說，她知道了我不能回家的原因了，但不會忘記我的愛。看來她已經知道了卑微中的愛會造就什麼！只是路遙夜漫啊，當我看到鏑沖過來見面在發現我之前那憂傷急切的樣子，我瞥見了多少悲傷和深情！這心情，和上亭亭又悲傷又快樂的歌，成為我們的啟蒙運動！亭亭發現，小時候被關進大衣櫃的黑暗還有蒙上眼睛捉迷藏時的無助，都已經在音樂中讓她珍惜感懷！馬路上金色的閃亮，就能讓她想起美好的往事！在音樂中，一切都變成愛的經典！你們已經乘上歌聲的翅膀，成長著神明一樣的精神力量！這一切，反而來自我們的苦難嗎？來自於苦難，像依依說的："讓我們保持微笑，給寂寞一些依靠；我們要保持微笑，給孤單一個擁抱！"不愧是家中老大，說得讓人心潮滾滾！這些年來，你們的媽媽扶著你們，你們也扶著媽媽；我們無法見面但也在心中互相扶持，度過了難以度過的時光……我從樹間草地發現一隻十分異樣的鷓鴣，想起還是孩子們呀呀學語時的唐詩一句："送人發，送人歸，白蘋茫茫鷓鴣飛！"然後，又看到圖上卓卓心中的大鳥——那是在公園見到的大嘴巴鳥吧，代表了展翅的鯤鵬正飛向輝煌的太陽，而無數為之嚮往的向日葵們景仰而遙望！卓卓的話很有權柄喲，讓我就在你的生日回家！無論如何，爸爸已經給了你祝福，就在你七歲生日的時候我肯定地說：你這氣魄，終能發揮！

奧地利那個多雪小鎮的耶誕節，老鼠咬壞了教堂的管風琴，只好用上這首小提琴曲配上唱詩，《平安夜》從此傳遍了世界。今天，它又傳到我耳邊，讓我想起復活節將至！我們的事，還能復活嗎？我讓做的事，鏑做但沒做到，卻仍然實現？並非人的榮耀，那麼是天的榮耀，是自然的法力？尚待多少物換星移？那時，鏑穿個大褲衩晃啊晃，冒充畫家，音樂學得跟我這"愚昧的聽眾"差不多靈光；來到商人的肩上就說已經站到了巨人的肩上，一腦袋玫瑰夢卻撞進了虎穴龍潭。不僅要聽虎嘯龍吟，孩子們長大後電閃雷鳴的震撼豈不更多！真的站到巨人肩上，就變成霧裏看花了吧？心中還能明白，是因為有愛，使你糊裏糊塗中也有靈光閃閃，忘性太大卻專記心儀之事，上當受騙倒成將計就計。你從苦難海洋的深處拾起珍寶，像從藍洋溫泉的泳池一腳踏住我手指滑落的婚戒！木訥中你的深情只有我知其嬌豔，我在你的心底獨享無人知道的甜美喜悅，慶倖我們苦難中的豐盛！此刻，陽光照在北回歸線上，一片燦爛光明！

國輝 05 年 春分

（四十二）並非賭博

（從中央到我身邊，格局大致相同：軍委主席坐正，不等於權力歸位，遇到大事相持不下，還是得讓核心拍板兒……監獄政委經過時從文化室窗外望進來，王教正在躊躇滿志說著自己為什麼就不能再提一提；劉政委分明是恨恨瞪了他一眼，安排拿下他顯然正是心中大計。不過看來，王教更有信心了，他已經明確說過：如今，沒有五百萬能算上什麼。如我所料，他的幸福指數金額提速遠超 GDP。魯教則變得談笑風生，已不發生任何直接對抗；他只是不斷向上彙報著情況，顯然連我也都算上了。部級文明監獄與司法部教改研究進行溝通，已然不限於情況彙編。信有讀者，且有回應，早已是心照不宣之事，只是未曾多想，此事已在何等層次……）

我們的故事是我們的命運和行為書寫的，可是我們的命運和行為已經超越了作者的想像！四年前我說起行為的文學，那時起就有讀者的話，現在已經讀到了哪裡？讀者的命運和行為是否也都成為了我們的故事？我們擁有了一部史詩？並非古希臘盲眼詩人傳頌的神話，它是我們真實的彼此觸動，是從彼此的孤獨開始，波及而來，以致成為整個時代的遼闊呼應……最初的好人們值得欣慰，但"耶穌復活"如此事出逾千年前就曾有預言之事，也仍然需要勇於面對才會發生。根本就不是神話，這是規律，是付出才有的回應！所謂神要證明給世人的奇跡，其實是自然而然的結果！2000年有所決定的時候，恰好聽到依依在背《大學》，盡信規律其中："欲明明德於天下者，必先治其國；欲治其國者，先齊齊家；欲齊齊家者，先修其身；欲修其身者，先正其心；欲正其心者，先誠其意；欲誠其意者，先致其知，致知在格物。物格而後知至，知至而後意誠，意誠而後心正，心正而後身修，身修而後家齊，家齊而後國治，國治而後天下平……"

不可否認，其中充滿能量。自古以來形容為鬼神的東西，不過是人們心態其異，而能量之大如鬼如神！我們也曾淪落鬼域掙扎過？鬼門關易入難出啊，好比說我剛回家，失去了那麼多時間豈不想搞筆快錢？孤注一擲有何結果？1993年5月我已豐收三年，自信無比！這回預見了中國經濟過熱勢將宏觀調控不遲於7月，而中英新機場談判因中英政制爭拗必定破裂，所以投機香港股市恒生指數期貨大做空頭。大摩說看好港股，擺明要用多少錢買起港股，我反而不信！眼見市場上沉甸甸的沽售似被一隻無形巨手悄悄接著，仍不以為然。太自信了！北京申奧失敗的利空襲來，市場竟然向上狂飆……我在北京給爸爸祝壽呢，回來時再看螢幕，最後那幾跳，對於我來說一切就都沉寂了——鉅款蒸發了，而螢幕後的維港蔚藍依舊。許多人整座樓整座樓不見了，我倒像揮散了噩夢，一泡憋了太久的屎終於拉了出去，說："走，郊遊去！"我也終於從如此鬼域脫穎而出了——覺悟其難，理智未必可以戰勝自己，只有完全徹底感同身受之時，才會擁有屬於生命的良知！看見石油每桶升上 55 美元，我便斷定它遲早會擊穿 15 美元一桶？我不會這麼想，市場自有它的道理，而這幾乎是無法預測的，自當順勢而為。對於個人，市場似乎永遠都是對的……賊們在我身邊研究著賭馬賭百家樂還有賭球的訣竅，玄妙的數理讓他們目光炯炯！我望一眼他們的迷局，知道唯一有把握的鐵定贏家，只有馬會賭場和博彩集團——賭徒們偶然能贏，但誰會從贏的地方離開呢？所以即使有了自以為是的真知灼見，我也不會去參與一場賭博。可是這世上許多人的經商方式以致為政的方式，不過是賭博。七年來，我並未賭博，儘管看上去我輸得很慘；身邊經常有人會說："誰讓我們輸了呢……"不同於賊人與混子的僥倖，我不過是相信天總會亮，而夜再長，也長不過我的生命，長不過我的愛，那麼結果也就註定：我是贏家。無論多麼艱難，我並非賭博，所以我贏定了！這其實不叫贏，其實是一種無窮無盡的進展！從拘留逮捕到不起訴，從申請賠償到控告，從判無罪到抗訴重審，從再審到再審，從申訴到申訴，從體制無效到體制腐敗，從長夜漫漫，體制改革還是人民革命，勝利註定像日出一樣到來。只有賭徒才會欲蓋彌彰而心存僥倖。所以 2001.3.2 又被關進籠子裏時我跟爸媽通話而後又對鏑所說就是這個意思："很簡單，這註定了！"很簡單，像《大學》所說那樣很簡單，像《孟子》所說也很簡單："苦其心志，勞其筋骨，餓其體膚，空乏其身，行拂亂其所為……"又四年有餘，彷彿瞬間，很簡單！

難在哪裡呢？不是說"對於個人，市場似乎永遠都是對的"？難道我們不是置身在一個並無法治的市場，難道不應順勢而為嗎？自從卓卓出生滿月，我們遭遇了什麼呢？鏑從大學進了家門，何曾見過如此兇險！家傭嚇跑了，卓卓在懷中，找遍了全城，來到看守所。日去月來，媽媽就在那裏喂著你，卓卓可知她心中的悲慟？中秋之夜，媽媽抱著你終於找到爸爸被監視居住的樓下，你可知道愛裏也有淚水滔天？姐姐們總在回憶中唏噓美好的往事，你也在爸爸終於回家以後攔在車前不讓我再次離開片刻！忽然發現我不見了，媽媽到處找，當我在屋頂健身的地方見到她驚魂稍定的喘息，懷中又是抱著你……你，生於憂患！你出生在一個飛速發展然而貪婪以致迷失的時代，到處滋生足以毀滅我們的腐敗！我終於無法順應這樣的市場，我的良知不認為這一切理所當然，而且我嘗試證明這一點，這成為我們的苦難！但這一切，並非要讓你心懷仇恨，樂觀的應該是我們，終將會有越來越多的人走出同流合污；我們不知不覺走進一個偉大的夢想，而就在你的時代，夢想將成為現實。這其實是你從出生就如宿命擁有的夢想，與生俱來的苦難成為我們的寶藏。在你七歲的時候，你未必能看清它，但在你不到三歲聆聽《神秘園》組曲時卻大聲制止姐姐們吵鬧，嚴肅而莊重，因為這是你在繈褓中媽媽聽了又聽的"又悲傷又快樂"的歌。你一早就知道其中飽含了什麼！苦難竟然變成財富，只緣我們因愛而有所堅持！我想起有一次你想要好吃的但讓你先做一件你不情願的事情，你想了想走開了；我當時笑了，還是給了你，這讓你吃驚吧？你問"行不行"在你生日時回家，你知道大家為什麼笑你嗎？因為你這樣說話太像我小時候了！現在又有了一脈相承的夢！從我的夢到你的夢，成為一脈相承的幸運，根深葉茂！也可以說，我是為了你才有所堅持——從我的官非到你的國是，你的一切都有了基礎。

就算管轄權轉移，最高院另類不同於司法腐敗大勢，恐怕我也趕不上卓卓的生日了。賊們很賊，如今罪犯當道，賊力強大而且不擇手段。雖循天道，他們註定自取滅亡，但日本人仍然攻入太平洋，德國人橫掃歐洲。1999 年 7 月回家仍印在前額上那門形的褐班，至今才見它一點點消失。這過程如此漫長但卻毋庸置疑，從身邊事到國家事，我們的事和天下的事，能量一致，同律諧動；的確，面對如此市場，我們還是順應本性吧，相信天人合一的功德吧……

番薯們死活不信的台海戰爭，即使有，也只在高空震響就大局已定了吧。人們不知歷史也有巨大的能量：推翻了大清的國民黨無從統領中國，不見列強支援，便找來共產黨和背後支持它們的蘇俄從而實現了北伐，來到南京。今天它作為觀光者同樣尋舊路從廣州來到南京，巍峨中山陵上大字依舊的中國國民黨的赫然祭文令其淚下；而在當年清共之後它獨自踏上的赴京之路，卻有當今共產黨正等著他們！番薯們把番薯畫到了台獨的旗幟上，誓把三民主義百年老店像奸細一樣剷除，而重蹈國民黨腐敗的共產黨雖然無力實現"管轄權轉移"，但復活的歷史仍將從天而降。瓊瑤夢中的山姆大叔他另有家室，而海峽太窄，臺灣太小。綠色的喧囂只是完成"使命"，紅藍合一則緣於大陸自身的發展進程——它們本是一體，一早共存於那面旗幟上！這是陰陽同喜的清明世界！

不能說 1998 年清明我們就已經無愧祖先，倒是現在，我有點這種感覺了！卓卓的耳朵也有感覺了嗎？和卓卓想像的不同，我當年的野營包括我今天的經歷，冥冥中已經讓孩子們可以不必如此辛苦——那時十六歲，營防禦，一鎬下去在凍土地上只鑿出一個白點，卻需要儘快挖出一條一人深的戰壕；團進攻，喊著"沖啊"沒命向山頭猛衝，幾乎斷氣；最後是三天三夜的強行軍三百公里不休息，當年的紅一軍團紅一連最先從塞外返回北京清河的營房！終於躺到床上的時候，說來奇怪，至今我能記得的最舒服最享受的時刻，這是其中之一……是鎬叫醒了我，還沒忘要給我打針，緊張激動的樣子，至今想來如此喜悅。英式會所周邊隱約晨曦裏的樹木山野和遊艇海面，都瞬間開始漾動並且低語——遠方地平線下正在轟鳴的破曉分明可以聽見！車駛往幽冥依舊的東方，我心中卻有越來越明亮的慶倖！我尚不知這是什麼行程，會有如此滿載豐碩又心跳著緊張。我正在擁有先知一樣的喜悅，而卓卓的出生成為預兆！是啊，今天我知道了：從那時到今日，已經滿載卓卓一生的偉願。我們當天迎來的破曉，瞬間被城市升起的喧囂吞沒了，卻在今天完美如畫呈現出來！如此清晨，如此壯大的靈感，我已感受他的威力！他一聲聲"爸爸爸爸"的夢想呼喚，不僅使我的心濤淚湧，也讓喜悅如霞！我深深呼吸到的氣息，我們失去和心痛的一切，在不泯的希望之中，已獲如此深沉的贊許！我們要去露營，還要去約翰堂，讓我把卓卓出生的瞬間我所感受那驚人喜悅的燭光的地方，指給他看！

從卓卓出生那時算起，2557 天，我們竟有 2050 天不在一起！釋迦摩尼苦修六年，我也六年了，不值得慶祝嗎？不見天日的 2001-2002 年之後，我慶倖滿天星斗還在天上；心昭不宣的 2003–2004 年之後，我慶倖法律還沒有明文廢除！我像靈魂一樣年復一年望著你們，而活生生的愛撫，像在卓卓出生時撫摸他頭頂的那種溫柔舒暢，只在心上——我們相通的意境，從漫長別離中相連於心，無意識裏滿溢而沸騰，說不清卻已能量恢宏，分明主宰著什麼，難以形容……不知不覺，在流動圖書車上我選了兩本書，一本是自古以來軍事家的命運，一本是自古以來君王的智慧。這是自學考試專門給出的復習時間，又是市圖書館正式入住前的首批測試，使我又得以細細參詳書中我們的牧野之戰。牧野之戰，五萬對陣七十萬，與希臘神話同代，中國的封神榜——滅商興周，文化始成，英雄無量！

"先進性"欄目搬到了頭條，放到了常委的新聞之前，是一位熱心的信訪局長如何如何超凡脫俗，結尾忽然響徹《奇異恩典》的曼妙和聲。我驚喜說："這是唱耶穌的歌！"旁邊的人抽搐了一下，就完全埋下了頭，甚至把耳朵也堵了起來——體制縱容著腐敗的現實之下，"先進性"的教化究竟是美好之夢，還是癡人說夢？誰在賭博，的確不是我吧？

很想和卓卓下棋——下圍棋，還是中國象棋，也許國際象棋？我喝茶，卓卓喝奶昔，歎：高山流水，清風碧霞；懷：淡泊明志，寧靜致遠。

國輝 05 年清明

（四十三）天映我心

（魯教宣佈，副教的工作今後就由此前的何管教擔任了。何有些害羞的的樣子，自是喜不勝收；魯教不以為然，似乎翻牌為時不久；他讓王教接下來講，淡定之下讓人感到：拿下王教取而代之已是定數。王則一副遂願如意的樣子，說他身邊的何教都是大家很熟悉的，有什麼事也都清楚該怎麼做了。我能察覺有人迅速瞥我的凶光，這是善查風向者在找矛頭所向，卻也另外有人找我低語：這位何某竟然為了幾千元錢也願跑上幾百公里去收犯人家屬的好處。獄政科發起全監晚間隊列訓練，段副科長專門來見大家發揮影響，不避諱就在一旁的新任何教語帶嘲諷說從前何管教如今何教帶領大家何去何從心裏有數。何在一旁仍然笑嘻嘻的樣子。何去何從呢，監獄新聞裏有何監會見來訪官員時拍肩搭訕顯現的圓通，所以何去亦何從，事情難免在兜圈子……難道我能為之伸張嗎，何監當真樂見薪火相傳以往而來，通達薈萃？的確，廣場舞臺的音畫以及監獄新聞回應心跡久矣；可是，央視新聞不也同樣，總有回應，難道我也要將其視為我心有回聲嗎。此刻，《我和我的祖國》迴響獄間，也流淌在我心間，迴旋的舞曲節奏也是在兜圈子，難道家國之愛也像舞步一樣，正滑向未來嗎。）

到如今，我反而審度起當時的初衷……

那天早晨聽見鳥叫了兩次，我就開玩笑說："今天本倉要放兩個人！"上午放了一個，下午已吃過飯，是星期五，夕陽已映到牆上，忽然聽到叫我的名字。因為心情不錯，上車以後就和那位張警官一行聊起人生——我說如果總是想，到了什麼程度然後再到了什麼程度才結婚才生孩子，最後恐怕都耽誤了。那時，車窗外夕陽美景從一片靜默中劃過。後來則是兩年後在邊檢又遭遇他們，有人輕蔑地把從我箱中搜出的兩本法典一丟："就憑這個？！"張警官還在喘息，因為我如果不讓著的話他仍然像第一次那樣拷不住我——第一次他們一行四人都在那兒喘氣而且不敢靠近，這在他們科裏傳開了，實在是很沒有面子。我平息得很快，回身望著鏑在車後窗遠去時的神情——她正在記住車牌，老公又一次被人綁架了。鏑沒看到的是，沒過多久，一聲巨響和顛簸，車胎爆了。有人驚呼："怎麼回事，從沒有過！"有點迷信的人們都望向我，我說："我坐在這邊嘛，太重了。"他們換車胎的時候，留在車上的一個人就悄悄說他們見識過許多：老公一被抓，老婆恨不得當場就蹓，像我們如此夫妻同心，實在少見。這話讓又上車來的張文波也聽到了，他悶坐在那兒似乎不安。我想我這案件其究竟，他們局裏上下早都一清二楚只是不便多說。又是在那條路上，方向相反，又是夕陽時分，我們靜默。曾示意法律無效的副科長轉過頭來，笑嘻嘻說起他們張警官被我這事折騰得夠嗆，搞得生下龍鳳胎都沒能好好慶祝。我望向張文波的時候，他有一個震動。算來他是聽了我的話當即去做，便有了龍鳳胎；還是在監視居住的時候，曾聽一位被他們押出去認人的傢夥說在酒樓喝茶時聽見他歎口氣然後沒頭沒腦地問："你做沒做過虧心事……"車到了看守所，等辦手續的時候，他忽然又是沒頭沒腦對我悄聲說："我看你的日記，你挺喜歡小孩。我也是。"我默然。我曾祝過他福至心靈，他用這種說法回應我。管預審的那位不也是在移案檢察院通知鏑去取車和銀行卡的時候，忽然關上門說一句："我其實和你們對這個案件的看法一樣。"

看來法律還能區別是非，但我們愛家怎麼跟他們就是不一樣呢？張文波有胃病，原因在我看來是太過焦慮，就是一個字寫得不夠方正他也要改過；以其卑微的出身，娶一個讓鏑在沃爾瑪撞見驚為他媽的大食女人，為其岳父鞍前馬後，他太累了點兒！那個代表檢察院起訴的女人不是更彆扭嗎，就那麼在庭上信口雌黃，文本公證過了她也否定，讓我吃驚之下只見她忽然被嗆著，一直不停地咳嗽，總也停不下來，好像只剩我一個人在同情她了，我是怕她被活活嗆死。可能是嗆的，過幾天又重新開庭重新舉證重新記錄，上次全都不算了。這次，她不信口雌黃了，罵也只罵律師，不時瞟我一眼，還有個上面來的專家似的人物在那兒只記不說；她是不想激發我那麼多抗辯入案，讓枉法的判決書難寫不說，弄不好成了徇私枉法犯意的證據。這之前，市檢察院的龍建華抗訴開庭時問我為什麼沒給他們開證記錄，我說這難道不是搜查時拿走又歸還的東西嗎——不光證明我有履約能力，而且也成了他徇私枉法犯意的證據；到了終審的時候，他變成在庭上一言不發，反而向庭下記者示意皆是領導的意見致此。恐怕現在，領導也沒法兒說這是辦案人自己搞的名堂了。這些人，做鬼要做到底了？難怪要有摩西十戒在先，然後才有耶穌之愛示人——要有法律的後果，才有愛的覺悟。我們有點兒先知先覺了，是在社會啟蒙革除體制腐敗之前，所以苦難在先；值得欣慰的是，愛心若是久長時，又豈在朝朝暮暮……

曾經有段時間與傅庚辰低頭不見抬頭見，現在發現他成了中國音協的主席。今天聽到他那時寫的《映山紅》，讓我出神。不知他是否真懂自己所寫的，命運畢竟要有更深的體會才能領悟究竟。當年老毛如果沒被趕下臺，反而打贏了第五次反圍剿，結果又能怎樣，在江西那種地方？那歌兒唱的是："夜半三更喲，盼天明！寒冬臘月喲，盼春風！若要盼得喲，紅軍來！嶺上開遍喲，映山紅！"2001年再進看守所不久就看起了連續劇《長征》，賊們也都屏住了呼吸。我從專家角度認為其表達不錯，甚至恍若身邊個個唏噓不已的農民工們也是當年的紅軍戰士了！不過讓我為之感動卻並非是從專家的角度，而是我自己如此感同身受！現在四年過來了，長征就算四方面軍也不過為之兩年不到；江西蘇區真有人在等，那可是等了十五年！命運總在這種時候才會顯露初衷的模樣嗎，但比起初衷的心聲，它已有如洪鐘，而彩虹已不在紙上而是在天地之間了！世上正為發展而喧囂之時，寧靜簡約的道理卻是致勝的法寶——"若要盼得紅軍來喲，嶺上開遍喲，映山紅！"

發展的確是硬道理，只是發展早已越來越受制於不和諧了。我們所遭遇就是典型的不和諧，我們率先來試圖解決它，用了代價最大的辦法。我曾設想網路軟體系統能否實現對權力的制約，後來見到深圳搞起它來做做樣子；我又曾設想，從鄉鎮一級開始直選，能否與中央一起形成對腐敗合圍之勢，卻在最近發現有些省有些地方倒也的確已經這樣試了，也如料凸顯出縣市一級的種種問題；那麼上行到省，豈不凸顯中央的種種問題？權力運行自上而下久矣，利益輸送也自下而上久矣，大大小小的利益集團匯成一黨，黨同伐異，水很深啊！繼續發展，反而成為社會矛盾爆發之前的緩解措施——只要還在發展，腐敗者有增量的油水，對於存量的爭奪有所減輕，否則官僚資本主義的逐利本性勢將變本加厲榨取人民！如今中國，民主存在危險，不民主更加危險，需要偉人來駕馭民主的危險，體制偏偏應生混世庸人；發展也不一定造就中產階級，但市場經濟勢必造就民主法治，則是定數！現在這種時候，能有破曉的雞鳴鳥啼,當屬僥倖,那一定是有聖人超越了自我,從而令世人存有信心,而宗宗個案成為曙光,因信而立……無論如何,值得慶倖的仍是初衷,不管結果多麼姍姍來遲,它實在耐人尋味,難捨難棄!

又自學考試,被漏報一門鄧小平理論,只把主課考完了。有了法本文憑並且翻了案,參加全國司法考試,弄張律師牌留作紀念吧,於是也劃了時代。大腦運動亦屬長壽要訣,爸媽都是積極思索的人,只要愉快……實證的思索,可以把握,付諸實行便是;而遐思與想像縈繞其間,就有靈性點燃洞天!有趣的是,關於靈感能量的書在美國很暢銷。如此意會,屬於東方我們祖先的思想方法,卻讓實證到了盡頭的西方為之驚醒?當你隨手寫下心中的想法,卻能讓讀到它的人心情火熱;當你發現如此之時,為之感動會使你更覺驚奇──自己所寫竟然變成了全新的箴言,彷彿素描變成了豔彩的油畫!那些古老土地上生息過的生命靈感所擁有的能量,也是如此嗎?中國宋代以後,古老靈感在人為完美的形式齊具之後,反而愈漸窒息,成為桎梏。以致五四運動砸爛孔家店,更有文革破四舊,而在1978年開放之時,除了形式上的馬克思主義,中國已是一無所有只愛錢的孩子了!孩子們目瞪口呆全情投入基督教文明的繁華物質憧憬之中,巧取豪奪!伴隨物質上的崛起和經濟發展逐步到位,美國人已付諸的關注也必然來到國人心上?如此關注所在的土地並非印第安人的大陸——從伏羲到黃帝，從三皇五帝到夏商周，中國數千年間最優秀的知識份子似乎只在幹著一件事情，便是觀星占卜，預言然後查驗，一代又一代，寫滿了許許多多的甲骨，終以道德經與易經傳承於世！凡人皆知，易理能治病，也能算命。美國人對於能量與靈感的體驗，若以那片土地紅人巫師為媒，中國應有的靈感與能量就無與倫比了！在這片土地上，與美國人同樣的關注將會觸發的並非巫師的體驗，理應成為新時代科學的佳境。人類終又有所突破，萬物至理終於使迷信與不信的人心徹底超越，能量釋放！人，開始成長，變為神……前不久竟發現，有了部紀錄電影——《耶穌在印度》，不知它怎麼描述。就我所知，耶穌從墓穴中醒來，最終去了印度；他出生時，東方三博士即從那裏趕來；少年時，他已前往遊學；他終老在喀什米爾，留下各宗教的人們都曾拜謁而學者們無論如何考證都無法讓社會主流正視的墳墓。他的時代，佛教從那裏傳到了中國。從耶穌被釘在羅馬十字架上所註定為之整合的西方世界，從資本中興起了基督教文明。沿著地球自轉的方向，它是沿著真實教主所歸相反的方向一路奔來，也來到了東方。小布希最近說："中國正在瘋狂地發展，與中國的關係複雜而積極。"油價上升也是因為中國的發展，但沒見他為此抱怨，因為油價帶來的通脹因素早已被來自中國約佔市場 70% 以上的零售商品其廉價所抵消，即使房價高漲仍未見通脹。美國經濟在高油價之下仍然走上復蘇之路，新一輪繁榮何時終結則要看它房價何時見頂了；其高科技方興未艾的優勢使它樂見中低端製造業不斷遷往中國，社會多數階層反而因此受益。如此高度互補，實際上使美國對中國多數情況下說"不"都只是做做樣子。這不僅是美國人漸漸意識到的幸運，也是中國能不受真正遏制而繼續發展的關鍵。而命運的奧妙，在於中國崛起之後命中註定的浴火重生，有如大難臨頭的幸運……於是便會發生一些事，迎來光華四射的年代！

曾有三個夢，說出來一笑吧：一個是 2002 年初，我夢見運行中的美麗動人的地球，竟是從飛行中的航天器上張望它正在臨近的奇景，興奮莫名，是與說不清的什麼東西同在。一個是 2003 年中旬，我夢見竟有不明飛行物墜落身旁，鏑似乎也在，我們一起看見其中走出幾個外星生物；正在驚奇他們的異能，就感到其中一個向我示意什麼是關鍵，它讓我看見它們都有可以伸縮的尾巴，而他似乎在說關鍵是大家要能把尾巴連到一起。今年初，前不久，我夢見波瀾壯闊的高潮，卻只記得最後一剎那閃現而去的一顆璀璨之星——我不知那星裏有什麼，卻在醒來時仍在望它出神微笑……立春的希望，驚蟄的萌動，春分的陽光，清明的澄靜，而穀雨之時，啊，神奇的穀雨，天降其霖，彷彿永寂無異的大地瞬間湧現光彩叢生的蔥鬱！我吃驚張望這繁花似乎盡為我盛開的世界，卻不記得自己曾有所為，一切難道不都是因時而宜的天工地作嗎？隨它去吧，只要我們心相連！

記得有只臉通紅的大公雞展示各種雄姿欲令母雞傾倒，卻不料母雞早已臉色蒼白匍匐在地，全情待其踩上背來，反而讓它大吃一驚。我和鏑一起望而笑之。如今，當我相謀聯歡之心剛起，即感鏑全情相應而來，且有樂不可支的悄然笑聲。狂放的歡愛聳入雲霄，卻讓人瞥見：寧靜至極的瞬間，滿溢無盡的喜悅，難以名狀——即像自己完全消失，又似乎就連完美之愛也變成了自己！

國輝 2005 年穀雨

（四十四）命運之王

（終於坐到可以大把撈錢的位置上，何教的笑臉上很快瞪起了眼睛。他往我空了許久的身邊床位上安排了一個騷動不已的大胖子，兩大加在一起的分量，床幾乎要塌。好在胖子總有笑臉，騷動所在是因為渾身瘙癢，自稱疥瘡剛好。我遞給他一塊兒硫磺皂，囑他洗浴務必全身塗遍，不久見他驚喜且安詳，床也一時塌不下來了。於是又見倉頭兒找他嘀咕，不日打我報告稱睡覺時遭我腳踢，值班的警員叫去詢問，我們蹲在那兒聽候裁判——盤問之下，他卻憨笑，自稱同睡一床他自己也難免伸腳碰到我，只是倉頭兒讓他報告他不能不報。最後變成警員跟我聊起天氣，又請教法律，甚而敬畏。胖子如陷五里霧中驚奇而迷惑，同歸之時戰戰兢兢。何教便親自召見我了，他鼻子不是鼻子臉不是臉，開口就直接說到我寫的信：那是什麼東西，神經不正常嗎？我點點頭，說我在卡拉OK。他是想使我不要以為信有什麼人物在看，震懾一下；我這麼淡然回答，他也不好再說什麼。我就問他在中山大學是學什麼專業，他愣了愣說是電腦專業，這不禁讓我一笑，想起他帶隊去教學樓由教育改造科監考每月作為教育改造成績的月考時，直言不諱："抄就抄麻利些，別讓人抓到！"當即引來犯人們一片雀躍歡呼的心聲，我就想：他的電腦專業也不過就是如此拿下來的吧，不然怎麼一點專業氣質都沒有呢。他打斷了我的思路，說我可以回去了。顯然，挫傷我不成，自己也沒趣。倉頭兒是個判死緩的毒販，滿打滿算也得坐到 2024 年，1952 年生的，曾跟我熱烈抨擊收了他兩三百萬把死刑改成死緩的法官；現在想方設法收拾我來討好王教何教，卻忽然間停下手腳，並暗自奇怪打量我。他也打聽，一位與警察關係密切的老犯聲音朗朗顯示其博聞："他寫的，獲得了上面的肯定嘛；寫什麼呢，也都說不好那算什麼……")

最初，海浪聲已讓我吃驚，那是驚天動地的巨響；當我趨步沙丘的頂端，就看見整個海面竟然層層上升，正在湧向蒼穹！雖然最終，它們沉落了，但在緩慢有力的蘊蓄之後，它們又再升起！啊，升起，讓我確信：海天終將交融！

1975 年隨艦隊前往已從越南手中奪回的西沙永興島。眼見海水從蔚藍變成深藍，發現船也越來越小，我們已在越來越巨大的海浪之間飄搖！不久前齊射火箭式深水炸彈的壯麗焰火此刻威武不再，如此巍峨的巨浪啊——沉入浪穀的艦隊彷彿已被吞沒談何指望，而轉瞬挺立浪峰又如臨絕頂豈敢久留！我不暈船，盡見人生的兇險，也盡受人生的淡定。同行者有人回到岸上但見大海仍要嘔吐不止，對於此行幾乎一無所見，只有天旋地轉的噁心；而我，比起岸邊初望人生的滔天，已然擁有深海的實力……

　　看守所時，老虎在窗洞往裏望了一眼，就笑了；大家早起忙著洗臉刷牙還沒幹活。許多人懂得這笑容，嚇得發抖。果然，老虎呼嘯而來，提著鞭子，挨個在發抖的人們背上一人一鞭，一道道血痕！他也朝我舉起鞭，卻愣在那兒，我沒生氣也沒害怕只是望著他出神感到有點奇怪。他囁嚅著什麼離開我，卻連抽身邊老薑兩鞭，算上了我那份。我心疼起老薑，問他老虎剛才說什麼，他翻翻白眼說：“問你他給你面子你知不知道……”我至今還奇怪他為什麼不給老薑面子，看守所裏的領導個個都像老薑的手下一樣。後來，到了監獄，大概已是示意我一再仍不見我掏錢買可以減刑的工位，就找茬整我——有了一次我絲毫無錯的爭執，組長立即拉我去見官，但出乎預料，他自己挨了電棍。事情有些離奇，並不簡單，事關官員之間的利益之爭，當然反響就不限於此，更因此有了連鎖反應，出現了一連串職務變動；而變動，終顯命運的緣由……一向所說易理的同律，所說天人的合一，是否正是如此？是否滴水可以觀世界，是否牽一發可以動全身？

　　命運往往會從一個看似偶然的閃念展開：當一位在我目光下走去的少女，她心思飄飄走在路上，而一旁傳來令我心儀的樂聲也使她不禁為之移步；那樂聲裏伸出的手如果拉起她一直走下去，她的人生就會完全不同。命運渺渺，靈感飄飄，只有習慣可以養成而修行可以把握——不知不覺，靈感已能自覺；於是命運，不僅可以順其自然加以引領，更可以在選擇中善加把握！這時傾聽濤聲，這時靜觀浪峰浪穀，靜對揚鞭，靜領時勢，有大自在。少年人，最初春情萌動，心翼彷彿蜜蜂翅膀般柔弱震顫；這些年，我又彷彿少年人如此感覺，卻越來越發現，它更像電閃雷鳴巨浪滔天；而今，更是難以言喻，它有能量令我為之大驚！當人們彼此諧動，更何止有柔弱震顫以致滔天雷電，令人大吃一驚的，實在已是難置一詞！難置一詞啊，自然而然，真我的能量不折不扣，無論大路朝天還是曲徑通幽，忠於真我，永遠是最為明智的選擇！

圓舞曲的樂聲漸起，《皇帝圓舞曲》，新版監規的背誦聲亦聞之朗朗。聽著有些奇怪，但我想命運就是如此吧——它不僅有恩威並至，它自有奇怪的腳步……就像是在回應我的想法，《命運交響曲》果真奏響，命運的腳步聲大作，彷彿由囚而王的心路上大有人在！人們步出心獄，走出迷局，驚悉貪妄之中並無富貴榮華！而真我的方寸之內，卻有人生完美！於是，心中王位崇高，富貴逼人而來，自我實現無疑！不信者無妨靜觀，已然王者的圓舞翩翩，正悠然展現著來龍去脈！許多年來，人微言輕，我卻有心意重於泰山。"百金買樓宇，千金買爵祿，何價買青春？"五四時代有詩為證："青春萬歲！"在由囚而王的心中，青春永駐！失去了的寶貴時光，因此而有永遠的回報；心意，因此重過了泰山！那麼，傾聽曠野鐘聲的寧靜，便知海天相融一刻濤天雷電的歡呼；已然王者的圓舞曲並非咒語，青春永駐的喜悅已成為我們本身！在這最難往好處去想的地方，在這最多陰暗心態的地方，用湛藍夜作為我們的搖籃，在寶石般夢影之中，一直等到破曉，從大提琴柔風一樣的初夏樂聲裏，顯露出萬般富麗的花朵！

　　每次畫在信裏，那含著淚水紅著臉蛋的小女孩兒，是欣欣自己嗎？多麼憨厚可愛呀！你終於長出有魔法的小辮子了，是這樣嗎？智者多憨厚啊，從你彷彿仍在牙牙學語的訴說裏，我翻譯出這樣的意思：

　"做你自己吧，
　　你就是帝王，
　　你的一切功勳，
　　無須獎賞！"

國輝 05 年 立夏

（四十五）意志的凱旋

（不兼副教的魯教導員顯然失去了威懾犯人的權力，專門在軍訓場合來向犯人奚落幾句何教的段副科長，也只在隔靴搔癢，犯人們越來越自覺付出錢財，在如今正副已然合璧的王教與何教作業系統裏競相購買著減刑。魯教仍然不時約見犯人，但影響力日漸有限，畢竟他只能調查警察有何違紀，但又有誰敢提供證據；何監開始向各監區派出監獄科室組成的巡視隊以示監控，而利益集團的運作發展就實難改變。國家層面無論軍隊還是地方，如此自行其是的權錢交易和利益輸送，自是大致相同。實權者操控，被架空者難以扭轉。誰與我共鳴，被架空者自然感慨大權旁落其國家興亡；我自家事，自然感慨家國不幸，至信公義。信心，對於我們愈發珍貴，我十分清楚不斷迴旋於我心的共鳴，的確伸展於我手起揮向天際般的層層疊疊，彩虹一樣，從官非之地到廟堂之上。我們都是失落者，我們都是愛國者。）

姐姐來信勸做凡人，讓我感慨！凡人們現在如何，過得好嗎？中國人好像越來越不幸福了——沒錢不幸福，有錢更不幸福。怎麼回事呢？我周圍的人，不都是見過錢的？小毛賊一時也比普通百姓錢多，不過就是求財狠了點，又不如平蹚黑白兩道的同類們好彩，他們都是但求有錢的凡人。這正是問題所在吧，這樣的社會能以為繼？我情願不做凡人了！

社會不會滅亡，碰見我們這種事一時黑白顛倒，看起來作惡的人似乎對了，受害人倒錯了，但這是錯覺！我們堅守了，我們心中有愛，一切都不成問題——愛家如此，愛國和愛天下同理！錢很重要，但值得信仰嗎？多少算有錢呢，能帶來和諧嗎？君子求財取之有道啊，怎能強求？劉備揹運時種菜，大不了就是菜無收穫；那個與朱元璋同命的養蜂老頭，其治萬蜂與治萬民相比，禍福大相徑庭！吉凶趨避如此，無論心中如何牽強，命運福禍依然，何必強求又怎能天予不取！風雨之後終見彩虹，命運只會嘲弄不夠堅定的人！曾和鏑漫步在南太平洋一個島上，迎面忽然跑來一隻狗熱情地為我們開路，它忙著朝正向我們走來的一個女孩大叫；我感動莫名想要拍拍它，卻不料那女孩只稍微一蹲做了個佯裝撿石頭的樣子就讓它落荒而逃了——奪路而去時，還把我的腿撞得生疼！這些年來，我經常會在情緒低落之時，想起這只狗，想到忠誠竟然瞬間就會變成落荒而逃的卑賤，不禁一笑。愛，卻讓人笑傲苦難。你可以說它不過是一個虛無縹緲的念頭，只是風中飄過的一首歌，一個心靈中關於命運的消息，太不切實際；但是，當出於愛者無畏艱難堅守下來，人們總會說：那是當然，如此實實在在的好處，誰都會做，他走運而已！其實，只有愛者，才能看破唯利是圖的人們永難看破的時空！

卓卓畫了大家一起騎車的歡樂圖畫，圖中只有卓卓獨自停下車，他要去爬一旁的高塔——卓卓是準備自己來找爸爸嗎？是因為你覺得爸爸比你高一百倍，是在 133 米那麼高的地方，所以要爬上許多階梯才能見面？可是，想必你看過爸爸七歲時和爺爺奶奶的合影，也就知道爸爸和你現在相比也是一樣；那麼，你畫的是心靈的高度嗎？那麼你向上爬的每一個階梯該是什麼呢——那就是一個個困難吧，正是困難才能使你的心靈你的能力一級一級地上升！這會很累嗎？當你養成了習慣你就會知道，你不累甚至也不緊張，面對困難已經成為你的常態，你恰恰樂在其中！正是困難，才使你腳踏實地逐級上升。如果有一天你沒有了困難，那就說明你已經開始隕落。有爸爸在，你會獲得助力，但為你自己好，仍要你自己一級一級爬上來。到了爸爸的境界，我們雖有能量的助力，但同樣是為了我們好，感召了我們的所在仍要我們自己抵達。我們可以攜手，一起向上，一級一級戰勝困難，有所體會，來到更高的境界！這是何等喜樂之路啊！在這種時候收到你的信和畫，更是特別讓我感動！你擁有這種本能，非常寶貴——我們只有過短短的接觸，你卻說你喜歡爸爸，實在是你的靈感！你問我你小時候什麼樣子，也的確問對了人了！你一歲多一點，我回家了，就帶你們爬山又入海。夕陽的海灘上有一個與眾不同的又大又黑的游泳圈讓你感到稀奇，正摸它，跑來一個大男孩拿起它就要走，可是剎那間他愣在那兒看你，因為你是在跟著他；他又要走，你又跟兩步，讓他不好意思想自己是否做錯了事，幾乎為難著要把泳圈還給你。我當時笑了，朝他揮揮手，他也朝你歉意揮揮手。你這時也就跟著笑了。我想你就是因為這樣才會在發現爸爸之後，一直爬上塔來——你是在和姐姐們玩得盡興時，獨自放下車來找爸爸，你能感覺到正有什麼在許多困難的盡頭等著你，終於找到了爸爸所在的飛碟。你忘了叫上姐姐們了。你畫了問題的答案：彎路近，直路遠；遠路通，近路不通。可是直路和近路上你也要有人佯攻不斷，而且你達到目的的時候，收穫的旗幟全是佯攻所得——雖然旗幟鮮明，制勝之關鍵卻秘而不宣？你在跟三個好朋友玩"攻擊大炮"的遊戲？哈！彈藥備齊了沒有？宣傳彈，威懾彈，關鍵卻是改制變局的彈！想要沒有傷亡就有戰果，不改制變局恐怕永遠都是敵眾我寡呀，旗幟鮮明也就變成自欺欺人，只是穿上了皇帝的新衣……你喜歡做廣播體操第一節，是一下向前邁一大步那種嗎？可是你只有把它全部做完才能顯出那一大步的精彩，不然它就什麼也不是！你問爸爸幾月能回家，現在是幾月？這是天問嗎？你又問對人了！讓我們傾聽——蒼天寂靜無聲！讓我們傾聽心聲，好像……只在等你那一聲炮響了！

卓知道飛碟了，它果真能穿越宇宙？那麼它必須達到光速，時間才會停止，時空才會重疊——抵達光速的剎那，宇宙同在另循因果，時距不再。可是，光速中物質重如黑洞，而黑洞或光速都只是能量，物質不復存在，還能有飛碟和生命嗎？

啊，只有當反重力系統場能相抵，這一切才有可能！必須擁有反物質，而現在人類當真發現和提取反物質了嗎？一個美國的中國人正在嘗試，它將證明你的飛碟確有其事，也將證明我們的生命確能身處時空重疊！有趣嗎？我們的心靈在記憶的時空重疊中又會發生什麼，一顆能夠如臨其境感受古往今來一切的心又將如何呢？在時空重疊裏可以僅憑一念之力穿越宇宙而隨心所致嗎？啊，這是我們心靈的神境！好好體會吧，面對困難伸出的階梯，就有機會一級一級地實現它！我 1986 年元旦聽到的一首歌，是從一個聚會上；實際上我從除夕到元旦都在出神，清早一個人到北京飯店東廳吃早餐，心中只有這支歌！入監教育的時候，我想起也許該給這好聽的樂曲寫首歌詞——心靈喚起能量，便有時空重疊？不渝的希望終於昇華，也像"物質的極限"，於是不可能之事轉化成能量，而有希望之事湧現？要有多少失望之後不渝的希望，才能擁有如此能量？說實話，許多年來我竟然每天都會覺得只需要幾天也許就在明天，就可以回家！衣被因此沒洗，用品因此沒買。明知這是幻態，卻仍像求生本能一樣，一再在心裏把它編排出來——然後，終於成了黑洞，也就終於達到了光速，時空重疊了，物質已在極限，能量湧現……

"不是不說，它無法說！

這不止是一顆心，這不止是一個願望，

無從說起，它不可言說……

可是，你怎會不知？

它已使霞光滿天，彩虹當空，

又讓星月低垂，雷聲隆隆！"

我們平凡。每天早晨六點，我和卓卓一同醒來，我們擁有良好的習慣，心懷熱愛。久而久之，我們的平凡，已經非凡！

一直以來，鏑只面對一件事，我回家也只有一條路。專注的話，達摩面壁也在牆上留下痕跡了！鏑未能把握我一路而來所示，如今連我們的著名大律師也都必定進了水！暗箱屬害呀，方方面面都讓他們勾結完畢了！鏑對著股票使勁呢？在我們這條路上，難以邁出最讓卓卓喜愛的早操那一大步了？其實鏑最不該對著使勁的股市，也都呈現達摩面壁那樣的道理：因為要搞股權分置而令人們拋售，如此下去如何解決股權分置，難道中國股市休矣？我不排除有天早晨醒來它已成為人們心中確信無疑的利好，有了它，便有了行情！正是市場最為絕望的時候，把股權分置提了出來，卻不知究竟何時它能夠成為行情啟動的標誌，也許是在你忘了它的時候？姐姐一家現在琴瑟和諧，當年他們夫婦那場世界最大最漫長的據壕死守的戰爭中想的卻是什麼？我們離別之前的海南遊叫上他們，看著他們走出不幸！貴在難處多珍重啊！沉住氣，別給自己洩氣找藉口，忘我一刻，無比珍貴！許多年來，我對感人至深的事蹟越來越敏感，它們都成了我自身經歷而有的刻骨銘心的迴響，如此感同身受，為之唏噓不已！每每如此，我已不同！媽媽說到書生，其實我還在相當年輕的時候不就已經深諳其深似海的官場上下？我沒讓爸媽為我領會通透而有的運作看得眼定定？我在如今這樣的年齡卻有了書生之氣，是我返樸歸真，也是這官場的確該有個徹底改變了！媽媽也說時政，有愛有恨，痛快淋漓，合上了我的拍子，讓我有多麼欣慰啊！多少年來，終於讓我聽到最開心的話了，這一直是我的期待！天意嗎，要有這樣的歸結？我們不會永遠這樣談下去吧，實際上就算我自說自話，有所悟卻無所行，也都不妙——天予不取，必受其咎。這些年心中的感動，滔天的熱淚，不也是心中的福氣嗎？看到媽媽信中的閃亮，想到鏑漸顯晶瑩的氣色，就連我自己飽受病患的皮膚也透亮起來——遠處雷聲隱約，而臨近的風雨雲天，有逼人而來的清涼驚心，似乎傳遞著與現實事態完全不同的消息，更有心的意會，令人出神！我們的對話，彷彿早已不限於我們，它在體制難以扭轉的腐敗之中感召了愛的同心，已成天籟，我們的訴說充滿和聲……我也收穫了卓卓的熱淚，哦，無論多麼令人震驚的成就多麼豐碩的人生，它必定是從熱淚而來！

兩次從看守所回家我都喜歡讓鏑開車，還對卓卓說："媽媽騎馬送我們……"半睡半醒的時候，彷彿真的聽到馬蹄聲，而忠勇護家的血淚豪情正在揮灑！"我的印第安姑娘"，我最初的玩笑成為寫照，如今我寫在這裏還有不能寫出只能意會的一切，也將成為史詩……其實卓卓至為感動的心跳，已能歸結出我此行的意義了，鏑仍不知？我姍姍歸遲，另有意味深長，我只可能是在他勇敢付出的禮炮聲中，得以凱旋！

國輝 05 年 小滿 芒種

（四十六）夏至的祭台

（有些事的確是能感覺到的：省高院決定再審但不停止執行，至今一年，未見開庭，沒有任何消息，只是聽鏑說律師講對方頂得很凶。可是開庭來頂呀，拿證據和法律來頂嘛，不然那就是用權勢來頂，更有人可以待價而沽，甚至律師也有份了……那是一種略帶焦灼的傷感，在心中的美景裏惆悵而知因果；但畢竟是如此闊別，又要更久期待，而物換星移裏親人的淚眼，是最美的因果也難撫平的傷痛。再審的結果，就這樣映在我心裏了。又在難以承受的極限，彷彿祭台，我們家國同在的極限之上，每一份堅守都已然神聖。我能看到，更能從心中感到，正像每天得見的魯教那樣源於正直軍人的赤膽忠心，已然紛紛昇華，大我飛揚，令我迴腸……）

從 1998 年，年年這時盼著能趕上回家給媽媽過生日！剛被抓時就這麼天真盼著，到了 1999 年仍然是，直到 7 月才回家，晚了一個月；2000 年正要去給媽媽過生日，又被抓；2001 年這時，抗訴之後發回重審據說又要判無罪只等著宣判了，中院把卷調去徑行裁示了有罪判詞下來；2002 年這時還抱希望，想它或許不敢在媒體眾目睽睽之下有違參與刑法編纂那麼多位專家的論證作出終審判罪，它卻擺平媒體仍然判了；

2003 年這時拭目以待，盡知其必複最高院不予再審；2004 年這時大有希望了，卻在一個月後陷於理應迴避的省高院再審了；今天，2005 年了……嗨，我實在太想爸媽了！

記得帶爸媽去看一千三百年猶存的六祖慧能真身，那是在真身廟堂之後的禪房門邊，媽媽聞見一股香氣，便說都吸進去了！我當時想，媽媽吸進了什麼？我們進廟之前曾見一個和尚正好出來打量我們，又朝來路上張望了一會兒，然後又望了望我們，就回廟裏去稟報什麼了。媽媽聞見香氣的禪房，就是那位已過百歲的住持方丈打坐其中，是他讓人去門口探望究竟有何人要來。猶如那股香氣，我現在想你們，彷彿也可以把你們甜美地呼吸進來，與生俱來的慈愛恩情盡在呼吸之間！這就是福氣！在同樣的季節，我這麼想著，呼吸著，雖然不能團圓，卻相信這一切已在我們的呼吸中相連！而心靈福至，你們健康長壽！我還想起什麼——那時當兵剛剛提幹，爸媽買來自行車和手錶，後來又有三洋牌錄音機，還有狗皮褥子和爸媽結婚時用過的美國軍毯，更有媽媽親手縫給我的辦公室坐墊！從前不太留意的許許多多，今天想起格外珍視，默默捧起它們捂緊在胸口……六祖慧能真身的廟堂前，那個上前與我們攀談的和尚，其實是住持方丈派人打探聞訊後差來迎迓的。他送給依依一串玉石的念珠，談著談著便請我們去他禪房一坐。媽媽當時誤解了，我們沒去。我反倒客氣地送起他來，是覺得他還年輕，也是想要好好研究一下慧能真身。後來我們在高僧禪房的門縫聞到了香氣，可我直到今天才想起，他其實想要禮遇遠道而來的客人，而客人的心靈卻有待成長。不是嗎？此前亭亭百日那天有人敲門，是種上亭亭之前所去普陀山法雨寺的兩位尼姑前來化緣，手持廟裏開出的介紹信——這麼巧的事讓人高興，當即給了錢，我們卻沒讓人家進來坐坐；其後卓卓滿月之前，又有兩個尼姑上門，恭喜之餘卻說媽媽面有災色——她們聲明不要錢而要給家裏做場法事，媽媽卻一定要給錢讓人家走了。不到一個月就出了直到今天還沒結束的事。再想想她們，此前和此後，有沒有來過？就這麼巧，只此而已！但這並非我們"天予不取"，而是我們的心靈有待成長。

在無紙通訊的時代，我們用紙筆寫信，年復一年，留下書香！鏑感慨說，寫得像葉芝。不像泰戈爾嗎？我們是在作詩嗎？心靈成長的奧秘，在於經歷中覺悟；可以啟發，卻不在於說明。我們是在說事啊，實在而且科學，真切而且緊迫，我們是在救亡。因為監獄的限制，許多話不可以明說，但我們是親人，我們彼此的理解尚不如素未謀面的朋友？我們是心上的靜友嗎？我們的詩是什麼？牛頓力學一統物理世界的時候，愛因斯坦相對論如是詩作中冒出的神話；現在相對論一統物理世界，萬物至理豈不也是詩作和神話。"女牆人"已經在信的背面畫上了那向我綻放的開在牆上的家門，卻像牆一樣擋住了它，而把門說成是詩作？我動彈不得，所以能者多勞；如果我能動彈，以現在再審即將駁回的事態，最後的結果又會怎樣呢？我們真切而緊迫的救亡終歸朦朧，而心靈成長的結果，卻在我動彈不得的萬般無奈中，意外茁壯？這是天意的話，我也因此變得不再無奈……

2000 年我的生日禮物是鏑送了袖珍的《楚辭》。今年的 6 月 11 日，在蒙難七年之時，它正好與端午相逢！心底有忠厚的感動，與古往今來所有的浩然正氣融會貫通，其中的和諧，萬般美妙！我上次看見彩虹也是 2000 年，那天是佛誕，我在黃金海岸堤上跑步——晴天細雨之中，彩虹當空！正是那時的情懷，誓師至今。從那以後沒再見過彩虹，又再提起彩虹已是把它寫在歌裏——誰知詠歌三天之後，收工之時，天降幾滴細雨，彩虹便驀然高懸在紫霞碧天！啊，路在腳下，歌在天上；我曾說有同一首歌，而天地同歌的時候卻是無言，喜樂頌贊彷彿天然！於是乎心同而德彰，渾然天成！實在慶倖，萬分感動，許多祝福……夏至的天上有種幽藍，令人肅穆相望，體會到與冬至完全不同的意味深長！這是歡愛高潮的寧靜，還是友情至深的寂寞？無論如何，它是極致而來的轉變。最初留意它是在1997 年夏至，海天之間，那時種上了卓卓。2000 年夏至，《破曉》歌聲中關了電腦，獨步大嶼山天壇，在那幽藍至深的寧靜裏，我聽見了天籟——彷彿身處茫茫天邊，那是至難方得的心聲啊，至今才懂！而在那最後一遊的空氣異常清新的湖光岩楞嚴寺旁，驚聞流放經過此地的晚唐宰相李剛一句感慨：“見此美景，何患己悲！”這分明已是他神性的一瞥！不以物喜，不以己悲——於是，我瞥見了什麼？憑鏑的棋藝，難免每戰必敗；然而每戰必敗每敗必戰，只需永不言敗，就成為一種必勝的戰略：從每戰必敗的一個個寒暑，敗經一個個節氣，就把自取滅亡的勝利者領上了夏至的祭台！當歡愛創造生命，同心成就勝利，夏至從極致迎來的轉變又是什麼，就是秋日金黃的碩果吧？祭上那自取的滅亡，迎來沃野的金黃和希望的豐收！

電視劇裏一位死去的媽媽身邊有個很小的孩子，以為媽媽沒有力氣吃東西所以她幫媽媽來嚼，在茫茫黑夜山野之中，她把一個個嚼過的野果塞進媽媽嘴裏。也就從這時開始，她終於能夠實現她媽媽的願望了！我想，如果讓孩子們設身處地想想自己如此處境，將會怎樣？永遠不要說不能，真正的能力只會是在付出最大的努力仍然無法實現時繼續努力，才會出現；超越自己的瞬間，就會有能量閃耀！永遠牢記有種感動，就在我們感同身受的一切感動裏，可以從中體會到由佛至基督的感動，體會屈原的感動，於是也就能更深體會我們自己的感動。那麼，家國天下的琴瑟和諧之中，便只有一種感動，如神愛一般，因而擁有可歌可泣的人生，擁有取之不盡的幸福！

　　望著身邊一人總在收拾他的一個大箱子，裏面放滿他認為重要的東西。他是香港開埠以來最大綁匪的同案。前兩天這裏警官鄭重叫他去把父親節他家寄來的賀卡和信交給他，這時他拿出來開始慢慢撕掉。我就要來看了看，覺得他妻子兒女都挺有情意，奇怪他為什麼要撕。他說父親節已經過了。可在我看來他那只大箱子裏明明裝滿廢物，卻把最寶貴的東西撕了。見他撕著，我體會到他的殺手情懷。當我們在社會上相互處於利益衝突時，殺手可不是笑談，而我們的詩作也就是嚴峻的政治。其實我一直是在驚濤駭浪中靜觀，凝視著物換星移；而此刻，蒼天竟然會意——雷聲醇厚，閃電精緻，大雨豪邁，然後從令人驚異的寧靜天色裏緩緩舒展出一片幽藍！天地如此肅穆而設，正是夏至的祭台。

　　一直要送給媽媽的生日禮物，我終於從心上送出了！

　　1990 年出境前仍去奧林匹克望一眼，鏑已人去樓空；也是此刻，夏至的紫霞碧天裏我和爸爸晚飯後散步，想去一座校園，卻感到清風習習，使我望向風中搖曳的樹木和掩映其中一座新建的飯店，就和爸爸去了那裏——燈火闌珊，鏑卻正在，藍天廊裏琴聲處！

國輝 05 年 夏至

（四十七）學會感動

（我們心聲高昂，腐敗進程實在。何教訓話時說政治上的進程就像物理上合力的矢量。犯人不懂這個，他是說給我聽。他在意他留給我學養如何的印象，是在意我寫信時流露些什麼，就不知會讓誰看到了……讓他說對了，是矢量讓他當上了副教而段教去了獄政科。鬥來鬥去，不出體制之左右，腐敗更嚴重了。相形之下，我們家國的同心，也更加洶湧，更感珍貴。魯教的臉色之上，何監的媒體或會場之上，也有政治勢力雲集的喜悅淡定。我們越來越多的感動，確有令人驚喜的上傳下達；而腐敗，也收集到越來越多錢財，彙集起更大的權勢。物質與精神，我是精神；體制內的物質流於腐敗，我就成為靈魂了——靈魂在與靈魂對話，而現實另有軌跡，如隔兩界。早已無人看好我會被警察重用了，當然也不再疑心我彙報他們種種苟且勾當，當我是尊神泥胎，有什麼已然當我面盡說無妨。而魯教找去談話多的人，就會被派工位離成績更遠。與我同心者，雖秘而不宣卻時而如獲至寶，聞道起舞，緊踩心的節奏，遇挫愈強。魯教也訓話說：古有聖人說："朝聞道，夕死可矣"。犯人們自是不懂，報端也有官員表示：中央新政與領導意圖令人難懂。良知與良心，腐敗者的確難懂，如此信心由何而來便更令人匪夷所思。我常能從心神縝密的大賊眼中看到的黑瞳很大那種鬼魅般的目光，不時會忽然間發現，何教正那樣盯著我在瞄什麼——是稀奇我竟能如此，還是像他說過的：你是不是瘋了！）

　　孩子們的暑假總是引起我的幻想，然後歸於歎息。去年期待的是帶他們去趟曲阜看看孔子所在，然後上泰山，住到神憩宮，可以像帝王封禪那樣一睹日出。我希望他們感悟孔子，並非成為桎梏，而是領略做人的真諦。最近想起了曾國藩家書，驚奇他在那樣的年代如此倫理，一介書生，僅憑個人的儒家精神凝聚起十幾萬湘軍：年紀不大已耳鳴不止，稍上歲數又腳麻手顫且一身牛皮癬患；初戰即敗、再戰又敗，急得跳江尋死！可是他不僅扶起了僅剩下綠營兵且不堪一擊的衰敗的滿清，又以漢人的清流，主導了晚清三十年的所謂中興之治。洋務辦得不管結果如何，那北洋海軍的排水量卻也算得上世界第三。細參他的家書，何止於真誠，已堪稱聖。無奈卻是扶不起天子的時代，皇帝變法也被關起來的中國，沒有日本幸運——日本的開放就讓幕府下了台，天皇改制只需要平抑轉化武士們在野的勢力，已非政權本身的重負沉屙。難怪曾國藩一身是病又戰戰兢兢，他修成了自己也終難修成國運長久，末世已定，漢人的清流終因制度難變，漸漸變成了袁世凱的背棄……

　　今年不同，想到孩子們的假日，希望一起下海，聽他們歡呼，然後一天到晚傻笑，而世界只有藍天碧海、陽光沙灘……
做人的種種高明濃縮為愛，如此自然，不好嗎？如果我心懷計
較而克制以仁然後行之以禮，我心中的彆扭仍會怪怪地留在
鏑的心裏；在我壓抑了的計較之中，鏑又如何隨我起舞？鏑當
然會有隱約不滿而以自己現實中的困頓為歎我詩意的美妙不盡
其然！其實無怨無艾的歡心中，一切如此簡單，在一個終能實
現改制的時代，清流將源於制度而成為洪流。不同於曾國藩腳
麻手顫的努力，我們的復興直通民意而領賢達，聖境自有融會
貫通！仁者心至，禮成自然，孔子理想自在！難道卓卓與生俱
來的《神秘園》樂聲，他需要理解才噓去姐姐們的喧嘩？在我
的信鏑的講述中，在他七歲的心裏，自有驚動世界的那滴淚
聲……現在，收信的時候，問他們是否聽到了心聲的共鳴，是
否感受到奔相走告的驚喜，是否察覺到如此眾多的呼吸與共、
命運相通，有如傾訴的雲濤，如海相連的潮湧！

　　其實，歌聲蒼涼！畢竟，我們法定的權利被腐敗的權力
如此摧殘！鏑竟還天真地把《神秘園》光碟當做禮物送給看守
所只認錢財的管教呢！我每想起鏑那無助的樣子，心痛不已！
多麼艱難呀，如此萬般無奈仍要竭力前行，讓我心有通天潮
湧……心潮中，我發現鏑會吃驚地感覺到我，是因為每次接見
只看見我平靜的樣子？是因為每次信裏倒彷彿是我有喜訊連
連，卻總是欲言又止？是因為事態不見言說，卻分明有事在感

動的淚水裏心傳？首先需要戰勝的，是自己，因此便有真正的利益超越患得患失，脫穎而出！哪怕只是瞬間的忘我，也能發現自我更新了的廣闊世界，而出類拔萃之輩只需做到順其自然。如今，我已順乎自然的心跳，驚動了鏑？看恐怖電影時我總要揪下鏑捂住眼睛的手，卻曾指望這只手能在滑鐵盧那樣千鈞一髮之時揮下那柄轉敗為勝的板斧；我的鏑跟蹌奮進已把斧頭跌落，《女武士》樂聲不過是把她從疲倦已極的昏睡裏嚇醒！不知覺中，一切竟然正好，是因為忘我，於是我們聽憑命運推動，而歷史的航行承載我們駛向幸運。歷史相對人生，我們犧牲了無法相比的時光，好在我們不似小人畏果而如菩薩畏因。在國人面前，世風之下，我們超凡脫俗吃了大虧，但戰勝自己，潛質悠然而出，玩物喪志者尚在 5% 已知邏輯層面的腦海裏斤斤計較，只貪錢財者仍笑鏑光碟裏音樂的不切實際，人們所不知的將來的生活卻正是在我們痛苦卻仍然快樂的心有玫瑰歌聲和少年男女般羞澀的期待裏，在悄然的忘懷之中，鑄就！也難怪，孔子老年嗜讀易經，竹簡的絲帶都翻斷多次，他歎此書只宜玩兒著讀——他的生命看不到了，但演易而可以感知：那是四百年以後了，他不僅為師百姓為師百官，而且為師了帝王！易者變也，變者生變，相變無窮，似無常，易而知；所以仁者釋懷看易，惟愛是常，如是主宰！相反，如果說笑話，倒該嚴肅，就像亭亭那樣語重心長告訴卓卓："你將來要生男孩子呀！"她四歲曾更嚴肅地告訴我她見過僵屍，我問她是中國還是外國的，她已經如臨其境，說是中國的。卓卓則用豬八戒喝水懷孕的笑話來回應。可是正如看易，我們笑過之後才覺得意味深長！是這樣嗎，卓卓？誰將收穫她不曾奢望卻在心中玫瑰和聖歌裏自然而然結在將來生活裏的果實？誰收到的音樂光碟已成為聽了仍不轉性就要滅亡的咒語？你呢，在姐姐們的幫助下，果然有成就綿延歷史，傳及子孫？

我已考完主課的律師課程被通知取消，我想並非是自考辦如此，倒是監獄覺得：犯人學什麼律師專業，學完也沒資格做律師。我暫且先報考相近專業的公共課吧。律師李貴方那裏，鏑應向他要份案卷影本——他如果給，就說明他沒出問題並且再審尚有希望。不過我估計拿不到。滴水可以觀世界，現實事態敵眾我寡不必幻想，我們還是寄望這樣一種良知吧——皇上賣官據查只有西晉一朝，國祚只有五十年，坐江山者總不希望江山斷送在自己手中吧？一念之差會有什麼後果，愛是多麼幸運的選擇，是多麼讓人輕鬆的決定，生死命懸一線啊，稍有差池那麼最大的仇人就從自己而來！我們彼此命運竟然如此相通啊，有如傾訴的雲濤，如海相連的潮湧！

的確是慶祝的時候，起碼你們都來了，就在離這兒不遠的海邊，歡歌笑語！很近很近，從漫漫長夜，我已伸手可及，揮動白雲，摘下彩虹，讓你們就在我撫弄琴鍵的手指上，在碧海的波濤上，奏出華彩！陽光下的雨滴是我們勝過長夜的喜極而泣，不息的和風意味著我們已有永遠的欣慰！最值得記取的，是我們學會了平靜和喜悅，我們學會了感動——如何去愛，如何感受愛⋯⋯

國輝 05 年小暑

（四十八）信智勇

（最初扣我一分的那位陳警員帶我從車間回監區，只說法院來人了。他現在已是管教，當年他扣我分多少平衡了江教拿電棍電擊王教的犯人手下產生的衝擊，看來他一路都踩準了權力的走向。女人一樣的相貌和氣質，不難順應任何強勢，連我走在他矮小的身旁也能感到他為駁回送達在冷笑。他讓我在監區文化室坐下然後去門衛領人進來。有犯人正在為樓上監舍粉刷牆壁上下忙碌，眼睛滴溜溜望過來，習慣性認為是有漏罪追了過來。我趁機要了杆筆，準備有空寫點什麼，兩位中院送達的人已經來了。陳管教介紹說是中院的人，一個滿臉疙瘩的人就說是來送達高院的裁定，我想必是歡快地笑了，所以他問我有什麼意見時一臉驚訝；我給他簽了送達回執，並向他們表示感謝，彷彿是件什麼喜事。陳管教驚訝我知曉一切，去送兩位對我特別熱情的法官也受感染朝我客氣起來，解釋說他等一會兒就會回來。他回來時我已經在寧靜的陽光裏寫滿兩頁紙的兩面，那筆竟然是紅顏色的，我寫給最高院的申訴也就變成了戰書。送我再回車間的路上，陳管教主動開口跟我說話了，他覺得高院能有再審，已經很不簡單。我說其實是待價而沽，再幫忙把卷做得像那麼回事，只不過最後很難蒙混得過去。陳管教顯然聞之一震，有什麼意味深長讓他隱約不安了。）

　　當初坐一輛雞毛亂飛的鐵籠車來這裏，曾想不要是到了雞年還要如此這般？三年前的事了，司機已是把我送來送去的熟面孔，通常都會讓我坐在司機位，但這回有個武警上尉同車，我就只好在鐵籠裏任雞毛飛舞了。三十分鐘的路，他們開了兩個多小時，把我已經轉暈了！下車聽他們議論："他這個案子肯定還有折騰，送進監獄都這麼難！"他們給了我瓶礦泉水喝，於是就在等著進那進了就難出來的監獄大門之前和他們聊幾句。"會翻過來的吧，不然是不是太黑了？"我這麼說，發現他們都在不難察覺地悄悄點頭；我想他們並不會太相信，只不過是心存些微同情。那時的歌是《難以實現的夢》，原審時在看守所曾教兩位學生出身的商人唱起來，唱得他們眼睛亮晶晶，我也暫時唱出了看守所，竟獲宣判無罪回家過了個春節——

　　"這是一個難以實現的夢，這是難以實現的夢……讓我們建立起愛家愛國愛天下的信念，那麼夢，就一定實現！"

　　裁定 7 月 21 日送來了，問我有什麼意見，我說："謝謝你們！"這兩位監獄所在地中級法院轉送裁定的人一定是有點喜歡我了，笑容裏目光閃亮。2005 年 6 月 13 日，他們終於成文的日子，我那天想起我們去見慧能已有 11 年整，而我第 11 個合議庭將在何時成立？我在日記裏寫下進程："輪到最高院管轄了……"鏑也同時來了封情書，到了該說的時候卻像《鼴鼠的故事》話說一半："我就像……"只有我看得見的千言萬語，寫在這一天！這的確是預訂了太久的，它終於來了。又要舊案再提了，卻彷彿對牛彈琴，實在感覺無聊！這麼件事，說來說去像面對法盲談法，其實在跟法氓講理……終有返璞歸真的一日吧，微微一笑也就真相大白了！但這畢竟是僵屍身上唯一的死穴，只能面對它等待時機。不信問亭亭，她說見過僵屍那一年，僵屍就真的來了……

就不說來龍去脈了，且看最高院面對證據法如下事實，學識如何：

"原一審判決被告無罪其庭審期間，檢察院不按法定期限舉證，卻把其到了二審才舉證其中節錄的日記原本作為與案無關物品在一審法院宣判無罪之後交由法院發還本人。如此超越程序時限舉證失去連貫性的節錄證據，依法本已喪失證據資格。被告遂舉證日記原本證明原意，檢察院卻不以依照程序存檔的相應影本證偽且無合理解釋——其拒作補正，依法本已構成舉證妨礙，更須負擔其證明不能的證明責任。有關判決和裁定，以沒有證據資格且證明不能的非法孤證為依據，無視在案證據的閉合性、完整性和結論唯一性的無罪指向，更加違反心證公開制度對於應予認定的證據不僅迴避認定和說明理由而且加以隱瞞，逕行作出有罪判定。有關裁判遠未排除無罪推定其合理懷疑並達到案件事實清楚、證據確實充分的證明標準，反而掩蓋了案中證據已經證明了的司法人員徇私枉法其事實真相。"

另有我們被騙果園款向公安局報案其行政不作為致損，理應起訴：

"原告曾起訴相關民事案件經審結以對方違法騙約無效而撤銷合同。原告隨即以其行為是以非法佔有為目的騙取合約及項下錢款並無實際履約能力已構成合同詐騙，向被告報案。被告當即表示不予受理，其後原告又向相應檢察院申訴，被告始終未予受理，致使該犯攜兩百餘名客戶款逃去無蹤，致使原告勝訴的民事判決無法執行而執行終結。被告身為國家機關，不履行法定職責，不啟動針對明顯犯罪行為的刑事偵查程序，構成原告報請採取具體行政行為的不作為，直接造成原告財產損失。被告理應對此承擔行政責任，賠償原告相關損失。"

至於有待我刑案再審翻案才作進一步提交的訴證券公司民案再審申請，備案以待：

"公安局要求被告賣股劃款，其行為無論主體還是內容或者程序，都不合法，是明顯超越職權的無效行政行為，自始不具有公定力、確定力、約束力、執行力。被告依法完全可以不予理睬，被告主管行政機關也有明文指引應予抵制。被告既不抵制又不依法行使權利，卻任意侵犯原告的權利。其行為不具有免責的法律依據，理應承擔相應的法律責任——被告應當賠償自侵權發生之時原告股票戶口原數股票及其該股送配分紅至今的所有權益。"

　　抗戰勝利前，不到十天之內就有蘇軍全殲皇軍之花關東軍一百萬和美國扔下兩顆原子彈。愛因斯坦只說能量與質量守恆，所以濃縮鈾超過二十公斤就會裂變成兩種總量小於原來的物質，而失去的質量就成了巨大的核能。我們也是損失不小吧，能量是什麼？鏑說家人都好，只在等我們了。我在等什麼？是否已經有了達致臨界的濃縮的鈾？運作而守恆，意識到也好，沒意識到也好，都會很奇妙吧！還是大暑，我已能欣賞到秋日的明媚。高明的運作，彷彿龐大蘇軍從歐洲調抵遠東竟讓人渾然不知，日本人還在盤算著實在不行就把天皇政府搬到滿洲。雖然只是大暑，我已讚歎秋之輝煌！其實輝煌實難形容，因為大音無聲而大象無形。還沒收到你們的信，我卻已收到你們的心情，從未有過的高漲，如此激昂，如此美好而深情！我從角落已能感到比《沉思》樂聲更為甜美澄澈的昇華，陶醉不已！我還要寫信嗎？這回真沒郵票了，鏑給寄來？物換星移，許多節氣，許多封信，都看到了嗎？都看了多好，尤其到了現在——抗戰勝利 60 周年，同樣的乙酉，同樣的甲申！勝利必有勝利相輝映，在於同樣的真理！

　　小時候我就為爸爸驕傲，經過了許多思辨之後，我已返樸歸真，真正為爸爸驕傲，並且深深感覺到正是爸爸從血液從骨肉在使我越來越強！爸媽啊，你們必有巍峨的壽命，慶倖的晚年！年復一年，我趕去給你們祝壽的設想，已經變成最為靈異的祝願了……也想起從小信賴姐姐的感覺，也要到姐姐的生日了，想起姐姐讓我讚歎的一件事：生方方的時候，姐姐堅決抓住醫生的手不讓他走，沒有絲毫含糊，否則就晚了——臍帶繞頸，宮壁就要破裂！豈不是大智大勇嗎？片刻的猶豫便不堪設想，只要手一鬆……依依期望收到的生日禮物是迪士尼的入場券，還是我的祝福？有了什麼人生目標了嗎？有的話，該從何處做起呢？累嗎？記得我在家給你們留下過一張時間表嗎？你有自己的時間表了嗎？臨走前幫你把容易彎下的腰和肩膀扳直，你樣子很溫柔，可是終究沒有養成習慣吧？知道你要戴眼鏡，為之歎息！好習慣雖然極其平凡，卻是一切成功的起點，沒有捷徑；一時興起，有害無益。挺直你的腰不光是視力問題、身體發育問題，其實這是最讓人舒展的意境，知道為什麼嗎？中醫和氣功，可以告訴你。你也告訴妹妹弟弟，每節課間要認真運動，簡單有恆。定時望遠深呼吸，片刻遐思，許多快樂。讀書則要一直往前，切忌回顧檢驗不已。放鬆心情，向前向前！養成好習慣，便有音樂般的節奏令人愉快。於是悄然不覺，成功燦爛而來……生日快樂，依依！伸展你的身心和呼吸，就會有許多厚愛與你同在，帶給你愉快的想法，奇妙的心得！首先，伸展你的身姿，伸展你的呼吸。

如爸爸信而有智，如姐姐智而有勇，如依依勇而有恆——三者齊備，至福！恭喜在先，恭喜在先！

拿破崙在莫斯科的廢墟上等待沙皇向他求和，等了一個月。亞歷山大和我的想法其實一樣：絕不！10 月 24 日法軍撤出莫斯科時已經晚了，沿途的雪花已經飄起，而遊勇出沒。庫圖佐夫甚至排除了一切出戰的建議，為之歎息："讓他們自己消融吧！"拿破崙進入俄國時的七十萬大軍，竟然如此人間蒸發了！

未來充滿變數，所謂預知，說出來也就成為變數，預知了的情況也就發生變化……釋懷面對吧，把握能量世界的方法，並非去把握而是……信心生智慧，智慧生勇敢，勇敢生勝利。

國輝 05 年大暑

（四十九）國殤之時有軍歌

（我上封信發出之後，廣場喇叭裏照例播放音樂的時候，十分奇怪弄出一段鋼琴協奏曲結尾的華彩，然後隨之鵲起一陣掌聲與歡呼。一早下樓在院中列隊坐下早餐及中午收工和傍晚收工之後用餐，這段錄音都在一遍又一遍地播放。有個毒販朝我大為搖頭。這傢夥是個老犯，在學醫並花了錢去拿醫牌，還指望花兩百萬就能把自己從死緩改成無罪——聽他為歎那些把他從教學樓趕出來的警察們用人不當，竟然弄出這等怪動靜。他仍然能經常代表監區去監獄上臺朗誦，而且說著說著就能流下眼淚；比他還能裝的貪官們，不也說著套話信誓旦旦，但都一樣聽不懂廣場喇叭還是央視媒體裏話裏有話究竟在說些什麼⋯⋯到我按監獄要求交上了兩篇紀念抗日的文章的時候，王教繃不住了，他一臉惱羞成怒的神情說："今後去車間，凡帶紙筆者，扣分！"何監的監獄執法隊不時巡來以示存在，不過像胡溫說了什麼執政理念就算高音喇叭裏響徹整個監獄，上車間不能帶筆還是不能帶，不用任何理由。已經很長時間了，回監舍樓層後全部關門鎖閘，就連出倉門也得請示報告了。因為有諸多關於買賣減刑的犯人報告在追求公平，就索性讓所有人受累，全都被鎖起來不許動彈。這是擺明了讓犯人要怨就去怨打報告的。其實王教的馬仔在車間來去自如，並且能夠隨時把話傳到倉頭兒那裏佈局，而且每當出收工上下樓前也都有足夠時間去示意敲定了。我分明知道，他們暗中在用手機指示付賬呢。鎖起來分層管理並沒把買賣減刑關進籠子，買不起減刑尤其上了年紀的人倒是難逃蒸籠了。這一年七月特別熱，監區五十歲以上有四位前後半個月死在了監獄醫院。本來還見他們春節晚會歡蹦亂跳邊唱邊扭桑巴呢！曾在彷彿馬上就要開鍋的文化室裏三百多人看誰先熟的時候，我鬧牙痛，感到已經窒息……我，去車間還是悄悄帶了筆；學會了賊人那套偷偷摸摸迅雷不及掩耳，便在一張小紙片上不時寫下隻言片語。因為，它的掌聲與歡呼會鵲起蒼穹。）

車間難得閒暇，按監獄教育改造科關於紀念抗戰勝利六十周年每人兩篇文章的要求，寫了兩篇隨筆交了上去；但看來下不為例了，監區最高領導如臨大敵，要求今後前往車間一律不得攜帶紙筆——年初亭亭生日所寫家信因涉隱情被扣下沒發，有省局指示今後凡出監者片紙不得帶離已言明在先；不過我這並非檄文的兩篇東西，教子愛國並無不妥，所以就寄給你們撫思良知吧：

1) 國魂不朽 (7.14)

中日戰爭早在唐代就已在朝鮮打響。這是自從秦始皇遣童男童女載書典禮錄去尋蓬萊仙島卻未料啟蒙了日本之後，它的首次回應。就是說，早在中國真正形成大一統建制之初，它啟蒙了一個後來對於它來說實在是侵略成性的民族！當這個民族在朝鮮被大唐新羅聯軍一舉擊敗的時候，它立即痛定思痛全面學習唐朝，俯首折腰頻頻派出遣唐使，幾乎把唐朝原樣搬去了日本。到了明代，它認為差不多了，便向朝鮮提出借道，稱要進軍中國建立以北京為都的太陽帝國。朝鮮拒絕了它且將其函轉呈明朝萬曆帝，遂引發中朝聯軍壬辰大戰日軍並以全殲其海陸軍告終，東南沿海的倭患也隨之平定。到了清末，與清廷始辦洋務同時，日本遭美國兵臨城下被迫開關之後變法強國，徹底改變了體制；中國買來洋船洋炮的同時，三十年期間，日本已把西洋有用的制度變成了自己的！以至甲午一戰，魂斷大清；再戰沙俄，竟把其太平洋艦隊和波羅的海艦隊幾近全殲；以至佔領中國東北，以至全面侵華，並最終把戰火燒到了最初逼它開放的美國人頭上……

天朝如何？洋務夢斷，又變法失敗，轉而仇外卻又鬧來了八國聯軍——亡與不亡之際，義和團民勇視死如歸，喊著刀槍不入沖上來！西洋人殺得手軟心顫，從此有了這樣的共識：中國不是印度，恐難殖民化；只是，日本人不信！作為八國聯軍主力，其意猶未盡——從逼袁世凱簽下二十一條，到九一八事變又到七七事變，一步步，日軍終於踏上了其尋夢千年的中華大地！孰不知，日本人初嘗的果實只不過是中國自古以來數不清的北方蠻族們前赴後繼嚼爛的苦果——無論其勝抑或是敗，結果都是不一樣，它們一個接一個消亡了，他們都被同化了！無論其勝或是敗，中國的文明不朽，國魂依舊！應召而來的忠勇文人武士一次次把它發揚光大！抗日戰爭，如果沒有美國人，蘇聯人，也沒有堅持抗戰在西南一隅的蔣介石政府，單憑民眾自身，共產黨在敵後領導的根據地到 1944 年已經席捲日佔區的所有農村！正是這支力量，秉承了抗日力量，在《義勇軍進行曲》的歌聲中建立了中華人民共和國。

人民抗戰所要面對的，並非只是日本人腳踏火山與地震而激動不已的力量以及不甘寂寞而離奇反常的野心，這是一個齊心已極而且武裝到牙齒的民族，已讓世界望風披靡，且有大批漢奸甘為犬馬，似乎大局已定。可是，這一切到了 1944 年，全都龜縮在幾座大城市裏苟延殘喘了！而戰勝他們的這種精神，不僅建立起了一個新的國家，並且終於在日本幕府答應向美國開放之後 120 年，自主實行了改革開放——同樣是在三十年間，這個出於本性和平發展的國度，已令全世界為之震懾！正是秉承抗戰的精神，它不僅戰勝了保守，也將戰勝腐敗！因為，國魂飄飄，文明洶湧！因為《義勇軍進行曲》始終高歌：

"中華民族到了最危險的時刻！"這是永垂不朽的危機感，成為永遠的生機！

2) 漢奸能有什麼 (7.16)

那時做了漢奸的人常常掛在嘴邊的是："跟日本人打？人家一年就有七百萬噸鋼，七百萬噸！"於是乎做漢奸識盡時務，而抗日不僅像我們今天有錢不賺，更像專跟權勢過不去！是喲，蔣介石的國民政府索性躲到西南一隅的山險之後，汪精衛的國民政府投靠了日本人！蘇聯已被德國人打得似乎只能退到烏拉爾山和西伯利亞雪原，美國人已被趕過了赤道和日更線！膽敢抗日，就被燒光殺光搶光！抗日除了血和淚，還能有什麼？就是在這樣的環境，只因有《義勇軍進行曲》所高歌的精神，父老兄弟姐妹們拿起了大刀長矛和鳥槍土炮，因熱淚洶湧，任血肉橫飛！

不理解嗎？抗日最堅決的山東省，哪個村莊沒有日本人的血債？正是這樣，山東全境全都跟了共產黨，日本人只能龜縮城中像身處孤島在抗日的怒海中飄搖！不僅如此，血淚凝聚的力量，使抗戰以後的國共決戰主要憑著山東的兵員糧源取得了決定性勝利！而新的國歌，正是《義勇軍進行曲》。漢奸們呢，消極抗日的蔣介石政府呢？歷史的報應跟我們人生的報應都是一樣，貪圖錢財的結果，不就是來到了這裏？堅守正義如果暫時難如抗日的血海無邊，結果也還是一樣！我們是否應該仔細聆聽我們的國歌，嘗試感受《義勇軍進行曲》訴說的情懷？其中不只是苦難、犧牲，也有勝利，也有真正的功利……而漢奸，能有什麼？

　　上封言及申訴的信發出的時候，覆蓋整座監獄的廣場喇叭裏忽然播起一首鋼琴協奏曲精彩激昂的尾聲，然後一片歡躍雷動的掌聲與歡呼，就這樣一遍又一遍地播著……也收到了你們可愛的信，亭亭還畫了他們每人心儀的小狗，氣質各異，許多信息！我讚歎過鏑的才華，包括到了時間不睡覺的話就會自動昏將過去；拍照著地上的小花，還得我向新來的嫂夫人解釋那都是具有美術價值的"靜物"——你心裏透出的歡喜，卻能融化千里之外的強硬……亭亭用心描出的小狗們活靈活現，彷彿會在狗年伊始一齊歡叫，美望無窮！她生日我曾寫過，但那封信涉及周圍的腐敗沒讓發出，所以我拾遺在此："我趕到醫院，你正被推出來——少女護士的臉上正被車裏的你逗起出神的笑容，我卻上前問她車裏這個尚不知是誰的嬰孩是男是女；奇怪的是，她說是個女孩時，我就已經確信是你了。茫然微笑著，望著又一個女孩遠去，卻忽然見你從車中顫巍巍伸出一隻小手朝我招了招——直到今天，你也不斷給我這樣的驚喜呀！"你說就你的眼睛小，卻不知自己眼中美好的韻味，它正在你良好習慣形成的修養裏越發迷人了！不要誤會別人表面的反應，學會從事情發展之中去看結果的利弊。好比我第一次回家，你和姐姐沖進客廳向我搖起呼啦圈，我笑話起來，而你以為我是覺得你像肉球一樣滾了出來嗎？不再見你玩呼啦圈了，可直到今天想起你沖出來向我展示的心意，我心裏還呼啦呼啦著喜歡著你呢！又好比說欣欣90%迷糊，可為什麼她總一語驚人呢，是否你們埋沒了天才？我早就發現她見微知著，只對要點和關鍵有興趣，那麼到時候你們看吧——元氣從她身上興起，愛慕伏在她的腳下！只是到時候欣欣不要遺憾有什麼東西沒從童年抓起喲，有什麼知識沒從點滴積累？依依從點滴抓起了嗎？你一講姨媽該怎麼減肥，我就看見你長大了許多；但你還不能想像吧，爸爸從你一歲起用五年減了十五斤，卻在看守所十八天減了二十斤！直到後來幾次回家，我仍然保持那時的160斤標準體重，今天仍是，而血壓112、76，心跳59。是不是沒股狠勁不行？是不是依依該讓姨媽別麻煩自己了，溫溫吞吞什麼事也做不成？是不是該把握關鍵？於是，從表像看到本質，從一時際遇看見命運！

卓卓只見到我抓緊時間抱了他照的照片，便問媽媽為什麼沒有抱他，是不是那時不喜歡他；可那時保姆都嚇跑了，媽媽抱著卓卓到處找爸爸，有誰給她照相呢？卓卓那時才滿月不久，有誰同情呢？卓卓是否應該讓這個世界好一點，就能留下媽媽抱你的照片了？權力可以讓人實現自己的想法，而現代的權力，據說靠鐵、靠金、靠筆；而越來越多的民主，會讓筆越來越有力量，以至只是一曲真正的頌歌，也會讓人權力如意甚而載入史冊。你們一歲時，都曾把這三樣東西以及榮譽的象徵擺到你們面前，記得你們都先後拿了什麼嗎？看看錄影吧，但願迷糊只不過是童年沒有爸爸在家的迷茫……我呢，只能給你們提供一個可以讓一切迎刃而解的制度的心願。信望愛和其中的命運機遇就要憑你們自己的心。凡事都會有不同的結果，全憑你的心向。我數年來與賊人相處，不僅沒被同化，內心的進程卻正好相反，愈久彌堅。我們第二次團聚前往羅浮山是否意味深長——我從沖虛觀前水榭長池邊的樹上摔下，卻能在摔個夠嗆之前猛然蹲撐著站起！當時有沒有笑說這是曼陀羅的力量，讓鏑開心了！車經過那裏一個軍部的大門，頭戴鋼盔指揮車輛的士兵正跪姿在那兒嚴峻地望著我們，見到我的軍禮，他那個有勁的回禮中的目送，一直到我看不見他。雖是即興作態，卻與曼陀羅的力量一樣，都有一種意味深長呢。

我們的初衷，我們的堅持，讓亭亭不到十歲就已初作"有名"，把春天的希望寫得如此美好！你們每人的信裏也都留下了堪稱經典的句子！尚未到收穫的時候，我只不過是在繼續回味二十歲時心中就有的那些稚氣的預感："當我的紫葡萄化為露珠，當我的鮮花依偎別人的情懷；用枯枝，我仍在燃燒的灰燼上寫下——相信未來！"其實，我已漸漸、漸漸學會了如何把美麗溫柔幾乎背離現實的想法，變成現實。出自一個果敢之家，聞得到尚未散盡的硝煙，尚記得 12 歲那隊龐大的軍樂團來大院排練二十年大慶分列式的演奏，為之鼓舞，令我渴望品嘗艱苦奮鬥而來的凱旋！1998 年除夕我也和孩子們玩起"軍樂大遊行"，讓車裏的音響高奏，就在那五星級酒店的門口我們行進，許多歡笑。2000 年 11 月 23 日剛回家我們就又在時代廣場外的燈光噴泉旁來過，孩子們樂呀，我們軍樂浩蕩，鏑為之飲淚！再來會是什麼樣？孩子們都這麼大了，還要等多久？日本人終於投降是在八月十四還是十五日，送達簽字卻在九月——尼米茲代表美國，麥克亞瑟代表盟國。還挺囉嗦，就差帶上孩子們畫好的小狗了！這些年，我不時下意識哼起《軍歌》，魂亦有歸——其實這世上總有蒙召之人不約而同，心懷正義擁有激情與良知者時而有之！這是出類拔萃之輩，真正的精英，令軍歌嘹亮，讓歌意成真：

"我們的隊伍向太陽，腳踏著祖國的大地，肩負著人民的期望，成為一支不可戰勝的力量……

國輝 05.08.06

（五十） 露珠裏的曙光

（聞兩篇抗日文章而來的心情洶湧的共鳴，如泣如訴。天安門廣場的六十響禮炮聲中肅穆，退鏜的彈殼聲在寧靜中清脆迴響，而我的心聲，很久以來，凡見英勇獻身之事，必有迴腸盪氣，飲淚高歌。我已看見我的心情被畫了出來，感動似乎無價，我信中所超越的，一次次，就畫在犯人們每天開工收工都要經過的廣場舞臺上，似乎正將成為一個神話……現實中的腐敗依舊且壯大，我非常想知道，當我些微有所觸及真實之時，同心之歌能否依然無惑，發自肺腑。）

曾以為我"立夏"信中的景色，鏑讓孩子們畫下了。也許這的確是你們心中的一個閃念，但只有當我真的見到它們被畫出來，才會更為觸動。因為感動，是在證實中更加雋永，而心中熱愛的潮水因此留下永遠的形象！也許，這甚至會讓子孫們也都仰望天邊的異象一般，歡呼地讀著……

在普天之下經營馬克思認為把人異化了的金錢之時，有人經營感動——感動無價的時候，只鑽營財富的人們是否也會想要"感動"？擠出眼淚，湊上笑容，扮成激情與高歌的樣子，就會有人為之共鳴？梵古把耳朵割下來交付給謊稱最愛是他耳朵的妓女的時候，怎會在意自己死後只是因為自己的感動而來的自己的畫竟能一張賣上近億美金？看來感動，它不只是理性認知客觀規律的素材，它本身也是洞察，也是動能！在認知規律的書本形成之前，它既然承載於心，也就能夠把握世界而實現理想！馬克思省略了的感動，省略了感動其中無價的能量，也就讓理性變成了馬後炮，甚而從理性武斷認定的路上走出荒誕的迷途，其實感知便可一早了然：那原本屬於真理的理性所一再推斷的，已經異化，成為牽強執迷的窮思極慮！

痛風又來了，還挺厲害，讓我想起最初在看守所那六天沒日沒夜抱著腳，疼得發抖。藥倒是有，是很傷肝的那種；沒有申報讓你們寄藥來，是因為另有白日夢為治心痛──只是沒想到白日夢做得太多，醒來的時候，卻發現夢亦留痕，能量有所作為，就像你們傳閱我的信我的心──心靈如樹，長成參天……現實，卻正如難以改變的體制，總在夢醒時分猙獰而來──仍有訕笑的空間，如今主管我們的副監區長也總笑嘻嘻，並且讓我格外覺得是話裏有話在大會上說著：“上邊就算知道了下邊有什麼無法無天的事也都管不了那麼多，只會看下去；那你怎麼辦，只能自生自滅了。”他說他是中山大學電腦專業的研究生畢業，但就不知是否真是考下來的，反正我們教育改造的每月一考他總是強調抄也要會抄才行！形容起政治，他用上了專業的名詞：政治的走向總是各種力量博弈的一個矢量。的確如此，已經查到證據的原來的副監區長調任獄政科副科長後，教導員兼任副監區長不到一年，他就被從管教職位上提升上來——我年初的信被扣發是他跟我談的話，照我今天這麼寫反而不必擔心你們收不到了，這也算是夢醒之後讓人驚奇的微妙變化之一嗎？其實現實生活另有軌跡，不用再因為把車間的包裝紙箱聯繫賣出去就興奮得奔前跑後了，現在人家有權管減刑了。人心奇妙，各有不同，馬克思說人的本質是由社會關係的總和決定的，看來沒錯，環境是有決定性！我不也是有了如此遭遇才對腐敗嫉惡如仇？甚至，我想起從小到大那些以前不以為然的不好意思的事，都會渾身不自在！而渾身不自在，就是良知與意境昇華的思想基礎吧。一切卻有待社會關係的改變。馬克思還行，只是他的理想先於社會關係總和的產生並非幾十年上百年，按概率算也得一千年到兩千年，可是他的理想卻已經被遵照實行了，於是就發生與現實人性不相適應的局面，於是還得推行市場經濟，卻又與他所設計的上層建築不相適應……我勸說同床的肥佬採用了根治疥瘡的方法，他倒聽話，也就見效了；可是改變社會關係就難了，得從改變權力來源著手——誰和誰擠在一張床上，這種事是歸總笑嘻嘻的何副監區長管……

八月無消息，但我看見我們心靈成長的隊伍拾級而上，而我用丹田墊底，九霄之上則有英靈笑慰！在發展中腐敗優先發展的嚴峻形勢下，不思悔改的由社會關係所決定的官場生存之道其貪志不移的嬉笑，不會令我們消沉。我們心中的約定是註定實現的天意，而我們的同一首歌不過是宿命的喝彩，正像經濟發展決定了社會關係的改變，毋庸置疑。《神秘園之三》飲淚凱旋的終曲中，我想到了接下來必有綢緞般柔美天色的旋律和玉宇澄清般寧靜的鐘韻；然後，四年之後，鏑告訴我正是這樣，她聽到了，的確是柔美天色的旋律、寧靜的鐘韻，是融匯了一切的輕柔，是大音歸於無聲……近來，我時常望見這樣的天色：近處深灰的雲層襯映著遠方藍天白雲在夕陽中明麗舒展，清風柔曼的寧靜之中確似有鐘韻飄搖，使我滿溢心頭的話語聲隨之歸於寧靜——只緣遺忘在日記本裏彷彿天賜的一張郵票才令我脫口而出，卻立即察覺所言膚淺實難展現寧靜已極的恢弘！又讀哲學，我想起自己從唯物辯證法的思想基礎上發現的佛陀耶穌、老莊孔孟，而心中的感動與啟發融匯成了什麼，也是寧靜。對於僅佔宇宙 5% 的物質世界，用僅佔人腦 5% 的功能去詮解，反而累人；心懷整個宇宙之時，為何如此寧靜！想必其中，愛可以開啟整個宇宙的奧秘，人類新紀元的至寶其實是在我們心中！"囚我於果殼，我仍自詡是萬物之王！"莎士比亞如是奇想，而那位運動神經全癱的物理哲學家果真有《果殼中的宇宙》輝煌於世。我囹圄所在方寸之於果殼，我的宇宙因寧靜而浩渺無邊；終將奏響的尾聲，雖未聽過卻早有心傳！

美麗的白露也像我美麗的女兒，已然伸展了身姿，伸展了呼吸！那本來只在露珠裏閃耀的曙光，因此伸展向整個宇宙！

國輝 05 年 白露

（五十一）中醫看人

（上封信我告訴家人的，沒人來告訴我信不能發。魯教為之一振，鼓舞而匆忙。王教憤憤說了："原來以為段教不好，現在看來他是明著來，不像這個……"他罵了句什麼，大家都聽懂了，他在罵魯教。魯教興奮驕傲的神情也告訴大家：公正終有指望。時政也正新人高歌，公平正義之聲高漲，人民寄望猶在。我為之鼓舞也為之憂慮：信心難得，破碎不再。所謂基點，正如要塞。失之則瓦解，而上下不應是為末世，全民腐敗……我們真能指望新政貫徹，而我們已然手眼通天？真的是家國命懸一線，實在是絕症纏身。）

寄上藥單，只能照單寄，不讓寄別的。

媽媽骨痛那麼久了，免疫病不當回事也會鬧得很大——我皮膚過敏四年才脫敏，農村患風濕的老人關節翻轉在地上爬。免疫系統自傷十分奇怪，曾有位朋友吃了片長效磺胺就全身過敏而潰爛死掉，那位神奇的預言家諾查丹瑪斯不也是死於他自己預言到的："身體上的皮肉一塊塊剝離"。免疫系統也最奇妙，大部分疾病不都是免疫自身醫好的嗎，有百分之九十五？西醫不解中醫，而中醫就在於調理免疫機制吧。於是，中醫看人，西醫看病。過敏雖然不好，但起碼抗癌性強；具有心因性吧，經常運動且心情舒展，就會好些。雖然運動只能在方寸之間微乎其微，我也仍然保持了運動，所以已經好多了——不依賴藥物，讓你們寄只是備用，疼的次數已經越來越少。我也覺得，媽媽不久就會骨骼健康，不再痛苦。媽媽放心，九十多歲的人還能長出新牙來呢！

爸爸哮喘究竟有多少心因性？作為疾病，卻連基因都無法查出啊。免疫系統其中有道？諾查丹瑪斯洩露天機說個不停，描繪了《諸世紀》，因此死於自身瓦解？老子只留五千言便倒騎青牛出函穀關而去，不知所終——武當山中便有了長生者，令後人也上山效法，修道至今？簡單來說，其實如我當年曾見幾位老人鑿開湖上厚厚的冰層跳下去冬泳，而我穿著很厚的衣服還凍得發抖呢；人家紅光滿面上岸來回走著，那種興奮豪邁似乎讓我一生都能感覺到！他們的免疫系統，我想一定是強大而不過敏。我的這番牢獄經歷，將來是否也會使人像我今天如此羨慕那些勇於跳入冰水的人們那樣，羨慕不已呢？超越了自己，像冬泳上岸以後那樣讓人高興！那麼，國家的免疫呢，就要靠法治了；而法治的實現，在於制約權力——腐敗在市場配置資源卻缺乏制約的現實生活中如此自發，只有來自權力作用對像的自發的制約才能遏制，可是從系統之外的權力來源之上設立制約，正像三九隆冬卻讓已經腐敗而藏身皮裘之中的權力系統跳入冰水……法治據此得以實現之時，道德也就約定俗成——說什麼也沒用，只有跳將下去，而且養成習慣；可是，目前事態正好相反，勸說腐敗者從良的無謂宣傳正在發生普遍的另類反應，免疫系統與腐敗則成風助火勢，潰爛全身已緣自我加害……其實，真正準備良好，範圍步驟得當，設計精確（一度一分鐘），跳入再冷的冰水也沒危險，渾噩的免疫系統卻從此翻生。冬天來了，機會也來了，所謂冬練三九，不可多得啊，這是冰雪中的良機！

而艾滋，之所以成其為絕症，正因為病毒進入人體即與免疫細胞相附以致融合，最後竟然致使 T4 淋巴免疫細胞都被同化！對於愛滋病毒的依附與融合，只有當機制自動出現有效而且不斷加強的反應，使其淘汰與腐化相應，免疫系統才能從自我更新的過程中維持生機；只有形成循環淘汰的雷厲風行的機制，T4 淋巴細胞末位淘汰的速度超越腐化的速度，生機才能維持！這源於什麼，激素來自哪裡？大腦麾下神經系統與內分泌系統的交互作用何以如此準確？所謂良好的制度和具體可行的機制，它究竟在於什麼？即使是在腦海求生的無意識的無邊潛能之中，就算受制於機體缺陷無法自動產生，也必有猶如神思拈來的恩典，把這絕妙的激素從體制之外引來點化，讓愛心終於自覺的人們不致滅絕……

是啊，我聽到車間播出的歡樂頌歌，仍能體會威武堂皇的凱旋，而且陶然於婚禮翩翩的旋律和勝利招展的圓舞；歸寂之時，也還沉醉於德彪西畫兒一樣的理想月色！我想：真正治癒絕症，雖是後話，但不建立這樣的信心，那就會建立相反的信心，不是正強化，就是負強化！一夥賊人指著一包毒粉，眾口一詞說它不是毒粉而是城粉——臺面上毒粉被說成城粉，臺面下數錢完畢，它就真的被調換成了一包城粉！我已然歷盡如此這般的負強化過程，如果有誰因此出了事，想必大家只會認為他一定是關係沒處理好，絕對沒有人相信是法治取得了成果！不是有人告誡我嗎："上邊就算知道了下邊有什麼無法無天的事也都管不了那麼多，只會看下去；那你怎麼辦，只能自生自滅了。"如此下去，就算改了制，如此信心，也難免有人攪渾水了！信心無論對於何方，都具有決定性意義。健康的心態歸於頭腦，而智慧歸心，源於什麼？丹田嗎？基點，不能喪失，法治必須從案例抓起！是的，基點的根本改善，要靠改制，改制卻有賴於基點尚存——有人挺身而出，勢成上下呼應。

記得我說起過的那位神主牌先生嗎？他十歲開始手淫，二十五歲腰彎了。看遍了西醫，無人能治。吃了壯腰補腎的東西就會腰疼，吃了感冒藥倒舒服了。我想他是手淫過度而氣息失調，如此免疫病——見了漂亮女人不是想辦法搞上床，而是扭頭進洗手間自己解決；賊人們荒淫在外，坐牢時身體倒好

了，他卻痛得更厲害。知道了，也改不了，已成習慣，就算有
生命危險他也控制不住。病在腰上，人也顛三倒四，凡事不
著邊際——帶了繩索和 K 粉約上一位醜女人去一座無人海島
上玩變態性戲；人家以為泡上小白臉了還帶上將近兩萬元錢，
卻發現是個變態佬，當然不從，他就把人家綁了起來；被抓了
又不願說出究竟，說來說去變成搶劫；辦案公安想收些錢幫幫
他吧，問他想不想接受中國法律的制裁，他卻以為會讓他去香
港。不著邊際判了十年。他那副其貌光鮮的樣子，就像當今亂
象環生的腐敗政治的一塊神主牌——那叫神啊，不說人話，總
是拆東牆補西牆，無厘頭回應著一個個腐敗的後果。他的癖好
不僅使他不要女人不要情歌不要雄奇，就連生命也都自我否定
了：他罵他二十五歲時死了的父親，罵他的祖先，罵他的故鄉
海南島，也罵中國。他的元氣，卡在了腰上。他的基點，就是
問題的關鍵！元氣之源，智慧之本！同理，民主的生機之所以
昇華，必是在丹田沉定的守候中隨愛飄升，於是腦海便有歡樂
洋溢而身心和諧。智慧如此簡單，健康如此樸實。凡事運作，
制衡推進，關鍵就在：從基點抓起。固本扶正，便有元氣上行。
如果到了精滑以致精崩的地步，除了閹掉還能怎樣？事不宜遲
啊，與民同在。

　　有個判了死緩已經坐牢快二十年的人，還剩五年，但看著
其他判死緩的人坐個十五六年牢就一個接一個走掉了，他就吵

著要把自己的腦袋換掉。腦袋上的皮也就當真開始爛起來，爛得他成天抓啊撓啊塗著各種藥，越來越重了。見他那聲長歎，我就勸他：再有這樣歎氣的時候，就把它深深吸進去試試。他真的試了試，只見眼睛閃亮很是驚奇；雖只瞬間，他感覺到了什麼驚喜。天漸漸涼爽，他的腦袋也不太爛了。他的問題又是出在哪裡？重陽，鏑和“神六”同時升空了。這時，都看見了什麼？升入太空，最引人矚目的還是地球吧！奇妙的蔚藍，意味人類終將成就什麼？鏑升入高空，最引人注目的還是雲海的夕照吧！是否知道就在悲傷的絕頂，你始終不渝向上所追尋的美好一切竟然會瞬間展現在你的腳下？其實就在你蹉跎蜿蜒的足跡之上，雲如鮮花，光如碩果！從太空從雲海從悲傷之上所看見了的，便是不渝之愛在無盡宇宙的小小奇跡吧！

國輝 05 年 寒露

（五十二）覺有所成

（出了什麼事，都很緊張，出收工也都不准點了。想必是有什麼大人物出沒，生怕隨時會降臨哪裡。播放 11 月份監獄新聞的時候，才知道，來了國務院新上任的司法部長。也是個山東人，還是個女的。有什麼把她感動來的，如此大駕光臨，新洲島上絕無僅有！犯人們並不介意，警察們可就心中嘀咕，眼神兒怪怪。一個挺帥但總得不到提拔的老資格警員就找我去談話，問東問西卻更像是在套近乎。魯教見狀那神情，明顯是希望我能保持距離。另一個得不到提拔的老資格警員也藉故找我談話，說到了他家有親戚是在中紀委工作，似乎示意我能有什麼交換——我能有什麼跟他交換呢，當然不是錢的問題，我又並非大權在握的官員。犯人們只是看不懂，一個像我這樣再審被駁回又沒成績減刑的人，能有什麼。）

鏑也要自學考試，是想讓時間好過些？每天學習不要超過一個半小時，不間斷，挺可愛的！這裏大約有百分之一的人參加自考，考場有領導現身默默相望。我也意識到，以此作為可獲減刑的改造成績而論，自學考試算得上是塊淨土。研究一下賊性，通常說來也就是投機取巧，但自學考試，就沒機會！既然無機可乘，考試通過是否當論可予減刑的成績便備受爭議——人生和社會的希望有時看來很簡單，只是某個上午或下午考試的時候猛然抬頭所見的那份純屬職責的關注。我從自己的經歷理應看灰一切，可我仍像華滋名為《希望》的畫中那樣閉目冥坐在混沌地球上繼續彈著唯一沒斷的那根琴弦。我一直彈它，漸漸，我的獨弦琴上竟然也有了和聲，其實是躊躇又有些驚喜的心聲。那從雲海之上從太空之上從悲傷絕頂所看見的，和我從考場猛然抬頭所看見的，也都一樣，這就是我們人生和整個社會的希望！它如此蔚藍、靈動，它如此感人！

欣欣不到七歲時寄來的畫上，有從天而降的許多禮物——依亭欣卓歡悅舞蹈著迎接這一切，鏑拉著我出現在門口，而我張開懷抱……禮物中有一份不起眼的"心"，我的懷抱也像十字架一樣。我當時就有難以形容的感觸，許多年來這張畫更成了我心中的經典！就像一個美妙神奇而註定實現的預言，它讓我心跳。心理學承認：人的一切，實際上主要取決於難以知覺的無意識，取決於所謂認得下意識。由於各種原因及由於能量隱性而沒有顯露在意識層面的"心態"，主宰著人們的命運。欣欣所看到所畫下的，就是其中的一幕，靈動使它浮現！聽得到欣欣的喃喃心聲："我每晚都會默念，我想你呀爸爸"，於是感觸到她臨近九歲生日時的心跳，重溫她生命自始的美妙韻律那海上升明月的一刻，至今使我猶感歡歌悅舞的陶醉！誰讓她如此感知——十字架的懷抱來自爸爸，這是愛的懷抱嗎？年復一年的聖誕所回應的不也有這樣一個懷抱,是痛苦極致的犧牲所完成的愛。

哥哥生日時我想起什麼了?小時候剛長牙,牙癢癢,照準哥哥就是一口,讓他哭了。我想我給哥哥帶來過不少痛楚,可是我的禮物,卻不知何時他才會看見,並引以為榮……禮物,看上去並不真實,我從考場為之感動的忠誠守責並無功利;所謂福音,終究不過是一個消息;只是因果,早已註定其中!

剛要發信,收到你們的快遞。一直沒要照片,是擔心見到孩子們的變化會為失去他們的時光感到心痛。看起來,他們都有點山東人的樣子了!將來,北京過幾年,到美國買處房,哪個孩子需要去那兒讀書呢?好在出國方知中國。剛考過的心理學也談第六感覺和超感知覺,但立刻說:對不起,目前心理學尚未能作深入研究。結果,研究的只是人類心理表面的一層浮冰。中國的教育又何嘗不是只在朝表層使勁。莘莘學子拼來搏去,能勝過電腦嗎?難怪有創意者,竟然都是智商測驗中等而已,原來是方法有問題。人格與動機因素,意義重大。電腦日益承載機械思維的時代,沒有創造性的學習有什麼意義呢?鏑問孩子將來幹什麼,說他們茫然,我怎麼從他們信裏早已一清二楚了呢?還是全面發展才好,超前發展有害。專業出自興趣和社會的感召,可以啟發興趣卻不可強求。許多家長自己連基本教育都沒完成，就強求給孩子確定其不知所以然的專業前程。其實，當孩子們真正面對社會而被其深刻的矛盾席捲其中，使命自有召喚……當孩子們有兩個洗手間還要爭時，鏑就不能不考慮“法治”是在哪裡出了問題。平息孩子們的爭執所帶來的不僅是和諧，還有將來他們面對社會解決問題的途徑和方式以及信念。不能只當這是無謂的爭執，上帝也從不小瞧人類爭執為瑣事，所以有摩西的律法。可人們常說的上帝，又實在是人對包括自身“神性”的異化，就像缺乏法治的市場經濟對於人性的異化一樣。我給出一個明確的方向吧：愛與法治。

不要被強大世俗一時功利所同化，不要因乾坤顛倒而自尋煩惱，真正的成功總是獨到……催眠是喚醒潛意識的方法嗎，所以父母對孩子的影響巨大，就在於潛移默化的影響。不是說教，而是言傳身教。鏑寫信時有《勇敢的心》的樂聲，而我同時收到了無與倫比的心情！鏑問我那在樂聲中的感覺，可是這驕人的美好又怎能形容呢？這其實是我們在共鳴中同時強化的心情，是我們自始就在心傳中彼此認同，而如今已到了這等地步，實在慶倖！我們心中的曼陀羅，經久不息的同在，令我如此享受！當鏑生日臨近之時，我如此感謝！所以，書寫或者儀式還有孩子們形式上的學習，絕對需要！另類意義所在，恰是其為心中無意識的潛能提供了形式和場合。我寫信或者心中默默紀念著許多特別的日子，所凝聚的心情只能略表一二，真

正的潛能卻通往未來……彼此真正有意義的心靈溝通，彼此的
"催眠"和潛能的啟發，彼此能量的利益，盡在不言中！鏑寫
信那天給我的明媚，已是前所未有！鏑不想讓孩子們有我們這
樣的心傳，因為它在於如此離別；鏑也不想讓孩子們成為偉大
的人，因為這源於苦難。但鏑卻急著讓他們進入專業，讓他們
進名校。看著報上出百萬請家教以入名校為約，我想鏑應該知
道這反而會培養出什麼垃圾！學校所學一切只不過是智慧之湖
薄薄的浮冰，在浮冰上鑽營卻使湖水腐敗，命運對這樣父母的
嘲笑將會多麼無情。也許這本來就是如此父母為人為業的報應
吧。我們的經歷，卻成為孩子們尚未察覺的寶藏；心傳已然美
麗無邊，只是意識層面的徹悟尚待峰迴路轉。自覺自在，其實
是最為緊要的為人為業的關鍵。所謂開發潛能，實現自我，其
實是現實中每個人心理的教育的職業的功利，也是全社會政治
的經濟的道德的功利。它更是人類新紀元的鑰匙！

　　心傳已然美麗無邊，但是時尚流弊的入侵恐怕無法避免，
意識層面的徹悟尚待峰迴路轉……在我心目中，仍以為回家可
以像上次那樣抱起孩子們，可照片上你們一個個已然亭亭玉立
了！無論青春和欲望如何引領你們，在你們生日的晚會上，我
心同在！

國輝 05 年 霜降 立冬

（五十三）當鞋合腳時

（年終總結，每人填表寫自我鑒定。我寫的，就讓何教他們為難了——我如實寫了沒有減刑成績的原因，並非勞動不夠努力，實屬有成績的工位早有內定。他就讓我改，我說我只說實話，他解釋說這份表格減刑的時候是要報到法院去的，不可以這樣說。我沉默以對。後來他拿到會上去說，三百多人聽著："年終總結，是要拿去報減刑的法律文件，不是想怎麼寫就怎麼寫——回去每個倉按統一發下去的格式抄，錯一個字，扣分！"我站了起來，全場大吃一驚。"報告，我寫的不是法律文件，是實情。"說完我就坐下了，立刻身邊就有人低聲驚呼我真猛人。何教一臉亂象，喃喃了什麼，"扣兩分！"他終於叫出來，卻像把自己嚇了一跳，接著說："你可以隨便去說什麼，向誰去彙報都行……"他發現自己失言了，說了句"散會"扭頭就離去了。上樓的時候，不少人極度振奮向我豎起大拇指，我一低頭就過去了。好幾天，犯人們看我，都驚為天人似的。鑒定表，他們都照抄了，沒人給我，想必是有人冒我之名給填了。王教找人來叫我去，是在他車間的辦公室裏，何教也在，魯教則在外面的會議室裏關注聽著。只見王教一臉真誠聊起來，問我對他工作有什麼意見可以提。我說以前要求寫建議時都提過。他說那你覺得你能幹什麼，好似立馬就要給我安排有成績的工位。我只笑笑。他說他也是南下幹部家庭出身，佛啊道啊的他不信，他只信馬克思主義。他是見我信裏談到的智者有所不為，拿無神論來釋懷自己的貪婪；我想我是差點沒笑出來，拿話頂住了："我，沒有宗教信仰。"他說："行啊，你想寫什麼你就寫什麼，沒問題，隨便寫！"他為此揮了一下手臂，似乎真的好無所謂。忽然，他誠懇面對我，很爺們兒的樣子問我："怎麼樣，我們能不能找個時間好好談一談？"這是一個讓我驚奇的問題，國王一樣的他，竟要這樣請求我一談。這時坐在角落裏的何教弄出聲響，使他猶豫著停下。我說那是當然。他看到了何教制止他的急切臉色，就此打住了："那你先回去，我們再約時間……"會議室的魯教迎向我，趕上說了句："我從前也是軍人……"我在他給我開門離去前，深深點了點頭。這是我們心有千言萬語以來，第一次照面交談。接下來的信，我並沒提起這件事，我說起了別的，彷彿與家人一起轉向了星空……)

心中有你們收到信時使我感覺到的平安，感到安慰……就像鏑說的：我們每個人的健康，並不只屬於自己！那麼，就要從每天的細節做起，習以慣之，使生命歡歌。

沒書看了，想看看鏑為什麼會有認同感，就翻了翻《心靈告白》。那些人有的我似乎還認識，那些聚會，西單牆、灕江邊，社科院研究生院當時所在的那所我兒時的十一學校，都歷歷在目！我與他同學還有過一幕情場遭遇，當時鬥起那人所學的物理哲學專業，竟然收降了他。周國平看來心地真誠，當今尤顯難得！求智之首要，正是真誠。所以他用他的哲學（他稱之為智慧）解決了他的小困惑，便又察覺了大困惑。這讓他想起了上帝！以其大名，知道了問題所在，也不算徒有虛名了；只是，仍從常識和習慣的角度來看，這真的會成為他永遠的大困惑！愛因斯坦下半生的困惑，也不過如此。欲成大家，只有去過觸及靈魂的生活，而真相來自於體會！他目前的經歷，好像只在臨淵羨魚……不過，與他一起回憶，看望我經商之後留在身後的人們，隱約確信：這一領域，勢將重新成為社會的中心──只要真誠，中國的哲思，終將高於以往甚而高於世界，以致照亮世界！因為，這裏是薈萃所在……

亭亭生日了，我已失去太多與你童心相對最為珍貴的時刻！好在將來我們大有可談，當然，這是在你肯傾聽也是我肯傾聽的時候 一交談，總是要互為聽眾並有所回應。我想你首先應做文哲之人，做與社會同在的"感動的人"。因此而有良好情愫成為底蘊，使昇華成為可能。有些話現在就想和你談，可惜你還小，可是再大些又難免因青春而流俗──好在智慧總是萌于童心，懵懂卻有生命直覺……智慧使人有福有祿有壽，有真正的功利，有完美的結果。誰不想擁有智慧？從莘莘學子到空手創業，到馭富理財抑或位高權重，莫不如是。什麼是智慧？已一再提起，我仍不斷體會它，相同的話再說時情勢與境界已不相同。說智慧來自於苦難，是否太片面？雖然自古智者于此無一例外，但智慧卻是來自於自我超越的一刻，而它，歸於愛。智慧因此幾乎不是來自於認識，它只能體會，其實它是一種境界。當然愈多知識的積累也是條件之一，可就算是文盲，比如六祖慧能，不也成為一代宗師！我看他其實正是釋迦摩尼的真傳呢。之所以如此，我看恰到好處的就在於他是文盲。那麼智慧從何而來？愛因斯坦學成所做是中學教員，他做了三級專利稽核員，考二級還沒考上。與眾不同的只是，他總在沉思。因此而來的相對論改變了整個世界，但那也是在他提出之後十年，才被漸漸公認。智慧不以人的意志為轉移，可以修，卻可遇不可求。愛之追求，就算是修行吧，智慧就在這條路上等著你！而且，美妙得很，它永無止境，如是神境，何等了得！

因此說來，它既然像神境一樣，也就被神化了——出了許多宗教，變出許多偶像，難免將智慧歸於不智。人類相形之下的膚淺可想而知，卻也可以理解：以地球 46 億年歷史按一年來算，出現三葉蟲時已經是晚上九點鐘，恐龍則是十一點，人類出現已到午夜零點之前的一分十七秒，人類有史文明不過是最後幾秒鐘的事。誰知又有多少次文明已被毀滅不曾記載？一萬二千年前冰河結束時海岸在目前兩三百米之下，盛傳的沉沒了的亞特蘭蒂斯如果也涉及百慕大三角那片海域的話，那麼一直以來那裏離奇失蹤的飛機船駁以及歸來者失去了的時間，意味了什麼？利用時空重疊來實現宇宙的時空定位相通，如此史前文明卻已沉沒海底？誰知道！目前人類對海底的瞭解，竟然遠遠不如對於 1.5 億公里之外太陽的瞭解⋯⋯智慧，卻足以洞察並觸及難以觸及的宇宙，彷彿所有的先知那樣？釋迦摩尼苦修六年無果，只剩一副骨架了；他走出苦修林暈倒在河邊，牧羊少女餵了他壇中的奶水之後，他在菩提樹下金剛草上靜靜坐下——七天之後，他忽然間彷彿明瞭，他瞥見了世界的真相？那些星雲、恒星和它們的行星以及整個旋轉著的宇宙，還有分子、原子以至誇克同樣的情形，就像他的信徒轉起的法輪那樣。他肯定地說出劫難幾多而人類在劫難中心靈成長。那麼沉沒的亞特蘭蒂斯和那些大西洲人曾在時空重疊裏穿越時空找到了宇宙之路，其後的劫難，至今浮現在百慕大三角的水面之上？他所看見的，正如陰陽太極，四象八卦、六十四卦、三百八十六爻，以至天地萬物，芸芸眾生。只是感悟，他未予深究，深究的使命也不在當時；他已領悟其中根本，他已感喜樂無邊；他，歸於無言，只說：色即是空，空即是色。

如同我們今天在量子世界所見：物質悠忽從有變無，又從無變有;那麼,宏觀宇宙層面,理應如是:宇宙膨脹終有盡時,然後收縮,塌陷,緻密!猶如黑洞那樣連光都無法逃逸並終於連物質也全部消失,歸於一個能量的奇點。然後,又是爆發!漸漸,出現了亞原子粒子,並終於有了氫、氦,有了許許多多的太陽:接著,有了越來越重的元素,有了鐵核的地球,漸漸排滿了我們今天所知的元素週期表,成為我們今天仍在擴張據查已有 1400 億個星系的宇宙!而且,從概率約算,應有一萬億億個地球!只有從時空重疊的奇點,憑著反物質原理製作的反重力系統,使物質意義上的宇宙人類社會終於會合!否則,只能憑心靈相通……那裏,想必也有相應的法律和道德,而無疑的是,那個社會的良知,是愛!達致奇點的愛,使所有宇宙彼此相連,其中意境永無窮盡——相順則生,相逆則亡。我們人類很久很久以來將其誤解,稱之為:上帝!業力深沉,因果相應,覺悟談何容易。釋迦覺者有意度人徹底超越,但這卻需要用生命去做典範,而非只是說說!他念力了得,與他涅槃丁巳同生肖者,按其所言 540 年後另有興起——佛徒們也果然找到了轉世者,他叫耶穌。從印度教國度發弘的佛教,由中國傳承了;而由猶太教國度發弘的基督教,由釘他上十字架的羅馬傳承了。被猶太人慫恿羅馬人釘死的耶穌,任其信徒去傳羅馬,自己卻回到了東方他曾學習過的地方。在那裏,他靜靜注視著佛教從印度向中國流轉,而兩千年後以他為名的文明,也從另一個方向抵達中國!於是,與中原始祖伏羲從結繩記事就領悟的直擊奇點的八卦一起，在科學的洗禮中，曲徑通幽，勢將薈萃而成的明天，非同凡響……歷史已說出智慧的故事，而我們仍只在一個新的起點而已；只是我們從歷史與發展已然更能理解智慧的本質，回應它絕妙的召喚！

　　這一切，究竟會如何實現？公司化與權貴化已把此前中國的社會主義轉變成為官僚資本主義，而無神也無信仰的社會如今只認金錢！物欲橫流，已把此前革命蕩滌所餘的傳統徹底掩埋，而且撕裂著人心，切割著社會。革命樹立起來的集體主義已然無從召喚起社會良知，如此金錢社會，又怎麼可能從中崛起東方和西方文明精華的薈萃呢？也許，巴別塔之所以倒下，是因為能量偉大，而命運奇妙？也許，正是革命蕩滌了道統，才使真人走出了偶像；也許，正是貪婪毀掉了集體，才使愛心成為了良知……其實，有限公司是比蒸汽機更加偉大的發明！由它作為細胞的社會，只能是彼此制約的法治社會！公司化的結果，絕非權貴化！可是，我們一早在老虎撒過尿的地盤上講法治和宗旨，顯然讓自己成了勝則斷其財路而敗則開其財路的人，於是權貴發威才保有了其領地內市場獨佔；以致權貴化到了今天，我們的事情已遠非本來簡單一句話就可以說明了——如今世道，臺上臺下惟自欺欺人，社會扭曲已遠離自然，但見那官話一講總不下三五七條，排比朗朗，實際利益卻正如皇帝新衣，令人民唾棄……進化，總是簡化！肺魚染色體是人的 40 倍，齒類動物一般有 600 多染色體，馬則 64，而人只有 46。並且，97% 的基因屬於垃圾，無用基因恰與愛滋病毒逆轉錄酶同類。人類，有待進一步簡化。佛也不過拈花一笑，該明白的全都明白了。問題真想解決，也很簡單。丙戌年，是火光通天的年頭？陽光因此普照，濁水得以見底，世界一目了然？會嗎？有門課叫成功學，開宗明義要喚醒心中沉睡的巨人。一個認為自己會失敗或理應失敗的人，再怎樣他都會失敗。我們一直在說心靈的成長，也有這一層意思。並不是告訴自己不會失敗或認為自己是巨人便就是了——只是，真的有愛，就都不成問題！所經過的一切失敗會成為修養，強者與成功由此誕生。其中，行動養成習慣，習慣形成性格，而性格決定命運。就這麼簡單嗎，就這麼簡單……只是，就在晚會上，曾聽著讓少女們淚流滿面那個叫周傑倫的傢夥唱什麼《雙節棍》，還有看著報上書店排行在前的暢銷書同樣都是些無厘頭的時候，似乎連保守自己都很難了，如此追求要想成功，真不知道這世上到底是誰不正常了！可是，就是堅信，則信必有果。因為，反者道之動，正如聖經的奇跡是歷盡苦難，那麼危機，必是良機……

入夜，我仍在監獄除夕的彩燈閃爍裏眺望著孩子們心中的童話世界。我竟然在零點過後的元旦夢中，迎來歡愛！在如潮的喜悅中，我擁有了新年伊始的幸運嗎——感受極樂，因愛盡通，於是就在奇異的奇點，童話的世界湧現成真！亭亭寄來的趣致各異的剪紙小狗們，彷彿勢必動員起來齊聲歡叫，可愛狗年的身影看上去一派紅火！

在岳母生日的重陽之際約定了我們的家庭，讓她有多高興，也讓她英年早逝有所慰藉！在分別中的約定，充滿了團圓的期待——來自生命之源的動力，就像大自然母親驅使三文魚無畏艱險上溯自己的出生之地留下它們的精華！約定中迎來的結合，就在情人節！希望天下有情人終成眷屬的瓦倫提為之欣慰：他從苦難至極裏不渝的祝福，與我們同在；他被追憶而靈感慰藉的淚水，給予我們深沉的嘉許！切記：分別，不是因為約定時我們分別，也不是因為結合是在殉道之日！約定，才使我們終有團圓，結合已在佳境。我們特殊的約定與結合，使我們一早心有所備，更庇佑我們度過艱險、誘惑、疑忌和苦難……切記，只有相信成功的人才會成功。信心愈久彌堅，成就也至善至偉。不要迷信，只要堅信。證明定將感人肺腑！

第一次回家買給我新鞋，說從今走新路。可是那鞋擠腳，我還是穿我的舊鞋。舊鞋最後來到這裏時，被丟進了垃圾桶。離開時，我的鞋，將會合腳了？奧修說《當鞋合腳時》，會怎樣？

國輝 2006 年 元旦

（五十四）如史如祝

（是誰要跟我談談，不是這裏的國王嗎？難道我能說服他嗎，其實他想要改變我……畢竟國不是他的，否則他不會如此敗壞！身為核心的話，他才不會毀掉這一切！我這是想遠了，想到了國家的層面，我的信也彷彿寫到了總理心上，全當我家人或許擔當如此大任，容我與他一道思量。何監心領神會，向上彙報也是讓人分享他自始而有的驚喜——無法改變官場的現實，但請看我們的良心吧；於是良心從我傳遞上去，良知伴行。該當如何，最後能夠期待那個權衡腐敗於政治天平的核心嗎，期待他的良知？讓王教緊張的形勢很快有變，即將拿下他的政委反被他們拿下了，聽說是被查到了什麼小事把人抓了。來了新任肖政委，監區也換了新任鄧區長，魯教儘量瀟灑著笑說有了新領導，但不如意卻明擺著，沒讓他當區長，我所希望的變革也無從展開。聽說這位鄧教從前是這裏的副教，也是跟王教鬧了矛盾走的，如今殺回來想大撈一回的話倒也諸多受限。平衡之間是核心，只是長此以往，國將不國。王教沒來得及跟我談，我不知他如果是核心，會否更容易有良知發現。）

"兩個人從監獄鐵柵看出去——一個看到的是爛泥，另一個看到了星星……"

總說卓卓像我，眉毛和腳踝卻和鏑一模一樣！還愛哭嗎，不知"慈母多敗兒"的進程如何了？千金難買少時難啊，也八歲了，汲取到難之寶貴了嗎……孩子們的升學和前途，這是許多人的困擾吧？沒有好初中就沒有好高中，沒有好高中就沒有好大學，沒有好大學就沒有好職位，沒有好職位就沒有好的一生啦。對於一般人來說不這樣想也難，但當真困在其中，也就實在太一般了。成功不是這麼來的吧，決定命運的，反而是孩子們現在養成了什麼習慣。焦慮有害，好事在於馬上行動，每天行動；而不好的則放棄，每天放棄。習慣！習慣了的事，每天做起來很輕鬆，天大的好事，其實就這麼做成了。不必焦慮！這就是性格，沒有焦慮的性格，每天勤奮刻苦仍輕鬆喜悅的性格。這是出於愛而進取的性格，它不僅健康不患得患失，而且決定了你的命運擁有智慧。一切，都不過是從眼前的細節開始，這就叫修行。制度，則可以讓人養成應有的習慣，而正確的制度必定簡單明瞭。制度眾多而複雜且流於形式，必定是源頭上本末倒置出了問題，便讓流弊糾結且自陷迷局。有效可行的制度必定是在制約中一目了然，如此簡單！我相信卓卓，不僅自己能做到，還能讓姐姐們也受益。你的制度不僅讓習慣決定了你個人的命運，你也必定體會到，它能決定國家的命運。道理相同。當你有所行動已讓我無比欣慰，當你建立起制度，你不僅排除了誘惑解決了小人之困，走出壞習慣煩惱的同時，夢想亦如此現實！從你出生我們一同走來，至今，你的每一個成長都意義重大，其中心血非凡，而漸次展開的童話寓意深遠。這童話，不僅真實，而且同律諧動在不同層次，就像奇點相通，在各級宇宙！童話中，毀滅的，不會是怪獸手中的我們……至誠通神，極生造化！於是如巫，受命於靈；於是如祝，發願於靈──我們如巫如祝，心靈而福至！沒來得及每晚像給依依亭亭那樣給你和欣欣講童話，我們自己卻行出一個童話！童話中我們做到的，我們情感與意志的昇華改變了的，現實的世界不曾改變？八年過去了，卓卓與生俱來的改變，留意到了嗎？

監區最高領導約了我談話，他滿不在乎地說："你愛寫些什麼你就寫吧，沒關係，隨便寫！"他揮起手來非常強勢，"什麼佛祖啊耶穌的，我就信馬克思主義！"驚聞他有信仰，我不禁一笑，說："我沒有宗教信仰……"最後，他卻說："怎麼樣，我能找時間跟你談談嗎？"其實我就在他面前，而且彼此地位如此懸殊，他卻要問我能否談談，令我無語。我想他是想推心置腹跟我談談人生以至官場許許多多的不得已而為之吧，難道是他良心未泯，有所不安？笑嘻嘻的副區長暗示他什麼，然後到一旁耳語制止了他。記得新任司法部那位女部長去年11月前來視察當天，他們也曾如此耳語，彷彿事態非同小可。監獄政委從窗口望進來，分明是瞪了他一眼，讓人覺得會有他什麼麻煩了。可是不久，他調到最初曾有人勸我設法留下好方便減刑的入監隊，仍做監區長。那可是肥缺，不下於這裏港人監區——我從後窗看見他，已是趾高氣揚，不再有絲毫不安；反而，從窗口瞪過他的政委據說出了事被撤換了……曾有個爭論——「無官不貪，所以黨鞭都叫無官正！」有人說他早已看透了。另有人說：「財小就鬥不過財大的！未必人人都那麼貪財，也是不得已而為之；膽子呢，也是練大的……」

我則唏噓另外一個故事——

有位先生剛出家門就有個破破爛爛的男孩來央求他買束花。「只五元錢，求求您，我都餓壞了！」那人說他沒零錢，下次再買。男孩就說：「我可以幫您去換，我還有個弟弟已經餓壞了……」那人拿著一百元錢猶豫著還是說：「下次有零錢再說吧……」男孩已經拿過錢跑開了。這位先生知道他不會回來了，看著花搖搖頭回了屋。到了晚上，他家門鈴響起來，有個更小的破破爛爛的男孩子在門口，手在口袋裏掏啊掏，掏出了揉皺的 95 元錢遞上來，就哭了：「我哥哥去換錢，往回跑的時候被車撞倒了，腿斷了，不能來給您錢，真不好意思……」那人驚呆了。他一定要和小男孩去看看他哥哥，是在一間鐵皮屋的木屑堆上，他見到那個斷了腿的孩子，把他送去了醫院。他又在自己的公司裏先是給兩個孩子安排了個清掃的職位，後來他把他們送進了最好的學校；再後來，人人都知道了——他們就是大名鼎鼎的某某某兄弟，他們的發明早已讓這位送他們上學的人真正發了財……

那年，青青世界庭榭樓臺瀑布碧草的中秋宴上，姐姐來電話說已把我申請賠償的事情轉給了朱辦的呂秘書。不久，鄰桌一位紳士送來一盒蛋糕。當時，輝煌月下，他使我以為是我孩子們的盛況令他動了愛心，我並沒留意在我僅僅道謝之後他的遲疑。我也沒在意呂秘書又能怎麼樣，但還是在人安排之下到醫院見了她；這倒讓我想知道她是何究竟，就直接聯繫了朱辦。然後，有一天電話響起，說他是朱辦，想問"呂秘書"是怎麼回事，竟說沒這個人！最後，來電指引我應該去找省高和高法……如今，最冷的冬天將盡，寒風中瑟縮著又想到呂秘書時，七年已過，GDP 已經翻了一番，求財不擇手段的"呂秘書"們如果不賭的話，大約能賺不止十倍於此。省高不管的事，高法督辦了，檢察院就索性撤銷不起訴轉而起訴！就算呂秘書是真的，朱辦又不看案，還能怎樣？其後的記者們大多沒敢張揚，但人民日報新華社內參不是登了兩次嗎？有了身價的並不是我吧，我只是替人叫出了好價而已。月光下送來的蛋糕不是愛心，不過是耳聞朱辦而有了出於利益的敬意而已。其後的大狀、其後的程序，不都是待價而沽佈局其中嗎？一旦你付出了收下了，就不止於金錢，從此走上不歸路了。我們固守，也省高了，也高法了，程序都對，可是主宰遠非立法所確立的宗旨本身，而是市場中早已不受法治的金錢。它主宰於無形，宗旨成為令人歎息的東西。比我處境好的是，它還被貼金在門面上，也不得不被應付於一次次自上而下的部署行動之中，但終究不過成為過場作秀。只見人們發瘋一樣變換態度和立場，因應著局勢人脈的變化，而萬變不離其利益之所在，才是真正的宗旨，至高無上！天不變道亦不變，我亦以不變應萬變吧。我們彼此屬於完全不同的可笑，我如此可笑處身於小丑一樣看風使舵的時尚之中，還在固守自己的初衷，還在播種自己的希望；而它雖貴為宗旨，卻也灰頭黑面在虛華的門面之後被人唾棄！我們全都在最冷的冬天瑟縮不已，不禁自問依法治國八年以來究竟做錯了什麼，由此而來的一切究竟算是什麼？這種時候，心中卜易，倒像那關在羑裏的文王了。還能幹什麼呢？於是乎葡得損之六五擲地有聲：「如此之損，再大的龜板卜占都是吉祥，根本就是吉祥！」讓人哭笑不得的喝彩！社會終有良心，這是一種說法；良心自在人心，這是一種想像。也難怪孔子晚年大志難抒時把他編輯的《易經》上的繩帶都翻斷了，難怪他說看易以戲。他未言之中亦有安慰，在陰陽五行的演化遐思之中，伸展開他的視野——竟有萬世師表的牌匾，亦有「成我者春秋，敗我者春秋」的歎息。

相形於歷史，人生太短暫了，我只不過是在學會歎息！在家時要是鏑掉眼淚，我有什麼反應？孩子們要是沒完沒了纏在身上，我又會如何？每週每天都會安排時間給妻兒，但不是很安心。可到現在方知，讓孩子們纏在身上，是我歡樂的天堂！鏑落淚，每一滴都是我的珍寶！爸媽的每一句叮嚀，都是我的福氣！是啊，我學會了愛。金錢沒錯，法治的話，它帶來文明；德治的話，它是愛的力量。什麼是愛？可能只是在非洲之角某處小小孤兒院裏幾個人靜靜收養著五歲以下的兒童，而在這個總是遺棄小生命的國度它的那位政變時逃離的總統的冰箱裏，發現了許多小孩的手腳！有心如此平凡的奉獻，不讓人感動嗎，那些尚未被吃掉的孩子們不是正在變成一群天使嗎？奇跡大約總是在這種時候發生吧？閃亮的氣色和目光日益浮現在我的心中，已絕非是我獨自幻想的好事——豐收的心，的確可以讓毀滅離開我們。當越來越多的人學會了歎息，學會了愛，隨心跡流露，逐級施行，不約而同——於是從金錢無形魔法的迷局裏，我們因為信念而無惑與自豪，同心徑向目標，讓宗旨不再虛幻，使權位因此而來。而利益歸位終成制度之時，我們必不再孤單……

監獄也有新聞聯播，現在改版了片頭——雖然那圍繞原子核的電子軌道模型與實際情況相去甚遠，但比之陰陽太極圖卻更具有科學意味象徵了奇點的流轉。從中可以寄望美好的和諧與愛的智慧嗎，它果然能讓陰陽太極圖浮出迷霧？那麼，豁然而來的，不僅是國之至寶，而且是文明薈萃！這時，我聽到了歌聲，彷彿回自天頂，是透過奇點的寄語：「我們是十指連著心的姐妹弟兄，一起面對生命中心愛的雨和風；我們是十指連著心的姐妹弟兄，每一次感動都祝福你一路珍重！」

國輝 06 年 小寒

（五十五）因信而立

（逆境又再逆境，希望之事失望之事，年復一年的失望與希望，由於信心而成為通天的階梯了。我的喜悅，犯人們有所不知，但我的開心仍然感染著周圍，彼此愉快，少有冒犯。甚至有人說我很會坐牢，是想說我不像在坐牢吧。我會坐牢嗎？剛扣過兩分沒當回事，但這就能讓兩個嘉獎也就是兩個月的勞動成績相抵泡湯，而且減刑間隔也平添兩個月不止。當然，我並沒有嘉獎，只有勞動成績之外自學考試來的幾個表揚，含金量早已被主抓生產的王教大打折扣。如今鄧教，已有所顧忌，見我像見到一件怪事，看上去不能放手去撈讓他心裏很不痛快。大概面上的錢他暫時不會弄了，王教撈了的安排好的工位，他讓它執行完畢；個別所謂上面安排來讓他照顧的，也見他給弄上個有成績的工位。據說花銷要比過去翻幾番到了五萬多一年，那麼賣減刑的總收入也就仍不低於從前。一般人能拿到減刑的工位自然已是相應增加了，只不過輪到我恐怕還得有些日子。通知讓預計今年能出監的人去拍證件照，我也要求去了，搞笑似的與王教的紅人光頭佬一起蹲在那兒等照相，等於說著一個法治凱旋的消息……此刻，我寫信說信仰，滿心肅穆堂皇！彷彿來到莊嚴的殿堂，從囚徒到國王，我們只敬畏真理，我們與神明同在⋯⋯我的確聽到心聲，正在驚奇自己的職業生涯裏竟會有如此奇遇。心中的光明，亦如始料未及的晨曦，如此陶醉的我們已然忘懷腳下的泥濘以致乾坤顛倒的逆境。惟有日出怒放的大音無聲裏，一派天籟。我們惟求至善至美，我們已有救國大計。）

馬克思主義理論研究也搞創新工程了，且說已到了攻堅階段，並想有傳世之作。我想起14歲我給姐姐寫信勾畫通往共產主義路線圖，那時也在攻堅階段吧。那件事強求了，讓我一時得了神經衰弱。我後來因此而有的經驗是：總也鬧不懂的事情是因為它根本就還成問題！《資本論》完成了嗎？它論及資本主義的要害，只是讓現代資本主義獲益匪淺；《資本論》難以完成，非要完成必是強求！只要在攻堅階段省略下什麼，不難有結論；躍入結論之事常有，省略的卻正是所攻之堅。真誠面對所謂大困惑的人少之又少，果然有也必是謙遜且不造次不僭越，知之為知之，不知為不知。如此態度，默默看化的智慧才有望來臨。鄧小平的智慧是按下不表，以後再說。堆積到現在，影響到信心和凝聚力，不能不解決了，就想攻堅。難道把話說圓就能有信心和凝聚力？恐怕只有靈驗神奇的真理才能解決這個問題吧！所以，這項工程也可能成為機緣——一個政權的功利變成了真理發現的良機，而有一個令世人心中驚喜的感悟發現？它肯定不是人類各種廟宇中的偶像，更不是騙取人心的佈局，它是活的靈魂，沒有框框，相當簡單……其實這其中有思想方法問題：凡事一二三四加以界定，所謂把握，反而無從把握；其實馬克思的理性為人類掃蕩了偶像和廟宇，而理性之上他始料未及的一片空白的大困惑裏，才有他的理想社會得以奠立的真正基礎——那是真正的同心，彷彿蜜蜂社會的生死與共竟然超距發生，能量互動竟然成為彼此利害相關的物質社會基礎！人類普遍覺悟自古智者的心得，得知萬物至理原來正是超越萬物的奇點流轉，而愛已成神！

糾結的心靈之上何來如此心得？我勾畫那路線圖時，只因為讀了不適齡的書便已神經衰弱；馬克思對於資本發展做出斷然歸結之時，也因為一身癰痛正苦惱不堪。他並沒有寫完的書，恩格斯能寫完？能寫完，為什麼不斷有人修正？一開始修正的那些人，至今還有餘黨在歐洲執政；而列寧曾和他們鬥過，但自己奪取政權之後反而同樣進行了修正，只是為時不久都被史達林取而代之——馬克思的理想因此崛起在越來越窮的地方，紅旗似海！馬克思必定驚魂難以安息，因為他所說資本發展的結果其共產主義社會，怎麼會是相反的進程！命運在跟理性開玩笑嗎？神經衰弱和一身癰痛難道是違背自然的病理反應？發生了的事情，必定有道理——俄國和中國的革命無論多麼令馬克思驚奇，都從相反的方向建立起強大而難以為繼的社會，反而是資本主義社會悄悄奉行了實質屬於馬克思的國家干預，而存活至今。在窮國硬上的理想，也有意外的歷史功勳——蘇聯牢不可破的公有制下軍民一家的力量，戰勝了西方難以戰勝的法西斯！中國的馬克思主義則更讓一個極度貧窮的國家擁有了全國範圍的經濟架構，而禁錮了智者精華的偶像廟宇皆遭蕩滌，以致空白之上，有一個強權和全國與之相應的基礎設施，終於得以在獨立自主中開放，而有雷厲風行的改革。其後，反思中，自古以來的智者們從科學中復活，已非偶像，那麼馬克思居功至偉！偶像則不會復活，馬克思主義的偶像也是一樣。

說什麼已經沒用，脫離現實的信仰怎能感召既得利益的人們，難道再讓利益被損害的人們去搞馬克思的階級鬥爭嗎？如果是因為法不責眾，因此才需要信仰凝聚人心，那麼遷延之下就不僅僅是大權旁落了……行動才是關鍵，而行動的關鍵其實如此簡單——每個人每個民族最為關鍵還在於秉持本色，發掘自己。兩個努力實踐了馬克思主義理想的大國，其成為大國而開創一統的人，一個是伊凡雷帝，一個是秦始皇！成為大國一統的過程如此，還是使命亦如此，因果仍猶在！家國興盛，關鍵在於一統。法家視人性本惡當以嚴法，儒家視人性本善當以教化，而有法家于秦製成一統，而有儒家于一統成千秋，文明獨存不古。何以獨存，歷史無語，存在就是真理！如今秉持自我開懷於西方，全面市場化，於經濟呼喚法治，而法治有待民主制約，秉持本色應有怎樣的歷史與現實融合——民主啟動於明主與人民的呼應，循序而來，依法互動，末位淘汰的速度終超腐敗的速度，穩定終於名正言順。當此世風，賊心之下，民主其實必然成為腦殘群起壞人爭雄，聞天賦人權而給予豈不忘情毀國，一任列強魚肉其人權自是天賦⋯⋯然而秦制如獄啊，可是我身邊群賊豈不個個按部就班，其實他們有多壞你無論怎麼想都會始料不及；教育改造就是聖人勸世吧，儒家叫賊作人，利益最大原來還是去做個好人；何況秦制之下，你能何去何從，休想民粹。把官員們都叫去學《道德經》學《論語》學中國歷史，因為那是使專制變成仁政的文化，那是讓我們成為漢人而非秦人的瑰寶吧；而與西方文明兼收並蓄，正像經濟上已經做了的那樣，起碼在民主與法治的形式下主民互動，才能救得下自己吧！救了自己，也就救了世界，人類新紀元由此開創⋯⋯如今為官如賊，其功利與政權的存亡和功利相悖，就是因為權力的來源並未在主民之間真正理順！互動一旦成立，自我改造與心靈成長一樣，自會開啟一個真正有所體會的過程；終有自我發現之時，賊心式微巨人崛起，人們潛能與宇宙相通，便有神往！

　　我之所願，我在這裏寫給卓卓將來；也是因為只有現在，我才會寫信。雖然卓卓只有將來才能懂得，但是事態正在我下筆時發生！即刻著手吧，不會累，累的只是沒必要的擔心——

懷孕與生產不是反而讓女人更聰明嗎？放鬆，迎接挑戰，養成習慣！我多少年來每早一次做五十個俯臥撐等等運動從無間斷，習慣成自然。如此為人，喜悅亦從振作的習慣充滿生活佈滿天地，而不斷收穫踐行宗旨其愛之陶醉，便有"神跡"從點滴生活小事從舉手之勞，匯成洪流，壯麗於世！

一棵小樹，總給它澆水，它的根就不會往深處伸展；少澆點水，不時拍打它，它不僅能自己找到水，還能屹立於風暴而不倒了！所以我知道我來這裏一路心痛卻也欣慰的原因了：最初看見這裏的大門，奇怪怎麼會有厚重的故事發生其中的肅穆感覺呢？如今燙金紅底的春聯非同一般回應宗旨而有的靈動已非虛幻的時候，最初的莊嚴肅穆，已有史詩一般的內容了！改造和新生其實是我們這個時代每個人都面對的考驗和使命，因果的報應將會一年年漸漸清晰，而結果越來越不容選擇。結果，我們將會慶倖！眼望著日出將至的光暈靜靜浮現在樓前窗外的樹冠之上，惟有我們慶倖：樹已參天，破曉隱約，進程奇異而不可逆轉，勢將光彩叢生！這是天下與家國的故事，就像大大小小的宇宙薈萃於奇點之時神明齊放的一瞬，所謂曼陀羅已是永恆——一片空白卻滿溢從天而降的喜悅，人稱最高境界，已然常在心中！

國輝 06 年 大寒

（五十六）鳳凰將至

（何教起初對鄧教舉措似有不悅，好像心說你裝什麼呀你！而且從前買了單的豈敢沒著數，都是黑社會的，不守信不是找追殺嗎？鄧教屬猴的吧，腦袋靈光，按調整後小比例賣減刑以高價，顯然安撫了他。那些新安排上來的人就十分心痛無奈地搖頭歎息，這一干人等能在樓道值班不用到車間勞動都歸何教管，個個是花了大錢買到如此位置，不少人借了貴利。倒也是，為富不仁沒有人能存下錢的，有了錢都是吃喝嫖賭，來得容易去得馬虎；如今是指望早早出去幹票大的，所以多貴的錢也都敢借……看來我說什麼，何教已然不懂，他吃透他所謂政治上的向量關係了。他深知從他的角度，弄到錢便是安全，沒錢才危險；為官清廉讓魯教盡情去弄，最後大不了中和成為如今這樣，少賣幾個人頭但把價格火上去，賺得更清淨。如此政治，國情一斑。我與說之，交代天機。只不過歷史瞬間而已，卻決定家國以致天下的命運。廟堂之上與我囹圄之間，竟然如此大同小異，其中奧妙當然令人驚奇。我之洞察，彼之身受，彷彿同在。扭轉乾坤，其理亦然；救我家國，機關所在。歷史瞬間，我們卻要付諸生命許多年，然而鳳凰將至，那時的喜悅，此時我已感受非凡！）

去年驚蟄說中庸之道，是在不平衡中推進，趨於平衡。問題是，現實權力結構所謂平衡，不過是官本位各派勢力的平衡……現在講先進性講黨章，講到了幹部綜合評價體系，仍不涉及改良權力來源及動力，居中平衡者另有其人。下半年抓人的話只緣權力過渡，皮毛而已，亦不解決根本問題。明年完成過渡的話，如欲改制就勢必失衡；難以在推進中求衡，也就無從改制了。利益集團之強，神龍不見首尾，它怎會從根本放棄利益？而失衡終於激化，軍權起而代之？其應對腐敗，反而大開殺戒嗎，結果仍然是利益集團輪換……真要救國，如有明主則有民主——居中者其平衡所在，為天下大勢，而非在小圈子其一隅，則中庸名副其實。名副其實，浴火重生！

如今領導人溫和明哲，是否時運使然？若是當年強人現世，今天只會來到我如今所在？人運應天不可違，民主確已是潮流；只是，脫離現實標榜民主，反遭嘲弄：商人都跑了的臺灣，民主成了工薪層和小業主的出氣孔，一時結為台獨訴求；日本仇華也是如此這般；巴勒斯坦也一時讓恐怖組織上了台；伊朗也差不多，伊拉克最後不會變成一個親伊朗的什葉派國家嗎，美國人是否不得不扶持遜尼派少數來制衡它一手開創的民主局面？不過，民主自會調適它自身的偏頗，其中民眾的利益使然；而獨裁呢，是何利益使然……民主也好，馬克思主義也好，相對論也好，經典力學也好，都受不起標榜。不是命運開理性的玩笑，只因事本無極！可是，面對體制性腐敗的真正強勢，又非強人，如何扭轉乾坤呢？

"給我一個支點，我可以撬起整個地球！"要點很實在具體，且有骨牌效應，而行動起來解決第一個問題，便最為關鍵和艱巨。小時候我沒學會爬就開始走，實際上是跑，所以爸爸回家總看見兒子頭上有包，開懷大笑。我至今還記得那盒一抹立即見效的彎彎的粉色藥盒，然而奇怪，當真正摔痛以後其實就沒再抹過它。雖然聽說姐姐有一次因為拉不住兜著我的兜帶差點讓我栽進尿盆，但真的摔出腦震盪的，卻是縝密謹慎的哥哥。《成功學》宣揚及時行動無畏失誤和艱險以及心懷熱愛與正義的絕妙，如今我體會到的，已不僅僅是小時候較早上路的意義了！險惡之事難避，劉備運蹇即使躲去種菜也還是被曹操找了來，以致嚇掉手中的筷子，不得不跑出去鼎立一方。剛出生，奶奶抱著我在樓下，二樓掉下的瓶子隨一聲驚呼朝我頭上砸來，是奶奶埋頭護住了我！後來我總是摸她頭頂被砸出來的淺坑，相信冥冥之中愛是神靈！所以，我常存感動，不患得患失；我有信心，所以義無反顧……

曾在一歲時一把抓起身邊的小絨雞扯掉了腿，是那只猛然躍起勢要啄掉我眼睛的老母雞讓我猛醒；兩歲搬家時把我放到裝行李的車上望著漸漸遠去的出生之地，眼前還有那只激憤沖

天的老母雞呢。這也使我至今一直對殘忍其中的愚鈍，心存敏
感。

紫霞湖前蒼松翠柏掩映的產房是座紅磚小樓，有孫中山和
朱元璋長眠兩側。紫金山下梧桐遍地，未知鳳凰將至，我先醒
來。想問爸媽，紅磚小樓前可有花香？

今天立春，甲子日，三落第 1800 天。哦，甲子日，武王
伐紂……一切其實早已註定，不必多慮。進步無論多難，真誠
和良知仍在。即使身邊，三年中已有不少感人的變化！如今新
春伊始，感覺得到我們深蒙祝福！只緣一如既往的感動於心，
自然而然，天隨人願！

國輝 2006 年 立春

（五十七）痛有所獲

（面對巨大的痛楚，難免望而卻步，何況是面對體制腐敗如此龐然大物的死纏爛打。我心疼魯教，眼見他疲倦但仍努力保持著的堅毅態度，我知道我們同在戰勝困惑；臺上胡溫不也正在努力佈局，但見仁人志士堅守期待，鼓舞之心已然同在。遭遇是相同的，權力本該關入人民的牢房，反而我們被關進了牢房。當年光緒不也身陷瀛台，政策不出中南海。真誠憂國憂民，才有彼此同感，以致惺惺相惜……在何監巡視離去的背影中，魯教曾朝犯人隊列中的我無奈攤了攤手。其實，有多少人會同樣對胡溫的難有作為如此這般。痛下決心的話，局面卻終將有所改變。一步一步，物換星移，天意造化，奠定大局。我在一號倉 11 號床書寫著我的日記，在有著獠牙睡相的香港搶劫犯的鼾聲裏，堅信自己的春秋大夢，個案已連天下。）

"No pain no gain！"

看著鏑讓我猜的謎，覺得溫馨，想起依依那麼小的時候也讓我猜謎，我說："能不能不猜呢？"好嗎？"你用哪兒想我？"先等你猜了這個謎吧，好像聽了以後傻笑會離答案更近些。答案不在電腦裏，也不僅僅在過去的幸福裏，這是需要用行動來猜的謎！心靈的成長可能極像重複的挖掘，讓人分不清其中的進展意義重大，而事實總是這樣開著玩笑——有個為挖金礦千辛萬苦的人，終於放棄的時候，其實他離巨大的金脈只剩一米了！心中的神聖感並非只是體內分泌了內啡肽因此讓人感到祥和與超越，也不僅僅增強了免疫力——這只是有限的科學所能證明的"神性"的一個角落，其實我看鏑畫在信尾那片閃爍之中的奇點，覺得更有意義！這尚未成為鏑的意識，謎的答案或許本該無言，但我已為之一振，立即感受到我們彼此之間猶如至深宇宙裏幽密相通的驚喜……

亭亭教欣欣騎車嫌她不知在想什麼，我說她那是爸爸不在家的迷茫；她總在睡前想爸爸，畫在信尾的小女孩也總是流著眼淚，還為自己太慢歎息，不知所措。"我和班裏學習好的同學交朋友，可他們心不好做噁心的事；我和學習不好的同學做朋友，他們心好不做噁心的事，可是學習不好。"我心中的欣欣很是非同一般喲，我想讓她相信這一點，有時會在她的睡夢裏告訴她，也在她生日時深深祝願和思念！然後，我就收到回應：畫在信尾總流淚的小女孩終於有了燦爛的笑容，神奇的小辮子上也長出了花朵！不是小辮子有魔法，是心有真愛！收到信已是 2 月 5 日了，欣欣著急沒見到回信嗎？我雖不奇怪，因為你正如我所想，但仍要為你讚歎！因為不光是好成績，不光是住院三個禮拜仍然九十幾分一百分，而是因為你已經有所體會，就像你說的——從學習好與不好的同學那裏，各有體會。說的非常好啊，你戰勝自己取得了成績，所以不會驕傲不會像學習好但作惡心事的同學那樣。這是智慧也是自立，所以要頒給你智慧星和自立星！你端端正正寫來每一個字，都有深情；你盼我回家，卻又體貼地說不要為這著急。看著你的照片，享受你給我的成就感，我驚訝我在水一方的小女兒也都如此亭亭玉立了！你使我收到的禮物，正是在我最需要的時候啊！還有依依寄來的詩，更說出我的心情——我的確願讓我手上的餘溫在千年之後仍然觸及你們！沉默和永恆中，上帝如是！我相信的，我祝福的，在你們身上都會實現！

依依說幸福要靠雙手去實現，是和媽媽有了爭論嗎？媽媽的意思是說幸福要靠愛，但的確，愛心是要體現在雙手的行動之上！著手行動，這實際已是成功的一半了！像你兩歲就開始跟我一起跑步一樣，不是令人喝彩嗎？像你一歲時只要家裏不見了什麼，問你就行，因為你明察秋毫；我難得歎口氣，你就有了驚奇發現：“爸爸歎氣了！”我在二樓書房有心事，你竟象聞訊專門趕來，從門口探尋著看我，使我不禁問你想知道什麼……那麼就憑你的雙手，只要你努力，有毅力，靠習慣，你就能向媽媽證明自己！你還記得我帶你看的唯一一部電影！我多想與你們分享好電影啊，這麼多年了，媽媽已經珍藏了不少影片！《跳跳虎》雖然像亭亭感覺的那樣並不很棒，可依依珍藏在心裏的是爸爸手上的餘溫呀！而且把跳跳虎的卡片用詩句，變成了令我陶醉的樂園！

　　還有卓卓賀卡上的想念、卓卓的好成績和今後的決心……卓卓的“魔術”，我在春節分明是感覺到了！卓卓在春節想我時，這裏專門晴了天！美好陽光讓我感到幸福，讓春節仍未團圓的人“不急躁”，讓等待爸爸的孩子們不僅學會等待，還學會了如何擁有幸福如何珍惜感情……好成績如果是一揮而就，仍要道聲珍重──如果以為成功容易，它就會漸漸遠去。卓卓那麼討厭“付利民”，不會是她讓你上課時哪兒都癢吧？哪兒都癢，是否碰巧老師所講你已經懂了，那麼是不是應該更加深入思考一下呢？我那時不想在課堂東張西望，老師重複時我就讀課外書，當然還都是同類的書，所以問題不大，老師甚至還會贊許一笑……能做到的話，我不反對你更深入看書。這也不值得驕傲，真正的考驗其實是離開學校以後。所以要抓緊學，早點上大學，大三就讀研，早點投身社會！我如此形容，是說學習好一點容不得沾沾自喜，更要抓緊並養成習慣，才有更大的空間，身心愉快！春節你想我時，我想到這些──不是魔術，是可以實現的奇跡！它在我的祝福裏，在我讀著你的信為你的活潑可愛一陣陣的心跳之中……

　　亭亭給我的禮物，已是經年累月的陳釀！努力，已成習慣，已是你的性格。你的領先帶動了全家，而當每份禮物都裝進我心裏的時候，為什麼你有說不出的傷感，為了什麼失眠？你在長大，可我們仍未團圓，激動人心的期待變成了什麼——信心究竟算什麼，為什麼總不應驗……心痛的時候可以深深呼吸，內心深處的寧靜裏自會有喜悅湧現；那麼，它是信心正在無言回應嗎？你知道我在你生日裏安靜下來，我想起了什麼嗎——你在我開車時說要給我捶捶背，然後你用小拳頭敲打著。很驚人喲，那麼舒服！這讓我現在想起來，更加心花怒放！而我這麼想著時，竟然聽到了《奇異恩典》的歌聲，就這麼巧——許多和聲的那種，而我不由自主一年一年想著你的每一個生日，一直到你的出生，到懷著你和種上你……我想起了那首屬於你的歌，讓我好感動！於是，我呼吸到了那不僅是歲月的氣息，那是與我們生命本源與我們的靈魂歸宿，息息相關的神韻！其中難言的精微奇妙，已讓我心喜悅滿溢，自覺自在！

創意靈感，從何而來？苦思冥想，山窮水盡；樂觀開懷，柳暗花明！這不是魔法吧？創意，的確需要學識積累，但人格與愛心、意志與動機，才真正讓人出神入化富於想像！愛因斯坦說：想像力不是知識，想像力洞察世界；拿破崙說：想像力統治世界。想像力，具有決定性。所以，努力而不焦慮，放鬆而不昏亂；寧靜自有明智，快樂必是清心……將來，你們對目前所學難免嗤之以鼻，但你們的智力與想像力的確是這樣成長！作弊，則是自欺欺人；學習之中真誠的思索和想像，意義重大。創新可不是說說就有，創新其 36% 靠誠實的教育，57% 靠廉潔有效的法治；而美國嘗試將無形資本計入其中所得出的真實國力，自然資本只佔 4%，生產資本只佔 17.6%，無形資本竟達 78%。常規 GDP 並沒有計入無形投資，看起來中國倚靠出口和以房地產為主的投資拉動，增長迅猛，但恐怕難以為繼……自從華盛頓會同他的司法部長與國務卿簽發第一個鉀肥專利以來，它一直以其法治所鼓勵與保護的創造精神，讓美國始終成為最吸引人才和最適宜創新的地方！想像力和發明當然不會盛行於刻板和虛假的人與社會！IBM 只不過把二十年前尚屬領先的 PC 業務賣給了中國聯想，是極之低檔的業務；它的專利數卻是中國加上印度的五倍，一個公司而已。可是目前中國的大專應屆生竟是美國的八倍，而科技專才 3200 萬，世界第一；科研人員 105 萬，世界第二；論文數 66 萬，被引用數只有 2.1 萬——請人寫論文千字不過百元，學術期刊也把版面賣了，槍手以至參與考試作弊的教師教授已然企業化，產出的則是考試成績、論文、文聘和各路學士、碩士、博士，絕非人才！市場難辨真偽，只好撿便宜貨，招聘時打出的橫幅上寫著 "名牌大學一律免談"。究竟是誰在騙誰呢？

曾有一對新婚夫婦萬般驚喜跑去醫院驗孕，實在出於小心，接受了醫生開出的各種檢驗帳單，卻偏偏查出了卵巢癌，需要化療；化療了很久，卻又發現其實是懷孕了——不僅小孩沒了，卵巢功能也喪失了。醫院被告上法院，醫院卻堅持自己並沒責任，法院就認定事故屬於醫療設備的技術原因無法辨認而諸項檢查則是出於看病的人自願，因此醫院不負責任。這對夫婦於是告起了法院，結果呢，因為在建築物等公共場所張貼影響社會穩定的攻擊性言論，他們被抓了。出來的時候，女的好像瘋了，男的不再說什麼；可是當女的從精神病院出來的時候，發現丈夫才真瘋了，每天嘴那麼張一張，就是沒有話再能說出來……這又是堵了誰的口？

沒有真誠又沒有法治的社會，能夠創新嗎？創新多累呀，造假的利潤比得上毒品了，不過判個三年以下最多不過七年，還誰關誰說不一定呢！巨大的危機總是在社會快速發展之中形成，麻瘋病人發病之前據說格外亮麗！對於真誠和正義如果只是付之一笑，一切成就都將被付之一笑！愛自己者，理應愛國，而愛國則首先是做好真誠的自己！其中榮辱與共，孩子們應當悉心體會！雖說腐敗深重，做自己最難，但因果奇妙，不要被暫時的不幸蒙蔽了雙眼……這也是我們家中的政治，政治其實是我們生活中的關鍵！不僅國家、單位，每個人對於自己的治理都是頭等大事，其理與治大國無異。何況我們多年來所經歷之事，問題就出在政治上！一定不要忽視政治學習和觀察政治問題，要能透過媚俗教材從自己的角度去理解，多看些課外書。亭亭愛讀歷史，其中的大概，正是過去了的政治。鏑歎息目前解決問題已超乎自身的能力，其中關鍵也在於政治！所以自歎肉眼凡胎，眼睜睜仍不明就裏！孩子們所驚歎的恐龍，它被咬掉尾巴還得五分鐘才有所意識，全靠尾根比腦袋還要大的神經節自行反應——如果鏑的政治眼光也如此，是否太遠離現實了；如果因此又把尾巴被吃掉的現實作為定論而逃離政治，政治就永遠成了暴龍。

我們的心傳是什麼呢？家齊國治天下平，又是什麼？愛也是政治！創新說起來天花亂墜，實行卻在於政治；所涉及的，是社會最為深層本質最為敏感危險的要害！就連當今中國崛起的核心動力——廉價勞動力，也不堪腐敗的傾軋呀！抓商業賄賂就能降低腐敗成本嗎，商業賄賂墊高的成本卻會加倍轉移到司法腐敗之中！而勞動力價格上漲已經成為階級訴求，匯率上漲已經成為國際壓力。維持中國競爭力與實現創新一樣，都得解決腐敗問題。當各行各業的腐敗讓人捉襟見肘，司法腐敗卻讓種種努力只是做做樣子，保駕護航其實已經變成什麼……尚且讓人欣慰的是：有決心，就能構造權力；有權力，就可以改革權力來源的體制，啟動自發的制約，化解腐敗。如今，看著時事，關注著其中微妙：不知從上海抓起，如何影響權力佈局；那麼從李小勇抓起，就沒有現實權力意義了吧。其實大事反而無從著手，小事一件倒可能牽動整個權力的過渡以至實現有效的改革呢。這樣說也許並不誇張。那麼亭亭說說這在政治課上算是什麼？要不卓卓說吧：怎麼處理付利民？

國輝 06 年 雨水

（五十八）行知因果

（我大寒說因果，堅稱："樹已參天，破曉隱約，進程奇異而不可逆轉，勢將光彩叢生！"如今，因果，被提前畫到了廣場舞臺的背景上。開工收工，經過之時，列為人犯，不禁神往。可是，如果因果它遲遲不來，言而難行，那後果是什麼？電視上，總理有意在靠近總書記的位置上望向鏡頭，好像他們有同聲同氣的力量。比起我，同心欲同行者可能始料未及，因為這是談何容易的事！就算我們一道，信心通了天，像當年戊戌維新的秀才們與大權旁落的光緒同心同德了，如此鼓舞而起的仍然不是權力本身。權力本身的腐敗，反而使真誠也變成作秀，從如此高位之上說出我之所欲者難道不是在表演？我至痛而來的心得變成劇本，演來為腐敗遮醜，豈不成了影星？因果在於行，行又談何容易，然而終將因而有果，能量使然！我第三次囹圄，此刻已滿五年，行知因果為何，不見其蹤，人已忘我。）

想看爸媽的信，想憑字句和筆跡把把脈，確認爸媽健康。

於是，就收到媽媽來信說祝賀。值得祝賀的是什麼呢？這時，就見到有這樣的報導："有個人小時候被人救過……當他看見路邊有位老婦被食物噎著抱住喉嚨倒在了地上，就要斷氣了——他跑過去用雙肘猛壓那人胃部把卡住的食物擠了出去，然後送去醫院。誰知他媽媽竟然告訴他：他所救的，正是在他小時候救了他的人！"就這麼巧！

已經很多年了，爸爸一直說："留得青山在不怕沒柴燒！"爸爸所說青山，已成林莽，正是爸爸一向所祝，才有了的……如今，木棉花又再開放！它不是也叫英雄花嗎，卻像一朵朵濃重的歎息！這時，又聽到了鏑愛聽的《牽手》，就喊我接見了。就這麼巧！

一臉讓我欣慰的氣色！雖然恐龍尾巴上的神經節不傳遞思想，但一早《牽手》就已在冥冥之中微笑著衷告過了！不由自主，我把手伸向玻璃，鏑立即來牽——還記得我吃驚著看我們相隔玻璃的手嗎，因為我分明感到了手和手的接觸，我們已經相握！分別五年了！3月2日不光是2001年至今這五年的3月2日，種上欣欣那天月光鋪滿的海面和大床上，也是3月2日，是十年之前……

世事難料啊：毛澤東說人多好辦事，備受非議；可是現在，中國崛起的核心驅動力還在於此，且不說他的文化大革命造就了鄧小平理論……我本以為你們已經收到信了，因為分明是覺得誰在把它畫了出來；只是奇怪，這共鳴已然知性豐饒，而畫的，是破曉之中的滄海桑田！

接見時，我看見了：它赫然被畫在了廣場上舞臺的中央！

為什麼這麼巧？

國輝 06.3.2

（五十九）復活

（床下的櫃子只能擺放疊成四方的囚服和兩本書，以供不時前來參觀和視察的人有興致時打開欣賞。當枕頭用的書和日記及信紙，我只能用囚服包起，每早與中午起床便會拎起它飛身登上後窗的水池放入牆上的櫃子裏。那裏面有我每月購買一次的食品還有數不清的蟑螂。蟑螂屎如同灰塵，已是我最無所忌諱的了。有一次竟然在壁櫃裏發現我遺忘在水泥角落已有一年的一件月餅，我是如獲至寶享用了它。蟑螂懂得我的欣喜，而我心比天高的信上，也難免沾上它們的屎尿。每當我交信，魯教就會通知肖政委，肖政委會第一時間帶一隨員趕到，彷彿身負重任，就在文化室通向值班室的門口交接，於是我的信十分奇怪孤零零被放到一個大夾子裏，一合，他們便拿著它匆匆而去。我像看著一個幻覺，很久以來與我心動相應的一切，在小強看來不也是幻覺嗎——我幹嘛要跟我的妻兒說這些，對於他們，充其量這也是寫給未來的信。彷彿家國真可以等視，彷彿治大國真若烹小鮮！我靈媒一樣說著天人合一的一切，指點迷津，度人超脫，是在希望與光榮的國度，分明感觸到同心者如此的感動；如此陶醉，如此稱奇，在蟑螂的氣息裏，也深深地把我感動。）

"所以動心忍性，曾益其所不能；然後知生於憂患而死於安樂。"

三年前我曾見過繁星的盛會！眾星的目光含笑低垂，讓低坐小院中的我，竟然仿若身處寶石藍蒼穹般的夢境！此刻，北京開著人大，杭州開著佛大。我在隊列裏的小凳上低坐著張望，發現星光璀璨，似見心心相映──愛之純淨，令人享受……有位著名科學家說：只要在現有數學公式中代入無限，就可以解決一切問題。這其實是個玩笑吧──如果說愛可以解決一切問題，起碼從我身邊說出來，會都以為這是瘋了。可是，心中的盛會，它的確如此……事態自身的力量出其不意，盛會中繁星無言地微笑，是智慧閃閃。沒見"譚人大"說什麼，但聽見眾多的心聲；為歎已逾五年，而今勢若氣貫長虹！不會不了了之吧，這是什麼信念？省裏的大員也說信訪部門對人民群眾沒感情，一點小事弄得天大。不知所說犯罪集團只是在講黑社會，還是普遍適用？不知兩院從社會廣聘副職掛管一年，是否像公司獨立董事那樣只是多個朋友？天大的事，拖拖也就過得去了，信念尚未建立在制度之上……不過，豪氣拂面仍使我感到難能可貴；豪氣若能常在，制度也就眾望所歸！

這是一個美麗的秘密：在漫天繁星的目光裏，愛意綻現，流星一般！餘韻仍存木棉花去的枝頭之上，英氣猶在！破曉中沉寂的滄桑，正道隱約！天地因此滿溢喜氣，我則在窗前只有一米的地方，凝望一對歡愛不已的燕子，心懷莫名的感激；而聽到的，是同一首歌嗎——它很舊了，可這情懷，彷彿天地記憶猶新！值得恭喜啊，天人合一的佳境就在每人的命運裏潛伏，它在每個人的心底！雖不能強求但也要習慣把它扶起，而在不經意之中漸漸扶起的，已然魅力無盡睿智其中……不求形式，顯於形式之時，自然不必在意——時至今日，卓卓生日恰逢復活節，是因為其中的意義已然融入我們一脈相承的生命了？手相也變了，相隨心變而已？坐牢竟然延年益壽，只緣戰勝自己？奉獻的因果是要證明什麼呢，只因為榮恥其實是極為現實的問題吧——妓女可以把欠付嫖資者送去勞教，遇上黑色人種還能判個強姦之罪，你又讓她何以為榮恥？而科學上因果能量的證明，倒也的確正離我們越來越近。可以肯定，這不是做作所能擁有，不是患得患失能夠造化；笑說因果，只緣忘我！忘我而留下神跡嗎，只能這樣形容！歌裏也正唱著："愛是永遠的神話！"

　　如此情懷，亙古不變，任由地老天荒……我想起種上卓卓的情景：《茉莉花》樂聲中，大雨淋過英國人之後停了下來；交接中升降旗，我們歡愛，而有歎息："這次最不一樣！"我們不由慶祝起什麼，從早起就哼著《茉莉花》；我們來到添馬艦，就碰上中央電視臺要做採訪——攝像機啟動了，我想說滿清老兵此刻在場作何感慨，但他們畢竟已經無言；我想不如讓孩子們來回答好，而且拍幾張照片吧。孰不知，這是卓卓已有36個細胞的生命里程中莊嚴的時刻！接下來，更有他從復活節出生至今，我們家庭非同一般的歷練。以致如今的復活節，在我們心中與眾不同！那座曾釘十字架的小山早已成了平地，兩千年前的痛苦也不再真實；而作為美國國魂的清教，其行者，雖然建立起新世界，而且八國聯軍獲賠的銀子它也拿來建起了清華大學，但在文明其碩果累累的鴻溝之邊，仍然只有幼稚的野心。其所信聖者的精神，成了定義，成為必須刻意遵循的黨同伐異的模式；而理性必有的迷途，愛與無限的聖心為之歎息。面對殿堂的崇拜，耶穌想必也像孔子那樣興歎："成我者春秋，敗我者春秋！"那顆心上最寶貴卻難以名狀的，便是今天心理學試說而難說的決定命運的潛能吧。他的使徒實難體會，文明註定有條鴻溝。他只能留下將會再來的神話，抽身來到東方，默向未來。而那崇拜他的文明，也註定沿著日出的方向一波波興起——北歐山洞碧眼金髮的野人已把鮮豔的色彩染遍了羅馬，為之拖延的興起只為等待終將會有的薈萃的良機。他難以言喻的心事，早已起身相迎，那是極目遠方的渴望啊，在地平線的盡頭，在兩千年之後，終於相會！

　　傳承者們很難理解：為何生命已逝，卻在文明鴻溝之上如是陰陽相對的能量如約薈萃，電閃雷鳴，而有人類之心的覺醒！不過是凡人相通的意境，不過是科學發現了神明……如果不是唯物論者的清醒，他那終老喀什米爾的墳墓，仍然不知屬於哪一個宗教！如果，無己而至，無功而神，無名而聖，那麼他在驚天動地之後歸於平淡的下半生，是在何等的天堂！那時，終於使日爾曼人漸漸推翻了西羅馬的北匈奴人，正被漢朝的大軍徹底趕去了歐洲；而唐代，最終推翻了東羅馬的突厥人，同樣是在不斷入侵中原不成之後，被趕去了小亞細亞！復活的羅馬，最終從另一個方向被中國的開放接受它文明的時候，古老文明從未間斷卻已僵化的中國偏偏經過了馬克思主義的洗禮，反而讓鋪天蓋地而來的物質豐碩裏難以抗拒的市場浸透了中國！稍安勿躁，當融匯了一切終能重新思考之時，早有神聖期待的昇華之事，就會發生……

人類的命運，為何像一個早已確定的故事，而我們卻身處繚無頭緒的瑣事之中不解其意——何時變得樂於助人的中國人發自內心讓世界同富，卻無人相信！既然美國資產價格高漲已不容僥倖，而虛擬出來的消費信貸額仍刺激著消費拉動著中國出口；那麼，中國並非討好美國才買其債券吧，它並未計入GDP 的龐大無形投資亦非等閒，是吧？創新將會從無到有用神奇浮現的美國財富填滿財政赤字和國民透支消費的巨坑嗎，而僅憑中國與日俱增的巨大順差的援手竟能讓美國有史以來最大的債務危機平穩過渡，是嗎？如此中美共贏，越發神奇了！

會嗎？美國民眾和議員全都驚奇所受如此深刻的教育，而中國的市場，在遍佈城鄉的道路、網路、教育和法治終於到位之後，又將如何惠及他們？恐怕，在中國真正解決體制難以為繼的問題之前，想要如此，還是一廂情願吧。其實，中國繼續發展，問題也堆積下去；而美國，力不從心也仍欲罷不能──搏弈之間，曲徑通幽；而時間，彷彿神之手筆！即使在 2020 年大計兌現之前，已沉落五年卻稍見完善了監管的股市，在解決了股權分置難題之後，會怎樣上漲？而樓市供不應求的大漲，又將如何？財富效應在消費信貸到位過程中，數十萬億元居民儲蓄餘額的消費，能否成為主要經濟動力？如此財產性收入上漲中期，城鎮化建設以至創新發展的後勁正當其時？後發優勢果然能讓世界稱奇，以致平安逾越社會發展所必經的社會動盪？村民市民自治已使民主的溪流不經意之間匯入了江河？從此潮水盡在有效調節的座座大壩間奔流大海，蕩滌腐敗？這是自身造就的諸事皆宜，還是戰勝自己而肩負使命的幸運？這是已從深重災難彙聚了能量的國魂不朽的崛起嗎，還是早有神聖期待的花朵盛開？

難以置信，是嗎？當卓卓出生八年來，我們一幕幕遭遇襯映在這樣的背景裏：從橄欖山到審判的庭堂、鞭打的院子、肩負刑具前往赴死的路上──跌倒而又跌倒，在哄笑中最後跌倒在被釘上十字架的地方；穿透手腳的傷口，失血、炎症、口渴，

嘲笑聲中遞來了醋水讓他飲下，難道不是屈辱與痛苦的極點
嗎？他喃喃說"成了"，有誰信呢？每晚《永遠的豐碑》必有
的噓聲也是如此，而電視劇《醫道》結尾那位心醫竟把僅有的
藥給了別人而自己不治而逝，更是笑聲一片，響徹復活日！那
身後四百年仍讓人演劇以興歎的，還有兩千年前復活的消息，
都不正常；因果相應的，只是錢多錢少而定……我也想起沈庭
長判下罪來，卻一趟趟跑來讓我上訴，還說自己只能這樣判。
"是是，法定刑最低了……"我讓他跑了三趟以後安慰了他。
我以為他是有同感，所以就說："這案一定會翻過來的……"
卻不料，他當即反問："你的依據是什麼？"當然，他問的不
是法律依據，而是權力依據。律師說他，是不想要退休了還給
自己惹下麻煩。平生最後親審的這麼一個案件，一位審監庭
長，他相信和依據的都是什麼？那些人在撤銷不起訴之後又在
羅湖口岸抓我時，從我手提箱裏搜出兩本法典小冊子，一丟，
也說："你就憑它？！"就憑它，退休以後不會有麻煩吧？如
此法治，能有和諧嗎，是與腐敗和諧嗎？

　　不過，雖是該當毀滅之勢，世事卻總另有奇妙！當年孫
中山提出民族民權民生，回應在心的民族資產者寥寥無幾，一
聲聲歎息；只是當他聯俄聯共扶助農工的三大政策找來了工
農，才成功發動了北伐，卻也在他身後留下了他若活著又會怎
樣的謎團。宋慶齡釋疑，最後還加入了中國共產黨！無論如

何，得手就踢開工農的蔣介石難免一敗。不過他又能怎樣，到了臺灣十年後想起輸在沒搞土改於是搞了起來，而他的官員全都是大陸地主的兒子。民族資產卻是在共產黨改革開放之後成了氣候，成為經濟的主流。孫中山冥冥之中也從沒跟共產黨過不去，他的夢想更是鬼使神差讓共產黨鋪平了道路。曲徑通幽啊，第三次國共合作是何究竟？國運是何究竟，國魂安在？孔子學院在非洲之角只能是識字班而已吧，胡錦濤訪美也帶了不少書去耶魯，難道是給小布希補課一併作為清華學成者的一個回應嗎？如此激發美國人探究中國的國魂，也對中國人自己歸魂於國稍有助益？物質文明建設其對法治的迫切要求之下，人們當然也在渴望愛；那麼，悠然長存於心底的潛意識該當如何，國魂難道不是科學偉能的覺醒嗎？如今，雖世風日下但精英啟蒙，猶如破曉在即；諸多不通且相對者，命運妙解而成立，反者道之動！我所一直說著的，其將實現，亦如夢境！此刻，卓卓在復活節過了生日，鏑也終於知道我在三年前所說《誕生》是什麼了！只是仍然以為是在夢中，似乎只能是在夢中……那種蒼涼，卻已滿是溫柔和喜悅，那就讓你以為是夢好了。難以實現的夢，在歌中，是實現在愛家愛國愛天下的信念之中！

它只是歌兒嗎？我聽依依歎雪，雖無修飾，動聽在於真實！卓卓驚歎三億年不絕的物種，卑微不過蟑螂，卻也小強非凡！依依的老師終於明白的時候，依依作文裏的雪已融化！結果好時，當然一切都好，大家都能理解；可是，並非只是耶穌其人才有這樣的奇跡，這奇異的癒合能力，蟑螂也有啊。關鍵是在心痛難耐的時候，你能怎麼做？獨盡一瓶白酒，這是相當心痛了，可是這一醉，鏑知道錯過的是什麼嗎？這是理想與現實之間唯一的捷徑！痛而趨避，其痛遷延不已，留下憂鬱的人生。有位走私了一貨櫃蜥蝪的人一道入獄，也有嚴重的皮膚過敏——我是讓它慢慢自己好，他卻靠上了激素，以至不給他就要拼命了。三年過來，我不僅是好了，還弄懂了蟑螂的癒合能力；他卻如屍身一般浮起，那一身皮鱗，真的像隻蜥蝪了！我想不光內分泌已經紊亂，與激素伴生的真菌也想必佈滿他全身，所以又見他總在全身塗滿牙膏或克黴唑之類的藥膏，反覆致敏！見我看他，他就搖搖頭，然後把頭深深一埋；不埋頭的話，一定是該打激素了……刑期多長已不成問題了，關鍵是我有一個好消息！所謂福音，其實一直說了又說，終於可以不必再說了嗎——這時也巧，卓卓驚歎起蟑螂的生命力！卓卓知道嗎，蟑螂最驚人的其實是什麼？如果真的到了不能復活非死不可的時候，它的最後一個動作，是留下後代！

國輝 2006 年 復活節

（六十） 彩虹如約

（如今心有彩虹，不禁感慨剛被抓時的內心衝擊——被抓那晚，我正寫著公安局電話裏要的情況說明，鏑匆匆上樓來說兩個派出所的人來查戶口。她拿了她的香港身份證，又拿了依依、亭亭和卓卓的證件，說他們也聽見小孩的聲音了。我一時沒有回過神，她已下樓去了，就忽然聽到有人闖入的聲音。我第一個反應是撥電話向110報警。我發現手機之外的電話都被截斷了，就明白了正是公安局所為，也就是說他們真準備違法來幹了。我索性在書房乘起涼，直到他們人到齊上了樓，撞門進來——他們一擁而上要來銬我，被我當即掙脫，幾位大漢竟拿我無奈。我再次撥通110報警，他們拼命阻攔，卻無法近身。報完警，我手指著他們鼻子說別指望可以無法無天。辦案的張文波倚坐在桌子上喘息。我讓他們把搜查證也好傳喚證也好，拿出來給我看。這時他們真的拿出一張編號為 "008" 的空白搜查證來。我一把拿過去複印，他們又急忙沖過來爭搶，最後影本被他們撕了扔在地上。其間鏑搶拍的照片還有她拼合的這份空白搜查證影本，至今為我保留。顯而易見，這些人勢不可擋要利用他們的權力來攫取利益。我終於慢慢安靜下來，這時因為報警趕來了四位派出所的警員，也只好讓他們走了。張文波們受驚不已，連說未曾見過。他們如釋重負開始行掠一樣搜查，我索性讓鏑拿來汽水和小吃，邊吃邊想：這可能是近期難得的一餐了。從晚上 9 點到 6 月 12 日 1 點，他們終於可以滿載而歸了。我與鏑依依惜別，她仍然相信公安局所說的傳喚不過 12 小時。這時組長張展甯不自在說了句："你們別這樣，讓我們覺得自己在幹什麼壞事似的！"的確，童年的孩子們正在他們帶來的黑暗中瑟瑟發抖……熬到中午，才送看守所，是那矮胖李科長專門耳語張文波要教訓我就範的。看守所不收存我的物品，內保分局這幾位又不肯寫扣單。張文波與張展甯互相望望，那眼神透著狡黠。我提著一個大黃包不知所措，裏面裝有數千萬美金的銀行信用證底單、房產證、電話單、商業登記以及涉案有關的傳真件，還有表明事實的整本日記。他們不填扣押這些證明我無罪的文件的扣單，我又無法保存。忽然，張展甯說："信得過的話，你可以交給我。"我猶豫著遞給了他，不然又能如何；如今已知，這是一群多麼專業的執法的罪犯啊。剛進看守所的人，我是反常的沒有挨打；由於太累太餓，首頓幹硬的白米飯和幾片乾癟的菜葉立即被我吃完，便一躺而睡去。我應當做的此倉最下等的工作——洗眾多的碗勺，我沒做，而我躺下的地方是此倉正中可供大王升堂的地方，據說又是反常，沒有人為此打我。到了真正睡覺的時候我卻睡不著了。這時，我才真正發現自己的處境。這是許許多多漫長苦難之夜的開始，聽得見家人痛苦焦灼的心聲，我正在墜入深淵！

三個人擠睡在人們解手時必需跨越的廁所邊，像門檻一樣。此刻，四周的蛙鳴，正是生命發出的沉甸甸腐爛響聲。妻子兒女是在世界的另一面，惟有她們的驚恐和痛楚與我同在，其他的一切都在沉落……）

欣欣與奶奶心也相通嗎，一起來了信！剛出生時，臉上彷彿只有一雙大眼睛，柔潤深摯！姐姐說她像奶奶，我並沒在意；現在看來，這是源於生命最本色的目光！

媽媽洞察案件已石沉大海，媽媽也瞭解賊？賊具有專業性，作案必有部署，尤其為官之賊更深諳官場善用金錢，素質夠賊，能把抓到他的各個管道堵死！在你的案裏做手腳，改你的卷——擺平你投訴事小，擺平你投訴每個環節的人頭也不難，擺平之後的彙報，已然大而化之輪不到你再說，又有何難，反正也不會再開庭。就這樣，愈往上溯，賊也越大。賊與不賊，早已失控，而大權惟有以自發制約相扶，否則賊滿天下了！

這時我看亭亭詠春欣欣歡秋，別是一番滋味！她們都在不到十歲時寫出了心中的美麗！欣欣更是秋中有春，落葉美歡又有春贊！最早春綠的柳，眾葉皆黃它獨綠依然，只緣自古溫柔勝剛強啊。爸爸是天使而女兒是小仙女嗎，看欣欣說的！我們同心歡息而已，回聲確有雷霆萬鈞！可愛極致的靜謐，透出偉大無邊的恢宏，宇宙正是如此誕生的，萬事都是如此成就的⋯⋯看到媽媽說對自己傳人的欣慰感慨，在勝敗仍未揭曉的一刻，實在讓我感動——彷彿一塊石頭落了地，告慰先人也告慰社稷，有如封禪！父母大人既然印綬，便可進奏！從最初，我有信文驚動了這裏受命紀檢書記調入的教導員和副監區長，它們一直上傳不斷嗎——心有彩虹而已，它在良心上架起⋯⋯

四月初八，佛歷 2550 年！而六年前的雨後彩虹，也是蛇口家中又來抓人的日子；我在黃金海岸家邊海傍徜徉，興沖沖彷彿能看到結果；到如今，不是心欲碎不見彩虹來！從佛誕到聖誕還要六百多年喲！一關又一關，蒼山如海，殘陽如血。如今為何反而這般寧靜？不見彩虹，卻心有彩虹；抒懷放眼，可見心心相連！星星，從童話中綻放微笑——依依晴日素雪有禮贊，欣欣摯愛秋語有宇宙的心跳，爸媽的欣慰如此權威，而卓卓和他的國際象棋在一起驚歎：“蟑螂真是太神奇了！”還有彩虹另一頭，愛你們的我，與神明！

國輝 06 年立夏

（六十一）天下平

（當時，能從看守所出去，就是生命中的一切了！那是一個月後的早晨，從未有過的，一隻鳥朝著監室大叫，像在叫出兩個人的名字，然後說了句："釋放！"頓時所有人都醒了。準備出去就開一車炸藥去撞公安局的"王爺"立即起身雙手合十高舉過頭地禱告，然後開始搖牌問蔔……昨天我曾打量這監倉一番，仔細環顧像在告別，然後說："明天要放兩個人！"鳥叫之後不久，一個走私的司機被叫到名："釋放！"竟與那鳥叫的節奏都像。下午飯之後，太陽斜映進監室，一天將過，然後週末，不會再有什麼指望了。我叉腰站在鋪邊與人聊天，忽然間，叫了我的名字。我提著一個寒磣的大塑膠袋走出來，卻被來了一個下馬威，張展寧把我進來時沒戴過的手銬給我戴上，並且仔細地看看我的眼睛——有沒有被他們制服。我滿是鬍鬚的臉，倒是蒼勁不少。我問起張文波我的那個黃包，佯稱需要那個包，因為裏面有鞋。他也撒了個謊："哦，我給你送過來。"那天也在場的姓範的副科長好像很累，坐在前座只是聽我們在後面聊天。我像是旅遊歸來在與同伴們聊天，說起倉裏面的局長、處長、上校、中校們，槍斃人時總下起的雨，還有昨日的鳥叫……"人，真的應該好好、仔細、平安地生活！"

我對著久違的夕陽美景感慨，忽然聽見範副科長氣咻咻地說：
"停車！"他先下去了，還瞪了我一眼。我說什麼了？哦，監
倉裏有不少他的同類。留下的人卻變得體貼，張展寧還問我手
銬緊不緊，張文波甚至說："如果你早點找我們，也不至於弄
成這樣……"到了一座職工宿舍樓一樣的地方下車，他埋怨似
地命令他的組長："你快把手銬給他解開！"因我赤腳，他小
心地為我指路，好像生怕我紮到腳，十分客氣引我上樓，來到
一層裝修著鐵窗鐵門的"賓館"。在一間審問室裏，張文波坐
定，先談起我家人。他饒有興趣的樣子，說亭亭真好玩，而卓
卓整個是一個杜國輝。知他別有用心，我卻欣賞這表面的同
情，同他聊起來："人年輕時，想結婚或生孩子，總想：忙完
這段再說，但總是忙不完，錢也總是賺不夠……"他也感慨：
"總是忙不完！"張展寧掉頭去了門外，張文波沉思遲疑地拿
出一份文件："你看看，簽了它！"日期就是當天，一張扣單，
他們賣了股票劃了錢款。迎著我的目光，張文光獰笑了一下，
說："怎麼樣，這裏的環境比看守所好多了吧！"我又在看扣
單，"已經扣了？"我問他，他理所當然點點頭。我立即拿起
筆簽了字，隨後站起來拍拍他肩膀，就準備回"酒店房間"了。
我的舉動卻使他非常開心，他也回敬地拍我的肩膀，吆喝在旁
的保安頭目："快去拿飯菜來！"我說我在看守所吃過了，他
叫道："不一樣，這裏的飯菜好得多！"他的聲音興奮得打轉
兒，並又讓我簽一張拘留釋放證，我回身簽了。這時他謹慎地

問："這個你還要嗎？"我把證明拿到手裏："還是留作紀念吧！"他希望我不要留證明，這事兒就不是他們非法干預經濟糾紛了；同時在外面，他們還透過中間人告訴我家人只需出八萬就可辦到取保候審，但是要由律師書面承諾不反悔，那麼他們就可以放人，而且退回其他財物。看看這所謂賓館裏橫七豎八放著的，都是從各地搜羅來逼著給錢的；看守所一個月之後，仍然在罵公安局無法無天，都在說自己有多威，很快就會有人來收拾他們。追數的打點了不少，但關在裏面的給了更多，新疆政協的一個流氓就被隆重接出去了，走前還有秘書代表局長就是張文波的岳父來徵求他的意見。記了小半本兒，政協才放過他。臺灣的胖子就被叫去重新做了筆錄，有罪變成無罪，當天就樂顛顛兒走了。單位虧損關他屁事兒的一個心臟病快死的老頭，被弄來頂罪，竟然報捕又弄去看守所了。想必是死了清淨，被頂罪的就有大筆尾數打賞了。所以，我在這蒸籠一樣的地方一旦睡著有夢，都是希望家人速速妥協，勿談法律，快讓我回家。結果，卻是如此蹊蹺……是什麼，導致如此陰差陽錯，我這件根本沒事的事，一路變成了大事。沒得妥協了，我也只要法律最終的結果，無論多大的代價，也在所不惜。在這據說曾經是能否活著出去才是問題關鍵的地方，是賊但求買了減刑早日出去為害社會幹票大的；我潔身自好豈不已然成為法律的化身，而法律正如我身，為囚久矣！窮得叮噹的大別山來的搶劫犯，都要跟我曬他的減刑成績呢，那是他介紹了買減刑的大戶賺來的，甚至以無期的刑期敢向我誇口，他會比我提前出監。是什麼，如此使然，難道是天意嗎？）

每只受傷的在小熊都戴著花，是戰勝了什麼？亭亭拿了第一並不自以為是，好啊！拔牙不會有問題吧，醫生不會因為謀財拔去好的牙齒？從小亭亭就愛丟東西，這回丟的是牙齒？我還擔心鏑已經被形形色色溫柔的匪徒窒息得昏昏欲睡，所以有了你們專門錄下的鼾聲！很想知道究竟，卻見亭亭祝我在這裏生活愉快，信就寫完了。亭亭？無論你將來勝任什麼，關鍵看你怎麼表達——我可以無需你表達就知道你心底有讓我感動的潮水，就算是在冰層之下也是一樣，而且你用行動說話，一直努力著；可是，沒有引申，總覺得少了什麼，就算我明知你的心，仍未能被你喚起。反而，匆匆的告別，讓我多少感覺你有點兒心不在焉甚至開始迴避什麼。不到十歲，你的文章之所以發表，是因為你寫出心中的春意！可你知道嗎，只要稍加引申這是何等漫漫冬旅之後的春天，意境便會怎樣昇華！你錯過了嗎？

依依讓越來越大的雪花使天地飄搖，來說爸爸不在家的傷感，老師匆匆而批不知《雪》中的傷感，可是全家人都齊聲讚歎了！你們來信的話，我綴成了歌詞；你們的成績天天向上，成為了習慣！可是，歌兒呢？有沒有再唱，還記得嗎？那可是世界上最好的歌兒了！學著我的話說"我們還小"，你們就把力量用到了學習上；沒再想過爸爸的事？信看得仔細嗎？雖說不需要回應我對你們所說，但有沒有記下心中的問題，或者，想到請教？寫日記嗎？你們堅持寫了嗎？你們感受過的希望，現在是否已經疲憊而想要迴避？

有沒有愛的信仰，能否為了愛的目標承受絕非一時的困境，這可是人生真正成敗的關鍵！如果你們有，真誠表達也是昇華的過程，你們自會更加自覺以至自由；這會成為你們的福氣，也把你們積累的知識點石成金，成為你的智慧！這樣而有的成績，就真正值得誇耀……課間從教室走廊窗口遠望城市燈火感到惆悵的時候，有沒有想像過：你們在家中所遭遇的事情上，能有什麼神勇之舉？事情都是具體的，好比出國留學，就要簽證，買機票，在此之前必須聯繫好報考的學校，交上錢並提交擔保，要麼就是有了獎學金——無論如何，都需要爸爸馬上回家……你們還在盼望嗎，還有歌聲和眼淚嗎？如果一直有的話，它早已不是小時候無謂的哭喊，應已成為情深似海的喜悅！不知不覺，信已不會嘎然截止，也不會在知識的海洋裏迷失。想知道內心的力量能有多大嗎？我相信你們此生定能瞭解：不斷覺悟的人心，正是宇宙中至偉的力量所在！愛是關鍵，不要讓它像亭亭初生時總也叼不住的乳頭，也不要讓它像那件心愛的小毛衣被遺忘在車上！只要常常留意珍視，就不會像我開玩笑所說要到亭亭四十多歲那樣的時候我才垂暮一聲長歎：
"亭亭終於成功了！"當然，大器總是晚成，但讓父母心痛⋯⋯
依依和亭亭送給媽媽生日的小蛋糕，全家人多麼感動在心，念
念不忘！好好表達你們自己吧，用一生去表達愛，幸福就隨之
而來！將來，你們也要像爸媽這樣建立家庭——雖然男男女女
遍地都是，但夫妻有緣實屬不易，那可是"百年修得同船渡，
千年修得共枕眠"！愛，是你們人生的舟楫，只有它能引領，
而學到的知識和擁有的經驗只是你們的領海而已。好好把握這
兩者，一切就都和諧有序，再大的困難與成就都無毀於你們！
乳頭不是想讓它不掉就能做到的，卻可以在愛的引領下自然而
然便把握自如！

　　依依的思念讓雪花漫天的時候，傷感也使我心亂如麻！我
回信把它說成是"晴日素雪的禮贊"，事態也果然如此嗎？依
依捧起信志，於是瑰寶在握？無論如何，習慣成自然！何況，
我們是在自然的某種極限吧，便有堅信的結果，於是呈現萬
物其至理——遠在天邊，難到極點，便在極限，相通於咫尺！
所證明的，不只是精神意義上愛有因果，是放物質與能量世界
而皆准之天理，亦展現科學的曙光！曙光中，欣欣心意流淌，
愛便心傳，從無阻隔！她不到十歲就已經說得清清楚楚：愛不
只五彩斑斕好看而已，它還無法阻擋，它是熱情付出！她說出
並為之落淚的，已不止於她自己的福氣了！你們都以為她在發

呆，她卻如此意味深長！因為，愛是舟楫，使人智慧——真相並非思辨而來，而是隨愛映心，強求不得⋯⋯雖然她的領海還小，有些習慣還沒養成，有些效率還要提高，但愛勢必暢懷普照，使她領海廣闊，使她智慧美豔！就像欣欣畫在信尾那富態甜蜜的小女孩，悄然變化著，愛使神在，她已然端莊美麗而目光穿越整個宇宙！秀美的小辮子就像美麗自信的希望，乘著歌聲的翅膀，抵達心願的地方！

卓卓的日記，自省自律的素養了嗎？古人叫慎獨，是誠意正心修身的關鍵。心靈的成長並非靠戒律壓抑自己能有，就在於人生旅途不斷自省——哪怕吃喝嫖賭，真有體會了，戒掉時才會刻骨銘心！因為，不喜歡的事情就真的不會再做⋯⋯我在想，卓卓在畫上大哭，那麼多淚水，後來發現了什麼？是什麼消息與太陽相通，讓你看到了希望？卓卓發現太陽對月亮不滿了嗎——無論怎樣照耀，不是上弦月，就是左弦月右弦月，要麼就是下弦月，為什麼沒有滿月！你與太陽相通的愛心（雄赳赳的你把它掛在腰上），終於讓月圓當空，於是我們全家團圓？這是你用童心看見的真相！哦，你畫上面接奶油的小桶都掛到了馬裏的奶油樹上了，正往樹上爬的人也是你嗎？你問爸爸喜不喜歡奶油，我想那也是在你這麼大的時候，聞見奶油的味道都好舒服啊！去迪士尼的時候順便找找看還有沒有“好吃得掉進喉嚨裏”那種霜淇淋，或是“哈根達斯”吧——第一次讓你媽媽吃時，她眼睛的顏色都變了！南太平洋的島上還有麵包樹呢，你知道奶油樹和麵包樹都帶來了什麼嗎？當地土人們失去了挑戰，就不再進化了！奶奶在信裏說現在就要確定你和姐姐們的專業，她想馬上見到你們的將來！我想，能讓奶奶感到欣慰的是，當然首先是爸爸這個時代能夠實現法治；無論如何，你們的成就，註定要經過脫胎換骨的成長才能取得！中國儒家講中庸，絕非溫溫吞吞，必要時難免矯枉過正，甚至推倒重來！真到了這種程度，奶油就不如砒霜！同樣是順其自然，中醫治病不得已用上砒霜，的確能治治不了的病，卻往往被人大驚小怪說是下毒。這時，勇往直前善握分寸，以毒祛毒——治好了病，也就驚醒世人，也就樹立起威信。知道中庸了嗎？下棋不也拿敗招兒破局而勝，所謂奇正……你的想念，讓我的淚花都在笑！你的詩"假如爸爸在我生日時回家"，我珍藏到你長大！你學會了愛，就有了最高的"計謀"！智慧和幸運，因你勇於承擔，才會照耀你的棋藝你的人生！

1997年底總做些不著邊際的夢，鄧小平什麼的；到了出事的年頭，1998年春節初一，孩子們和鏑還有肚裏的卓卓，在電梯遇見鄧的長子，聞其感慨："這麼好的小孩兒！"我聽著鏑這麼說，還挺高興，但不知彼此能有何相干；我只是在想：他確如毛澤東所說"那個搖羽毛扇的"，還在1986年他提精神文明建設伊始就已說起腐敗！那麼，將會發生什麼，他分明是料到了！然而，是那時經濟上改革開放還遠未到位，顧不上太多？他也只是一說而已，究竟如何制約，他只講了句："胡錦濤這個人，不錯……"而令其上任西藏貴州等地書記，倒似遠離了錢財。他說江是最好的軍委主席，往李鵬那裏配了朱鎔基，雖然也曾帶楊尚昆去南巡敲山震虎，運作得差不多了，楊開會還在說鄧的意思仍是其堂弟抓軍委常務，而原鄧辦主任就說鄧的意思其實是他堂弟不宜再抓軍委常務！楊那次會上是一頭栽在會議桌上昏了過去吧，反正沒過多久，他就去世了。雖與楊是好友，但大局為重，他還是把江扶穩。難怪毛澤東被赫魯雪夫問起劉少奇和林彪誰能接班都搖頭，卻主動半開玩笑指點著："你看那邊那個矮子，極其聰明，前途不可限量！"1977年我見到1959年舞會上這番預見，可知一番前途；而今重溫這番預見，亦知何謂前途不可限量！只是如今，人去久矣，遠見猶在嗎？其實可惜，老毛始終糾結在自己的對錯上，栽在了自己的私心上……

2000.6.23，我已識天人合一，而家國天下於心無二！這是迷思嗎？我是在前·天夏至的夕陽山野迷了路，還是在天壇大佛那裏超越了時空？我趕去給媽媽慶祝七十歲生日，卻至今還在路上，都六年過去了！我本是歸去來自在，已做了陶淵明，可是卻有些怪人一而再把我找將回來……我看見了什麼？兒子驚歎蟑螂神奇的時候，我也在想：這活了三億年能躲過原子輻射幾乎可以永生的傢夥，它難道渾身都是幹細胞嗎？其實，它不過是單性繁殖的一種"昇華"吧？人類的耶穌，在人類的極致中，也有過昇華——普通細胞竟像幹細胞一樣從最為古老的基因終被奇異開啟的天堂裏，使生命復活、傷口痊癒？難道我看見了人類將怎樣進化，那其實是簡化吧？耳鼻嘴變得很小，頭和眼變得挺大，指尖有了像吸盤一樣的觸點，經絡已經可以看見，而丹田變成了大型器官！看不出性別，卻有男女激情非凡的能量！哦，美而深情的社會，喜悅的心！

自炎黃以來刀耕火種到西漢末年，森林消失，黃河愈黃，卻一直有這樣的預言："黃河清，聖人出！"如今有水庫調沙，上游種樹，那麼黃河真要變清了？看起來，好的事情確實存在，但要在壞的事情裏發現它們——而出的，不會只是個把兒聖人，而是聖心相通的社會吧？承載基督教的希臘文明憑形證意，承載佛教的華夏文明體意論形，二者都在西元前五六百年同一星象的能量下成形，各自發展，獨領風騷，卻只是在來到同一屋簷下合為一體的時候，才終有恍然大悟？黃河清了，聖人出了，人類的進化到了這種時候，才會真正出現飛躍，新生在慘痛迸溢的光芒裏……如此遊思，跨越了時空，而我現實的生命尚在歎息：父母在，不遠遊！我耽誤了這麼久，我一直在趕路，我肯定得從人間的道路上回家——就算有滿天神佛，也不過是時而閃耀的路燈，而路要由我自己走，一步步去走。

耽誤啦！可是，媽媽，只有在這樣的道路上我才學會，看到一切！我知道人能神通，但卡在內心的腐敗上！這已是物欲橫流的社會，良知陷於孤獨，急待另有證明！尚在堅守職責與信念的人談何容易，若問他們圖什麼，恐怕解嘲一笑而已，何來豪言壯語？

偏偏臨到決定命運的時刻了！看著新聞：換著大員，以至代表所謂推選，其層次雖不具有決定性，也不便攤牌，卻事關一旦攤派之時的力量態勢。人皆求進，目的不同，利益各異——廉與腐有異，腐與腐有爭，一時勝敗則取決於局部權勢以及財勢，故相對而言廉被貪抓。對於腐敗，並非引而不發即可令其悄然身退，"人為財死而鳥為食亡"，且尚不知誰死誰亡。到了五月中旬，有五六人幾乎同時來與我探討："是不是出事了？！"不見了胡錦濤，在他們看來完全可能！雖說可笑，但亂仗難免；不容僥倖啊，除非確已認清到位：系統解決，尚待改制且已扶持起足夠民權得以從權力來源使腐敗斷氣的時候；在此之前，腐敗乘勝前進，以穩定為名，江河日下，怎能無為？因勢利導，力挺精英，啟動民意，暗定機關，奪取要點，砥柱中流……事亂，更要心靜。如今想起解決分配不公，但要說關鍵卻在法治——不患差別，患不公平！試圖通過宏觀調控引導增加中低收入，不能違背市場規律而且小心失去國際市場競爭力！另一方面，"高薪養廉"尚若十貪抓五還有人"富貴險中求"，那麼十貪難抓其一又有何廉可養？除非作為根本解決的配套措施，否則那豈非不足掛齒的一點小錢嗎？且看臺面之下，巨大的現金流，運作起來無形無法亦無稅，卻實實在在主宰著多少投資多少交易多少政治決定！任何監管任何制度，變通買通不在話下！各種利益集團各色暴富人等，越來越刺眼冒將出來，手揮錢鈔怒氣衝衝，而大多數人瞠目結舌。臺面雖然只見冰山一角而已，然而傳說比媒體更高效。

我決心送給媽媽的生日禮物，仍未送到；然而夏至的祭台，已經築成！命運，它很靈驗，而年邁父母的心聲也正是人民的底線，已是"最後的吼聲"！其實身處歷史長河的今朝，反觀清光緒帝變法被抓，已覺慶倖：以當時國情，君主立憲是唯一出路，卻失去了機會。無論庚子亂後五大臣出洋巡考、頒佈刑法、民商法，以致終於詔告君主立憲，全都晚矣。機會總是這樣，可以微笑等待，但一朝明示於你，則天予不取，必受其咎！君主立憲不成，孫中山也一時難成，多少苦難，終於能有今天！命運已使劫難變成幸事了嗎？又當關頭，機會微笑！佛也拈花，迦葉微笑！苦難奠基，心已天同？有首古典名曲，讓人看見飲淚的凱旋！路漫其遠我仍常會下意識哼起，如今聽它作為某國國歌真的奏響，並從心頭發現那驚鴻一瞥的心意，彷彿靈光乍現的科學的曙色，讓人感到難以言喻的天意融融，卻又無比確信：這就是我們同在的能量！心靈的成長，也像大樹生成，當它終於如願來到高高的枝頭迎接曙光，我們日益壯大的同在，自會是所有同心的歡慶！曾有的蹉跎只為磨礪自覺的信心，試看究竟誰能承受！畢竟是自古翹盼的佳境，如此聖心相通的社會啊！人們難免會在浩渺無邊的宇宙與萬物之中迷失，而不知超距之物其實反而近在咫尺，只欠達到那個極限——奇點之上，心靈與物質盡通。這是一程又一程的極限啊，也是心靈與物質無窮盡的浴火重生，而能量增益，宇宙進步！

大雨傾盆，沒日沒夜，是屈原投江自盡了。聽見個傻屄在說他是個大傻屄，看見媒體也在談論端午節並非紀念屈原而是別的什麼什麼——他使他們感到不安嗎，這能成為可以告慰於他的時代嗎？我這麼想著，天倒是悄悄晴了！難道是依稀的藍天想要告訴我什麼嗎？晚上，竟然在為人唾棄的新聞聯播裏，我看見有人教起孩子們為他包起粽子，我聽見有人告訴孩子們這是紀念偉大愛國詩人屈原的日子！天彷彿屏息了片刻，剎那間不間斷的雷電竟讓蒼穹也燈火通明！豪雨和富氧的氣息，正把我的靈魂托起——它不僅是我心中的淚水啊，它是蒼天的感動！

因此，重溫我們的家歌吧：

這是我的家園，

這是我的國度，

只需要一聲歎息，

就說清所有的真理！

這是我的家園，

這是我的國度，

只需要望上一眼，

就響徹愛的歡呼！

這是我的家園，

這是我的國度，

只是因蒙難不棄，

才終於成了天堂！

國輝 2006 年 端午

（六十二）行出生天

（收工隊伍將至監舍，一個靠家人托了關係來當警察的年輕警員正帶了兩名上方來人從監舍出來，一見到我他竟像孩子一樣無比興奮，急忙從旁對那兩名來人朝我儘量收斂著指指點點，其中一人還拿了錄影機就勢朝著這邊拍了起來。我想我給他們留足了沉思的背影，我想那陪同的是級別高到相當程度足以讓李龍斌覺得他沒白來當這個警員。這不只是中紀委此時此刻來廣東大事調查涉及到我吧，看來更有對我其人感了興趣的人喲……從共青團練就的宣傳功底其實不失為人真誠，他在央視新聞裏教孩子們包粽子講屈原，他從上海合作組織會議的演出活動裏向鏡頭振臂，都跟我曾從何監身上看到的一樣，充滿了驚喜。可是，六國人士，同唱《同一首歌》，對於我無論多麼鼓舞，那畢竟只是外交的演出。我看到的真誠，其實是大權旁落另有核心的處境使然，我們的確有共同的追求，我們也的確都被貪腐包圍和禁閉……如何才能脫穎而出，這是我們共同的真誠。我漸漸在想，我能否感化以致說動其中核心呢？畢竟，家國豈可隨意敗壞，豈有自毀江山之理！起碼，不要讓大權落入奸佞之手吧。當我提到的那份花籃，送給捨身忘我的垂死軍醫，而它正好出現在我母親的生日。老領導和那位軍師也就隨後送上對那已逝軍醫的追悼了。此刻的不甘落寞,已是對於人心所向的在意之舉。我能感到那種內心的轟動,不禁想起確有珈藍,立地成佛。)

鏑來信用了二十年前的公司稿紙,收到時我以為郵局耽誤了一個時代!仍然能清晰感覺到啊,當年牙龍灣白沙澄水如此迷人的驚喜和感動!鏑說夢見了軍訓,我倒是立即見到軍委部署了,其量化晉位以期改造全軍似意味深長,卻要讓任人唯親者不爽了,恐難實行。去年夏至,我說鏑敗上最高的祭台,勞苦功高,鏑仍不解其意吧?錯失了多少一級級昇華的美妙呢,而每當有此美妙,我總陶醉如仙,可惜似夢!我們身處現實之中,我更心痛如此世事帶給人們的苦難,它實在值得我們思索再三!

那年,小滿時知道帳戶被封,當它是敲詐,我沒說什麼;芒種送走了父母,又聽說要賣出我的股票把錢劃走,我決定做點什麼——發了給他們局長的申訴又去法院嘗試起訴其誣告侵權,被告知刑案先於民案,而公安局長是政法委書記還兼副市長,且正是辦案人的岳父,而報案人則是托到家有成屋金磚還不放過別人手上金戒指的貪癖紈絝找了市委書記立的案。那天路上我就感到稀奇,怎麼開車沒錯線卻遭遇了首次罰款!我還奇怪,午茶時怎麼就對電視裏新版國歌片頭這般感慨!原來,這些都是已然隱約可見的命運的身影！那天，做完能做的，我們仍然如常一家人來到海傍——陪孩子們吃零食，看夕陽。依依格外親切，一直要拉著手，不時笑望我的臉，有點反常；亭亭也是，她望著晚霞好像因為它們太美了，就上前幾步索性蹲下了，還長歎了一聲。她們也都有了預感！晚上，那夥人沖進來時，她們其實都醒了，驚心動魄坐在臥室的黑暗中。我在書房的洗手間裏悄悄報了警，不見人來就又重新報過，卻被那夥人查覺了，撞開了門——他們四個人一齊沖上前卻莫名其妙都被我閃開了，在寫字臺後面我用免持電話報完警，無意中按下的錄音鍵一併錄下了他們拼命阻止的一片混亂。後來，當他們提起竟然無人能夠上前將我拿下的尷尬，讓一個練過散打的傢夥耿耿於懷，我不禁安撫他："掰掰腕子你就知道了……"他們雖然不是抓賊的料，但是卻常常會要脅不抓賊，倒是市裡有人牽頭不時讓他們幹些黑社會收數的事——背後的集團利益多麼巨大，我也是慢慢才弄明白。當我找來抓賊的派出所那四名警察一見他們的證件，立刻恭敬起來，倒想說我什麼，我忙揮揮手請他們回去了。可是，拘留因此已然難免。到後來又是家人告到人大业找來公安部的人查問，所以逮捕也就難免。他們以為檢察院裝進來，落袋平安，我卻讓司法程序隨其自然進行到現在。這卻是他們的強項，早就聽說若是撞上他們不講理，就當是被瘋子踹了一腳，趕緊躲開就對了。我倒彷彿身不由己要跟他們對著幹！

剛進看守所那晚，三十幾人一室廁所邊的地上，我是人皆可跨的廁所門欄！屎尿聲不斷，還有家人們陣陣驚人的心痛！我十分清楚，如此佈滿蜘蛛網的天花板與蛙鳴之夜，只是開始！我會一直沉落，將要與鬼魅魍魎長期周旋了！806倉，一多半是官員，還在笑稱其所在之特殊，是特殊倉。當地逮到其時算是最高級別的一位社保局長，他說是一股運氣使他來了這裏！第一號紅色通緝令從南非綁架回來的要犯，更確信是行運金衰之時他卻開了一間金店，才有今天！邊檢站長則十分清楚自己是在爭奪關口可獲暴利的一塊地皮所據官位的時候，鬥不過競爭者背後的財勢……人人都在說冤枉，憑什麼抓他們而不抓別人，都在罵朱鎔基。凌晨時風雨驟起，大家紛紛起身蓋上被，我聽見已關了五六年的要犯說了句："又要拉誰去打靶了！"又聽見社保局長解嘲："錢財不如人者！"那天打掉了三十幾個，同倉也有一男孩被鎖去作陪一趟，回來時臉色青紫燒了不少報上剪下來的汽車美女還有樓房為亡命同案作祭。其實他是因為家人賣了房把他從首犯買成了第三被告判成死緩，才送了他手下剛滿十八歲這位跟班的命。我也明白了，辦我案的人何以對金錢如此著急！

明明所凍結帳戶金額已遠超標的，還要把車開走還要拿走房契甚至疑似有價證券的數千萬美金信用證以及能找到的銀行卡和所有帳戶印章，足以斷人生計，就是要好好敲上一筆。因為，他們的世界太需要錢了！吃不成兩邊，他們才吃一邊——把我報捕，半年之後移案檢察院退還財物同時，並不移送所謂涉案款項，而是直接把它越權賣給了贖單者——開了張匯票由仲介方某人簽收了拿去找報案人兌現，然後分贓。如此有效運作多年的一班人馬，有公權又有家財萬貫，誰能拿他們怎麼樣？到了嚴打之時，還少不得他們！人家只需做做樣子，讓自己人避避風，抓些"不懂做人"的，也就立見成效，清靜一時，誰也不能說他們沒辦事……怕家人難以承受，我最初兩三個月連做夢都指望家人講和算了。可是偏巧他們那個監視居住的地方比看守所還要森嚴。如此變相關押，按三星級酒店收費，有人替他們收錢便是。難怪有人商人不做了，買個官，反而發了財。我則漸漸慶倖我沒能告知家人與他們講和——家國難分啊，法治與否不知不覺成了我的私事……

我曾品味剛進看守所那 806 倉的含義，難道是要坐牢八年還有零頭？心想是玩笑吧，可如今，當年同倉罪大惡極者都差不多繼續作案在外了，後來的犯人也都減刑飛快一撥撥陸續出去了。他們一個個都已謀劃好出去要大幹一票呢。我錯了嗎？發回重審前，我見他們把日記故意退出案還給我，也想到其後他們或許會在二審庭上舉證日記片斷來一通歪曲；但我不相信明擺著的事實那麼容易歪曲，我認為只需再把這本日記舉證了他們就必須用全套留檔的影本證偽，否則就要承擔證明不能

411

的證明責任。我忽略了他們其實是賊了！他們心裏其實算得賊清，所以從判決書的心證公開到再審理應開庭，都一再迴避，暗箱操作便是。於是，他們不受制約的權力盡在錢路上運行！重審一審宣判時，庭上孤零零有位羊城晚報的記者，他朝我致意時我忽然為他年輕純正的心感到悲傷，他也的確被莫名其妙辭退了。二審滿堂記者連同人民日報的人，不是也都雅雀無聲嗎！主編刑法的專家們作出無罪論證，則像放屁。其後是在市人大的報告上，他們就有話直說了："此案幾經反覆終於定罪，向社會昭示了檢、法合力維護司法公正(腐敗)的決心。"他們的確怕，怕此事像多米諾骨牌一樣把他們腐敗的全局翻將出來。其決心鏗鏘之後九個月，最高院批示讓省高院考慮再審，卻也仍然不出其套路——不都一樣嗎，案總要人來辦，不都是自己人嗎？審委會不都是人？最高院的人不是人？我家人又能怎樣，不是已在判決書裏提及他們某言某行，尚未作為同案抓起來也就只能在他們的程序裏面隨他們玩了。2002年底哪位中央領導曾對內參所登我案消息作過批示，那又該當何論？現在又說什麼？窮地方的法院人手流失，富地方的法院人手不足，是說司法維穩現狀如此，招惹不得嗎？當然，一門心思從案中找錢，人員流失人手不足！聽其自然，如我案已過十庭歷時八年，也仍不得結！其實讓法學院剛畢業的新人來不用一個小時也就無罪結案了吧！怎麼會越是人多越忙亂呢？截然不同的兩種效應啊，乘數效應！宋魚水，果然是個好人嗎？不如就索性任命她來做首席大法官吧，起碼她有這份心。真誠便智慧嘛！

　　如今，盛情莫名的禮物若隱若現在媽媽的生日之上！年復一年的祝福，已然昇華？彷彿當年渣滓洞的女人們，竟能繡出自己註定無法親眼看它升起也無從聽說卻如此一模一樣的國旗……反觀法治缺位的市場上，越為貪者越是口口聲聲信仰共產主義，正因為理想與現實越不著邊際，他們就越遊刃有餘，倒是愛與法治讓他們渾身都不自在！現行體制，恰是他們的護身符！而官僚資本已成氣候，先灰後黑，黑色素痣瘤，最要命了！蔣介石八百萬軍隊也保不住它！又再顯靈的，也許不是馬克思主義其階級分析了；如今的階級鬥爭，但求民主！領導人講和諧，前提在於能夠抑制和消除官僚資產階級的產生和發展，否則馬克思主義絕非權當假話說來助貪的遊戲，那是歷史的報應——而今的報應，則是追求公平的矯枉過正！雖然，體制之內，權錢交易者手上的金錢，比我們同心所有的良知與愛更具"時效"——囚犯以至高官，都能從十分具體的好處之中擁有動力；如此源於罪而用於罪的巨大血脈，層層上達已使金錢成為主宰，遠比我們心靈成長的奇跡更為真實可尋！一次交易，便已身不由己而被徹底歸類，實在麻煩啊，囚犯的鈔票竟然出現在如此權重位高者的口袋裏！而真誠，則難免被處處圍堵；除非真誠其無畏，已在極限的天頂……

　　誰曾留意我出事那天跑遍了全市才找到看守所門前一定要見我的懷抱嬰孩的天真女人呢？日落月出，奶水淚水，都在嬰兒的臉上！治好我沒日沒夜痛風了一周的那位醫生，見我真誠謝他，忽然說：＂讓你老婆別來了，看了好難過……＂我們的確讓擁擠向錢的人們匆忙之中望來幾眼，但無人真正知曉：善惡因果的最終證明，其實非比尋常！我們失敗的路上，法治的背叛者們終將來到夏至的祭台──藍天無盡威嚴，白雲肅穆無語！無人知曉極限意味了什麼，無從丈量苦難的腳步，卻見因果竟如希望，一摸一樣！祭臺上，並沒有白馬飛來的神跡！這是愛心不渝便凡人都能築成的祭台，惟以慰藉所有淚水滔滔的心靈！因此聽到，同一首歌已在各國之間試唱，令人驚喜；而振臂揮來的真誠，即使在地獄也能感觸到它的深情！也許，《同一首歌》的晚會還能辦下去，因為它終有一天辦到了我目前所在的地方，別開生面！

　　鄧小平那一程，到了南巡，得以一揮而就。如今一向所說的政治體制改革，何時一揮而就？歷史將喝彩什麼？2005 年驚蟄，我說中庸其流轉的結局，其實它早在唐代李淳風的《推背圖》裏，已似是而非。本以為命運難以改變，除非出現一種情況，大愛造化，竟使隨之而來的一切為之改變！猶如我說愛滋病可治，只緣免疫系統末位淘汰的速率超過了病毒同化的速率。現已證實猴子不患艾滋正是因為體內 hef 蛋白啟動了免疫

t細胞，而人類也確有其性生活在艾滋男人群體的非洲女人具有如此免疫的超越！雖然權錢交易其腐敗已與國家權力乃至司法大權融為一體，如同愛滋病其逆轉錄酶與人體大部分蛋白如此趨同，免疫能力仍有機會可被啟動！只要 hef 蛋白，能在振作起來的神經與內分泌系統有效的交互作用下發揮作用……這終將成為可以量化的清晰指標，彷彿有志自救的政權其精英與人民的意願終於融和成制，而有不斷強化的交互作用，終於使自發的制約不斷進化！它蘊含了奇跡般的能量，是真正的載入史冊的光榮！法治的實現，不僅能讓中國的統一令人信服，也將讓中國的崛起令世界信服！

霍金竟然把理論物理變了大眾口味的紅了又紅的流行榜，許多人書架上都有了他的《時間簡史》、《果殼中的宇宙》。不知是否都看過，但的確意味深長。老闆和白領們甚至時興假日穿上長袍，去讀《論語》！如此休閒，肯定無從體會真正的內涵，但在潛意識裏有此趨勢，卻難能可貴！格林提出已有幾十年的弦理論，不斷發展到今天，仍然似是而非，但它卻是人們尋求萬物至理的一種希望。只是今天的確有些奇怪啊，全球六千多位頂級理論物理學者竟然把關於弦理論的大會開到了中國！霍金如同明星一樣來了，自然，把家族標誌嵌為八卦的大師也來了。弦仍然是一個玄。人們習慣從靜態的角度去尋找萬物至理，雖然早已知道量子世界測不准，但量化成為方程這畢竟是人們的習慣，是目前科學的習慣。如今來到中國，還是老習慣——只不過是潛意識裏有指點迷津的莫名驅動，使他們不知不覺來了自古專注於意會的中國。這裏有著自古供奉的動態的易理。"三維中所有的曲線歸為奇點，就是一個三維圓。"偏巧，如此猜想，正是中國人剛剛算出了它！那麼，四維以至萬維的宇宙真相也是如此簡單嗎？難道八卦也有數學演示？100年前的龐加萊猜想由中國人證明，這是否意味深長？十一維能演算嗎？奇點之中，有數學嗎？在為學日增的進程之中，令人驚奇的卻是，直擊要點的正視和把握並非計算所得吧，而是為道日減以致天人歸一的洞察和超越？我2002年初剛能接見時對鐋說，我們有行為的文學。如今，也有我們用行為寫出的論文正從冥冥中向人們展現？宇宙以至不同平面且大小無窮的宇宙，以致宇宙中的無窮宇宙和宇宙所在的無窮宇宙，都在各自動態以致極限中流轉！這似乎是在玩笑之中給所有宇宙冠以無窮的莫測，其實恰在極限之際，宇宙至簡相通！只有至衷的體會才能領略，萬物至理不在窮思極慮的模型之中，智慧其實源於生命而成於極限，是為至愛！我們證實了的，足以把世界的目光從弦理論引回他們已經降臨的大地！從他們奧林匹斯山頂盡目看好的這片黃土之上，理應了然：神與至理其實早有證實，卻被誤解；它們就在我們的生命裏，它們就在我們的心底！

說到這兒，在"崇拜"之中，你們已經快要睡著了吧？記得依依半歲時心懷崇拜隨我上船，她漸漸昏昏欲睡了，忽然她從我懷抱裏探頭望向飛翼船濤聲動人的窗外，卻漸漸睜不開眼睛昏了過去……崇拜讓人難以拒絕，但真正心心相印的共鳴才相益無窮；崇拜使人在迷信和自我陶醉裏愚昧下去，而真正的愛，永遠生長不息！又到假期了，知道對於我來說現在度假彷彿什麼嗎？那是剛開放，來到北戴河，中海灘全是老外。月光露臺連著裏面的餐廳，人們在海浪的節奏和樂聲裏跳起探戈。一曲終了，老外們一片掌聲，沒注意到原來只剩我們一對舞伴在跳。那是如今天馬影后的媽媽，當年之美讓一群日本遊客圍上來一定要跟她合影，還送上了個小半導體作為紀念——讓我為之驚訝啊，我只對心傳之美更為敏感！還有海邊賽馬，據說我把那匹白馬的尾巴都跑直了。哥們兒幾個在夕陽礁石上品嘗那時只用一元就買一斤的美味肉蟹，飲著白酒。開放的世界像夢見的地方，"海面像陽光一樣"！浪起浪落，年輕人們就像能望到新大陸那樣極目遠方，反而一位法國小姑娘不時翻看著泳衣裏大概剛長出的"咪咪"不時瞟上我們一眼……我說一位正在下海的人常浪再次落下的時候就會忙著去提他的褲子——浪落下了，他正光著屁股慌忙把褲衩提將起來！濤聲陣陣，忽然有人朝我們這圈人探過頭來，大吃一驚的樣子，問："剛才誰說的？！"我們全都笑而不答。這夥人，後來大都不錯吧，是因為多少都有些先見之明嗎……

鏑不同，更重忠誠；也不會病倒，因為天意就是要讓我們證明愛有因果。我們終將迎來我們的假期，工作也像休假——不再有驚慌，也不再有焦灼！

國輝 2006 年 夏至 . 小暑 . 大暑

（六十三）早有約定

　　（錯過了我所提起彙集了六千頂級世界精英的理論物理人會在京召開，他從此但凡如此會議都要致意。擺在臺面，專注瑣事如此細緻，權力博弈其處境可想而知。尤其軍隊，凡事恐怕決定了也未必同他招呼一聲，司法就更不要說了。戊戌變法的秀才們榜上了光緒帝手舞足蹈，也不過如此。決定歷史命運的關鍵時刻，千萬不要發生當年那樣不知深淺的妄舉，還當潛心與之，造化核心，因勢利導。雖說弄權者藏汙納垢，但嘴上說的並非完全不當真，只是到了非要犧牲自己勢力的關頭就都按上輕重緩急，三個代表暫且不論。不過當年鄧面前，信誓旦旦要鞠躬盡瘁死而後已，真弄得國家崩潰也於心不忍；那種榮譽感，其實有種孩子似的單純，說到載入史冊，還真有點迫不及待；只是不能削弱自己的勢力，萬難戰勝自己。而我想說的就是這些，所謂良知，為國從長計議。彼此商量，如我兄父。自從自報參加了預計今年出監的人拍照一次性返港證的照片，至今我的出監已似神遊。為犯或為官的賊們，每天相遇談笑裏算計不已，惟我的動態其喜悅與憂患，不止是撲朔迷離；當朝總書記總理的動態，也都讓人難以把握。有人就說很難把握，不知道在說什麼。在說什麼呢，是在運作權力最終的格局，找尋對手之間一息尚存的活命共識。始終弄不動我買他工位的車間黃主任，他又一次從遠處主任的位子上學著新聞裏總理的招牌笑容，逗著一旁的年輕警察哈哈大笑，而他在那副笑容中卻正望著我。似乎穿越了的事態其實仍舊留在現實，能量縱然在宇宙極限裏的神遊，其實也仍在原點。）

　　為什麼我心中我的孩子，還是剛出生不久或是剛上學不久的樣子？你們報來的身高，為什麼這樣讓我驚喜又心痛？法治的黎明究竟何時破曉？鏑寄來的《灰商》裏，已成規模的權錢交易的利益同盟讓人歎為觀止，現狀反而是正在由灰變黑啊。現在又讓學《江選》，其中從股份制到依法治國，再到三個代表——難道不是在說，市場經濟乃是法治經濟，而民主其代表性則是法治實現的保證。如此說來，倒也正是關鍵所在，可為何總是言而不行呢？我們所維市場經濟之權而遭遇的司法腐敗，一路以來，已然九年！從依法治國到三個代表，反倒讓我成為一名實踐者！而所言者，其親其友，既得利益，能代表誰？集權的軸心，存在於利益集團之間的平衡之上，怎容法治？當權者當然不想滅亡，可是腐敗也不能指望你好言相勸啊。這是完全不同的利益！良知面對貪婪，彼此不可理喻！它所要侵吞的不光是已然 GDP1.2 倍的貨幣供應量，它將吞噬整個政權，然後一同滅亡。這是病毒的本性！朱元璋曾以極權一君當關，剝皮不已，仍犯之不盡呢！說來基本不辦，豈不等於是在鼓勵，良知盡成空話！十年前我已聽說"排了隊，挨個槍斃會有冤枉的；隔一個斃一個會有漏網的"，如今該說什麼？看看腐敗具有什麼樣的投資效應啊，泡沫破滅之時又有多麼可怕……

　　輕言民主，怕呈亂象——戈巴契夫迷失了嗎，詛咒自己權力的來源去運行權力，所以把權力丟了？當年中國面對經濟改革而非民主，趙紫陽把問題交付給群眾，所以老鄧不得已而為之否則不能定局？他終於南巡，的確在穩定中推進了改革，其後得見長袖善舞實現了市場經濟；可是，面對經濟改革之後陡然加速的權力結構性腐敗，穩定與否已不能指望軍隊的純潔……此中民主，應當如何實現有限分權並遵循充分量化的可控程序？小心翼翼的民主，能否有效，被操控的民主是否腐敗？人民代表能否職業化，人代會能否真正成為制約政府法院和指揮檢察院的一級權力機構？其路漫漫，何時破曉！

　　先讓頭緒尚亂的進步受制嗎，然後有序反彈，於是在相制中發展？力道演化的易理如此嗎？總得有事來揭曉吧，三個代表其一揮而就歸於制度，也能像鄧南巡之後一揮而就歸於制度那樣嗎？什麼實事都寸步難行，就能有制度一揮而就？何謂穩定，體制的穩定不就是腐敗的穩定嗎？工業革命以來那與蒸汽機同樣意義的偉大發明"有限公司制度"，是如何使民主成為法定，經歷過什麼，見仁見智！人大代表專職化，就可以落實民主實現制約嗎？恐怕非有志改革當權者傾力扶持，難成氣候——腐敗勢大，市場水深，惟同心而治，以制相倚，穩步推進……果然戰勝自己，股份制倒也真的成為國有資產的最佳實現形式，有限的責任，使權力受制而步入良性循環，其勢愈穩，其權愈治！何事可行？實在之事，皆因其行而得其果！

謙遜的三兒已經看到了，說："大家都在創造奇跡，自己卻不爭氣……"畫在信尾的她自己，也在報完佳績後，快要變成無花之果的謙謙綠葉了。實在之事，已在如此強烈的心上共鳴，彷彿是太陽本身與我們心靈成長的大樹參天同在，融為霞光一片！這是我 2000 年初夢見的令人驚心的懸崖邊嗎，是那縱身之際的霞光萬道？是的，"就算淚水淹沒了天地，我也不會放棄……"我聽見那名為《神話》的歌聲！是的，"鞠躬盡瘁，死而後已！"我聽見那信誓旦旦的約定！

從小一次次搬家，新鮮了又新鮮；美中不足的是，成長中的書本筆記及許多紀念品也隨之散落。看起來沒什麼，其中的意義卻是人生之本，累積著決定命運的偉大力量。而感動的神性在於，共鳴之中有天地！在寶貴的童年裏，卓卓寫信落款把自己變成了兩個問號，難道正是在兩者相對的天問之中，他也擁有了我為之神往的天人合一的自覺？兩個方向相對的水母，才能構成完整的水世界？這是在游泳池裏想到的，是在沖出了暑假作業的圍城時感覺到的？宇宙的本質，正如兒童從書本與遊玩所感觸和想像的相對世界，是在彼此相約與激發之中歡動和流轉！霍金剛剛從互聯網提出了一個問題："在如此政治經濟種族環境與能源的危機之中，人類怎樣才能繼續生存一百年？"這引起轟動，我以為剛在中國開過會的他找到了答案；但眾說紛紜之後，他出了聲，還是那把電子類比聲："我也不知道。"我們知道嗎，卓卓？我坐牢，中國則仍是應試教育折磨孩子們的年代；我回家，就能曙光乍現，教改開始了？那我們就好好玩玩，讓知識變成好心情，讓我們經歷而來的心跳變成良知！我能聽到欣欣用熟練美好的琴聲演奏我們心愛的歌兒嗎？亭亭發現英語的發音能夠如此美妙，是學子之福啊！鏑則牢記母訓，"妻子應是丈夫的好學校"！寄來什麼書，總與我心有靈犀；未見表達，心裏都有！隨波逐流，並非你的靈魂；陷於無望，不等於內心深處沒有信心；看灰了這個社會，仍然把我們相通的心，視為務必珍藏的至寶！只是，這種不一致，已讓多少人在行與心的背離之下，最終還是徹底迷失？我知道，我們同心不容分說，我們同在，不約而同。真正做到，並不容易，所以我也自勉：體用如一，身心不二！實行以致實現，確實很難；可是真誠不渝會讓人知道，淚水也是一種幸福啊……多少個生日沒在一起過了？像欣欣說的："多少年了？多少次夜裏哭過又醒來？我只記得您燦爛的笑容！"白露，依依美麗的生日，又再遙望默想？我眼前總晃著依依呼呼搖過初生亭亭的床欄後天真忘我的樣子，記得聖誕清晨你們醒來不見爸媽找出來時驚喜望見我們在連接海天的門窗前給你們擺滿的大大小小的玩偶！從照片上你們向我探望，天真的心上，蒙上了多少不該有的傷痛！所以，霍金才會那麼問啊——拯救世界的愛心，如何從相對的世界中薈萃，它在哪裡？

十歲那年，爸爸閑了官場，帶我到景山公園轉了很久。至今我句句不忘爸爸所講核爆的原理與過程。二十歲那年，爸爸又閑了官場，來看我。我帶爸爸到頤和園轉了整整一圈——沒什麼人，無論怎樣給爸爸拍照，他都不拒絕。能覺出爸爸的落寞，可是我卻從心底喜歡爸爸得閒！離了官場，平添許多沉思體會、許多人情味兒，讓我難忘。每人的力量都將歸於自然，順其自然就必有佳境奇妙，所以爸爸善始善終。媽媽說出了如此因果的信仰："光明是永久！"我聞言，就在心中撫摸了媽媽的白髮！"日夜思念的老父老母"，讓我飲淚啊！八年沒給爸爸過生日了！那是哪一年的中秋正與爸爸生日相合，我從此年年在心中帶上爸媽飛去黃山！碩月裏，靜思在毛尖茶葉的沁香和團圓月餅的沉韻，我與爸媽永生同在！

國輝 06 年 處暑

（六十四）因精而神

（車間黃主任學不來總理的微笑，我又怎能讓老人家換個活法兒，人家那是如魚得水了一輩子的長袖善舞，變成了真誠，還了得嗎！鞠躬盡瘁死而後已之語，倒變成總理說之一再，他那也算是個提醒，畢竟老領導信誓旦旦跟交權給他的人曾是那麼說的；何況江山如此下去，真也就要玩兒完了。畢竟曾寫血書要去邊疆，如今言之死而後已，實屬一貫情懷——我們就在如此天壤之別卻何其相似的環境裏，互動衷腸，謀救家國。64 歲的人，同是當年共青團領導提挈，也同是那樣的氣息，愛國的熱情如宣傳的詩篇。何監不也從宣傳裏把我們的感動上傳，可這與現實的利害毫不相關。究竟宣傳能夠怎樣，並無大礙，一直都不過是該怎樣就怎樣。然而，感動仍然真實，不受現實影響，自是更加純粹。我體會得到，那鞠躬盡瘁的感思，正在他們之間些許互動；救國的良知，正在他們彼此的恭敬裏些許相謀。我的確心存莫名感謝，這一切對於囹圄中的我，是何等的滋潤……而我的皮肉，卻大難將至了——監捨下面的院落空地上，管後勤和宣傳的孫樂約了五六位同夥在樓上眾目睽睽之下做出監告別，是經何教批准專門向所有犯人展示新的犯人領導核心。接任的這位似乎總在莞爾一笑的港人，曾在入監隊被叫去與我一起打籃球，如今拿錢買下高位，比起我實在已然高高在上了。四眼仔做的第一件事，是把一個身上長滿疥瘡的瘦弱毒販安排到了我的上床。我看著那人手指間一個個水泡，聽著他成夜抓撓的聲音，然後，早晨，床下佈滿他的皮屑。給他硫磺皂用也沒能制止進程，沒有多久，我也癢了起來。不久，這就變成了遠超前兩次皮患的災難深重。記得我曾在前幾月信中感慨自己戰勝皮患，這讓何教看見了，現在他毒招來了。如此一身癩皮，也不禁令我撫之思之：難道真是近蟾者癩嗎？）

收到鏑的信已是一個月後了，為之歎息！何去何從，比長征路上的生死攸關又當如何？一個家庭的長征到了今天，讓我想起林彪說長征不過是逃跑——從軍事上來說，一點不錯；從我們現實的處境看，還能是什麼？

鏑的肩膀已經肩負了不能肩負的重任太久。如果長征的結果不是最終建國，1936 年雙十二剿匪令一下，紅軍是否潰散到馬步芳鐵蹄之處，餘眾無幾也都進了新疆的監獄？鏑一直以來的沉重，若有這樣的結局，就太讓我負疚了！2001 年三進看守所時看電視劇《長征》，我尚在盡思所知史實，有感英雄所見略同——石達開之大渡河雖然未絕紅軍，但左路軍南下損兵折將以致三過雪山草地，憑什麼右路軍那八千人到了陝北

就一定會迎來西安事變呢？毛澤東憑什麼如此自信，還說什麼
"數風流人物還看今朝"，就憑馬克思主義？其實有多少人受
困之際把它放到一邊，最終永遠背棄了它！長征卻不是理論，
心潰之軍怎能完成長征迎來西安事變！賭徒揮動不了歷史，西
安事變是命運卻也是天人合一使然；其後毛澤東執意要打的錦
州，也因此沒有成為拿破崙的滑鐵盧……我們如何，也能浴火
重生，而有家園美好？

　　長征凝聚的精神，引領人們掃蕩腐敗建立國家，並在其後
精神自困的年代仍能積聚起能量，而有經濟崛起的幸運來臨！
沒有長征而有的魂魄，何以力挽狂瀾？愛國不是主義學說，它
是心向，是理智情感於意志的薈萃！真理只能從命運的結果
顯現，雖可預知卻忌張揚，所有高論都不過是命運中的角色而
已，惟有追求公平正義其愛心不朽！長征正是心向凝結而成，
其中不朽惟愛使然！愛家愛國愛天下者同在於愛，相衍互生，
足成智謀，並無偏見，歸於幸運！長征成為祈禱，應驗于西安
事變如同神跡！惟有長征煉就者與決心抗戰的民眾同心，如此
同心，回報以國……9.11那天，世貿大廈的猶太人都沒來上
班，猶太人自有關於危險的預言；其後人們懷疑猶太人捲入了
陰謀，不得而知。"秋天真好！"這是我的預言嗎？五年前我
為之喃喃，有人不禁笑而呼應："秋天真好！"此刻，月正變
圓。這裏《感動於心》的晚會上，犯人們魚貫上臺朗誦詩篇，

也說"學會感動",也說"發現真誠"。感動於心,仍然只是我們各自的心事。適逢犯人持有手機案發,查辦起來煞有介事,搜遍每一個人每一個角落;可誰都知道,手機是為了買賣減刑由警官配發其手下,且有數字化的牽連一目了然;可是,那位曾想約我一談苦衷的監區長自從調去收入更佳的入監隊之後,境況愈佳,如今已然調升政治部主任!買賣減刑不會涉及他了,買賣官位更與此案無關……奇形怪狀的監察隊伍扭動而來不了了之,彷彿大食的巨蛇已然滿腹腐敗!上海那邊,倒是把關係最近的腐敗都擺上了臺面,可仍然只能是做做樣子!月華漸豐,年復一年揪心思念的節日裏淚水的琴聲,落寞依舊。來的那天,2002.10.11,沒有身份證;鏑15號送來,入監日期因此成了2002.10.15。十月十五日,難道它另有意義,是因愛而生的禮讚嗎,而有六十四卦流轉至今,皆成祝福?恰好慶祝長征勝利,七十年前那個起點而來的一脈相承,是否成為這樣一種自覺,而有意誠心正身修家齊國治天下平?此刻,用師者王,用徒者亡。

鏑和欣欣的生日臨近,已有醇美迷人的氣息!你們的星象映在我出生之時的天頂,不光回應我靈動的思想,而且有源於生命本質歡樂迷人的動能因此與我常相呼應!欣欣專程趕來卻差點錯過了,所以不足六斤生在這一星象的最後一刻——如此心意,我心領了!許多年了,欣欣等在星期五,至今未見爸爸的身影！已在亭亭玉立的年齡，惟歡夢中才有燦爛的笑容！但是，心意的傳感、靈性的美好，已在昇華的期待裏永益此生！說實在的，還是那個花生米和鑽石的故事——當他們一無所有，他遞給她一盤花生米，說："假如這是一盤鑽石……"當他們富可敵國，他遞給她一盤鑽石，說："假如這是一盤花生米！"如此真實，神也不過如此。當然，有了市場以來，政壇與商界相當層面的成功與失敗，日漸首要的，是要靠關係；與此同時，世界方興新技術革命，靠的是創新。中國誓要創新，但創新之首要其法治卻缺位依舊，結果都去造了假；而關係，早已結為大大小小許許多多腫瘤一樣的集團……身處如此困境，2003年初鏑抄來據說聲音很像我的義大利盲人歌者波切利激蕩胸懷的旋律——沒有詞，是因為"閉上你的眼睛，生活就會簡單一些"？我複上我的歌詞《誕生》，此刻是否值得共勉？

雖然你並不理解，

你卻懷著我們的果實；

在這世上有太多的憂慮，

使你無法知道我們的豐碩……

但你心上的感覺，

仍隨我一起歡欣鼓舞，

只是又被憂慮吞沒。

其實我自始就讓你留意：

恰似心中的神明，

明明已經擁有，

卻只有在必經的痛苦中，

生出璀璨的生命！

當年我們約定成家的日子，是重陽作保的盛事，果然成為洞房花燭的一刻……如今，這是少年人也不曾有過的臉紅心跳啊，已然經歷古往今來所有的喜極而泣，因精而神！

國輝 2006 年 秋分

（六十五）奇點真諦

（他在乎榮譽，而我真誠的期待，的確就像將來的歷史正在問他：你實現諾言了嗎？臺面上被他擺弄的人，正從我的氛圍一起向他期待良知的主宰，放下前嫌。我們的恭敬，是對他良好的祝願，而這，其實是天予不取必受其咎的善良。他會為了歷史的榮譽行出善事嗎，他起碼不會由於敵對而把腐敗做出通盤的佈局，以致難以翻盤……我渾身的癩皮已經碰了就會流出紫水，我至今都難理解，身體的免疫系統，怎麼就會變異出如此反應！已經不行了，必須要去醫院求治了。經打報告，我終於被帶去了監獄醫院打了點滴，應該是激素之類。又是最先扣我分並曾給我帶來再審駁回裁定送達法官的那位陳管教，他來帶我，見我患難如此深重，即使幸災樂禍也變成了驚恐而惻隱。我打點滴時看見他遲疑著張了張嘴，目光在我的皮膚上顫抖了。當初收集了我案三抓兩放報導的學醫人士，這回給我下了診斷，說我就將變成那位五爪金龍，就是那位走私了一貨櫃巨蜥而要成天打激素並不斷用牙膏洗身體的渾身彷彿蜥蜴的人士。我沉吟什麼他沒聽見，我說我這其實是蛤蟆也能戰勝自己，我會自癒的。）

該是說說奇點的時候了，卻似乎早已都說過了；人可心通的奇點，反而難以言說嗎？那是金剛草上菩提樹下，那是十字架上，是倒騎青牛出函穀關而去，是韋編三絕而日落弦斷……也是長征路上絕境逢生，也是我們絕望之中仍然懷有的希望——入境者相通，可以意會，但怎能言傳。

所謂一人自由發展是一切人自由發展條件的社會，是否建立在人人心通的奇點之上？物質極大豐富，便能出現如此佳境嗎？對於貪欲無邊者，什麼是物質的極大豐富？人人自律忘我才有效率的按勞以至按需分配的社會，僅憑強制以至約定的道德與紀律，就能使大多數人自覺奉獻從而實現社會有效發展嗎？從性到愛，從自愛到天下之愛，有什麼被割裂不顧因而背棄了自然？人無知致，何來意誠？人無意誠，何來心正與身修？人無身修，談何家齊國治天下平？如此奇點盡通環環相扣，天人合一便是了嗎？物質僅在宇宙一隅，物質永無極大豐富；愛則大能恢弘，堪稱宇宙主宰！當西方來到東方，當耶穌注視著佛教正從他歸隱所在的印度前往中國，去迎接以他為名的羅馬——期待成真之時，一個人類的奇點正將出現，一個人皆心通的社會即將來臨。所謂共產主義理想的實現，其實是由此而來嗎？物質層面的結果果然如此的話，實現起來，分明在於諸法歸一……當人們再無偏見，兼收並蓄而有融會貫通，全人類所有心得同在，於是心心相映！哦，原來如此！

其程對錯難言，禍福相倚，不可確說。義在聖戰且其先知征戰畢生的伊斯蘭教，不也如此？誰知當它狂性大發敲打世界而將整個人類置於滅頂之災的時候，是否會有神奇小矮人前來平息？自助者天助嗎，心通奇點的人們果然能量無邊嗎？也許只在這時，人類适才恍然大悟：退一步，海闊天空！猶太人與阿拉伯人難道不是同父異母的兄弟嗎，家和萬事興呀！能有如此刻骨銘心的體會，人類大同便已成為心通奇點的自覺！那麼，另類物質其所成就的共產主義社會，也就並非不及宇宙5%的物質之上所能認知理性的向隅而語了，而是極樂大能，是仁者恕心其所成就的真人社會。

來了個渾身皮膚病的毒販在我上鋪。不久，他同床的人有了皮膚病，接著我也有了。以為是癬，就用癬藥，但又過敏，就治皮炎。結果發現，其實是疥瘡。藥用亂了，過敏已經深重。脫敏藥搞的，每天昏昏欲睡。朦朧看見，新聞有慶祝長征七十年的盛況，又有領導人高調參加基層人大代表選舉投票，讓我誤以為是即將政改的佳音……歡欣如夢啊，然而大愛飄忽，慰籍不確！確鑿的只有，自從2000年9月皮患以來，所見抓撓過後的傷口流出的其實是體液而非別的，估計應屬於城基液一類物質。這是過敏的結果，也是繼續過敏的誘因。這也和心情有關，越煩，它就分泌越多。到一定程度，就渾身起紅點紅斑；稍安勿躁似能好些，絕對抓撓不得！可是，又怎能不去抓撓它？於是就按你每天抓撓過的時間有週期來癢，更加坐立不安，以致歎息連連，已讓好消息飄忽不確，而壞消息則夜隨周圍賊人入夢而至，彌漫夜空，清晨才散。這是牢病，據說是因為免疫蛋白囚居中水準偏高吧，更因為容易有種種擔心而糾結不已。那位走私了一貨櫃大蜥蜴的人，又被從醫院趕出來。激素已經打得他像浮屍一樣，小便都出不來了；不打激素，渾身滿臉的皮炎便層層疊疊，紅黑藍紫的，還泛著白沫！看上去完全紊亂了，歎息不斷，真是生不如死……救起垂危犯人花去幾十萬的事這裏確實有過，當然會有家屬來信謝天謝地，盡在報端。其實如此環境之下，病倒也就很難救起了——七月天熱，已有四位年紀大些的毒販相繼做鬼了。有位警校剛畢業不久的年輕人訓話，他說一來就聽說了：從前進來坐牢，不是什麼時候出去的問題，而是能不能活著出去的問題……對於我，並不怕什麼，只要沒病就好；可是，有點兒運動也只能在方寸之間還諸多限制，長期失調已使免疫作亂！在我來說，是免疫過敏；在國來說，是免疫低下。如何超越呢？雖不似十字架上的劇痛，卻也綿延難耐啊，亦如生死關頭！

免疫系統失修，是因為自困。諸如擔心拔去浴缸的塞子就會失控，所以用小勺一勺勺往外放水……深圳富士康食堂爭辦案的主犯，是張高麗發話抓進來的。他說他是帶著兩百多人拿了微沖、雷明登和幾把手槍前去逼約，見對方一下出來三百多人，就只好開槍了。打出個髖骨骨折。重傷，涉槍，涉黑——可是他兩次被送到市中院轄案的看守所都被退了回來，最終竟然不涉槍也不涉黑了，鑒定也重新做了，變成輕傷。連受害人也都重新做了筆錄改了口供。當他說起公安局裏的門道人脈，我以為他就是組織部長呢，公安局像他家開的一樣。當然，是賠上了一座被連吃帶拿還不時送上現金的酒樓。只判了一年。臨走時他說，酒樓還是要開下去，已是一副樂得賠錢的樣子。他一副要賺大錢樣子啊，說："沒辦法，和香港不一樣！"我說，他如果是在香港，就要把錢花在律師或者證人掩口上了。他說無法比較，這裏是大路朝天，黑白同道！就算太歲頭上動了土，也沒關係——辦案的人都是自己人，拖一拖，逐個擺平。他張高麗能怎麼樣，受害人包括富士康老闆都不說什麼了，他又不是油鹽不進，又不是沒有短處……我不禁在想：我的事，他張高麗倒是一辦到底了。有什麼能不在現實利益中被扭曲呢，誰的現實利益才是國家興亡呢？這事兒有誰在抓，在等誰抓？出了事能不顧及影響嗎，大家不是都在一條船上？有這綁架了整個權力的"影響"，也就不怕什麼影響了。能夠從黑洞逃逸的光線，一定是在超越奇點的白洞了！心傳可以抵達？其實，即使相隔整個宇宙，一經抵達也就知道，那不過只是一念之差！瀋陽慕馬案，黨政以致司法機關全都抓了，沒有影響穩定和工作，是因為當時瀋陽尚欠發達？是太多國企下崗職工的地方破罐破摔？結果呢，市容大變！瀋陽的 GDP 已近三千億，翻了幾番！顧忌影響，反而尾大難掉了——追求公平正義，也就變成了危及政權的"敵特活動"。"影響"其實很神奇，勇於承擔之時，帶來和諧；其中震撼，令人敬畏；再說什麼，已令人信服！所以，才有家信通天，是嗎？因為小事不小，小事已很奇妙，小事大如天！免疫系統實在無法自愈的時候，小小疫苗就能非凡點化，令其翻生！

　　我的免疫系統終將慢慢回復正常，源於我敢於承擔時時襲來撓癢的慣性——腐敗止於舉手不撓伊始，而有釋懷並且實行科學脫敏的制度。不偏不倚，法治實現。會留下一些傷痕，會悵然面對已然巨變的城鄉，面對幾百 G 硬碟和多少 G 處理器的電腦，也面對巨變的你們和鏡中大概同樣巨變了的我自己！只是，面對因財而躁的時尚和令人瞪目的出遊人群，我仍有些許欣慰的是我們的心，回歸了自我！我用蘋果和鹽水治癒便秘和牙周炎，皮膚也能為之舒展——中醫其金修，無藥而為。自在自覺以至自由，點滴于虛，豁然於實！所悟似虛，結果異曲同工，就像中西醫終將薈萃。兩種慣於固執己見的思路，同出一脈卻不交融；兩者共生同在的世界，其實相對而不可或缺。融會而貫通，自然同在，身心癒越！拭目展望，精英們如將真誠面對和果敢推進，我不僅會像靈魂一樣欣慰啊……人人都在追求幸福，計畫著出國旅遊和送孩子上名校，但我還在數著身上的疙瘩有多少。患得患失啊，卻和求財者相反，我是怕它多而希望它少；但當出手追求的時候，它就更多了。也和求財更多的人一樣，我們往往在做適得其反的事情。我不由祈福：別讓乍富之後瘋狂的追求破敗了辛苦所得，也別讓自己更加過敏。具體實現，則像修行——相信規律，順其自然，釋懷以對，不患得失。這過程，能讓強者自勝的至高境界成為切身的體會，成為定時定態的奇癢襲來時成群成片錯落相疊的疙瘩們奈何我不得的一刻，永銘於心！

這能成為我終於無欲而自然的精誠體會嗎？回歸健康，這是我們自身的能力，其實像特異功能一樣，只需釋懷與堅信！於是，已在丹田的元氣，與為道的決心，便如紫河車暢行經脈和穴道！自在自覺自由，而非強求自困與終棄，於是理性成為實物所在的豁然開朗，顯現人間！人類將會證實：腦海意境遠不止於分泌了內必肽或羥色胺之類物質而有的神奇。在那裏，物質是能量運轉並非常態的一時的結果，卻能承接舊的能量，續生新的能量，以致果真升入天堂，果真下到地獄！正如愛因斯坦所說："宇宙就是能量，物質不過是場能超強的一個地方……"

所以，如此困境，我竟有歌：

"為什麼太陽還在閃耀？

為什麼我的心還能在跳？

永不說不！

當我要說再見，

是世界完結的時候……"

看到電視裏愛滋病童合唱《感恩的心》，他們患難中童心見真諦？這正是我身上定時難耐急需抓撓的時候，但究竟發生了什麼？我不癢了！我看到感動的面容和淚盈的雙眼，那仍坦蕩透過哽咽說出來的心中壯麗："孩子們用心在唱，還說感謝命運，是不幸才使我們相遇……"我霎時彷彿看到了所有為之感動的人們都在同一時刻"感謝命運"！越來越盛大的感激的相應之中，我吃驚發現皮膚已然平復且淡定，過敏的急流隱退一時，竟只剩下痕跡！雖然這只是一時心動而有，感動還不是行動，我卻寧願相信兒時的耶穌隨家人上路遇見麻風病人的時候究竟發生了什麼——他哭泣著偎在家人懷中的片刻，麻風病人身上的創傷竟然癒合！我寧願相信：我們正在愛中凱旋！

三年前應邀所寫但未能唱響的隊歌，同樣的旋律，現在已從世上最高的山邊同心揮歌——不限國界，是為天下而唱：

我們的生活紅霞飛，

我們的歡樂彩雲歸！

因為有愛成功在，

勝利的歌聲滿天飛！

想起鏑第一次來看我，是在蛇口看守所，以為自己帶來了大軍……想起曾教鏑唱《德里小調》和《菩提樹》，鏑來信提起它們也是這個季節，那是八年前了！天色清麗，很溫馨！這是鏑同在的心傳嗎？這時，來叫我接見了！我傻傻的天使，不知身後已有自己帶來的大軍？

　　這就是來自奇點的湧現。包括兩千一十年前冬至子夜那一刻，從卑微誕生的光榮，我們不妨用心體會——並非是憑 15 年前我們曾去看過的那已沉入地下十米的兩千年前的遺跡，而是憑我們真實生命的心跳……在鏑收齊以往欠收我所有已發家信之前，我先"閉關"如何？宇宙黑洞和爆發之間的奇點可以令事情重來，找回家信與錯失的良機？愛之徹悟永不嫌晚，只需付上代價？欲知這命運的消息，欲知我同在的意會，用心傾聽如何？這是天籟！聖誕的歡樂，亦盡在無言！

國輝 2006 年 立冬．小雪．大雪

（六十六）給我一個支點

（手機案已不了了之了，只把高佬等幾個涉案的犯人扣夠了分關進集訓隊幾個月，然後處理到了別的監區。那兩部手機是當初王教配發給他手下的犯人，專門用來通知買工位的犯人家屬往哪裡付賬，事發之時已是何教經手。為擺平此事，讓他破費了不少；而王教已經到政治部主任任上賣官去了，如此販賣犯人減刑，他倒也正好從官場上強勢周旋。檢察院和監獄偵查科的人來來往往，終於，被塞得心滿意足，不再來了。元旦晚會上，我看見魯教專門跟怕了事的何教深切交談，似乎在曉以大義。我神往張望著清風中搖動的彩燈，不曾深想會有何事與我有關。節後開工，我就被叫到踩壓塑機的工位上幹上了。犯人們都受驚了，就連我這樣絕對不會買工位的人都有了關照，是何究竟？何教驚魂未定，車間黃主任更有案未了，都顧不上事關其買賣行情的輿論啦。鄧教若即若離，始終沒敢大撈呢，如今變局正好由他為下一步佈局。果然，沒用多久，何教調到了二監區當副教。雖被掏空了腰包，但仍是在港澳毒販雲集的肥缺上，而其後降級發配二監區當值班警員的黃主任，可就灰頭灰面了。仍在肥缺上的何教，就經常在出收工的路上拿眼死盯著這邊六監區的隊列，暗暗警告大家不要拿他的事再有什麼輕舉妄動。黃主任就剩下死皮賴臉的大聲喊隊，不知是撈夠了無所謂，還是往事不堪回首。我的支點，則來到了我的屁股上，皮患的疙疙瘩瘩仍在那裏，只要我每次踩動壓塑機，那都是一個支點。作為支點，如此堅持的救國良心彷彿天意，冥冥之中心昭不宣，竟在平衡著現實勢力的角逐，核心也樂見腐敗其勢稍有遏制。我的屁股可就實在是傷痕累累，又癢又痛，又是汗水又是血水；在這將要舉行中共十七大的新年伊始，它的確作為支點，終於開始，在為我個人取得減刑成績了。）

爸爸的信沒收到，上回說從北京發出媽媽的信，也沒收到。心中牽掛，總在想爸媽現在的模樣，能覺出你們的心跳，是內心深處無盡的思念，彷彿列祖列宗都要從你們對我說起什麼，而只有我，才能傳承給卓卓……我不時祈禱你們的健康平安，我確信會的，並且，我可以抒平你們心中的不平，融入愛的期待與欣慰。雖然，我一直說的至今並無結果來證實，但請相信這終於會讓爸媽滿意開懷的結果，一定到來！

鏑的信，我 1.24 收到，回信早已寫在心中長長，但先將這裏讓每人都寫的短文附上吧，寄語孩子們：扶正自己，為政自己，為政天下！

正月初一，亭亭將至的生日為何普天同慶？閉關可見，亭兒小時總也放不起來的風箏，已在夢上高飛，其志如虹！量子科學研究裏時常發現：實驗的結果，受期待的影響。測不準的量子異動，已然證明，心有能量。當然，絕非做作而來，其修自然而然；人心真實的情感和意志，有人弄神弄鬼，但智者領袖實事求是不曾怠慢。事實上，一個敬重人心力量並視為信仰的社會，眾皆慎獨，愛心暉映，證而愈強；其與實體法治互動，則偉大功利不能亦能，以致改天換地……

我們的故事如此延伸，亦是如此；只要相信，便成史詩！

反覆踏空的人生，怎比巴菲特！終於要堅守了，又是人人都在堅守的泡沫將滅之時！蟄伏五年的股市翻紅，讓百分之九十的股民都多少有賺；但百分之九十的股民都沾沾自喜覺得是憑自己的能力而如此了得，股市不敗也就該像香港九七之前的樓市不敗了。之所以占盡改革開放之先利的港人成富終歸少數，結果就在於樓市蒸發了大多數人的財富吧？於是，也留下了"堅守"究竟何在的至理。

然而，道理如此，能否做到又是另一回事；而做了人做不到之事，就傳為神話了。

附：《拾起至寶》

　　孔子的學生曾子，寫了《大學》；曾子的學生也就是孔子的孫子——子思，寫了《中庸》；子思的學生孟子，留下《孟子》；孔子的弟子們則把孔子的言行，編成了《論語》。而五經之首，則為《易經》——始於伏羲河圖洛書其天啟八卦，近三千年，中國最優秀的知識份子反覆占驗所歸之律，孔子將其匯為《易經》……四書五經，一言以敝，"克己複禮，天下歸仁"。將其融為國政的漢朝，因此長達四百餘年；而前朝暴秦縱然滅六國定一統，至今其制綿延隱約仍有道理，國祚卻只十五年，非禮無仁之故。中國大一統兩千兩百年來歷朝歷代，複禮歸仁則壽，否則夭；始奉終棄，則兩三百年一個朝代。周而復始，也應證了《易經》從另一角度所演示天地人能量的規律。仁者愛人。無論奴隸制還是封建制，其法之上社會和諧其狀，在於仁心主導。沒有愛，社會的和諧與生機就不復存在。這是人類社會永恆的主題。只是，儒家到了宋代，已經成為理學流於形式的金科玉律，其本為逆境所生之大義，變成沒有生命的偶像。到了國政腐朽而西洋昌盛的年代，終於讓鼓吹科學民主的五四運動砸爛了偶像。

　　不砸爛偶像，我們已不會思考；不砸爛偶像，我們也不會學習。正如孔子所說："學而不思則惘，思而不學則殆"。五四之後，人們學之思之，革命、建設，到了今天，卻發現：一直以來，靜靜躺在我們腳下的土地、山川、河流，似有無言的訴說！那是不屬於偶像廟宇也非金科玉律的魂魄低語，不禁令人傾聽，不禁讓人反思！我們的民族，曾有從未間斷的文明，源於何處？韓國日本半生不熟，卻說那是他們自己的國學；我們之所以成為漢人，正在於此！中國之所以國而不朽，因有其魂；我們之所以是為漢人，因漢奉儒。儒家經典不傳，以致不知有國，以致費解天下，以致家事難斷，以致身心不修！亂世已矣，國勢日興，該當何去何從？科學，早已從鎖國的偶像廢墟上崛起，我們解放的心上卻為何仍然茫然若失？和諧，一天天成為身修家齊國治天下平其主旋，卻言而難行；為何不用我們切身的體會，憑我們的良心，去感悟四書五經？也許，在遠古祖先就有的良知佳境，在科學啟迪之側，我們將能收穫無窮智慧的驚喜，簡約而又神聖，終於戰勝自己！(06.08.23)

鏑說不必堅守像清末，應如大英崛起那樣開明靈活，讓我們美好家庭早日團圓。而從背後暗暗伸出的手，其實從抓我到高院再審都不時召喚。只是從前是逼我們求饒，現在巴不得有所付出。賴昌星為擺平中央讓人帶去多少，五千萬還是一億？

現在要抓他回來，已經無需把他滅口了吧，還是再過些年就都相安無事？可不是嘛，現在一個億算什麼……但我們，別去沾這種交往！我們不能置任何人於死地，我的初衷甚至一直都在想它能夠自省從善呢！我堅守的，不是大清已無生命的偶像，也談不上大英清教靈活多變的進取之道，我的不渝不棄不過是順其自然而已。我們不能做什麼，又一直以來無法阻止它作惡，我只是堅信，如此作惡必有的結果必定是什麼。不要擔心孩子們的人生"闖禍"，隨遇而安的話，何來金剛不敗令人敬畏的熱愛？垂頭喪氣，會讓孩子們迷失！我懷念最初我想妥協卻不能傳達時鏑的悲憤進取，到終審宣判時還能把唾棄十分正確地留在早已玷污的法院大堂呢！只是因為不知非法市場有多強大，而今轉心順應了嗎？不讓我笑你，而你可笑又十足可愛啊！想念痛心疾首的你們，心裏只有溫柔！別急，一切自有定數。至於圍棋幾段，得告訴卓卓，我只有十歲之前的功底，我們同一出發點；自有定數啊，我們其樂不遠！

上次出監，我拿一罐藍山咖啡望著家旁遊艇會如鏡的海面出神，那種情勢讓身邊走過的老外們都不禁在笑！那時響起一支舞曲，是位美國小女孩從投幣音響裏播出並隨之跳起。小小廣場靜靜，鮮花圍擁，似有我的孩子們長大起來的身影。現在我聽清它的歌詞了："遇見蟑螂，我不怕不怕啦……一個人睡覺，我不怕不怕啦……夜晚再黑，也不怕不怕啦，太陽一定就快出現！”孩子們現在都已過了這歌的年齡，但不必惆悵，這有了歌詞的舞曲仍會讓她們開心跳起來，因為有過悲傷的心，才能更加成熟更懂歡樂！鏑也是，不僅為家庭付出了，因為我的堅持，也為國為天下付出了！因為人心必因感動而了悟，而我們了悟的同心，足以開啟人類新紀元的智慧喲。

鏑來時告訴我爸爸寫在信中的話，像有重錘在我心中悶悶地敲：“我就是在等你回家，不然我不會走！”我相信，這決心，使爸爸不僅看到我回家，還看到我們心中的力量成為眾人的力量，以致成為人間的信仰！行動書寫著萬物至理，精英相繼其中，證明者無上光榮！我相信爸爸決心裏難以言說的究竟，在爸爸為之歡欣鼓舞目睹結果的一刻，定會恍然大悟原來如此！爸爸會看到的，這是福氣，爸爸會很長壽；也正因如此，爸爸現在還很年輕，光榮和歡欣會與爸爸同在，直到永遠！依依也看見了，來電話讓媽媽告訴我夢見在羅浮山看星星！那是什麼星？記得我用你們信裏的話寫成的歌詞嗎：“你的心是一顆璀璨的珍珠，你曾把月亮指給我看——這張舊照片我已能看懂！清晨夢中的月，你為何流淚？不要不要破碎我的珍珠，我們等你已經太久——沒有你的保護，我們怎樣才能不被污染？清晨夢中的星，你是否明白！”現在，星星顯靈了！我也品嘗到了亭亭欣欣合制的小熊餅，就像聖餐一樣的隔著玻璃的儀式，意味我們所能做到的一切是何意義！我手指擱在玻璃上等候鏑的覺醒，終於手指相觸之時，心有靈犀一點通啊！我說我們就要團圓了，並不相信的鏑也會臉紅紅脫口相應："我們就要團圓了！"這就是人心同在的力量，只要相信就有同心的相應！一家，一國，普天之下，齊治平同！所以，要唱《家歌》！孩子們終會明白，許多歌聲只是喧囂，人生真正的歌義只在於這一點，就是家歌中篤信已極的愛意！這一點，也就是那句科學名言的支點：

"給我一個支點，我能撬起整個世界！"

國輝 07 年 *小寒*……

（六十七）心花欲放

（仰望星空，身處凄涼；我接下來說起追求信仰如此不堪的處境，依然信仰不渝——後來，就見到了《仰望星空與腳踏實地》。那是在同濟大學校慶上他感同身受，如此感言："一個民族有一些關注天空的人，他們才有希望；一個民族只是關心腳下的事情，那是沒有未來的。我們的民族是大有希望的民族！我希望同學們經常地仰望天空，學會做人。"我想起了去年此時我信首的一句："兩個人從監獄鐵柵看出去——一個看到的是爛泥，另一個看到了星星……"一個同濟大學的校慶，竟然常委全體補發了賀電。我為之感慨，這是平衡在如此良心與貪婪之間的人，在為之所動。那麼到了十七大定人事，他能捨下自己的王牌，由新人上位，放其接任下一屆的領導嗎？在仰望星空的榮耀裏，他能，然後到了與腐敗真正切割的時候，恐怕又會盡力維護自己的勢力吧……那要看他對新人的估計了，他需要一個和氣的人，善於平衡，也就自然不會觸及他身後勢力的底線了。在這前提之下，他樂於詩意的說法，醉心星空一樣的榮耀。我是否也在期待個人的什麼呢，當年慈禧不是還專為楊乃武與小白菜一案拿下了上百官員嗎？我的確已經忘記了這個，我忘我於星空了，而這裏的關鍵人物恐怕也非慈禧，他是長袖善舞而來的人就不會這樣做。我們只是在星空互動。鄧教就在訓話時說了：怎麼樣，孔子也學過了，該勞動還是要有成績的勞動！我上封信裏《拾起至寶》不久，教育科就連續給犯人放了多次關於孔子的講座視屏，是正常紅的一個女人講課，據說為此賺得大紅大紫。顯然讓鄧教不以為然，他驚歎股票市場有人賺多少，是翻了七十倍；也說自己的孩子用了十幾萬送貴族學校，那就是不一樣。新來的梁教是個研究生，厚厚的眼鏡後面不知是什麼眼神兒，對鄧教是聞風而動言聽計從。鄧教想撈卻仍沒真正下手，顧忌裏面有我的成分吧；所以說完孔子說勞動成績，是見我坐在有成績的工位上一下是一下的，不是滋味。我卻人在星空。）

　　我看見一位 1946 年入伍的山東老人，癌症晚期之時被 CT 照出當年臨沂孟良崮等戰役所留彈片幾十處。六十年來，人們只知道他好像曾是一位二等功臣但被忘掉了，只記得他最在意的是每次按時交上他的黨費。六十年來，這位回鄉務農的老兵眼見與他同期入伍者榮歸國防部長、軍委常務副主席有之，而被問及他被遺忘有何感受的時候，他摀著已喘不上來的氣，說："想想犧牲的戰友，也沒什麼。"這時，星空之上清冷的彎月猶如晶瑩之淚，似乎在說："一切至愛，必無虛榮……"

　　始於互聯網上的民主，當屬人心自然⋯⋯一旦法治突破困境，呈現基礎，人心的花朵自會盛開。而此前，能有人傾聽感動以至全神貫注，已屬萬幸；難啊，不是人心不良，而是環境所迫。1999年蛇口所同倉的那位市紀委書記之子，他化整為零，五千一萬地把自己當主任的銀行營業部客戶長存不動的一千四百萬元挪用給幾個給他好處的飼料商；他父親不弄他出去，反而來看他並存上五百元寫上自己的大名。管教驚奇問他那同名的父親怎麼就跟市紀委書記長得一模一樣！不起訴之後我回家告訴了鏑，到了又要抓我進來，鏑就去找這位紀委書記。那家中簡樸的狀況倒不像這等官員，而其子已轉去市看守所面對無期徒刑的起訴，那麼他能做什麼？此時，紀檢一年查案近四千官員，抓了的不過十幾人——一說是預防為主，一說是為三千多官員澄清了名譽。足見經營定制龐大，上下業務各有其忙。也難怪如今各省直轄市紀委書記都改空降，卻又何用。我無罪釋放後又被抓進來，這時他已是政法委書記，不久就又走馬異地任市委書記——走之前他曾在報上說："不要利用職權侵害群眾利益啊！"聽來已是安慰，諒其處境；但見把他死了愛子之後僅存唯一孽子移送市檢重刑起訴的區檢察長，偏偏被紀檢查出其讓海關為其報銷之事。那時海關並非直屬中央，省市與國務院雙重領導之外，還有香港龐大走私集團的領導。如此相形不過茶錢而已的小事，卻絕不放過他。紀檢系統太認真，組織系統就難做了——最後，雖說放了這位曾給過我不起訴的全國十佳檢察官，但是孽子揚言一分錢也不還的巨額貪污款也就不用追回了，仍按挪用判他無期；上訴時其父已上調副省，改判他十五年。其中大義滅親，既然身在官場，當然異於表裏。一個圈子兜下來而已。

不屈從環境行嗎？有一位同樣是團級轉業的軍人來了深圳，卻信了法輪功，竟然丟下剛分妥尚且稱心如意的財務領導工作不做，跑去天安門廣場護法，被抓了回來。特地給他剃了光頭，並告知他，若不悔改將會判刑。其志甚堅。我笑他的師傅跡似神棍，霎時見他轟然一震彷彿五內俱焚，讓我想起古蘭經頁首赫然寫著"不得對本書心存疑慮"，以及天主教末日審判其言之鑿鑿。見他把師傅語錄字字句句化為自己的神聖預言，指著牢窗之上的三星伴月稱大限將至！諾查丹瑪斯《諸世紀》那幾句"1999 之年七之月上，恐怖的大王從天而降"，變成了他師傅"將以幸福之名統治四方"。自詡佛道的他師傅竟然變成了戰神馬爾斯。結果當晚就有人羊角瘋發作，雙手向前伸展著口吐白沫──莫非他師傅分身，正在騎著天馬翱翔于三星伴月？結果卻是仰面跌下，尿了一地！我為歎一句"妖孽呀"，就又聞他心中雷動。我說我是讀過他師傅的書的，不似穆罕默德臨死前發著熱症仍不忘請求安拉原諒自己，我認為他師傅實在有些大言不慚；那麼，一旦得道，是否要處我火刑呢？有位哈工大出來的球迷就說，若是他師傅得道以後改信了足球，他就答應出任副師傅兼任體育總局局長……苦等不來師傅顯靈，分身連影子也沒見到，他終於犯了師傅大忌，具狀悔改了。走時，已是中秋節下午五點。叫他出去，忽然見到家人，那瞬間驚喜竟讓他跳了起來。不知他是否知道，真神所在，莫非此刻心愛其中？他們都是好人啊，渴望擁有信仰，以致迷信；不信比起迷信，又如何？不信者無視人心與自然相應之神聖，異化於腐敗；而尋夢者以自然為奇卻異化了自然，終成迷信。迷信實與不信殊途同源，皆因巧智，而不智至極！良知嘛，它在於因果——法治之上，愛是智慧；理性之上，心向共贏。於是，良知乃福，證得菩提。

記得我 2004 年提起的貓嗎？其實那只特別能抓老鼠的貓不久就被老鼠藥毒死了，那副英姿仿若眼神淡去仍然屹立的化石。我曾興歎那隨正氣欲起而擺上門前的玉樹臨風的豪邁，但為時不久它就葉落枝黃被抬了出去。時尚之下，敲鑼打鼓拜起了開年財神，更祭起一缸缸食肉魚——比起香港廉政風暴前的茶錢，直截了當得多，給多少錢就減多少刑。道高一尺魔高一丈嗎？那時有感太公兵法，戲言求敗，道法自然；如今何以見得，以尺得丈了嗎，一任其魔高？到了去年七月，從車間窗口瞥見拆去圍牆的樹木掩映的地方，有兩行人排起隊在給新的大門奠基。領導說了什麼，便響起了鞭炮。說了和沒說的心願，雲起雷動？充滿詩意的工程綿延至今，詩意歷盡蹉跎，是否早已讓人恨不當初？一尺一丈，正在實現的究竟是什麼？心仍在堅守，可是為何如此茫然？我們分明正在損失，增益於心又是什麼？不似葉公好龍，期待已久的工程果真能夠展開並將進行到底，那麼一尺一丈便有天意奇妙了嗎？如今，新門待啟猶如政改，廣場欲升歌，可究竟是福還是禍？經濟總量三五年應超日本了，不斷提升的 GDP 也正在把人民的不滿與期待舉得更高！問題不在於成就還是無能，而是自然而然歸向何方？心痛與心愛，也非一時利害，我們昇華的心果然飽含天意身負使命，那麼 2020 年如何如何雖非水到渠成也起碼能在關鍵之事決勝千里而威定人心，宏願得以自然而然——問題就在於政治體制相對於市場早已變質，人人盯著的權力基礎只在乎利益，自然而然的，只有腐敗。而且，如此權力早已不是鐵板一塊；體制外無能為力的話，體制內各派勢力合縱連橫，一旦搞出意外，橫空出世的將是什麼？

　　是啊，魔高一丈。然而，其自生，亦自滅——何謂因果，其果有因；既然腐敗，其果難逃。始於互聯網上的民主，當屬人心自然而然，此乃天意浩蕩。一旦法治突破困境，呈現基礎，人心的花朵自會盛開！

國輝 2007 年 大寒

（六十八）因果於心

（春節拜年，何監一行急匆匆來了。不像最初，他只要來到這裏，一定會舉止意味深長，望向犯人們的目光格外深摯——這次他急躁不安，身旁有在政治處主任任上如魚得水的王教正拿著一副煞有介事的樣子。他跟從前給他做過副教據說也矛盾不小的鄧教面授機宜，鄧教一副恭敬不如從命的摸樣。何監說：“做事兒要講良心……”在對誰說呢，讓我感覺就像是在說我求你啦。我想到我上封信裏說到的令人無奈的腐敗，包括紀檢的腐敗，並言之鑿鑿：“記得我 2004 年提起的貓嗎？那只特別能抓老鼠的貓不久就被老鼠藥毒死了，那副英姿仿若眼神淡去仍然屹立的化石。我曾興歎那隨正氣欲起而擺上門前的玉樹臨風的豪邁，但為時不久它就葉落枝黃被抬了出去。時尚之下，敲鑼打鼓拜起了開年財神，更祭起一缸缸食肉魚……”這封信交出不久，新聞裏就強調起紀檢工作要真抓實幹。當然只是說說，胡溫雖在推進但總似人微言輕，也許從此在紀委發展個把兒幹將，又另當別論。目前與核心貼心互動，尚能擋一時風雨。何監呢，他前任政委的下場真讓他怕了，而勝利者王教從賣減刑升到了賣官，其背後的人物哪裡由得他何監獄長多大作為，他又不是沒有短處。王教的靠山竟是他在省局當教改處副處長時的廳局領導,如何是好,如何互動。當年他剛來,人事調動如此這般,我們彼此意會,智慧湧動,似乎遊刃有餘;但傳言都是真的,王教他通著省廳的大頭兒呢,多起風浪之後他更自信說自己還要升一升呢,他是有依據的——他在我不遠處故意大聲對樓下一車間的主任說著,以當時逆境來說實在讓他那些犯人馬仔們佩服:"他以為自己是誰,好像都要圍著他的指揮棒轉!"剛坐正軍委主席,胡溫也是同樣做派,不久就遭遇王教們另有乾坤……這種時候,我寫信說起因果,就像個神話。)

一遍遍看你們的信,1月30日收到的!已是歲晚,又一年將逝,心潮濤濤!耳邊總有收音機裏播出的一個稚氣深情的女童在叮嚀:"爸爸早點回來!"我們可能遭遇了太多的政治,但對於孩子們來說卻極簡單:我們遇到了壞人,是一夥壞人!現在欣欣用歷史的語氣說他們:為什麼要一錯再錯,不長記性!亭亭用法律的眼光評判他們:終將受到法律的嚴懲!在依依至愛的夢裏,生日後走掉的爸爸已經回到藍天綠草的家園— 壞人不見了蹤影,愛與幸福的國度裏沒有他們的立足之地!的確,在孩子們作主的年頭,無論他們曾有多麼顯貴,全都不在話下,首席大法官也不例外。其實一切正是孩子們今日的愛憎所定,極其簡單!政治已然透明,童心一目了然。孩子們的夢絕非偶然,是他們幼小心靈一直沉澱而來無比深摯的意願。這心向可以說是至高的理性，可以說是高貴的情感，但無法言明的是，它正如神明！一般孩子心中難有的經歷成為靈性，不僅是童年夢想，而是愛在一生以至永生的神明。正如亭亭所說一次次在回想之中昇華的心境，正如欣欣多少失望與痛心的淚水和多少期待的歡樂——四年前那畫裏團圓時滿天飄落的禮物與心意，只有至痛之愛所凝結，是我們永遠的珍寶！爸媽也都這麼說了呀，已讓以往的寶貴同心，成為純粹的永恆……

我們已有家齊之福。欣欣所畫的滿天福至，又有意味深長，彷彿國治彷彿天下平。在心痛覺得失去勇氣的時候，其實謙卑於天——欣欣仍在你的位置上，深深體會著成功絕非易事，痛苦本身期待本身，正是成功與幸運之緣！淚水不僅凝為珍珠，不僅在一封封信裏讓我一次次感動不已，天地為之動容，正如國治正如天下平！畫在信尾大眼睛小姑娘越來越靈透明媚的目光裏，非凡的成功將在謙卑與長痛的堅守之中不期而至！它也在亭亭藏入內心的思念終於從佯裝的笑容裏，綻現真正的歡樂！回想已然昇華，並以上帝喻自然之最，於是最美好就永在那距離之上，成為最幸福！小小年紀，有夢不棄，又深深體會其中美妙，全在來之不易——貴在其中以至樂在其中，真是福氣！讓我唏噓不已的女童啊，在成為少女之前，已有令人稱奇的心！

如今，依依已在少女的夢中飛翔，比任何少女都深摯，是《少女祈禱》那樣的心情。那位 23 歲就離世的女孩只留下一首樂曲，就已足夠！如此心情，依依的藍天白雲之下不僅有爸爸歸來神憩的綠茵，還有你們註定幸福的生活。因為如此心境已是成就一切幸福的心向，真情不渝的溫柔裏擁有我全心的祝福，也將成為偉大心靈的歸宿！枕畔的淚水，不是失落，而是如夢團圓的難以置信吧！我被你們的傷心思念所依偎，我的安慰是從天而降——就在欣欣畫下團圓之日所有禮物與心意從天而降許多年之後，不期而至！正如亭亭所說，自然而然的最幸福是在很久很久以後，就像等待它很久很久一樣，始終同在，不曾離去。只要我們已然刻骨銘心的痛與愛，我們已然淚水滔天的喜悅期待，不曾忘懷……

亭亭當了班長就朝挑頭作對的大發脾氣，並非沒有道理，只要懂得步驟並且明確目標——是否制服不在話下，終能收服才見奇效。自己反而受挫去大哭一場，也算多一份體驗；痛定思痛其威不減，然後細細思量……欣欣痛定思痛，在不渝期待的思念裏色不異空，夢見了空空如野中飛翔的極樂，是無法逾越的現實已在極致的奇點，造化了難以計量的能量！八年了，欣欣一共才十歲！如此深刻的思念，源於無比深邃的靈性；此刻凝視只圖眼前的冥頑們，你能看到自古以來的報應！相信，就能實現！只要打消行動的遲疑，也就能感受亭亭卓卓他們在知識海洋如魚得水如饑似渴的快樂了！博覽是這個年齡非常可貴之事！不過，達芬奇雖博技全才（還設計了自行車和飛行器？），立身處世卻只是一位畫家，而他永恆微笑的《蒙娜麗莎》，是他浸潤多年的心儀之愛。心底摯愛才是關鍵。說知識就是力量的那個英國人培根，憑其所知而盡其巧，占盡便宜卻只知其一不知其二，終因無信無義，因果給了他一個慘得可笑的收場。一向標榜他的名言，其實另有意味深長的故事別是一番滋味啊！我慶倖看到，亭亭從嘻哈笑語裏流露一向深藏的熱情，來信五彩繽紛！熾熱心底有正義豪情不息，那是福及一生永恆增益的能量。在拜金的時俗之下，欣欣知道失去父愛比失去金錢還痛苦。那麼，你們擁有的金錢就會因為與愛同在，成為力量。社會也會張開懷抱，不僅期待你們合法去掙更多的錢，並終將以愛作為回應！有如陰陽的互動，世界因此和諧而有生生不息，而有進步繁榮！不曾迷失在知識的海洋，而是海上生日月，生命被指引，心有大能。何懼噩夢，卓卓？耳朵蟲和黑電梯都無奈勇敢的愛心，令人自大的知識也都會在危急的謙卑裏變成智慧，並在回想之中昇華出如歌的心境，成為新的能量，也成為更高智慧不斷增長的基礎。

我尚好。一身皮患無奈，已去打過針，但三天針停後就又反彈，不如不打。靠自身慢慢脫敏吧。變得很能吃，不只是天冷需要熱量，是雄心日上吧。遙望家中廚娘，正自歎好像發情傻丫頭？食色性也，一派溫馨！最近購得 150 元年貨，也有滿足感，聽說這裡加菜到正月十五，也感欣慰！隆冬將盡，因得一床暖被而未似往年凍醒長夜，也添溫情！隨經濟發展而豐衣足食，國民亦有同感？恐怕國民的社會訴求與不滿，反而更加強烈了吧！誰曾讓國民聞之興歎："不要問國家能為你做什麼，而要問，你能為國家做什麼！"規律卻是：幸福感來自於比較，而愛心其志未得啟蒙是因為主導者們言行不一⋯⋯我的孩子們卻已明志且行了嗎？果然如此，那麼在成為主人的時候，評判並決定命運的，正是最初銘刻於心的愛憎而已。

爸媽已相信的，我行於其中的，依依的夢，亭亭足下的夢，欣欣痛愛皆已成志的心，卓卓笑朗天門的滿月之心——你們的信和夢，給了我幾番淚水幾串笑聲！彷彿古往今來所有胸懷的大志，牽引出我們心底永恆不盡的能量，必在月圓之夜，把慶典辦上蒼穹！

國輝 丁亥年 立春

（六十九）學會祭拜就學會了統治

（我跟孩子們說因果，就成了歲月悠悠的遐想，不與現實衝突。何監高興我講良心，王教與鄧教耳語要對我不利的安排也隨即消失——已經在找我毛病，說有次品，叫來警官卻查無實處；魯教竟也聞風來到，就在遠處默默地盯著，直到見沒事兒了才離去。我說因果，在於放眼未來佈局權力，真正有權才可作為。藏器待時，與其相向而行，反者道之動。雖說腐敗大勢所趨，一次次反腐，得手在即都被人叫停——非有祭拜之心，豈能無中生有？善查祭拜，確有統治道行：在順其自然的天威下，至誠造化，體會量動，善控量變，因勢利導，引入清流……十七大的新人上位至關重要，尤其關鍵是那位身居副位號稱軍師的人若然不下或令其替身上位，十八大也就沒了指望。那便休矣，國難當頭。我心中滾動著天地良心，憂國憂民，家國同在。清晨雨後一派清新的氣象裏，我看到了又一個新年的致辭，已然是對為犯的我送來一個巨大的頌歌，不禁讓我錯步又錯了口號。我心中的慰藉，是因為瞥見了天機，那是十八大後從如此祭拜裏學會的統治，終於凱旋。）

春節將至時，這裏每天開收工都會經過的廣場上掛出了梅花迎春的畫，兩邊有對聯“宏猷詠志譜新篇，臘梅競豔迎春歲。"已有三個年頭了，意味深長的對聯每每呼應我莫名湧自心底的共鳴之聲，歡欣鼓舞……過年加菜也似乎一年好過一年，使人即使是在最底層也能切實體會到經濟發展而來的食得之福。電視裏領導人也來慰貧，今年是在搬出棚戶而有居屋的人群裏。這時正在整隊，沒聽見說什麼，卻見乘車離去的領導望向蒼生似有意猶未盡的心跳——猶如祭拜能使人學會統治，真誠的關切也能使素未謀面者的巨大悲痛稍得其慰吧。我不由聯想：大慈大悲之心一旦意會，傾覆之勢亦能回還！從深層次來說，經濟快速發展不僅不能保持政權的穩定，反而因腐敗權重其數倍於經濟發展，正在加速政權的瓦解！表面上，尚可維繫，真相卻是非法市場日益主導權力的運行而且正在完成對於整個權力的蛀蝕！如此愛滋病式的瓦解，將在最終崩潰之前一直令人得過且過，終至無可救藥。雖然反腐敗不是革命，但嚴峻之勢不容遲疑；光榮革命仍是革命，但保留了傳統，維持了穩定……從大多數人根本利益上如此感悟，勵志競豔，良知圖新，卻因諸多小圈子已成風俗，不適應環境者變成自己。有誰關心除夕初一的消息是何意味，電影裏，只見加勒比海怪當道，八爪巨魚掠海吞船！欲有改變，自我完善，勢同革命；就算是光榮革命，都不僅是要移風易俗，而是要把權力改變到底才能實現。眼前，已有四月起揭曉的人事變動，直至九月所定大局——是否賢者當道，不受蒙蔽？是否會因一向呈現，憑一斑而知全貌？是否，天予即取，免受其咎？

　　初一子時，我已坐在床邊，細參美好家信其中新意！最後，看到亭亭信的開頭，熄燈了。所說愉快又傷感的回憶，往事笑翻天卻又讓人悄然淚下的情景，令我會心不已。此刻，我為亭亭感動！遠處傳來電視裏春節晚會倒數聲，河對岸躍起鞭炮聲陣陣並終於響徹窗外，彷彿是來直取我新年衷心抵天！這一夜許多人失眠了，我卻安睡非常……清晨，讀完亭亭的信，更有一派驕人的心情！為亭亭確如我一早所期望的成長，感謝莫名！在我心中，迎來亭亭生日的晚會歌聲，聽歌之心同舞，勵志宏願蔚為壯觀，與年同在！雖然我未能看到許多年來成長的美麗，但心同在而韻動的每時每刻，我也知道你們成長之中感受所得的每一點每一滴，已然不是常人之福了！這是亭亭所說難言痛苦為之澆灌的幸福之花，它從無時無刻不同在心底的說不清的愛意裏綻放！直到最後，當人們面對欣欣所說最錯正是錯誤對待錯誤的錯誤，錯誤就只屬於萬劫不復者自己了！脫穎而出者會發現讚譽竟然不止於自身，而是整體更新的進程，因為謊言終於止于了智者。利害變化而窮通，福似意外，事有奇妙，就像亭亭希望像雪花一樣飄臨我生日的信，卻在初一亭亭的生日之上燃起我心輝煌！我們"永恆的距離"啊，"最幸福"為之永駐，的確值得普天同慶！當真世界為之喝彩，亭亭，你反而不會意外——這一切全都是你在永恆的距離之上學會的，已讓春節喝彩；為你13歲為你美好的信，最幸福的應許，就在我的祝福裏……

卓卓，姐姐們都有了隱形的翅膀，在那歌聲中，美麗翩翩，淚光閃閃。你能與她們攜手一道實現夢境嗎？純正的美夢，已是如今現實生活裏最為難能可貴的素養。實現美好生活的不渝期待，使現實的路向因夢而有方向和潛能，而真正運行其中的卻是一個變數——我能證明我們的夢嗎？我們立刻團圓了，也只給了社會值得確信的美好希望而已，它並非回天乏術的體制腐敗的現實！而正是夢的期待夢的神聖，有人珍藏於心免於沉淪，整體的毀滅才不至於發生……現實實在沉甸甸，變數令人歎息。身體有病，美好心情只不過是讓免疫自信而活躍，具體病情其中生化和基因的數字，需有量化的方法具體的藥物以及調動免疫而有實實在在的相應作用。我們的信心有助於扶本，但病情其末同樣會反致於本，瓦解信心。與腐敗共舞，在腐敗的現實之上力求權力平衡，伺機待興，實與極不和諧和諧，社會和諧盡失！是啊，我們沒有條件，沒有起碼的空間，體制如此，所以路漫漫；只有信心與美夢裏順其自然，是否真能構成變數中的什麼，無從把握。如此，已非政治上的主動，而是在求命運上的造化。當然，天也只是順其自然，地也如此；人若如此，是謂道也。不過這是說至理，現實中有病吃藥，不可偏廢。不然，必與腐敗同論。我想讓卓卓學會掌握主動，掌握現實中的變數，擔大任時怎能失控？這是責任。在順其自然的天威下，體會量動，善控量變，因勢利導，引入清流，漸獲主動，時不我待。這是責任！

　　比如，卓卓信中所寫對媽媽批評解嘲為那天是"相反日"，
閒扯媽媽和麵和得"真好"還有欣欣急著上廁所撞到門"真不
痛"——轉移了媽媽對自己批評事小，"相反日"使你反思事
大，暗暗遵照媽媽批評改過就不僅令媽媽驚歎，還真的有了面
子！於是，不是弄巧，而是反思。欣欣若能常常輕鬆開懷，就
不會撞門，也不會因為緊張無序而事與願違。是這樣嗎，親愛
的三兒？亭亭說得好，"只要肯學習就能學好。"這句話有兩
重意思：一是肯拿出時間來學；二是只要真用時間專心去學。
不必緊張。數學其實也是一種思想方法，在已知的層面它絕對
不會錯，而在充滿未知變數的發展之中亦能在愛心主導下凡事
精算作為思量的基礎，即使體制性腐敗也難不倒真肯奉獻的有
心人。優秀的數字感，是良好的習慣與健全的性格。學習數學
的人生意義嗎：現實中掌握變數，理想中不迷實途！卓卓小小
年紀已能感悟家國的使命，其實這在數學上，是隨年齡在學習
與處世之中自然增量的過程。只須做好自己，有愛而盡情發揮，
歷經困境，必有佳期；以致舉重若輕，艱巨任務從容應對——
一切會變得很簡單而又很神聖，縱有困苦，也常喜樂……

　　出生時，你有一賀卡，是一隻和平鴿叼來橄欖枝，上面
寫著：和平之軍。和平，軍隊。突破性變數必然有如戰爭，尤
其體制腐敗死纏爛打的局面，其中變數肯定不是請客吃飯繪畫
繡花，不是做文章，不能那樣雅致那樣從容不迫文質彬彬，那

樣溫良恭儉讓。不然，迷失的不是別人，而將是自己。於是，奮不顧身而自我超越，成為變數中盡算未及的關鍵所在！癥結與良藥，竟然僅此而已！正是山窮水盡疑無路，柳暗花明又一村！正如奇點之上時空重疊的剎那，無垠宇宙的悠然盡通……在九歲生日來臨之際，卓卓——都說你像我，而我給你如此心得，幾乎是在教你祭拜；是福是禍，自信能否變成自覺，肯定只有你親身去體會——為政自己，亦為政天下。給了你生的幸福，只因給了你自由常在的美妙！

又是英雄花開的季節，新起的大門卻擋住了以往看到它的視線。又是《感動中國》的人們上臺面眾以對歷史任務的時候，我也仍舊只聞其聲而難得一見——沒人愛看，宣傳讓人們不相信英雄。功利就一定不是真情嗎？當如此許多年之後的今天，我耳邊仍是兒子一歲時憨誠的嗓音，卻見他寫給我他心目中日漸舒朗的趣聞，我也有些混淆。那部《阿甘正傳》電影裏的傻瓜因為奔跑而不棄，被人追星，越來越多的人跟著長須蓬髮的他在洲際公路上奔跑不已，就像宗教興起。他卻忽然累了，停了下來，離開了眾人。他單純的疲倦也成為惑然不解的追隨者們尋味不已的哲思……我累了，心傳有妻子對宣傳愈發逆反的情緒，我也微笑不再心急，而釋懷望去——那一樹英雄花仍會開放，就像在看守所我曾擔心是否不復存在的滿天星月，仍在那裏！我只是累了。每天踩壓塑機做五千個類似划船的動作，並不比霍金在劍橋出賽時強勁，但與萬物至理的距離反而更近——霍金全癱其有所得也遠勝於青春蓬勃之時的校園活動；在我們果殼中的宇宙，在累之極，有種意外的驚喜，不期而遇⋯⋯

國輝 2007 年 3 月 2 日

（七十） 救星心跳

（李小勇他爸專門跑來廣東，受了什麼驚動，趕來發揮影響力；首席大法官把一個全國法院的會開到山東，握住張高麗手的那副樣子，彷彿在說咱們誰跟誰——所以鏑接見時說律師已經通過秘書把申訴放到了肖揚的桌上，我不禁痛苦地咧咧嘴。無論誰能提起我的案，這樣一灘泥裏，也都扯不清了。且看老領導上泰山，張使上八抬大轎而自己步隨其後。分明就是將來要用的人，怎會為上一點兒小事就此擱置呢，何況人家每一任上也總能弄出個成績光鮮來。天意是什麼，天予不取，會有後果？若有鋪天蓋地的民粹咬上來，那一定是沉積太過而心癡意狂的仇恨來要矯枉過正，就為時晚矣！可是，真誠其因果，總被現實利害所忽視，政治如此。我啟動的善良想法，目前充其量只讓其利害不至於太絕；而酷愛榮耀，的確使人有渴望載入史冊的天真。那就讓良心照耀吧，就算它與實際無關，讓胡溫與其彼此恭敬，只要為了江山圖存終歸有那麼一點好商量……又給我換了床位，離開了廁所邊；每當從二層床上下來，一層的“江主席”就要皺皺眉。我們出收工也在同一排，我就總會問他我出去後萬一見到了江主席他有什麼要說的，他就會說：“讓他去死！”我奇怪他對與他同一天出生的領導如此仇恨，我笑他們其實像透了，都那麼大個子，都那麼朗朗喧囂的性格，都那麼多女人，都那麼每次性事其實都如此草草像沒做一樣。他樂出聲來，問我怎麼會知道。我說跟你一樣我們也有聯繫，就又問他有什麼話要帶到嗎，他就又說："讓他去死，死前把我死刑覆核改死緩那三百萬吐出來，老子那錢是跟人借的。"我心裏卻在想，將來無論人們如何唾棄，我仍要平心而論為他說句話：正是歷史關頭，一念之差，他的確還是福至心靈了的……)

卓卓生日靜靜過去了——復活節喲，我們同在的一體之中，能感覺到卓兒的心跳！無時無刻的思念裏與你們交流遐想：有部一起看過的電影，是專關死刑犯人監獄裏的故事，抗訴開庭前看的；前不久又看到它，已六年過去了——那位被判殺害兩名女童的大個兒黑人，其實是想用自己的異能救回被害女童性命；在行刑之前，他救回了監獄長妻子的性命。警官們都想私放他，他卻不想因此傷害他們，只說自己累了。熱淚中，他被行刑，異能卻長留于世——管他的警官還有他接觸過的一隻老鼠，都永生不死，喻示愛有奇跡。我這時才清楚，六年前曾令我感動落淚的，是那黑巨人秀美愛心在人間痛苦以及荒謬其中的感同身受！哦，許多唏噓，許多願望，許多無奈……

感懷歷史：清末流膿一樣的腐敗妥協，如此一向作為先進民族雖敗猶榮的歷史所不曾有過的落後民族的屈辱！而一次次的矯枉過正，總是在改過之後又再為過——唐末藩鎮割據是府兵制瓦解所致嗎，宋代就要釋兵權以制約而武功羸弱終至亡國；毛澤東及同人從一味妥協的腐敗中脫穎而出卻動輒相鬥其樂無窮，而有如今凡事但求不折騰卻把危機擊鼓傳花，腐敗愈深重。矯枉過正嗎，切實成制的民主監督，非亂不成？中庸至理在於體會，說不清楚；說什麼也不重要，領導在於行動，在於行知，以致命運窮通，以致曲徑通幽。理論創新嗎，真理至上，行知大道。心理學認為：聽人說話，其說了什麼只引起百分之七注意，而語調百分之三十幾，表情竟有五十幾。換句話說，人們在看你將要做什麼，欲行何方，是真是假。那麼行動便決定一切了。民無信而不立，取信於民就要戰勝自己。如今世上，說什麼都難有人信，做就是神明！如有行動，無語亦成章。神乃自然，全無做作。百姓只在乎公平，差別再大，公平就好，就穩定。美國人貧富不懸殊嗎，並不仇富吧，只緣美國夢當真？

當許多財富可以期待，世上資金從各種管道紛至杳來擁有人民幣資產，股市似乎無論何價都買得划算。於是各路主力資金程式化買盤匆匆，震盪向上，激盪不已是發財不計成本其微的激情。人民幣可以自由兌換之時已然一比四了吧，資金那時才出逃盈利嗎，莊家們不會那麼有耐性吧？世事難料，美國那邊歐洲那邊還不知有什麼事，經濟已然不是出口拉動所以不必再看人家臉色了？房地產與投資拉動的通脹泡沫呢？大國輪替時的仇視會幹出什麼，中國可以從容止腐的期間為時不多了！腐敗不治，沒有前途。即使思想精彩卻無實行，仍為民所不信，何況空話套話不說人話！曾見有一標題聳然報端：社會裂痕的瞳孔正在歌舞昇平中放大！瞳孔放大，急救能活？心死，全完了。欲得人心，行見真心民可期，行見超越民心動，行見犧牲民擁戴。到了耶穌的地步，不是已然有萬王稱臣以至天下歸焉的歷史嗎！無論理念錯對，其實無所謂理念，人們只有7%留意的理念暫且不記無妨；人們實因感動其中而謀動，理念不過後話而已，理念甚至遠不如讓人感動了的文藝作品予人深意——犧牲不傻，復活為證。那部電影讓我感動了的，正是如此吧。也不必為中國文藝難得如此感動其膚淺而覺尷尬，也不必為中國遊客舉止拙劣與粗俗而感不安，只要捫心自問是否能把真心感動說出來，行下去，並無別的問題，一切由此迎刃而解——彷彿咒語，如是祝福，僅此一念之差，差之千里。似神鬼虛說，卻自然真實，僅此一念之差！

卓卓小小年紀，就要承受我說如此許多！沒關係，心向心動而已，慢慢長大無妨。又有佛誕其後，又有我們的許多生日，憑心而動就好，一念差之千里就好，我們有福同在！這裏也開講于丹《論語心得》，但見賊們哄聲漸息，竟然也凝神心動，令人瞠目！聖人聖語畢竟全是人話，但見報端有十數人為之穿白衣"捍衛國學"，攻伐什麼，未見其詳，還不至於是見錢眼紅吧？我想不外是古文經學異於今文經學之類，漢代就爭，清末還爭。難怪孔子也不想多說，一個仁字嫌多，一個恕字足矣。但見其結前人之經，但見其弟子後人著書言他，不見他自說究竟。是為聖人，天人合一已矣。行於身後四五百年，成帝王百官百姓師！曾聽人說鄧小平是行多於言的少數幾個政治家之一，此言溢美之境倒也意味深長。人心是行出來的，言而有信行而有果則立。如此續行，終悉使命：愛心如神，人類至福！

沒關係，卓卓，天雖無言，四季依舊，物換星移！

爸媽每天運動夠量嗎？寫完回憶錄以後我建議寫的隨想補遺有沒有寫？好讓我給你們補正啊，補上的可能恰是真正的精華！每天記點什麼，多留給孩子們一些心意，也是大腦體操；生命的真正意義，可能是由孩子們實現的……心總和爸媽在一起，恍若無憂無慮的小時候；身處憂患仍然喜樂常在的中年，仰望你們的傳承，告慰你們將有的盛況，仍然無憂無慮的心已然凱旋——希望你們此刻便有歡心，也給孩子們寶貴的信心。你們永遠的希望，使勝利成為你們的旨意，喜慶因此與你們同在，永遠永遠！

國輝 07 年 清明 . 穀雨

471

（七十一）天啟神交

（十七大新人即將定局，這是關鍵中的關鍵，決定十八大能否開局……我的心情如此鼓舞，因為感動連天，彷彿權傾朝堂，擁有如此善意的巨大氣場，時局竟然為我所動。一念之差，此刻全在其一念之差——善念如此，其實與其利益相悖，就此成全毀滅他利益的將來。真正成為歷史，還是得為這一念之差，替他說句公道話：他的此刻，的確被至善感化，而一時忘卻其自身究竟了。極想上位的那位軍師，動作頻繁，已然無所不用其極，深知上位與否是若干年後的生死攸關。只是，出主意還行，自己運作就顯笨拙，以致眾叛親離。如何定奪：人還是得正直清廉但又不能難以把握；都能接受的人選，肯定是得脾氣好，各種利益能包容好商量才行，什麼事不至於做絕……我1988年初在海南，銀行門口，一狂人大聲呼號："中國現在沒有皇帝，將來的皇帝，姓習！"我問他一句："姓徐？""是！"他大笑而去。這會兒想起，不覺一驚。何來皇帝，救國於危亡挺身而出而已。新聞裏傳出：老領導感慨如今幹部語言不堪，應當學習。從語言而來的感慨，其心已經影響到了未來！以主自居，他一念之差：一個看起來好脾氣好商量的新人，由此而來載入史冊。此事，是否關乎我個人利益，似乎已然無關緊要。梁教從他瓶子底一樣的眼鏡後面打量我不短時間了，我看他像面對研究生時的功課那樣感到頭疼——上任前就已耳聞的手眼通天者，這是在幹什麼，雲山霧罩的，這跟眼下官場實際完全不著邊際嘛。他先是說他不會對誰特別照顧，不過見了鄧教立即格外俯首聽命，是鄧教關照來的人，該扣分他是絕對不會扣的。鄧教澄清：有沒有照顧的，有，但都是上面領導打了招呼過來，不能不照顧……我看他就算是不得不如此，也是一肚子氣，巴不得我能快點走了，才好大撈一筆！遇到一位憑掃地就月月有嘉獎不時被他叫去按摩腰的，我就說：鄧教腰這樣，一定要吃藥消炎，不然這樣拖下去，一定會變形更加嚴重，就不好辦了。這話想必是傳了過去，且當是話裏有話聽了，見面便是怒氣衝衝的樣子。我見那掃地的朝我嬉笑的那張臉，知道鄧教恨意之深；不久梁教批藥單就開始這也不行那也不行，弄得我痛風只能吃監區衛生員那裏的傷肝藥。我們彼此，都已是相當的不識時務。)

"那片星空，如此難忘，因為早有約定啊……"

卓卓說友誼能使快樂倍增，痛苦減半——聽得鏑要暈過去了吧，接著又問我這裏有沒有朋友！卓卓，你是說在賊中間嗎，還是別的什麼？卓卓的朋友都是每天在一起玩得開心那種吧？可是，我這裏有種種隔絕喲——除了同倉或同生產線就近坐著的，再就是晚上集會就近坐著的，並不能選擇與誰交往或不與誰交往。警察呢，最接近的算是專管員，參加工作沒多久，除有事報告或遇事查處，沒事就只不過是身邊走過時相遇了；再高一級或更高一級，相遇就純屬偶然；高到省裏部裏，那就只是聞其檢查工作有步抵但不得見；至於中央，自然是電視裏見見，常常會看不太清，尤其近來已然夏至的光線，總把投屏的視像全部吞沒，於是只聞其聲——管設備的"科學怪人"又常搞破壞，以致連聲音也聽不見了。我又很久沒訂報。你說我有沒有朋友呢？那麼，我問你，你是爸爸的朋友嗎？還記得爸爸什麼，一歲還是三歲的某個瞬間？還是屬於爸爸的那個耳朵熱起來的時候，還是畫忍者淚動的時候，你心上的感覺？我們還算朋友吧，那麼我們之間可就是非同一般啦！卓卓這麼問我的時候，就已經非同一般！我們是用什麼相通？你已經知道"友誼讓歡樂倍增，痛苦減半"，你怎麼知道的？你並沒有看過我幾年前寫下的"同一首歌"，你是怎麼做到的？我也用你媽媽問我以及近來你經常用心問起爸爸的話來問你了——你是怎麼做到的，你畫出了真相唱起了凱歌並不自知啊！我七．一兩點多醒了，神交過，夢卻記不起了。生命竟然自動紀念起十周年前的此刻，留下痕跡！許多能量方面的話題，由此不說可以得解——全然無意識中，卻是心向使然。

　　先是爸媽的信，雖然簡單，但讓我讀了一遍又一遍。這是幾年來最為確切讓我高興的一件事了——2003 年我就想：如果等到這樣的信，就是成了！爸媽的意旨便是勝利的福音，結果已經註定！還有鏑的信，少女般熱情浪漫，是否讓爸媽再給我們辦一次婚禮，勝過當初？美豔四射的異香花朵和開了花的蔥頭們，讓我身處岩穴猶在夢中，一派馥鬱芬芳！此刻，頭頂映著你心的豐碩明月，暢懷呼吸著你字意間風情萬種的氣息！我的廚娘窗外築巢的鳥兒，那是七年前曾經喚來九隻情侶鸚鵡的殉情鳥聖的轉世靈童嗎？美好的氣息從心底映到接見時的臉上，並非獲告喜訊，只是自然而然——當年鏑買下《楚辭》時映在售書人驚訝目光裏的淚動，也是自然而然！不因你未曾力挽狂瀾改變命運而湮沒，它既然滴落在屈原的心上，就不會成為濁流，你想如此也不能；屈原從綠幽幽江水裏那生命最後一刻致福的巨能，是清流！即離騷，國凱旋。就算你並不詳知也能從心底泛現的歡欣鼓舞裏哼出莫名的凱歌！就像媽媽讓我稱奇的《永遠之歌》，就像爸爸的《破曉》——"天要明啦！"在媽媽生日裏，我再讀一遍它，再聞上一聞，我們已然親密同在了！仍未團圓，但能讓你們更加長壽的卻正是這樣的心情與氣息，它值得每一個團圓了的人倍加珍惜！我體會到更多的你們！那個時代，那種家境，那份神韻！我清晰知道了你們的感受，發現一脈相承的偉大！這是很多愛父母的人反而錯過了的，錯過了屬於自己生命的寶藏！我有二題《成就自己》與《信守初衷》，留待孩子們去體會。如此，由你們而來，由我們而去，如此一生又一生的要義精華，成為孩子們的基礎與祝福。智者永遠是秉承自我而一脈相承的，如此，必因虔敬與戒懼致福！鏑含淚預感到的屈原的苦難，已使祝福來自於那裏；還有更多的祝福，並非因為"如此遭遇後的希望"，而是因為希望而蒙難，遭遇而不棄，成就祝福而有薈萃人類古往今來一切精英的理性箴言與生命寄予，因而使希望，終得大成！

依依一月的信，鏑終於寄出了——在她真實的沉悶中常常仰望那片星空的回憶與夢想，其實是美妙！批評癡迷於物質巧得其理性一隅的人們，是她獨有不同於行屍走肉者的清醒歎息！好在這並非就是世界的主流，你的爸爸媽媽就可以向你證實：爸媽心中互動的，就不是你擔心煩惱的那樣。這不僅是在因此生下你們的爸媽相處之時，也同樣能在完全無法相互接觸的這麼多年來如此漫長的苦難之中，一樣，甚而有更為奇妙的美好，常溢於心！媽媽已從做夢也不會想到的險惡裏學會歡喜——不再憂傷，不再沮喪？我仍會感到她有，但總會從我心中接過歡喜，以致有越來越好的氣色。這便是超越，雖然還未成為她的自覺……這算是什麼呢？依依喜歡的回憶與夢，它們都是能量；內心的美好，應有現實的載體，成為你追求的行動，成為你無畏艱險的理想。生命中的基因你生命據以組合的載體在你的能量裏祥和了嗎？你的美好，可以計算並且實施了嗎？那個最早演電視劇林黛玉的演員，以為信佛賺到了錢——乳腺癌，也只吃中藥；再嚴重，就索性出了家。結果，沒多久就死了。本是小病一點兒，她該不會是真的懂佛吧，佛是什麼？質與能，我們生命的能量及暗物質，我們生命的物質，不是如同左腦右腦相含相扣的整體嗎？宇宙也同樣啊，且與生命如此相應。物有物律，能有能境。其中，轉換昇華，籍于平凡源於自然；神奇之事，不過是生命提煉了平凡。每個人都有機會，包括依依。就讓你心中的美好，不再是夢與回憶，充滿你的人生，因此，充滿你的世界！

卓卓所說的朋友，即便不在爸爸方寸之間可以尋覓，在心中卻可以觸及！困難，常是絕妙的機遇，看你如何面對。自古以來，偉大的友誼或者偉大的愛情，都是因為隔絕與至難而有所渡，方得成就。我們的暗渡，卓卓也有體會了，所以問起來，而且畫了已然長及日月的忍者——不再號啕，那一滴眼角之淚，已是喜悅。這不是俗說的友情，而是大同之境的先兆。雖聖不恃，平凡真實，只緣聖乃不以奇期聖而聖。在那個人人為聖的年代，我曾笑說的外星人社會也不再離奇，偉大的進化將有質變。現在能理解嗎，在分別這麼久之後，已能理解了嗎——這，從每個奇點，每個生命的佳境，會合而來的大同世界以至大同的宇宙，究竟發生了什麼，將會成就什麼？

老師有沒有把類似的問題寫到黑板上，然後一敲，說："同學們，現在放假了……"一片歡呼？有沒有把這樣的老師請到心愛的聚會上，探討如此著迷的問題，因而感受智慧的愉悅，也漸漸學會生命的陶醉？沒有這樣的老師又何妨，其實不妨以萬人為師。樂得自學的人孜孜以求，奧妙在此，"以萬人為師者，智！"成為習慣的學習，何懼沉悶；心中的理想和愛會把一切沉悶中的進取變成美麗——學校理性的學習正是步入社會之海的島鏈，由此步入生命樂土，夢境得以實現！有位七十歲的醫生想了醫學院畢業的夙願，破例準他考了，卻只得二十分。換成我現在的環境你們如何，能讀完大學？惰性，也是腐敗，是我們的仇敵。它把苦樂顛倒，使生活暗無天日！腐敗的血液是它非法而來的利益，它流動起來強勁又實在，想要克服它單憑毅力似乎可笑。那麼愛心是否也是一種利益？如果有制度有位次，行愛有制，民主定位——愛心有了一個個據點，形成一片片利益，歸於人民，愛心自會實現！就像一早說過的，你們把壓力中的學習變成愛的進取，一個個行動變成習慣，成為性格，你們會有什麼樣的命運？從一個個依制而立的據點之上力爭，從每一點上擊退惰性了結腐敗，已是穩定之局可以掌控之事。何況所學是物質世界的理性，信息技術一網天下，更新自己的進程豈能逆轉？這是一個好的開端，理性從此在心情昇華之上增長位移，因而完全可以實實在在步入天堂，而非回憶與夢幻裏言而不行，盡失良機！

自古以來天理如一，《三略》有言，看看我的蔥頭們有何理喻，是否開花：

　　"故主察異言，乃睹其萌。主聘賢儒，奸雄乃遷。主任舊齒，萬事乃理。主聘岩穴，士乃得實。謀及負薪，功乃可述。不失人心，德乃洋溢。"

　　藥單還沒批下來。滅濕痛剩下不到一瓶。本來有點感覺用不上幾粒，但仍踩吸塑機，把它得罪了——有一年多沒有這樣大發作過了，這才剛剛好起來；比起九年前沒日沒夜抱著腳無聲呼喊的那看守所七日，已屬幸運……

　　心卻另有牽掛，沉吟不已："天性，人也。人心，機也。立天之道，以定人也。"

國輝 2007.7.1

（七十二）至愛主宰

（魯教，去年八一，我提到開放之初北戴河，就見他曬得黑黑的回來了；今年是跟戰友聚餐，喝完回來值班，給大家訓話。他儘量控制著酒勁，仍把腐敗罵了個狗血噴頭，看上去恨不能立刻端起槍一通橫掃。不到這時看不出來，一向淡定堅毅的他，會索性把作惡太甚的犯人拿電棍處置——戰友們聚在一起說不定都在喊打喊殺，從軍隊腐敗到監獄腐敗……他流露出些許得意，欲言又止，說有的事情不像表面看到的那樣，但到最後一定會是善惡有報。我見過他太多的失意了，一次次職位變動，都沒能使他坐正這裏的監區長，也沒能讓我看到這裏的一切如我所願。但是，我們卻一起把願望傳遞了上去，同心一步步，影響權力的演化。今天，他喝成這樣，一訴衷腸，是有感大局初定，還是興歎使命致此。我不認為他能認識到，他只是覺得自己做到了非同尋常之事——開局要到十八大，遠非他個人利益；我們都早已忘乎所以，不知有我久矣，心拳拳，意切切，惟至愛主宰。北戴河從去年開始弄了些教師去享受假期，今年又見到了；中央人事，十七大新人上位，也在這裏海浪聲中，成為歷史。）

人心像宇宙，想要把握它，問路心理學——這裏專門請來位劉教授給犯人講課，於是一扇總也打不開的門似乎開啟了，我竟然聽到賊人由衷回應說：“太有必要學了！”其實，如此之門一直虛掩著，各種壓力諸多心理問題尤其困擾著囚居的人們。解決之道，如今從理性向人們展開了——有了一套理性的概括，有了一套應對的方法，而心理學就站在離門不遠的地方說：“我們還只是開始，心理學還是一門年輕的科學……”與所有科學同步，百年並不年輕了，但仍自慚形穢，是因為面對猶如宇宙一樣的人心，理性實在把握不定。科學嘛，唯求證實的態度只能存乎理性的物質的層面。對於意識，心理學已然有所表述，然而對於潛意識和無意識的捕風捉影，百年學問也覺得自己仍太年輕！而宇宙學竟有同感，就像面對心理學的意識、潛意識、無意識，宇宙學認定宇宙是由 5% 的物質、25% 暗物質、70% 暗能量構成，竟然也是唏噓多於認定！面對如此人心，面對如此宇宙，該當如何感知，究竟如何把握？

理性對待人心，科學掌控心情？凡事盲動的人，因此開闢了一個清醒的世界？人心其意識，相對宇宙其物質，理性所能駕馭充其量不過 5%。在科學賴於實證的基本原則之下，心理學的發展永遠也不可能把握相對於暗物質暗能量的潛意識和無意識吧。如果非要以偏概全，心理學變得令人心窒息！極善循理導眾的專家不也總是初嘗淺試，反而不如親友相見愛心拳拳！非要如此，強迫症分裂症必隨強求紛至。也難怪最嚴重心理問題的人，據說是心理專家所謂精神佬自己。反而，所謂臨床真能善察與解決心患的，是自然而然的愛心。

愛可以掌控人心嗎，這不是理性的科學的實證的問題吧？可是，愛確然給人從內到外的和諧，給人激越通達的創意，給人超越苦難的意志，甚至能把難以逾越的敵對化為相得益彰的合作因而如釋重負！說來神奇，愛的確可以穿越理性無法滲透的暗物質與暗能量，在潛意識和無意識中自如造化。這，難道不也正是理性的意識形態一再宣導的和諧嗎？惟愛可以掌控，其實它是感化，卻在全然謙卑之中，成為主宰。心理學竭盡所能推開的人心荒漠之門，原來一早虛掩以待──此刻，是愛神奇的春風，令人驀然瞠目，已然滿心碧綠！

不過，這是監獄，賊已成囚，感化緣於制服。如果把權力關進了人民的牢房，盡責與愛國也是情理中事，自然虔敬。從小出神望著爸爸精裝厚書裏的冷兵器，又聽爸爸說起核爆威力……那些戰例：炎黃蚩尤大戰涿鹿，炎帝黃帝大戰懷來，武王伐紂大戰牧野，項羽百勝終得一敗而劉邦百敗終歸一勝，四渡赤水而三大戰役，立體戰爭而合同戰術──我常在歷史的關鍵時刻體會戰爭的意義和美妙！首先，在於信念，戰爭成為不渝信念付諸實現的關鍵，變得神奇，因而可以出神入化，可以平天下！

如此信念，不是讀書就可以有，要靠長征那樣的不屈歷程為之樹立，文盲亦無妨。這一切到了文革時代，已被歪曲到極點，因而隨後全面退潮。市場經濟的社會基礎呈現之時，信念的錯位則使社會光怪陸離！軍中之人也難免惟以關係之實，官混子之道已是普遍風俗。至今仍在軍中者，已位至極品了吧？如何倚靠？不久就要上億的黨員們又都圖些什麼？信念不實之中人們早已轉向自己，不可逆轉。轉向自己無妨，關鍵能否善待自己！其實繼長征一脈相承的愛，如非扭曲，那麼從愛國愛階級以至善待自己的歷程，必有回歸——終將成就天人合一，其愛心非凡！實現法治因而扶起的人心，終於發現了良知，是因勢利導成就了本屬自身的真我，於是發現了真正的實惠！最美也最有利的，原來就是良心！它平凡，就在心底，但鍥而不捨，就是神奇！只要你願意承認，暫且放下各家門派理性的歸納，只要你願意親身屬行不棄，就必有同心證實！

　　說到權力腐敗，總有責任者以超然關懷仿若置身事外的態度，強調問題的解決與曝光會危及職能機關的威信；而極其重大的事關穩定的任務，尚要靠這些身懷巨腐的職能者應對。就事論事，會萬般驚訝如此牽強附會而來的混淆；而高高在上者大而化之圖穩定，就實在難辨如此詭辯又如此權威其究竟。我也的確常見“得閒”以權撈錢的職能者，遇到上傳下達個兒把大事登時雷厲風行；然而勁風一過，就又“得閒”。法以定國的種種"小事"盡其蠶食，而小事畢竟是小事，只要層層買通，大家都好。坐江山者尚幸仍有雷屬風行，仍有一呼百應。難道只是就事論事者的悲哀嗎？眾小事其無法無天而禮崩樂壞，不如革除其腐敗職能者之於穩定事關重大嗎？究竟是哪裡和哪裡啊？莫非腐敗者親自發出威脅，絕不容許剷除如此要地的腐敗，因為這裏是一切腐敗的要塞——動及它，就要玉石俱焚嗎？原來，是腐敗被觸及了要害而已！拿下它，腐敗者就失去了依靠；拿下它，腐敗者就無威可脅了。幸有所察而盡睹其萌了嗎？如不混淆，小事成大事，諸多就事論事，暴露了定要治理，國法是為國本，國本不棄而國存，穩定已非腐敗所挾。腐敗者會鋌而走險，但不會忘我犧牲；愈多忘我犧牲者如在要位，豈不此長彼消？大家豈不要重新想想自己應該如何做人，畢竟有事實為證啊！如此篤定國威，豈不穩定！

又聞軍歌，確為一振，但如今尚有軍威嗎？不要像蔣介石到了臺灣而且是十年之後才恍然大悟自己輸在沒搞土改喲，卻又忘了自己的官員全都是大陸地主的兒子……以軍之威，可定腐敗？威為民所用，則輪位晉汰，亦如軍隊已然腐敗那般潛移默化，終獲更新！天之無恩而百恩生，迅雷烈風，莫不順應——用之以小，得之於大；天之至私，用之至公；軍威昭昭，干戈可免……其舒彌四海，卷不盈杯，守不以郭，據不以城，於胸令敵服！恭喜什麼，是為得道！天也歌唱，因得其國，將得天下。

小時候喜歡摸爸爸衡寶戰役那塊傷疤。桂系屬害——北伐勁旅，台兒莊打贏日本人，三大戰役沒動到它，反而讓李宗仁做了幾天代總統。七十多萬人，白崇禧在東北一度讓林彪也挺難辦。四野繞開它長江防線兩百里從上游過江，怕被殲滅，它退得快。衡寶打它也沒多大規模，又退。怕它退入廣西，卻跑去了臺灣不少。留給爸爸那些精彩的小打，從他們口中說出爸爸的英名！自辛亥革命以來經營了近四十年的地方，真瞪起眼來斬草除根不過一年而已！例外可能有，就是五十年後從廣西發起以致糾結到中央向我徇私枉法那一夥人吧。這卻使我至今仍能感受當年爸爸渴望參戰的心跳，憑此我能體會到如此部隊之所以戰無不勝的底蘊！如今爸爸八十五大壽將至的今天，我仍然為這一切豪邁往事而感動回腸，因為這是我們一脈相承的心跳！而且，"同志"，我驚奇這已久違的字眼裏有熱血噴湧同在！這是勢奪天下而同心共聚的熱血啊，不然，心中似隱似現的輕聲呼喊怎麼就能讓我如此感動……"同志們，為了新中國前進！"曾將生命付諸的愛與意志，仍然是我們一脈相承的信仰！這無言的信仰在人心之間似曾相識，勢將洶湧傳動，因愛成神，意志凱旋。

再唱《家歌》如何？雖是家歌，也成國頌，也是天籟……

國輝 07.08.01

（七十三）愛必成就

（他看望季羨林，特意感慨季老那句“真話不全說，真事全在做”。如今傳神，已經超越極限，所以事已不在語言，而在於行，在於結果。只是結果，尚在若干年後，屬於歷史範疇。難怪神話之中，心中一念，江山造化。因為神話濃縮了時間，而時間充滿了平凡而糾結的勞作，如煙往事之後奇跡已然不奇……中國的腐敗正以無以復加的程度蔓延，救國之權的潛移默化卻也正在奇跡般悄然成長，然而仍需假以時日。十七大人事定局暗中已有，定奪者仍秘而不宣。有人仍在拼搶，利益決定立場，但是愛如神在，撥動心弦。一旦超越，彼此的想法相應改觀，比起截然對立大為不同，而共贏了的絕不會是腐敗。每天，仍能從新聞鏡頭裏的臉色上洞察某些消息，而心靈往往直接映出命運的究竟。對此似乎我們早已是習以為常。我的信在我與家國之間，寄往未來。並無人相信鬼神，我卻似乎做著靈媒，傳遞著救國大愛應有的最大善意。皮膚仍在熱氣中陣陣重播以往的過敏，我仍在酷熱中不間斷的踩踏著熱塑機，磨著永遠沒有機會癒合的屁股上的傷口。不過，事態畢竟一點點好轉，我堅信到我回家之時，可怕的皮膚能夠大致正常，不至於像人們感慨的——你老婆看到了，不會要你了！腐敗深重的時局，也終將一點點一點點，發生轉機。）

鏑 "from me to you" 的卡片上開放的金屬小花，本來已掉了，我仍把它裝上去。再看時，它已在 "從你到我" 的空中，粘上去了！畫中等我等到花兒開放的蔥頭們實在太傳神，孩子們各自神韻活現！這一切讓我意識到：雖不稱奇，但愛的確可以像從枝頭飄落的花朵那樣永遠停留在彼此相應的空中，成為神跡！

　　失去我們相處的寶貴歲月令我揪心難耐，年復一年裏彷彿每個禮拜比一天還短，但思念卻使每個小時比一個月還長，甚至就連片刻都要讓人窒息了——本能會讓我迴避這漫漫痛楚，甚至希望真有人格的上帝可以求祂為我解決這一切；但是，真正的奧妙，卻正在這如此難耐的痛楚之中！我終於可以面對它時，細細參詳這一切，淚水濤天之中已有寧靜。如今說來已是往事，仍然面對卻仍會有本能怕痛的反應，但我已然會從痛苦本身從事情本質，凝聚愛與希望的力量，並且了然其中應有的理性而充滿靈感，從而實現了幻想中指望上帝的迷信所永遠無法實現的真實神性的人生！其中竟然真有超自然的力量，只不過是自助者天助，已在大愛同心的佳境……

　　孩子們的信裏，回憶，美而神聖。亭亭的雲端之城，已與上帝同在？這是自古人們惟美至極的神話，它自然而然出現在亭亭的想像中，卻也能在我們真實的生命裏實現——學習久了會腰酸背痛，是生命要求你每天按時做些運動；午睡多了會難受，不等於讓你不午睡，適當小睡片刻已使人精神倍增；而心懷神聖，不僅能力超凡，免疫力也會不俗！生命又何止這些小小要求，只要在學習與體會中不斷積累與昇華，便能駕馭生命實現佳境。在理想的道路上尤其在困境中，從生命提煉真實的能量並把握相應的理性，理想便從雲端之城來到生命裏來到你的身上！而所謂上帝，已與你同在！"上帝可以辜負生命，但不可以辜負信念！"亭亭這話如此權威，並在許多夜晚夢回之後，暮然回首，直言不諱："這信念，就是我們早日團聚！"這是在命令上帝嗎？4月的信，現在讓我收到，恰是上帝的意旨嗎？如果是將生命付諸的信念，會從生命昇華出什麼，是讓神話中的上帝讓位的真神嗎，是愛作主宰的天堂嗎？無論如何，在我們心中，已有藍天之下倍覺碧綠的無垠草茵浮現在漸遠的升入蒼穹的那《送別》的歌聲中……

秘笈究竟何在？是在卓卓畫了嘆號不許媽媽看而只讓爸爸看的信封裏嗎？可是，信到了這裏都要檢查，嘆號和警示仍然無法阻止信封被扯得稀爛，這讓信封裏面卓卓畫著的威武渴血連肘尖都有甲刺的劍手也不禁顫抖了吧？卓卓想讓爸爸多交些"無辜"的朋友？有位臺灣人，有電話帳單可以證明所謂被騙人曾打他的電話而其登記位址正是他的住處，卻仍被法官定了逃匿判了無期。他甚至不相信這裏有無辜二字，已經遠遠不止於他在臺灣成功大學裏對大陸的成見。我們的遭遇又能說明什麼？可以想像，比我們遭遇更甚的事數不勝數！以致這位臺灣人他連中國人都不要做了！我問他："做個富強文明的大國人，不好嗎？"他遲疑著："那倒可以……"但馬上強調："關鍵是要文明！"我問他："像我這樣如何？"他有觸動，說："可以了。"他同意因此做個中國人。交這樣的朋友，能使爸爸歡樂倍增和痛苦減半？他不能解決任何問題，開玩笑給他特別假釋去讓台海一旦開戰時某臺灣作戰單位不做對抗，他都不肯；滿肚子都是中華文化啊，但他做不做中國人的問題還要我來給他解決！其實，說友誼減痛這話的培根並非善待朋友的人，背棄初衷使他自己下場可悲。實現理想總要戰勝自己，不似想像那麼簡單。不過，當我打開卓卓的信，撲面而來的氣息卻讓我感到如此多的可以期待！卓卓"鬥牛"每次奮起，都被"泰山壓頂"一類擊倒，於是就拼上一切同歸於盡，值得嗎？寶劍滴血的威武和卓卓目前驕人的成績，都不能像同歸於盡的勇士那樣體會到生命徹底的昇華吧？不棄初衷的勝利，不僅會是朋友在歡呼在唏噓，當自我犧牲的勇士消滅了邪惡從勝利裏又搖晃著站立起來，生命本身已經神聖。所以，欣欣恭正寫著"送給親愛的爸爸"的信，遇上了相應的恭敬嗎，竟然沒被拆封？是我自己一點一點小心撕開邊膠，像一個宗教儀式，把愛取出。卓卓知道其中的奧妙嗎？欣欣的信使我不禁視線模糊——記得 2003 年收到欣欣熱情的信，畫的是滿天飄降的禮物和心意，你們的媽媽與十字架一樣的爸爸攜手而歸，使你們歡樂起舞……那封信最後，欣欣卻祝爸爸發財。原來是鏑這樣哄她，說我出門在外。終於，讓孩子們知道了真相。真相令人痛心，但痛心使人成長。走神流淚，欣欣本已好起來的成績因此反覆，愛卻從自在變成自覺，欣欣的五年級大獲全勝！其實，並不驚奇，因為是愛。

結果早已註定，只因不曾放棄。令人稱奇了：如此不切實際的美好，竟是科學！如此美好，讓鏑心欲碎仍有醉意？面對我在香格里拉頂樓俯望維多利亞港龍舟競發時笑歎屈原美賦的照片，鏑說什麼："時間像什麼……像暢飲而下的茅台酒！""美好不切實際"，讓女武士變成女酒鬼了嗎？兒子向我揭秘底蘊不讓你知，是因為你會制止他去同歸於盡嗎？其實，我心上有你許多年來難言痛楚的淚花，其實愛正是你心中的底蘊——正視它實行它，就像欣欣那樣"歡呼它有一千年一萬年"，歡呼永恆，驕人的勝利於是因愛實現。亭亭雲端之城的神跡，就在我們真實的生命裏。我們實現了的，是否就是證實了的信仰，如此神聖的路標是否值得永遠信守？家歌國頌天籟，我們生命的歌，無論知與不知，行與不行，都在每人的心底；惟因證實，終於成為共鳴神往的信仰，愛在人間成就天堂！所以，依依畫了聖誕老人，不光是給愛心共鳴的每位世人分送禮物，這也正是我上封信所說屬於所有人包括依依的機會嗎，依依同時想到了就把它畫了出來？我也說軍威，卓卓也就同時畫下勇士引劍趨血同歸於盡⋯⋯又是杜鵑啼血的季節，那叫聲為何不似往年悲歌如泣；又是"杜鵑聲裏斜陽暮"，為何像有盛大喜悅的安詳已然不再一人蹉跎——卓卓是怎麼知道的？如此同歸於盡的凱旋，也有歡歌？不負生命，勝利特此把生命把我們真實的精氣血脈所在，化為神勇之都，彷彿天堂？

也是天問，恰似屈子犧牲而致福，是嗎？

可以，就說"恩那"——是這樣嗎，亭亭？你們新人類的語言怎麼還不如非洲最原始的部落，有點像黑猩猩。中華文明的未來是由你們承傳喲。是因為"真話可以不全說，只要真事全心都去做"？那好那好，拭目以待，如此不說而做，究竟是我們戰勝了腐敗，還是腐敗一時戰勝了我們⋯⋯

國輝 2007 年 立秋

（七十四）仁者超越

　　（幾個月前他在同濟大學有詩《仰望星空》，那校慶隨後被全體政治局常委一致追認致意，想必這也是核心的意思。星空如此接近實地，是因為我每晚坐在監舍樓下的院子裏那三百多最為卑微的犯人中間，以年復一年的張望，扭曲了時空？我的座位如此之低，以致只有盤起腿來才能伸腰直背。如此一來，晚晚星空之下，我便疊坐成了一副佛姿，把實地疊上星空……以我中通外直的身姿，可遠觀不可褻玩的架勢，賊們不免要議論憑什麼我會坐上有成績的工位這麼久仍然屹立。自然有知內情的人會說我絕無拿錢買下，於是拿了錢的自會憤憤不平；沒拿錢的，也就拿錢更不那麼痛快了。我勢必成為全中國買賣官位兵位以及減刑之位的體制下無法令人容忍的現象，終將從這壓塑假冒商標最後包裝的牛逼位置上退下。估計最多還有兩個月吧，等我拿齊了十個連續的嘉獎而有了一個監獄改造積極分子的減刑成績，就絕對不能再讓我幹了。目的只是為了打發我早些走，不再妨礙他們；還有魯教，恐怕也會給升任個虛職，甚至走在我的前面。《仰望星空》的作者呢，他對於體制的忘我攻擊，則難免招致自身被諑。星空仍是星空，實地儘是官僚資本體制盤根錯結。我從人們心上重疊了的，只是造成了一個契機，設下了一座機關。數年之後，仰望星空而腳踏實地的人們終於來到這裏的時候，仍需面對我此時初衷所面對的一切，才能為人間摘下滿天星斗。）

姐姐說愛看我與卓卓講朋友，也關切我提及腳痛，因為都是實在事兒。姐姐肯定很難理解我信裏所說的為什麼會與爸媽不約而同——他們來信說起八十歲時的感慨說起法律理應光彩照人，那聲聲強勁究竟何來？同父同母所生，同樣會花眼，卻不戴眼鏡也能在光線昏暗地方讀完法科？數年通信，不如一個文憑實在？花了眼，字卻越來越清晰？字裏行間是否另有實在？姐姐不知啊，星空另有我的真實，有如同心薈萃，彷彿孩子們寶貴的回憶與憧憬——若不抬起頭來，也就只有腳下的爛泥實實在在了。姐姐也有權力的話，會如何運用？

這是香格里拉，我的時間變成了空間，而我的空間變成時間。那麼，我心中的真實，便是姐姐眼中的虛幻，而我所見幻像卻是姐姐眼中真實。所以，姐姐並不懂得我說朋友我說腳痛，究竟是什麼意思……可是，姐姐也講，想起奶奶沒有任何不好；也講，後悔對孩子摔打不夠。但是，現實就是如此因果呀，你卻如此"務實"，能不只顧眼前嗎？奶奶無言于行的教育，其實是什麼——我至今還記得留下膝蓋傷疤那晚，是在山裏，摔得好慘，可是奶奶俯身給我擦藥的瞬間，忽然，一點也不痛了！奶奶關切的笑容裏彷彿有種神秘，竟讓我覺得屋前廊邊的夜晚也都一片祥瑞，至今令我驚奇出神！奶奶留給我們竟無一字，卻留存永遠！我還想起媽媽，她年輕時穿著軍裝的照片上，那眼神中搖曳的，多過千言萬語！她那時還不會想到要在意基金每天都有的漲跌吧，爸爸仍會準時出現在她與縣太爺對弈的棋盤旁邊——選准了的股票，又何必去管它是漲是落？記得電影裏那個奔跑不已竟使人追星的弱智阿甘嗎，最近這裏教育科又放起了這部電影——人人眼中的傻瓜總在說："媽媽說，做傻事才傻"，竟有那麼多名人大事與他相關，而空中的羽毛也只飄落到他的足邊——只因他會以同樣的敬意，把羽毛珍藏到書頁之間。幸運，究竟來自什麼？還有另一部電影，那位猶太父親，被槍決前仍要向被藏在信筒裏玩死亡營遊戲的兒子做鬼臉，好像被帶走槍決只是個遊戲。我提起《美麗人生》是四年前吧，我並非想讓孩子們以為苦難只是個遊戲，我相信的勝利就在我們困難的生活裏，希望孩子們相信美麗的人生，相信我們自己的命運！那個小男孩兒，只有我當年的卓卓那麼大，當他終於看到父親非常確定說過的只要堅持到底就一定會來解放他們的坦克，當他從坦克上看到路邊的媽媽撲過去時，歡呼的仍然只是遊戲的勝利。而我的孩子們心中歡呼的勝利，卻難以置信……美麗的人生，仍要由孩子們自己確認——戰勝了自己，他們悄悄長大。孩子，我們，不曾有姐姐所說的光環，我們的確是在最真實的平凡之中，實現了心中的美麗。

是否成真，就不禁要問，這時代究竟身在何處？這樣的問題，可以揣度一番大國興衰的究竟，也可以退去一千三百年拿起唐太宗司天李淳風的推背圖興歎一番。是否從爭勝的角度來說呢，美國的精英們幾乎一致認定：中國絕無可能逾越經濟發展之後的政治瓶頸。它有理性世紀一整套經典和近現代歷史作證。因此一任中國發展且從中獲利，另以其主導的國際秩序為界，彼此相安無事。中國呢，自信必勝嗎，只要相安無事？亞裏斯多德講民主法治，而柏拉圖講賢人之治也終歸民主法治。這是僅執一理定是非的西方思維應有之意嗎？民主法治可保民本國根，縱然後知後覺常有後悔之事，總好過遇上庸人惡人獨裁。柏拉圖初衷是，賢人政治先知先覺，流俗可免而引領潮流，逢凶化吉。這在東方，歷經西方文明的洗禮之後，賢人政治與民主政治是否會從本性之上兼收並蓄而有薈萃呢？左腦和右腦不也一樣協調共事嗎？賢人與民主的政治能否共生精彩，引領源於秦政的一統中華突破困境？正是矛盾所在，如何薈萃？我的案，歷經三次近二十名專家權威包括刑法起草者論證無罪，港區人大代表十數人七次向全國人大提出對於法院判決的異議，如此曾經不起訴又在起訴後判無罪並在重審後認定無罪卻被上級法院指定判詞改為有罪的案件維持至今，正是出於法治接受黨的領導的原則被人掉包的遊戲吧？廣東高院院長父子受賄三千萬隻判 12 年，不少該死但經他手判成死緩無期者，還有買單無罪但沒了著數的，都口口聲聲給過他兩三百萬——三千萬只是據證入案的那份兒，都算上了就影響太壞是吧？法律如果不是黨領導頒行的，那麼枉法裁判就一定是民主維權囉？如此貪官"民主"架空黨的領導，賢人也難，民主成戲，如何薈萃……記得那《推背圖》開篇畫了唐朝的十三個李子，有一個沒把兒——李世民卻也只能把武姓才人棄入廟中，仍不料她已與未來皇上暗通了款曲。朱元璋開朝就立碑不許太監入朝，皇太極未入關已定制，禁止後宮干政，可明清不還是這樣完的！而今如何？不起訴後不申請賠償，判無罪後不控告循私枉法，我就不會再有事？那他們申請覆核幹什麼，抗訴幹什麼？就等你拿錢去"息事寧人"，一直到高院再審也不過如此——給了他們錢，也就入了"黨"，以後就是共貪一黨從此黨同伐異。如何是好？

推背圖中有人背弓來朝，讖曰："而今中國有聖人……"何為聖？"離有離無，謂之神；非有非無，謂之道；有而無之，謂之聖；無而有之，謂之賢。"那麼，中國惟有聖人其治，方有賢人與民主的共治囉？薈萃，大約就在這裏吧，是聖者引民主與賢人薈萃？於是，讖斷："否極泰來九國春！"國運輪位果然如此，那麼相制得安相諧共勝，美國也就只能安命，順中國民意其自然。時代果真如此，我們的勝利也就勢在必然。美麗的人生，也就如同二戰德國滅絕營裏淚眼帶笑的絕境期待；姐姐也就眼見為實，我們的時空虛實也就得以同胞共在。電教剛巧放這部電影：

不是猶太人卻跟定丈夫兒子來到滅絕營的女人，終於迎來她坐在坦克車上凱旋而來的兒子，聽這位小小兒童催人淚下仍以為是場遊戲的歡呼："We win！"於是，從監獄的欄杆裏，就不僅看見了星星，勝過了腳下的爛泥，而是贏得了整個星空！不然，為什麼連賊們的樂隊演出也能說出這樣的話來："我們是和諧樂隊。也許，我們的音色還不夠和諧，但我們唱著，我們聽著；後來，我們忽然發現：我們有了愛的智慧……"

國輝 2007 年 處暑

（七十五）知心定人

（我的信，是寫給未來——不僅眼前十七大人事平衡不容樂觀，十八大也難免要與腐敗相平衡。如何走出困局，如何知心定人，欲救國者非徹悟難免畫地為牢；如果想把權力關入制度的牢房，關鍵在於牢房的鑰匙在誰手中……鑰匙尚在腐敗者手中，關進牢房的，就是欲救國者……我在此，眺望十七大新人如何韜光養晦如何扭轉乾坤，但關鍵是如何把鑰匙交到人民手中又不會失控；我將刑滿出獄，平反的鑰匙肯定還在腐敗者手中，而且肯定會搖晃出聲響，信誓旦旦跟著喊叫："把權力關入制度的籠子……"如何與民相約，決定反腐敗力量對比能否改變，決定反腐敗者生死存亡。我既深知監獄如何，也就深知軍隊如何；既深知軍隊如何，當然深知整個政權究竟如何。何況權錢交易已使經濟與腐敗牽一發動全身，拿回鑰匙指交人民，不逃資給你弄個經濟硬著陸才怪。世界前列的經濟體如此，也算是今古奇觀了。那麼，如何舉措面對，如何知心定人？當我面對賊人與賊官，深知要領其實至簡，就是競爭上崗末位淘汰。我從 2003 年如此提起工位排定，權力一直把我關進籠子，直到發現我有管道與權力來源暗通款曲，雖然看上去我只是在與孩子們談論未來。）

有人靠念經施咒，以為修佛。我問：聽一首歌，戀一番情，是否修佛？一份真愛，一種喜悅，福報可比經咒？至愛遇困而至望受挫，不棄而昇華，念力如何？念經施咒轉法輪又算什麼？歷劫不棄終於昇華的體會，豈能從理性的語言與姿態上巧取？純正的理性精華，也不能以偏概全，何況這不是一個物理數學的題解，這是用人心面對整個宇宙！讀經打坐，擺正自己——在與宇宙相應的人心當中，理性有其應有的位置，但過了頭，就會成害。科學的至理，總是在理性解放之中，回歸自然；在最真實的心情裏，從平凡的生命中，實現你的神往……這位讀化學走私塑膠的天臺宗佛教徒臺灣人，竟然驚喜說道："我覺得你是佛祖派來指引我的！"其實，向善也會誤入歧途，他讓我意識到所謂信仰崇拜何嘗不是私利的一種另類期待，難怪會有那麼多變了味兒的宗教。這與愛之因果，實是殊途！超前進化的外星人隱身不現，因為生命遇困進化而來的大能，勢必驚倒愚昧的生命？如此迷信，非但不能讓人正視生命的奧妙，反而會在迷信的"忘我"而實際是唯利是圖的崇拜之中徹底窒息生命的靈性。多虧有馬克思主義的解藥，足以讓社會痛定思痛，而心靈神聖的追求轉趨自然……

迷信，糟過不信。只是，不信未能解決的問題，遲早會變成迷信。賊們就迷信上賭博，相信一種算式，相信出監不久就可以把從本該死刑到判下死緩而後服刑十餘年所付巨額錢財全都加倍追回來。那串串數字迷局，絕非巴菲特一類投資聖人信守終身的數字真理那般簡單自然。好離奇啊，而且他們何止不是聖人——根本不用拜鬼或去養什麼鬼嬰，人間鬼道，他們就是！各種版本的傳說，不久就傳回他們成道之地，不外乎一種下場：先是贏了，然後賭大了，又借上成百上千萬的；然後輸了，就更要借，因為贏過呀；然後變成騙，然後搶，越輸越多；然後玩失蹤，被人拿槍追殺，有的暫時躲過，有的被人斷了手臂，有的又被抓了。這些人竟然個個都是連年減刑的改造積極分子，彷彿整個國家都參加了這樣一種惡性循環！如此迷信，斷送的是個人命運，蛀蝕的是國家基石。

迷信聖戰之死可以升天，則可以懷揣核彈跑到紐約最高的樓上引爆，炸死五百萬人——美國總統當然宣佈其所信仰是為邪教，美國國會當然向邪教國度宣戰，也就該打世界大戰了。戰爭雖不對稱但因為有了核武，也就無人可以倖免；何況有種迷信可以很快就從歷史的基礎上整合起十幾億人口和世界最大的版圖，並且迅速擴張……

所以，孔子之信，其民之立，這古老的要訣，不是權宜之計亦非蠱惑人心實現野心的邪道，而是神聖的使命，至誠的良心！在東西方薈萃於此之時，我們的誠信，是否終於可以天人合一！一個家庭的信仰，它所在國度的信仰，以致天下的信仰，不談理性只談真愛，並無二致——真愛能讓一切如此簡單，盡在遇困昇華的至樸之中，連生命的進化也奇妙簡化，而有成就非凡！

　　我又沒在說實事兒吧？實事兒，已因桎梏而至樸，隨光陰飛渡，成為我凝然不動的沉思。冥冥之中，時事與我息息相關，一滴一滴留在年輪中節氣裏。在每封信裏，意猶未盡；這是種子，只有當人與天同在而感動的瞬間湧現淚水，奇跡將是剎那鋪滿來路直到遠方的鮮花與碩果充滿心田……一遍遍看爸媽的信，語之鏗鏘令我感動，使我慶倖！我視為珍寶，我會照做，一定成為你們的光榮！光榮，必因有心，得以承傳。山東自古多名相，無皇上？絕無僅有，就是黃帝吧——興于河南新鄉的他，竟始於山東曲阜？孩子們一去山東已逾五年，還沒去過曲阜吧？黃帝生於此，炎帝也曾遷都於此，後來成了周公的封地，並終因孔子發揚光大。他們都是有心人，也都耽誤了不少"實事兒"……鏑來信說起今年五月夢見我想起二十多年前的往事。知道我其實在想什麼嗎？那個有猶太血統的姑娘對我說："你五十多歲，挺不錯……"覓她有些望洋興嘆的樣子，我在想：那麼是誰錯過了此前生命的波折裏只有當至望受挫才能昇華的至寶呢？我在想：她那在河南已被同化的血統想必是屬於西元前七百年被亞述帝國所滅之後流落各地的以色列支派，絕非耶穌遇害後四十年起義失敗被羅馬人驅散到全世界一直不曾同化的猶太支派吧……月考，馬克思主義。先在小院集合，可以看見瑰麗的雲樓裏正從夕照依稀的藍天上映現閃電，掠過雷聲。雨前的清風席捲，我們又被迫擠進了文化室。這時遠處正要關閉的電視上字幕一閃，隱約可見：十七大定於 10 月 15 日召開。我心中浮現一絲波瀾。我想起我曾為 10.15 思量又唏噓。我想它此刻不過是高潮疊起之後照例掌聲雷動的日子，它照舊不會即時帶來什麼根本性改變，但堅守的希望終將造化，是悠悠歲月無法同化的民族那樣信念的力量使然！正在發生的事情，是忘我一刻的非凡，是生命本身的異彩，是六十四卦果然全都成為祝福的佳境！當越多人堅稱："人不為己，天誅地滅"，我卻欣悉：人民從真正的勞動與創新中磨礪而來的生命真誠，已佔多數！互聯網上，他們為什麼歡呼為什麼鼓掌，為什麼唏噓為什麼決定，已是天意！人大工作理應成為未來實現法治的重點——各級人民代表是否終於代表人民成為權力來源，實現有效制約，已經成為生死存亡的關鍵。無論如何，一向的期待與祝福，終非虛幻，只因宇宙與人心至樸相應的規則，於是自然而然，迎來生命佳境，盛會凱旋！引領生命的新紀元，終於開創；愛，成為主宰！

很想一家人去雲遊四海，多年來我的雲遊一直都是達摩面壁——如果爸媽行動還方便，如果孩子們的學校允許校外學習，那我們就自在啦；身心同在的逍遙已經久違，在我的渴望之中，它如神一般自由！也許會有些奇怪：巴黎聖母院怎麼變得繁複造作，聖索菲亞大教堂為何如此不倫不類？是否該像巴立揚大佛那樣被炸成碎石，才有意義，才有 9.11 並趕走塔利班……世界畢竟要在陽光之下才會閃亮，而我們的心，為什麼總在閃亮？根一樣的記憶，為何來自面壁的心上？如此難忘，時間越久會越芬芳？而新的成長，將讓記憶成為神跡？我知道了：這記憶猶如宇宙誕生之時，從黑洞那樣緻密連物質都消失的一刻，我們的心迎來宇宙的新生！

在車間，能感到鏑一早趕來的興奮，但被耽擱在久等的焦急中了；夜裏已有鏑的溫存，嬌憨的濃情讓我醒來時出神不已。啊，一個新髮型，使我想起前幾天我已感覺到鏑為要見面在想如何妝扮的心意。相見匆匆且備受攪擾，面對時留下的氣息仍久久縈繞；面對之時，我也更加體諒：眼見為實沒錯，大家都是如此，這才正常。那就等到眼見為實吧，只怕事態已然難以回環。"那還了得！"我當時驚呼如此之想豈不錯位。等看民主眼見為實的後知後覺之前，先嘗賢人之治的先知先覺如何，也讓後知後覺相形制約而和諧互動……臨別，我的手語是：喜悅從源頭湧上心頭，昇華腦海，因愛成智！鏑的手語是：胳膊上所見的皮傷應治，從心境到皮膚，一切都好！

共勉吧。約在中秋，明月初照！

國輝 07 年白露

（七十六）破曉

（只顧緊跟鄧教的書呆子梁教，其手中獄政之權分給了從前的黃管教，今後監獄就每個監區配備兩名副教了。權力移交之前，梁教想當然把一位急性腸梗阻認定為裝病，擱在那兒不管不顧，送院之後一個多小時便死掉了。社會的冷漠也每況愈下，沒人在乎別人，我見他躺在車間鋪著紙皮的角落在那兒哼哼，已經幾天不吃飯，不是也跟衛生員說過這是腸梗阻必須馬上送院，但他說梁教不同意認為是裝病，我不也就不吭聲了？當然，我若吭聲，那就麻煩大了；如今熙熙攘攘正上臺來的十七大新人，隨便吭聲，更是如此。十七大塵埃落定了，有犯人顯示自己有預見朝我眼光閃閃著說："這是真的王儲了！"我說都這麼說，小心見光死。我也的確這麼擔心，畢竟這算是鬼使神差好不容易弄上來的希望。核心合影的時候，把頭偏向胡溫與習，好像今後就靠他們啦。實際上政治局常委與軍委，一半以上屬其利益集團。那軍師更是直到最後一刻還帶領自己屬意在十七大上位的一干人等借公開活動亮相，顯示餘威，又在十七大閉幕之後的採訪裏格外語重心長："我們要格外珍惜歷代領導人為我們樹立的形象，也格外珍惜我們自己樹立起來的形象，千萬不要把形象毀在自己手裏……"他什麼意思，穿著皇帝新衣說我這事兒翻案了是自毀形象嗎？他很記仇嘛，耳聞我曾告訴衛生員是腸梗阻必須馬上送院的梁教，在他只剩下宣教的寂寞職責裏，也是恨恨地朝我瞪起他瓶子底眼鏡後面的眼睛。）

這份藥單應貼在藥的包裹上寄來。應是最後一次寄了吧。明年，無論如何都結束了。直到今年才開始有減刑成績的，難道是因為我堅持不行賄，結果社會進步了？總算是個好兆頭，至於整件事能否解決，是與其國生死攸關，茲事重大，故而瞻前顧後一時仍然不得而知……

我在這裏一個接著一個過著親友家國的生日，端詳每位生辰裏的神韻，自有我從生命的關愛之中所能感受到的奇異沉醉。如此世間一時難以說清的奧妙，其實是智慧嗎？國慶，因有我們心上的彩虹而不同以往——承傳歷史而響徹星空的和聲，從心宇到蒼穹，曉諭著使命非凡！此刻，面對曾在我出生的天頂的，濃情蜜意正漸移近的星象，如此極樂的美韻令我沉醉，如此心跳是我永遠擁有仍然驚喜的幸福啊。

如此領受生命的意義，將是難以置信的奇跡，是踐行不棄才能擁有的神明。可是，愛之厚禮仍屬意外——《破曉》，本是 98.6.11 我們最後漫步在和平的陽光海傍的餘韻裏的絕唱，成為我在六監區 11 號床堅守不棄的初衷，至今已然第八個年頭，如此大隱，亦唱響於世：

清晨醒來的第一聲鳥啼，

它宣佈世界並不黑暗。

讚美生命，讚美歡樂！

讚美清晨，是我的歌！

雖然黑夜漫漫無邊，

我卻總相信天仍會亮。

讚美真理，讚美愛心，

讚美清晨，是我的歌！

啊，清晨！天已燦爛！

我宣佈這世界並不黑暗！

讚美希望，讚美信心，

讚美清晨，是我的歌！

還記得它的旋律嗎，專門快遞來的那一紙旋律，早已在心的宇宙裏被我聽到——我們的沉醉，永遠秘而不宣嗎，天地卻已動容……

蜂膠被劃掉了。這是小事，死不了人。我又不能宣導多用蜂膠可以降低非正常死亡率。回家再用吧，我不會死在這裏。剛死了一個腸梗阻的，一直躺在車間的角落裏哼哼，被認為是裝病，想起批准送院的時候，我認為他已經腸翻轉——不到兩小時就傳來了死訊，責任人驚奇一笑而已。我就比較好，一直有著更好的藥，就是信心；此刻，爸媽說要買我出去，一時把我最好的藥也劃掉了：我的破曉之歌是個太舊的癡夢嗎，是我編出來誤人誤已？也許中國的反腐敗，並非因為人的身上長了個瘤子，而是因為瘤子身上長了個人……有人索賄多年，體制性腐敗終於讓爸媽屈服了？你們年邁的心痛，是我擔心你們的時侯同樣的心痛啊！我卻遲遲無法證明自己的希望，耗盡了你們最後的信心！在我仍然如癡如醉的喜慶鐘聲裏，你們也敲響了，是這鐘聲的另一面，分明使我意識到其實這已經是審判的一刻！天一樣的裁決，正在出現！

爸，媽，黑夜的泥濘中，我們掙扎久矣；但在星光的引領下，我們仍然不虛此行；即使星光也被吞沒，我們仍然值得，去面對看不見的光明，甚至把一切都置之度外！傾注所能期許的最後一份相信吧，它仍然還在心底……其實是我們陣容強大的同在喲，同在黑夜的盡頭！

當真正聽到了生命的寧靜，便將見到——破曉的清輝，瞬亮家國！

國輝 07 年 寒露

（七十七）心靈福至

（說不清原因，我在告別了，彷彿在大山深處向巨大無邊的寂寞之美深情道別，而那裏是我獲啟神性的地方……十七大被說成是歷史新的起點，當一切都一籌莫展的時候，所謂新的起點就變成一道伏筆，就跟我繼續沉寂在犯人中間一樣，新的歷史起點一定是以我等解放作為標誌。魯教還在，但見他神色耿耿又舉止匆匆——幾次回到監舍，我都發現筆記被人動過，甚至紙頁剝離。有種心痛，有種失落而又急切，當我在文化室眼望螢幕上十七大後的監獄文化節閉幕式，此刻值班的魯教便又上了樓去，我就格外感到彷彿搶救珍貴史料般的氣息。我查看我已可裝滿一大行李袋的筆記，它們難免留下被動過的痕跡，也留下能讓我感覺得到的心情。略感欣慰的是，如此幾百萬字，雖然我極有可能無法帶上它們出去，卻有人真誠甚至敬重地關心過它們，而並非只有小強們爬過，它們並非只是在蟑螂屎與灰塵之中年復一年。音樂從文化室窗外傳來，是當地漸入佳境的秋末冬初的季節，如此精心排演的萬物至理般的場景節目，讓各監區在螢幕上觀看。那場面，就像在演繹我一向所說的能級層層的往事，漸入佳境。只不過這一切包括新的歷史起點，隨即都漸漸遠去彷彿不留痕跡了。一個收工後夕陽正照的時刻，我們被留在監舍院落中，鄧教宣佈：魯教，走了，到了監獄，擔任領導職務；新的教導員，是老犯們都熟悉的，從前的副教，江南雄。江教竟有些緊張，還給大家敬了個禮。而鄧教在我格外關切的目光下說魯教時特別示意，他去擔任了領導職務。那不免有著輕視的口氣。魯教是去政治處擔任副主任兼團委書記，難道是到了這會兒才讓他去盯住早已賣官如魚得水的王教嗎。我也將從踩壓塑機的寶位上被換下來，江南雄特意來到我工位邊輕聲說了句："成績已經夠了。"的確，已有連續十個嘉獎，不久也就會有一個監獄改造積極分子。在此之後，我便像那些臨出監的犯人，每天被換來換去打起零工。彷彿到了孔子晚年，也葘問不已，寄望未來，而韋編三絕，參透引領兩千多年；我卦爻大致了然于心，卜見文明薈萃始於危機，但求應驗。）

剛考完試，就算考完了。06 年 4 月該考完的，只因法律文書寫作一門拖了一年半，加考了不必考的心理學、國際法、金融法，還有讀了沒考的國際私法、中國通史、大學語文、房地產法。變成四年才畢業，而不同於學校的是每天只讀 45 分鐘，每天看十頁；七百頁以上的書，在最後所給的五天復習時間再看一遍，每天要看 140 頁以上……知識，只是真實世界的一個意識表層吧，真實的世界尚需人們深入體會；所以，每天讀 45 分鐘（閒書另計），而四年畢業（一年考兩次從拿到書唯讀一共五個月），好過讀了四年以至讀了一生只把知識當成全部的情況好吧？知識，與體會，由此薈萃人生，好過只有知識的人生吧？就算小兒科的知識也要識記才能考試，就算至理已然由知識盡然表述，而沒有體會，也仍然了無所悟吧⋯⋯

望著螢幕上這裏監獄正在舉行的第六屆文化藝術節的閉幕式，望著與此同時正在宣稱的新的歷史起點⋯⋯在光彩斑斕的下午，聽我九年前奮起投訴徇私枉法時為之感奮的國歌，困苦不移的希望，彷彿從那旋律裏變奏成為頌歌，已不再只是我許多年以來的癡夢——夢因為愛，已從奇點，造化在真實的世界，物化在場能超強的這個地方！知識所難形容的，並非神話；終於說清了的，沒有體會也不真實⋯⋯此刻，漸臨夕照的真實，似將隱去，只把知識留在人間；它是否真實，則要憑一顆心，在行動的希望裏，獨自，體會。

有說不清的別情，在夕陽漸逝的時候，似要留下我不曾說出的心中的故事！它正像這夕陽別情，說不出是壯美還是惆悵，是喜悅還是寂寞⋯⋯但正像我的家庭終將團圓，同心也終將顯現；正像希望的花環始於國歌而終於圍擁宇宙的奇點，至愛終會使所有的宇宙所有的人生，瞬間盡通！於是，就會有一程又一程的輝煌，如我的祝願，心靈福至！

國輝 丁亥年 霜降

（七十八）永動之能

（他忘我談論政治理想及文化抱負甘冒巨大政治風險，是
已知十七大限內難有實質進展了。他每每通過季羨林等諸老者
尊崇我們同心的意境，讓不知所以的人們聽來彷彿空話，卻
是我們篤定未來將要實現的藍圖。溫出頭來說來幹，力所能及
狙擊腐敗及糾結荒誕的各種思潮，胡則努力操盤演化權力的天
平來為繼任者異軍突起準備條件。易而知，簡而能，其中卻要
歷經多麼無奈而險惡的過程。我能有所啟示吧，我的經歷，我
的感悟，我的始終不渝，我的希望如神……又近聖誕了，我仍
在壓塑機的寶座上像霍金尚能劃劍橋賽艇時那樣劃向彼岸；鄧
教大模大樣走進車間召喚包裝組面見，我摘下手套準備好卸任
前往報到後蹲下，他就忽然說我報告的姿勢不合標準，宣佈扣
兩分。此時門口江教導員的身影神秘地晃了一下，他沒有像魯
教勢必會干預那樣走進來。我想我是忍住了笑，鄧教也只胡亂
說了幾句要把住質量關什麼的，便忽然轉身離去了。這麼會兒
時間，他已弄出一身汗來，雖然裝得滿不在乎，出了車間門就
摘了帽子不住地擦汗，然後一屁股坐到對面他會議室的大班椅
上。他的目的顯然是達到了，犯人們立即緊張議論並思索：我
的這條路看來難以走通。其實他選擇扣分的時機是我已有監積

之後，一個監積四個表揚十一個嘉獎，減十個月到一年已是定數。下次報減刑的時間無論如何都是春節之後三月份了，他能做的就是在我還在的時候儘量忍著別撈，另外就是設法對我打壓好讓他的潛在客戶們認清形勢，做好銷售減刑的準備工作。隨之而來的年終總結，我填表的時候如實陳述了胡亂扣分和其中隱藏不公正的情況。管這事的梁教來到車間，叫我過去問這事，讓我改。我仍像歷年應對何教時那樣，說我只是如實這樣寫。旁邊曾經竭力緊跟魯教的一個傻愣警員聽愣了，挺橫地說："讓你改你就改，還什麼如實不如實！"曾因為發現發信被人扣發很長時間，我在去年八一向也當過兵的他報告請把信交給魯教。想必他發現這一過程被人看去把他視為同類啦，如今魯教已走，但見提拔別人做管教做車間主任而沒有他，想是由此而來。我沒有理他，沉默了一會兒，眼鏡太厚讓我一直看不清眼神兒的梁教彷彿在向我嘀咕："那你走吧……"我沒看他，站起來之前空了一下蹲久了的腿，"謝謝梁教！"我示意一下就回去坐著等零工打了。曾經兩年每到聖誕就會收到聖誕禮物扣兩分，今年也是，年終總結也同樣都如實寫了進入檔案。那麼，永動之能是什麼呢，易經已經演示得很清楚，反者道之動。此時中國的事情，從頭到腳，都如此這般。）

十年了！我看鏑倒年輕了，是因為《一剪梅》那樣的情懷？那歌聲裏的感動我也聽到了，想成是 98 年春節在三亞灣家宴上唱起，但細想那時並沒唱它，而是鏑正有歌心……遇到位在深圳市局二處監視居住時一起的，他沒找來錢買自己出去被重判無期，也過來了；他說那時我在走廊健身時暴走如何令他敬畏，但那時的我現在看起來竟像我兒子……好在心態，我心態正好相反，彷彿更年輕了——鏑真的以為17年前的"遙婚"預兆了要在離別中神交嗎？那麼，我情人節正好除夕那天返京算什麼？後來補辦盛大婚禮另有四個"拖油瓶"小天使，又算什麼？

近來複讀《易經》，驚覺已然生命自悟。2003年5月還在長篇大論中央網路實控基層法治，而今已論約民相制，AI定奪——彷彿生命自身之和諧有序，是神經、內分泌與免疫系統會於腦海其渾然天成的愛與法治！易者，為書不可遠，為道也屢遷，變動不居，剛柔相易，不可為典要，唯變所適——履，和而至；謙，尊而光；複，見微知著；恒，雜而不厭；損，先難而後易；益，長裕而不設；困，窮而通；井，居其所而遷；巽，稱而隱。故得以和行，以制體，以自知，以一德，以遠害，以興利，以寡怨，以辨義，以行權。定乾坤！以乾之易，以坤之簡……

爸媽是否覺得祖先們又回來了？想起當年迎爸媽回京，爸爸鄭重把我多年的信一大摞交回給我："你讓保存的！"我當時感到是我的一部分心被保存了！知爸媽現在也按我所說保住健康，我心花怒放啊！我已知永動之能確存，縱然只是心花怒放之一瞬，其中能量，人類終將把握長存，而令生命物質不復消滅，損耗可以補充，生命可以更新——物質極限的超越，打破了能量守恆定律，使生命永動，人類長生！哪怕只是現在我有如此心願而已，也能致福，也能享壽——我確信，爸媽將會健康長壽！

這裏讓每人都寫的心得及家庭報告書附後。

（《愛的承諾》）面對愛滋病毒，讓我承諾……這是關於身體自身機制的承諾，還是關於人們處事為人的承諾呢？

無論如何，只有當機制形成的自發要求足以更新自身被愛滋病毒同化的進程，才有望恢復並保持健康的常態；而不能指望愛滋病毒有承諾，更不能信賴它處事為人的表態。它，無法教育也不必教育，卻又不容消滅，它竟與體內自然充填的大部分無用的蛋白幾乎一模一樣；那麼，給它從免疫系統淘汰的結果就是了。而且，如此不斷淘汰的結果一定要快過它進一步同化的速度！永動之能，正是來自於相對而拾級所致的極限。惟因步陰陽如易的相對，得拾級不棄的超越，彷彿是權力來自於權力運行的相對一方，那麼就算抵達黑洞並超越而成為白洞，也將現實可控！於是，就沒有無法超越的腐敗同化，勢必催生相對而起的新生異化，而有隨之不斷更新的生命力，而有和諧的造化，正是來自於生命自身的神勇！是否喚醒生命自身更新不已，是否確立保持健康常態的自身機制——如此基因開啟，令免疫系統在神經系統與內分泌系統相約法治的交互作用下，自發永動而恒有成效。果然如此，愛滋病毒又能奈何，無用的免疫細胞自會淘汰，生命自當存活。生存于世者的基因，如此健康的機制，其自發的生命意志與愛相應的制約，不斷更新的活力，自當傳遍於世。

　　這就是我的承諾，這是大自然的恩典！

國輝 丁亥 冬至

（七十九）天予孰取

（聞起來，2008年有股馨香。我是從家信聞到的，但是家人並不知道我今年可以回家，我也更希望我能回家是案件得直而且是一揮而就，天翻地覆慨而慷——並非如此，遠遠不是這樣，政治的進程只可能是體制性腐敗排山倒海；我所聞到的馨香，它只不過是心上的一個消息，有點像福音，就像說什麼是命中註定的一樣。到了我的事終於雲開霧散，恐怕腐敗已經弄得整個國家風雨飄搖了吧。我聞到的馨香，預示因此將會有巧妙的變局，而且終究逃不過是要以小見大地面對現實，不容迴避任何一筆司法腐敗的舊賬，因而使正義的確信從此像宿命一樣深入人心。如此而有奇妙的造化，人心從全民腐敗的泥沼之中，幡然覺醒。公平正義的燎原烈火勢必創造奇跡，沃野之上，中國將奠立起什麼——那是人類文明極致薈萃的神殿裏，正如人腦其左右，文明其東西，電閃雷鳴！所以，讓我聞到了，為之欣喜。我也瞥見同心們暗自歡喜，到處顯現忙碌的身影；彷彿是在作秀，觀眾們有所不知：命運的天平此刻已經傾向將有的勝利，腐敗的猖獗讓信心的鼓舞華而不實，倒像在給腐敗貼金，我卻真切相信如此鼓舞，其實鼓舞正是從我由下而上掀起……節日的氣息裏，加額購物還有加餐，些微的豐盛都非同小可，人們眼光閃閃盯著菜盆或不斷商議刪改著購物單；電視裏胡溫親民時講了什麼，要在平時通常會抱著腦袋埋著頭堵著耳朵，這會兒卻心情很好問起我：「北京佬，你說他一個總理，去跟師範大學的學生說太陽升起不升起，算什麼嘛？」我出神望著電視呢，就回答他說：「哦，在說應該有信心吧……」港人評論說：「有信心就挨得到天亮，也對……比過去那些官兒像回事了，能說幾句人話了。」元旦時監獄一干領導駕到，陣容令人平添感想：何放領隊，重頭卻在後面的王教——作為如今主管人事的監獄政治部主任，不僅鄧教見他唯命是從，當初與他更加勢不兩立的江教也是一臉訕笑，一早在 03 年誇我六監區有人才的黃教及剛升副教頂替調走的梁教的陳管教還有各位等著升遷的警員們，一個個像見到親人般雀躍歡喜，爭相表現。當年剛到任一心有所施展不乏理想的何監，雖見如此仍說出他早有準備的話來。他說他感謝許多年來大家的支持、真誠的付出，雖然有的事做到了有的事難以做到，他都會珍惜。希望今後一如既往，抱有信心。他望了一眼他說話時仍在一旁私下交流的王教黨羽及極力想趕上位來的眾警員們，向犯人人群招手的動作尤顯草草和不安。他的信心又是否有遲疑呢，是否能實實在在哪怕只做成一件小事，恐怕事事都難，與電視上的人不相仲伯，真是難中有難啊。我望著他有些落寞的背影裏人們爭相與王教告別，甚至有犯人也加入了——被他抱以笑容和一句玩笑話的一位老犯，頓時與身邊幾人歡笑得前仰後合。人們見識到的實力盡在眼前了，何監說了什麼鬼話，只對我一人而言。就像電視裏說太陽一定會升起，人們不知所以，夜魅的盛況卻眼見為實，天是否會亮還真令人難以置信了。我卻真切聞到了，這是多年之後的凱旋，已在 2008 年飄香。）

除夕收到的，睡前看了，沁香入夢——三葉草香，祈求、希望、愛，在夢裏成就幸福！鏑想找到三葉草的第四葉，是生命昇華才有；如此薈萃，只在心上，在歷練中……當年，鏑在藍洋溫泉一腳踏中我不慎滑失的婚戒，那一刻天使的笑聲猶在耳邊；如果這些年，我們心路上腳步始終彼此相應，此刻也一定會迎來天使綻笑了。

艾滋如何超越，愛與法治如何薈萃，果然有如新的能源，從容駕馭于黑洞與白洞的極限？自在自覺而自由，人如其神？我愛鏑少女之時的五瓣丁香花之夢（誰摘到誰就幸福），這沉靜至遠的激情，彷彿一早參透了命運……為我家國，我們步調雖有不一，但畢竟如此如歌經歷過了。三葉草的第四葉，正是從三葉初衷，不棄而來！天下所有困境，也只能如此才有超越，無巧可取！

欣欣也要變少女了，亭亭已經是了……孩子們，長大了，這讓我心痛，還是驚喜？好事，還是壞事？鏑擔心沒給爸爸做好飯，姐姐來信說鏑竭盡心意給爸爸做飯讓爸爸感動；只有三葉的小草，至望長出第四葉，才成為名草……神往，這是面對困難才有意義的境界吧，這是生命踐行才有的能量吧——果然有外星天使，卻不現身，果然有聖人，卻不代行；凡事仍要自己體會，生命才能進化，人類才有前途？人類已有的一切成就，其實微不足道而且繁複，而只有未來真正的超越才有意義？我們從來路一點一滴做起的人生如此遠大，竟有如此喜悅且不斷有所超越的幸福？彼此的同心扶起彼此的生命，而只有每一個生命真切的體會，才能實現如此之成就……

一鍋與一國雖無本質不同，但炒作的週期不同。歷史對於個人生命實在漫長，一夜，已然十年；國雖宏大，有面無信也死期不遠，而救人一命，竟救了天下……如此交匯竟像咒語，竟然機會難得？是的，機會難得，我們的家信如果傳到了天上，上天看著卻無從下手，天下也就被諸神錯過了……其實，人類此番文明仍不過一瞬之間，這看對誰而言。神之小大，只看意義——大可無謂，小可至要，全在意境。意境其行，便同心相應，于親于友于同志，于素未謀面，於至愛，于天地，於宇宙，於無極……

從意境，鎬少女時搶先得到的五瓣丁香花上，已經摘得未來；此意不渝，藍洋婚戒也不會得而復失。三葉草平凡，非凡的第四葉卻就在我的夢醒時分！

　　幸福，要用多大的箱子來裝呢？我在這裏向隅而語的日記
還有你們寶貴的書信不過一個塑膠編織袋大小，但沒有追求幸
福的勇氣，是絕對裝不下也絕對不讓你裝離這座監獄！

國輝 08 年 元旦

（八十） 明天之後

（在這個國家最高的地位與最低的地位上，我們其實處境類同，所以我們同心而用這種方式交流。我對我妻兒父母所說，的確回天而非家長裏短，鄧教訓話揶揄說坐牢也可以很過癮是吧。對於身處苦難寄望未來的我來說，面對日益深重的腐敗，我已超我；家國其憂喜同在，所以大我空前亦非常態，所以憑心把握命運的機關。其勇乃神，以致呼應不絕。正值全國低溫，雪災導致電路道路斷絕，南方各地告急。我們打著寒戰看電視裏得以脫身腐敗死纏爛鬥的領導人奔波忙碌著，感覺比以往任何時候都餓。我說："現在食物一多半是用來取暖了……"聽到的人胃口也就更加好，倉裏打來的飯不見剩下。救災還救不到我這兒，無論多麼手眼通天，我們上下到底還是面對腐敗難以匹敵。我所有的神勇，都化為希望變成一種準備，投向未來。只要我們的同心確實準備好了這種面對，如我般所想，就如我般成就。我也就無我而大我，盡在其中。可是，百難不棄，談何容易——從前段教魯教，他們與我相應反腐，追求正義也追求升官騰達，不然圖什麼，難道像我一樣大我未來嗎？仍在壓塑機位上時，曾與又來監區正上樓來的魯教打個照面，我朝門外的他報以驚喜一笑，他卻不安的一愣，彷彿是到政治部上任才意識到：我們之間這樣一個秘密，在官場實際上對他有多麼不利。我一直惦念的段教，獄政檢查他領隊來測監規背誦，特意叫到了我。我熱情前往報告後蹲下，曾說我監區人才難得的黃教幸災樂禍笑著陪在他身邊；段教連抽背我三條讓我有點驚訝，難道他真希望我答不上來扣我幾分？我都答完仍熱情望著他，因為太久沒見了，而我實際一直期盼能將他任命為這裏的監區長來實現我們最初同心的目標；在我熱情的臉色裏他變得有些遲疑，他讓我走了還跟黃教嘟嚷說我好彩，讓我明顯感覺是他的目的沒有達到。是啊，如果他扣下我的分，他就能在上上下下盯著我的貪官當中表明自己不再是另類。為此他在獄政科副科長位上蹉跎已有四個年頭，官場前程顯然已誤；以他的年齡，只剩這最後的機會了。梁教臨走前曾又借年終總結的事找我到文化室旁的值班室談過，他難得溫柔讓我坐下。他說以我這樣是很難在這世上混的，我記得我跟他說話時曾舉起一根手指，十分確定地說這世上真正的因果是什麼，我們可以慢慢地看。他則一直盯著我似乎權柄非常的手指在看，我也終於看清了他那實在難以看清的眼鏡後面的真實眼神，其實那是讀書人對險惡官場的恐懼……大我而今，實際是忘我！如今官場真能獨善其身，難道只能由身處官非的我來細說究竟，指點迷津？）

　　想起小時候聽奶奶說過：1953 那年冬天特別冷，雪有幾尺厚，爺爺腦溢血……正好剛看完《後天》，就全國雨雪交加，五十四年一遇！上次看這部電影是 2004 年，也凍但沒這麼凍；只是這次，我竟然不覺得凍了，更不再凍得想哭——晚上洗澡時間，水靜鵝飛，就我一人慢慢洗上 20 分鐘，還唱歌，身上冒著煙：「雄偉的井岡山，八一軍旗紅！開天闢地第一回，人民有了子弟兵！」免疫力就是這樣啟動了，不止三年沒感冒，更有神聖感已使大腦分泌內必肽內嗎啡之類給我奇妙造化……

癌是怎麼發生的，長期不良刺激引起有毒反應，沮喪心情降低了身體免疫？它得突破起碼三道防線，才能變異成形；面對它，潛在或已成形，自憐自艾更是幫兇。當我投身冷水以至將來投身北方的冰水，我的免疫系統則會在極限中不斷啟動；而自憐自艾，卻在理由或藉口裏錯失著一個個機會，變異不僅發生而且繼續下去，終於奪取生命！治療總歸有害，兩害取其輕而已；未能有效治療，也沒有強健身心足以遏制變異，如何是好呢？鏑說我們不同，哪裡不同？我肉身凡胎，豈不一樣軟弱，一樣承受著生命的痛楚、恐懼和渴望，一樣為不幸悲歎！不歎才怪，但是面對困境因為有不同的信念，的確有不同的意志。

軟弱之中，聽憑異形發展而窮于應付，尚未奪命已然稱幸；於是，得過且過之，苟且而無措，或空等完備方案直到絕無風險，才肯一搏。如此這般，沒有行動更無機制，沒有勇氣永無超越，高歌入雲踏步不前，即使小病也能把我們吞沒，何來高歌于步，何來踏實入雲？我說起過那次野營吧：16 歲，1973年，河北懷來，炎帝與黃帝相決命運的古戰場——完成所有演習科目後的回程，三百公里強行軍，三天三夜不宿營，寒風中衣褲獵獵，每人負重五十斤。我沒有掉隊，睡著了醒來還在走，還幫別人拿東西。班長後來見到我，驚奇怪笑了好幾天！因為就在那上古戰場，我已體會了文明轉承關頭的神勇嗎？我仍記得終於回到清河營房躺到床上的那份感覺喲，那實在是我至今所能記起的，最為舒暢的時刻！

不會有現成的方案，不會，有也將會胎死腹中！既得利益是什麼，實權是什麼，讓你不得不順從自己的軟弱——似乎有所實行卻又都是做做樣子，給個面子。大家都有面子，結果便是寸步難行。而年復一年，面子愈大，腐敗愈深，以至官僚資本橫空出世，以至癌症晚期……誰在真心實意解決問題，而非徒自憂歎與心懷僥倖？權力來源於哪裡？不是鏑在定奪嗎？真沒了辦法，我才會說——我深有體會而對鏑身體出現的變異在說，對機制將成其為免疫力超越的基因程序在說，是對信心其行真踏實在說：只有你自己，親力親為確有所行，才能從具體事態親自發現乾坤其中，發現晉汰之序，便有事成，有機制出，有百廢興！原來，方案至佳，偏要行知。實踐的意義不是說說，毛澤東說"你不打他就不倒"，是他一路行知並知行。可惜他治國理念方面根本是錯，不然他豈不偉大到底了。畢竟到了總要自己親手做上一次次的地步了，也是因為點石成金的造化不是神仙故事，無人可以聽令而代行，偏要你切身於絕處逢生裏至信超凡，方才允你走出怪圈，更新不已。

雖然我相信我們的前途似錦，但絕非我知道結果一定如此，我不知道！一定如此，只緣我們確信如此而百難不棄，其勇乃神！也不是很難，開頭總會難些；真的不難，只要相信……我相信，從不懷疑我們的幸福！因為，"當他們貧窮，他曾遞給她一盤花生米，說：'假如這是一盤鑽石！'當他們富足，他曾遞給她一盤鑽石，說：'假如這是一盤花生米！'"因為，大寒至愛，永迎春潮；萬種風情，盡享忠貞……

那麼明天之後，盡在相信！

爸媽說歷史規律說初衷，說新的起點，也有此意？字也能越老寫得越好？爸媽真難得，我們同心終與始，你們真正了不起……十年了，我們此前秋行，聞杜鵑百囀無人能解，但見"郴江幸自繞郴山"，不料我一周後便有此程至今！此刻，因風飛過雪嶺洞天？迎來什麼，災雪？瑞雪？三絕之上有佳境，慟歌已釋懷，答之不盡仍是問："為誰流下瀟湘去？"

國輝 2008 年 大寒

（八十一）湧現

　　（胡去看一位吳老，感慨他就在如斯陋室甘受自身寂寞，卻創造了那麼多開放性成果令世人受益；唏噓之後，又出現在廣西左右江，感慨革命之初萬般艱難而意志凱旋……聽來親切彷彿貼心對話，似成對量子彼此同在，卻相隔著多少光年！這也正是迷人之處吧，萬物至理不僅如此實驗在理論物理，也實驗在政治在人生在一切。八十年前愛因斯坦與玻爾各執一詞，量子理應測不測得準，他們終生難成一統，更遑論統一場論，一任動量與位置或能量與時間虛無縹緲。其實，相對論以致啟發它的洛倫茨效應本已道明了原委：時間的變化不是等於一減去目前位置速度的平方除以光速的平方嗎，那麼光速上時間豈不歸零，距離不也同樣，質量一如黑洞。能量其態本無時空，波粒二相而無相，宇宙同在何來數字相測。量態同在，已遠非海森堡與玻爾所說光照影響測量，測量者頭腦如斯精微的電場其期待，不也影響實驗的結果；更大的能量，亦如神鬼，既然同在怎容你測得准。愛因斯坦的統一場論如果成功，該像神話那般專注感應或像八卦蔔占論驗了，也許他臨終最後那幾句夜班護士沒聽懂的德語說的就是這個意思吧。我在此，土江邊，新洲島上，成全他們。一如能量，感應現世，卻無蹤跡，神龍不見首尾。行萬物至理,而祝福中國。科學的證明呢,盡在這裏每個節氣物換星移的腳步裏,證得菩提。我寫我的日記、我的信,在宿舍二層床上在車間流水線旁,寫在紙片寫在本上。近旁的犯人還有值班走過的警員早已熟視而微笑,無論我的自娛自樂多麼怪誕,我的理論物理實驗已悄然成功,救國之願其成就,註定在易經演化般的時空湧現。如此定數,是在玻爾海森堡的測不準裏明確顯示,愛因斯坦物理現實性與確定性果然沒錯──宇宙就是能量,而物質不過是場能超強的一個地方。)

亭亭 14 周歲生日,很是感慨,又是七年──在你們生命中,對爸爸感想最多的成了什麼?分別意味著什麼,你們心裏爸爸早已不似人間常態的爸爸了;是什麼呢,一個量態嗎?也是在 14 歲,我迷上了量子力學,買了許多書在課堂上看;物理老師竟然也不時坐到我身旁無人的座位上態度溫柔聊上幾句,從不干涉──是出於對量子力學的迷惑,還是敬畏?迷局,不常常正是偉大前景所在嗎?那麼從分別中,我們感知了什麼?超越了常態的喜怒哀樂,我們察覺了什麼可說卻又說不清楚的量態信息?每日每夜,我們是否心常相連;不知不覺,我們是否同心茁壯?

我決定告訴你們一些以亭亭的年齡還難以面對的事情,那麼到了適當年齡的時候就會發現,一切早已了然於心……

"信息與意識，我們已然融匯於心，物理學家們卻還在為超光速現象抓耳撓腮。也難怪物理學不及格的人竟能拿到諾貝爾物理學獎，正因為學界太拘泥於傳統，難免對諸多現象熟視無睹。諸如湧現自相似、量子屏障與隧道效應以及成對量子超距相應等等；極為簡易的現象，卻總被添加什麼奇怪吸引子、負能量以至虛質量諸多妄念，使量子與宇宙生死，始終成謎。信息，作為一個真實的物理極限的量態，難道需要通過時空傳遞嗎？量態的時空，不是已經重疊了嗎？宇宙爆炸的說法不是在扭曲宇宙的來源嗎，只因從宇宙一隅的地球之上看見了宇宙長河之一瞬，其星系紅移多過了藍移？那麼另一瞬間又看見星系藍移多過紅移，便是宇宙正在坍塌了？於是就要奇怪，宇宙正在膨脹的空間如何塞得進熱力定律，又如何在收縮時能讓熱力定律不被擠掉？如此這般，盲人摸象了吧？宇宙起伏不定的恒星生滅，黑洞與白洞，以至星系或某個宇宙的生滅，它們在極限逝滅與湧生——如此各種各樣的黑洞與白洞的過程因循什麼，如何轉世，難道會像劈啪作響的火堆一樣燃起燃盡？人們無視'信息'傳遞無需時間，位移無需空間，只要達致量態——如同黑洞與白洞的狀態，那麼所有的'量態'皆通，以致與宇宙的中心同在！信息，量態的因果，始與終相應，相約其上一級的中心……一個量子如此，一顆恒星的生死亦如此，星系星系團的生死、宇宙的生死，皆是如此。

那麼，一份超越極限的心意，或某人一生的精華，也是如此。如今，物理學發現了成佛所見，抑或正如河圖洛書？原來，兩千五百年前佛陀與老子瞥見了的，是萬物至理？生生滅滅，如繁星閃閃，而決定命運的，是信息中一級級宇宙於生死瞬間其造化，秉持了一生及前世的修行？這絕非宇宙膨脹與收縮在三維或四維空間的景象，這是量態之奇點相通的信息盡在匯能成物，無需時空。時空，是人類面對於信息的幻態，反而讓信息成為了時空中的幻態。所幸，人乃萬物之靈，自古智者時而有之——相對而思，終有了悟……

這很難理解嗎？如果說你身邊有只蝴蝶扇動翅膀竟會讓美國德克薩斯州刮起龍捲風，這值得驚奇嗎？這卻正是相對於系統可控常態的，量態！以致，丟了個鐵釘，壞了塊蹄鐵，折了匹戰馬，傷了位騎士，輸了場戰役，亡了個帝國！恰恰是杯熱水，才會在冰箱裏比涼水更快結冰；也正像蟻群總有相當的工蟻與惰蟻，是它自有機制能讓工蟻受損之後惰蟻自動變成勤快的工蟻。相變自然而然。自組織，神奇而和諧！那麼只要我們心法自然，便有信息匯能成物，恰如神明！"

以上所說，是否與你們每天所學常態格格不入？亭亭，照常學你的，更上層樓才能更上層樓。相對的量態，則是旁觀者點化者，正如你感慨你動情時，許多道理許多常識也同樣在旁觀並且有所指正一樣。世界與人心總是如此，相對而成立，薈萃而昇華。一向以來，科學，建立在試驗的驗證之上，無法驗證則不為科學所承認。"信息"，曾被驗證過嗎？只有數不清的間接證據，彷彿確有證據之鏈；而直接證據，證明它如何湧現與消失，如何相傳和互動，卻將遭遇沒有時空過程也沒有數學的境界。除非人們放棄在極限還要計算的執著，除非實證的西方向意會的東方開放心胸，信息就不會戴上意識的桂冠，奇點與心也難以由愛成智而薈萃如神……但無論如何，你們身處一個偉大時代的前夜，正將破曉！正將在你們身上，出現實際與感思如此精彩的薈萃，足以使一切難題皆成福音，一切困難皆獲超越！心與信息的自由因此開創，如此常態與量態的把握，共聚而成為人類新的紀元，昇華璀璨！

懷著這樣的喜悅，在亭亭美好生日來臨之際，以此祝福。那年，三亞潔白的海灘上，俄國大使揀走了一件髒東西走到很遠的岸邊，把它扔進樹叢裏。我心存慰藉，而對憋不住屎巴巴拉到海灘上的亭亭，嚴厲批評；四歲的亭亭，哭泣著把它掩埋……如果沒有我如此愛美護美之心，沒有那位曾任史達林翻譯的中國通如此同心相應，我也不會自以為得勢，以致此程護法大行動至今苦路未了。亭亭也就不用四歲就要為自己無心之失的屎巴巴傷心哭泣，幾乎埋葬了自己的童年！"信息"究竟帶來什麼？亭亭啊，好好參悟吧，是何因果，禍福究竟——靈啟一歲，輝煌永遠。

當我興歎揣想，總能分明感到，諸多的信息一直湧現……正如我所相信的——結果有如期待，從那位捨己為人成婚者殉道的日子裏，也曾湧現我們的家庭！

國輝 2008.2.14

（八十二）完美風暴

（當年管宣傳的犯人頭兒孫樂曾擔心自己大位不保，終於對我放下心來之後，也成了我家信的讀者。他能讀到的是歸他分發的家人來信，曾一再對我說："家人一直沒的說，六監區只有你！"我看他一眼，心想：賊與我能一樣嗎，不過以他一時怒起把人打死判無期，也不能算賊氣太重吧，家人卻早已當他死了一樣。我無語。後來換上那位曾在入監隊與我一起參加籃球賽的港人，也朝我嬉皮笑臉："家裏又來給你送吃的了！"現在這位賊眉鼠眼兒的，憤不過似的氣挺粗："你說你家裏，一次送來不就行了，幹什麼這麼一趟趟跑！"是啊，他買自己上位的錢還是借貴利，等出去了還不知要幹票什麼大案去還賬。我姍姍來遲的減刑據說是要報了，我沒告訴家人預計何時回家，實在話我內心深處的確還有一絲幻想：忽然來如天兵天將，將我無罪釋放。十年以來我不一直都是這樣期待嗎，這樣我也就不費任何事，讓我的孩子們直接從勝利了悟因果。我的確擔心，在腐敗日益深重的中國，誰能獨善其身？清末曾有全民腐敗，如今如此龐大的經濟體，更有其甚吧。還有，他們的青春期陸續到了，衷心嚮往的兒童會變成什麼……收工臨近監舍的路上，忽然安排搜身，認定曾為我當眾收信轉交魯教而耽誤其提升的那位警察，來到我面前，很牛的指指我的鞋，我脫給他看了然後穿上跟上人流，"站住！"他走到路旁臉不看我勾勾手指，又指指他眼前的地面："脫下！"我當他在說別人，徑直隨隊進了監區院子。我去拿水壺時見他拼命撥開人流擠進門來一臉尷尬，"叫你脫鞋檢查你沒聽見嗎？"他氣急敗壞。"檢查什麼，我不是已經給你脫過鞋啦？"我感到驚訝。"你跟我來！"他扭頭往文化室去是想迴避人群，他走了挺遠我才起步就又被一隊人攔住我們，他沒辦法只能等，從我身邊走過的犯人都偷偷搖頭竊笑他。我就更嚴肅了，心想這人就為有個表現，弄得如此下作。我痛風未痊癒，按規定蹲下挺困難，他大模大樣拿把椅子坐在我面前廢話，我漸漸蹲不住就報告要直一下關節，他就說我抗拒改造。接下來他再怎麼說，我都無語。最後他讓我走了，告示欄公佈出來是扣一分，因為他僅有扣一分的權力吧。晚上鄧教就借題發揮了，"坐牢很過癮嗎，警察讓你幹什麼你就幹什麼，有什麼可講的？錄影都看過了，想你不扣分，監獄長也不能違反規定呀……"若不是他說這些，我還難以想像他上次亂扣我兩分屬於違反領導事先打過的招呼。我倒真想看看到我終於不再寫信的時候，他們會怎樣整我。我走之後買賣減刑的市場會如何瘋狂，從拿我做廣告的迫切就已經感受得到。第二天晚上，何監的監獄執法隊由心理教育科的藍科長領隊來到門口，盯著正看電視的人群和監區警察，挺嚴峻的。扣我分的那位正巧從值班室跑出來看公示欄上我的成績表，顯示他就要在討論減刑的時候狠狠殺我一道。只見他恨恨點頭，眯起近視眼張望著人群裏的我準備離去，幾乎撞進藍科長懷裏。他慌忙恭敬地打招呼，而執法隊冷冷看著他。這樣過了挺長時間他們才走，是專門顯示一下對於監區不聽招呼的嚴肅態度吧。無論如何，震懾腐敗的權威每況愈下。剛來的走私犯都說："現在關長聽科長的，科長聽專管的，專管就聽我的……"我的孩子們還能聽我多久，風暴能否完美，同心又能否凱旋……我真希望，萬物至理裏所謂大能確有神性，早證因果。)

二月將盡，收到孩子們報成績的信，想起 03 年這時依亭初聞爸爸事情真相之後的成績報來，多麼令人感奮啊！你們信中的句子我還配成了歌詞，意在你們時時詠唱，勿忘初衷：

"你的心像一顆璀璨的珍珠！你曾把月亮指給我看——這張舊照片我已能看懂，清晨夢中的月，你為何流淚，不要不要破碎，我的珍珠！我們已分別得太久！沒有你的保護，我們也能不被污染？清晨夢中的星，你是否明白？"

這是你們自己說的！依依十歲，亭亭八歲，欣欣六歲，卓卓四歲！

那時，爸媽的心痛曾讓我經歷最難受的時刻……不棄至今，爸媽已心如純金，多麼慶倖！雖問我對早日團圓的"意見"

如何，我又何嘗不是時有九天驚魂般揪心怕失去你們，擔心鏑乳患不也如是！我還有一種絕望，就是一程終了滿目瘡痍猶未可絕，因生命仍在；就怕信心已滅，行屍走肉！我知你們，我回家就有信心；但我信心既滅，國必亡矣。

如今思量湧現之事，思量感人之事；如今感思周恩來，感思他愛人救人與忍辱負重，救人不到可以抑鬱而死⋯⋯連蔣介石都奇怪：如此人等，怎麼都去了共產黨！下半生都是局外人的張學良，說來清楚："沒有毛澤東，共產黨當然不行；但沒有周恩來，那是萬萬不行！"他西安一變那是什麼靈機一動而顯天意因此改變了歷史，是長征感人還是周恩來感人？那是真誠感人，以至聽說張學良跟蔣飛去坐牢餘生，精誠所至追到機場。他們都是精誠之人，歷史惟此改變。我也感遇歷史，自1997年秋遇其曾囚郴州蘇仙嶺上，後亦成囚至今。歷史湧現未來，雖不曾抓蔣，但能補天。那讓毛澤東狂笑不止半小時的結果，則是來自周張二人含淚相惜的愛國真誠，憾棄東北與不棄長征，如此這般。

亭亭說平常心，我理解；亭亭說刑滿相聚的歡樂又惆悵，我也難免；見亭亭理想變作白領（高級的），也權且變中一笑。只是，2003年才九歲，文登語文報上話說春天，如今卻印來語文報上別人文章話說"學會放棄"！放棄信心換作平常心嗎？亭亭不是這個意思，鏑和孩子們心中都還有個上帝；但上帝不在自己，信心能出上帝嗎？上帝不是平常心吧？

我卻讓馬克思主義溯及啟蒙主義精髓，進了骨子裏血肉中！這是我們一代人歷史的承傳，且精華自會綿延，故不見我言必稱之；而我仍在生長，而且要給對馬克思主義持成見者以想像的空間，同心成智。量態其事又最忌標榜，說了就變，說了就不靈，變成標榜的是馬克思主義，祭的是腐敗的利益，或是求上帝保佑發財消滅對手。平常心如臨腐敗，圖一家安穩個人幸福，為何不索性一騙，奸富佞貴或做奸富佞貴的白領（高級的），盡可騙下個大天來，騙它個傾城傾國！為什麼這種想法讓人痛不欲生？

細品亭亭信中心曲，其實趨美向善，靈動不已；可是看看周圍和我們的遭遇，年復一年，並非爸爸所說是嗎？"怎能不被污染？"你們漸漸長大的眼睛裏淚水已乾，去年此時尚幸猶存的"隱形翅膀"，太難飛過別人的太陽？於是以為看清了真相，我的信與新聞中"假話"競合，非謊即妄？久久不能證實，就憑已有的證實認定了絕望嗎？真理自毀滅，我與我家獨存？或居於海外，笑看祖國自作自受？亭亭不是這個意思吧，只是要做陶淵明而已嗎，可爸爸就是做著陶淵明被人抓進來的！

依依也是，感慨兄弟之情不如父母之愛，然而尚幸一致對外——以小城之遠，成獨家圍城，如此這般。一家圍城，於是天下平？天堂地獄看你怎麼想，愛而智慧，自有不息生機；如果不愛國了，卻能愛家嗎，什麼是愛？不愛之人，家能獨善？心中的是非嫌怨，總像神鬼一樣莫測。無愛，他人即地獄，簽合同也沒用。我說常態與量態共聚其理之上，愛是主宰——在你們盼望了我很多年之後，在我思念和感受你們深情厚意許多年之後，如果回家發現愛已無信，那我們的關係豈不漸成利益，回報也成履約？無愛，家國不立，這是定數，果難改因，其咒如天……可以淡定徐進，可以從容退進，惟愛不能棄！只是，我如何說我仍在這裏，證得方知，證而得信；但證得方知，又作何感慨？

亭亭終於說出想當市長的九歲心願，讓我笑愛！以為如此就不會有爸爸的事了嗎？但怎麼當上，靠的什麼？現在又只想做白領，是怎麼高級的？這裏有個給冰毒皇后管財務的，高不高級呢……始終，你要問自己愛心是何究竟，因為愛就是神。我告訴你們萬物至理，顯然易見：以平常之心如有至信，則不異不怪；而以平常愛心步步為營，或宏功偉業或知足常樂，性命雙修而天人合一，人生幸事！

對嗎，卓卓？你話雖簡單，並非受挫（縫了八針），也不是心不在焉，是歸默於難以實現的夢了嗎？夢如何成真，平常之心也能不棄？不曾淡忘與生俱來的心痛與熱愛嗎，於是心意盡在異常簡言之後那輕輕一描的小小笑臉的微妙其中？

讓欣欣憨厚老實說了個明白——很舊很舊，很深很深！人生一首詩而已，不必太多；雖舊猶新，可以永恆！欣欣依然還在的淚水，不變的平常，不變地問著"為什麼"，不變的等待和相信，就是真理，可以成聖。《破曉》鳥語，能量無邊，所以從初生，我就說我神奇的三兒永遠會意關鍵——雖然期中期末成績有起落，但欣聞努力的決心，欣聞自報家醜，多麼慶倖！"數學皇后"雖然期末並未滿分，卻有遠勝數學的精確從沒有數學的境界，直達佳績！總是畫在信尾的小姑娘，已有愛心的法寶一目了然，我驚歡稱奇你總把握著關鍵！我知道欣兒之愛了，年復一年的"為什麼"必有完美的答案，是在完美風暴之後，很舊變成永新！

笑傲自己成績的起落，努力不棄，就出神明！正像亭亭如此寫意優遊於音樂如童話的藍天，悠遠如古稀神跡，喻我們將有歡慶，只因盡覽人間不棄！甚至，你們的經歷你們的起落，回蕩于心，已然展示科學與教育其關鍵另一面，正是難易錯落有致，循愛心無欺，遇挫不渝，極限不驚——如此模式，令學者了悟致能，量態同在，天人合一，世界誠服啊。

破曉是可以聽到的，因不棄愛心寧靜昇華。日出有美聲，

如曾見繁星的羅浮山上那廟宇金黃的陽光之中我唱給你們的，

《我的太陽》！還要更美，因為已非人唱，是日月同歌……

國輝 2008.3.2

（八十三）如此薈萃

（每天看著貪官們努力工作，貪心不見得不是動力——有成績才好順手多撈些，撈了沒成績也怕出事；反而反腐敗動了根基不僅是沒人幹事，而且外面有人索性會拆了你廟。我這件事，現在就解決，那邊軍隊已經把酒喝翻了天，買兵買官其實就跟這裏買減刑一個樣兒，這種時候連根兒都刨了這麼件案，恐怕還真有些吃不消，也就別想留著筋骨成大業了，說好了的東西方文明薈萃就連載體也沒有了——怎麼辦，不解決會爛掉，立即解決却是要命。最起碼也得等到拿穩了槍杆子吧。雖說每天仍然夢想來如天兵天將，我案連同腐敗一鍋端下，河清海晏！可是，2008 年 3 月此時，身邊腐敗每況愈上，弄個師長團長想必也跟我這里弄個有成績工位一樣，價格愈上！我不過成爲歷史在對未來而言，也許要到下一個鼠年，才算走完歷史過程，豈不已然 2020 大計當頭了嘛！好吧，相對演化正如天道，眼前現實且當雲山霧罩，那麼歷史的真實才最確鑿！）

卓兒十歲生日了，我仍然還在如痴如醉，說著天書，描繪歷史的真實；那個真實的父親，已經雲山霧罩，惟有期待歷史的真實，才能向卓兒顯現爲父的全貌了，令我傷感：那時的卓兒長身玉立，已是成人……

以非洲與亞洲熱帶人類化石爲證，如此起源的兩種不同氣質的人類文明，首次交匯，是在三千五百年前雅利安人南下印度河流域的時候嗎？優越涌現令其稱神，但在文明薈萃之後最終釋懷爲淡定的覺悟，這是二者融匯一刻人類自身最初的覺醒嗎？佛亦知自身的覺醒有限，收家中女眷爲尼之時不免興嘆，其身後五百年將另有興起——他在四十歲時洞悉的，同樣是文明仍要從兩者相對的秉性裏充分發展之後，又再歸源。五百年後，他的佛教已開始向東流傳，而三位高僧則一路向西在如今巴勒斯坦的伯利恒找到了初生的耶穌。復活的耶穌是否回到了童年曾受教育的地方，學者們在印度的考古十分可信但向來不被正視——在那裏，他終老八十一歲，與預言他興起的佛陀同壽，而且留下了一座信仰各異的教徒們都來參拜的墳墓。那時候，一如他預言的猶太人聖殿被毀，以及流離失所的猶太人裏因爲信他而興起了新的殿堂，幷且使如此殿堂遍布了釘他上十字架的整個羅馬！而佛教，也在同時，成爲了中國皇民的虔誠信仰。兩千年後，基督教文明盛載實證科學精神下耶穌復活的成果越洋而來——地中海而大西洋以致太平洋的波濤，已讓復活之船難載其負，難圓其說；而耶穌復活的足迹，他生命所在的期待，已然越過了喜馬拉雅巍峨群山直抵太平洋邊眺望已久，正將用易知簡能之心，點化似將沉沒的復活之船上所有的成果……

　　自從墨西哥灣開裂，撒哈拉綠洲變成荒漠，七千年前，閃族含族湧現在北非、地中海東岸、兩河流域以及整個中東；而猶太人其實源自哪裏，克什米爾？雅利安人湧入的印度，亞伯拉罕來到迦南，而有猶太人與阿拉伯人遍布中東，至信帶給世界了什麼。薈萃，必見升華，自然也是必經苦難。歷盡犧牲終成羅馬國宗的基督教，同樣分裂爲公教與正教。信奉公教的西方終于復興羅馬，也就分裂出新教與天主教。羅馬的精神在摒弃多神的基督教裏沉睡又啓蒙，也難免要有馬克思主義的挑戰；馬克思主義也照樣分裂出了修正主義和列寧主義，列寧主義則由斯大林主義而至鄧小平理論，遙相對立。啓蒙的復興的羅馬，在自由資本主義的盡頭，分裂出凱恩斯新政與法西斯專政，而國家干預相對于市場終有融匯，變成了以貨幣供應如此市場手段的宏觀調控。社會主義則無論修正主義還是列寧主義，都早已讓市場經濟成了自己社會的基礎。如此基礎之上，遙對三權分立，竟有賢人與民共治？民眾後知而賢人先覺，然則選賢仍須民主集中……人類只能在相對而歸源的歷程裏成長，反者道之動，生于憂患。

　　這時，人類正在展望什麼？愛因斯坦不了了之，而霍金試問末日，關鍵在于什麼？對立的社會雖在融合，但前途難以名狀。耶穌兩千年前眺望什麼，他的生命可以言說難以言說，是他所行所歸所能論示的嗎？在西方，他留下預言說他將會再來;而在東方,他留下無言與生命的歸宿——他如何再來,來自哪裏?無言的必有殞滅的生命留下什麼?人類在數字極慮而且取巧當中不知所以,就抬起頭來望向天空,等待救主從天而降,如此過了千年又過千年。啓蒙之後的理性使科學昌明,但理性如今在數字的極限亦在相對論上也成迷局,相伴著墮落。理論物理也望向神明,而迷局變成迷信的嘆息。人類卻在融合,資本主義汲取社會主義的精華,而社會主義汲取資本主義的精華,都在各自生命之上秉持本性而兼收幷蓄,生命得以進化!其實,是東方文明從未中斷的進程在馬克思主義的淬煉之後其真義復活在西方文明碩果難以負載的復活之船的彼岸,從自身的生命裏化繁爲簡而相約成能,將西方意義上科學與財富的積累變成了生命的靈義!

這就是他的眺望,這就是他應允的再來——從生命自身亦如東西方文明終于薈萃的佳境,生命進化非凡的真實已然成聖!這是人皆聖心而天人合一的社會,救主自在人心。至此,人類終成薈萃!

恰似《家歌》音韵,天意盡在生命的旋律裏 …… 還記得歌詞嗎?鏑再教卓兒唱,正如清明節與復活節薈萃于他十歲的生命——其命惟新,與古爲新!

"這是我的家國,這是我的國度!只需要一聲嘆息,就說清所有的真理！這是我的家園，這是我的國度！只需要望上一眼，就響徹愛的歡呼！這是我的家園，這是我的國度！只是因蒙難不弃，才終于成爲天堂！"

國輝 2008.3.29

（八十四）中國有夢

（有個犯人判無期，現在裁定假釋了——主要是他的名字與當朝政法委書記竟然相同，讓我不禁吟誦："十五監區有個犯人叫周永康……"警察都聽見了，為之默默。鄧教接著就宣佈扣過分的晚上不能看電視，另闢一角落背監規並要參加額外收拾院落與文化室的衛生。我剛被上報減刑十個月，卡掉了兩個月，滿足了監區的廣告要求，也使何監面前我的出監日期不再是我曾提起的法國大革命七月十四日，而是九月十四日中秋節！公佈之後，就把我歸入另類放到都在觀賞美國電影的眾人對面現眼，急需讓我威風掃地。我倒樂得如此，抓緊看完一本《世界猶太名人》。警察和犯人頭都來探問看的什麼，我拿出其中馬克思的一段展示輝煌，竟比電影觀眾更為投入。鄧教就又訓話："說什麼照鏡子，你照完別人，也照照自己吧……"他是看了我信裏所說"一旦與民相應於權力機關，自有自下而上的監督回應不已，何必次次調研檢查盡然遺恨於虛假？實情了然於心，因民相照如鏡！"又見我另類於人前仍饒有興味讀書，更加耿耿於懷，卻發作得無人能懂，沒人明白他在說誰。我跟人說的，周圍犯人也許能懂："這個周永康假釋出去，假釋期內一定會抓回來；他回不回不管，反正周永康得抓回來！"我發信之後，也沒人能懂，為什麼臨奧運會開幕兩個月，忽見新聞裏中央緊急決定加強領導奧運會殘奧會準備工作。是欲彰顯此前未能賦予的深意，交由新任副主席習近平主抓，胡錦濤激動強調：時間已經很緊。我想，還能來得及展示的是什麼呢，奧運會開閉幕式演出恐難安排了，其後奧殘會也許還行。那是東西方文明的薈萃嗎，還是至難大愛其中湧現的奇異未來。周永康當然是在外面看奧運，我就只能殘奧會了。）

　　有國事活動就在十年前我帶領孩子們軍樂大巡遊的地方舉行，我豎起耳朵聽著遠處電視裏的聲響：軍樂浩蕩，儀仗威武，卻似乎仍有孩子們的歡笑聲回蕩……為什麼感動呢，廣場舞臺上也在演出，少女們的舞蹈讓我唏噓自己眼前總是幼兒模樣的孩子們了？

　　為什麼感動？至痛孤獨之時，因聞理想同心？同心，就會同在……我想起，耶穌裹身布曾被碳 14 檢驗之後說是假的，可我仍出神於那布上印出的景象：毆腫的右頰、極度收縮的右眼皮、打傷的鼻子、銳物深刺過的頭皮、刮爛的雙肩、一再猛跌的雙膝、除了臉與手遍佈全身的鞭傷、手腕與腳面足心洞穿的傷痕、傷及手筋而縮短了一大截的雙手大拇指、右肋第五六骨間被刺出的血與肺液；血水仍在流時，融匯了蘆薈粉末……為什麼我能感到他生命未息，恰如歷史記載的一個個細節如此感同身受！這是因遇同心而倍覺感動的謙卑同在嗎，這是呼吸與淚動的切身情誼？

為什麼感動？當我說起心事猶如素描，而共鳴依稀已然是彩色漸豐的油畫……我讀著同心，至痛的孤獨便有了隱秘的歌聲；我緻密而向奇點的歌聲獨吟而已，竟有心的曠野與藍天彷彿回自穹頂的和聲！這是真的嗎？我一直在問，心路之上的腳步也一直未停，就像驚悉那血水遍佈的心痛與熱愛，我並未因碳 14 檢驗稱偽就不再正視；年復一年，雖聞友心但素未謀面，心的漣漪心的風暴，卻也耳熟能詳……

　　為什麼感動？因風光寂美脫俗，因心底有美而牽情相惜？因為一向互動對世稱秘，卻見因果昭然於世，卻見命運湧現不已？感動於心，怎能不成於真？感動於物，怎能不真於實？系統善控的理智雖然不計於此，我也確信：系統為佳自有強化大於相加。但是，正像我一早預感將會見到的證實——那碳 14 檢驗，竟然誤把後來年代一次重大污染，錯代了初始之年！我就知道，那呼吸與淚水的真切，因遇同心而倍覺感動的謙卑同在，其實是什麼！以至人類如此盛大的文明，其因緣，神韻如此，系統歸焉。不然如何成立，怎能維繫？沒有愛，生命都不會存在，價值與理性的意義何以自立？而愛，怎會不感動，怎會不真誠，怎會不真實？

　　於是我知道，我感動於心的，已經經歷了什麼；我豎起耳朵聽到的，其實是歷史湧現未來之時回聲作和的勝利進行曲嗎？無論如何，我收穫的心事，已是史詩！

　　還記得05年立夏的信嗎？近來總是那樣熱愛地想念你們，心中一再相會你們的深情你們的喜悅！寶石藍的夢影和大提琴的柔風，竟然又過三年仍不退色並且鼓舞！這就是神跡吧，哦，是神跡由來的心情才對。正好這裏心理教育讓寫曾有刻骨銘心之事、曾有感動我心之情，而我們之間千言萬語該從何說起呢，實在難以言表……

　　這是市場已成基礎的社會吧，此前社會得以維繫並獲推動的集體主義號角，仍然頻吹不斷——有什麼脫節，難道真能有未及生命的美好嗎，感動與忘我來自什麼？細品綿美心傳，一切犧牲奉獻何嘗不是源於生命自有享受不盡的美好心願？如此心願，於法據實有報，於國因果美妙！法治之上的市場不也如此，真正的富人不都是來自我說之一再的巴菲特那類投資與工作的聖人嗎？如此證得，誰不心服；不能證得，豈不虛假？這與爸媽們的奉獻雖然社會基礎有異而覺悟不同，但同是愛的承傳！如此證得不斷，人的本質就不止於馬克思所說一切現實社會關係的總和，而是現實的天人合一了。但是，現實目前在哪兒呢？

　　一份侵佔罪，扯成盜竊還是無罪，判了無期又判五年還是盜竊，年復一年連篇累牘沒完沒了，不知是法盲無知令人髮指，還是法氓死要面子加無恥。現實如果處處賄位以節而一窩人等自成天下，那社會關係能如何，總和出什麼人的本質？爸媽五年前心痛指我惘顧現實一點沒錯，我只是放不下，我放不下我的"天人合一"！我也心痛：逆天之人國不誅之，天誅者誰？如今，爸媽也如此心痛，同在熱愛，畢竟是卓卓他們要承受的家業國事，是嗎？

中國之夢，始於足下，遭遇"賄位以節"而欲克，無奈權力自上而下運作總會層層留置，而至基層只剩下做做樣子，腐敗是真。自上而下的檢查豈能不流於形式，各級實權皆因自下而上的監督缺位而封閉運作。賄位以節難破，反被其破。實權之下，自成生態。上有佳音，下有塗炭，小環境各有利害驅動，何況上樑不正下樑歪已然久矣……從我望去，監獄新門將啟，門旁樹木掩映因被伐去而豁然開朗，似乎只要掃清視野確立民權，一旦與民相應於權力機關，自有自下而上的監督回應不已，何必次次調研檢查盡然遺恨於虛假？實情了然於心，因民相照如鏡！相對而生，權得以行，法得以治，事成當位以節，事成中正以通，事成於相對！

其實，這是自然而然之事，何證須待？我們的經歷與堅信已不期而證，我們已盡在其中——如此多年的信傳衷曲，心傳響應，這就是民眾與權力另類的相對形式吧……我們感動不已，而這感動，已然盡通宇宙真諦了吧？仍然難以言表嗎，大愛無疆，又怎能以簡言造化——作為基礎亦作為啟示的歷史，其實是生命的古往輝映今來，並非只是文字承載，而是生命本身的一脈相承……兩千年來，秦制並無大變，中國卻進入了市場，腐敗相隨的發展如今難以為繼了吧？命運其妙，中國農村續以廣泛崛起所形成的巨大內需，仍將使對中國的抵制暫且誠服於自己的利益，而終將戰勝自己修得通達的生命輝煌，竟能讓世界衷心嚮往……中國有夢，薈萃東西！

"給我一個支點，我能撬起整個世界"，"而我就是世界，只要天人合一"——希臘可以證實的世界，和中國可以意會的世界，這是金剛草上菩提樹下瞥見的那個兩者合一的世界嗎？從十字架的支點，希臘民主與科學和羅馬以及它們的復興，撬起了整個世界；而十字架上的生命不息，於是相會佛光，從中國之易其天地人道，擁有世界！各種文字的愛，炫舞而無言，撬起的世界與天人合一的世界勢將薈萃！奧林匹克健兒平凡英武，是因天人合一而頂天立地，竟讓奧林匹亞山上的諸神，成真於世？

國輝 2008 年 穀雨 . 立夏

（八十五）告別時刻

（我的信，母親節是最後一封。交了信，坐在乂化室看電視，從警察值班室開著的門看進去，來了周日值班的監獄肖政委和他的隨員，行色匆匆親手把那封信放進空無別物的大文件夾內啪地一合，並不理睬周圍畢恭畢敬獻殷勤的監區警員，奪路而去。十足就是古代十二萬火急飛馬傳書，情急如同剛剛發生的大地震。此後，到了發信的時候不再見我交信，氣氛十分古怪。顯然有人高興，也有人為難。按規定，允許帶出去的有限量的東西先要交出來檢查，我交了我家人給我的信和圖畫，但把更多筆記和書稿及書籍希望帶出的想法給監獄寫了封信，塞進了監獄長信箱。這還是我頭一次這樣做，在眾目睽睽之下，這無異於是在向上告狀。那個犯人頭不久就跟我發生了衝突，是故意找茬兒，討好他的幫手還象徵性給出一拳。我雖當撓癢，但要聲明是他們打人，這就麻煩上鄧教新弄上來的車間主任還有接替梁教的那位最初扣我分的陳教。他們不停地找我談話，繞來繞去，就是迴避打人之事，好似是我有錯。最初曾使江教拿電棍電了對方的類似之事，這回江教導員閃了，而兩位曾一度幾乎殷勤待我的小警員，現在朝我凶巴巴的只顧侍奉他們的提拔者鄧教，而鄧教佈局完畢是只等我走就要開始大撈

551

了。我雖不再寫信，但人還在，甚至開始向監獄長信箱投狀，這的確讓他們又驚又氣。沒扣我的分當然也沒追究他們的馬仔，讓我心涼的，是那態度。形勢每況愈下，全國都是類似吧。我的家信交給他們檢查，從車間遠遠望見那犯人頭拿著它們遵照一旁江教導員的指示正在一張張複印，甚是無奈。事關我的隻字片紙，都要彙報。那麼我的幾百萬想帶出監的文字呢，其中難免有種種犯罪會被提及，何監能夠為我放行嗎。他恐怕不僅無能為力，反而擔心傷及自己。我也只是一提，拿不出去，我會弄個起訴，讓時效中斷，到了能拿的時候再來拿吧。如此，又成了該彙報的了，他們豈不在我身後又得忙著往上彙報？監獄聚焦的視屏上，久久重播我最後一信提到的小小燭光——至偉由燭光得見嗎，於是小小燭光與至偉能量同在嗎？我交上我的二季度總結——不再寫信，就寫在類似場合包括心理教育課讓寫的心得上："本季獲報減刑十個月。雖憾失奧運，但喜得中秋——歌罷"千里共嬋娟"，仍歡'但願人長久'。")

這些年，我諸事皆不得行，卻能成全於心。心者所有，萬物同源，與天地通，與親友應。獻心，聞天籟。少年初有大作入榜，親友喜形於色；如今，因於果殼而得宇宙，文明法治。

心理輔導其理論課說：脫離現實的自信是狂妄；心理教育的電影裏的功夫熊貓，則因夢指引來到選武大會，竟被烏龜先知認定為龍的武士。一無所長只知道吃的熊貓寶寶得傳並無一字的龍的密旨，卻從空白中發現了自己。註定要帶來浩劫的凶頑雪豹，因為有人想改變如此命運反而使它得脫樊籠——世界即將毀滅！但是，註定的災難帶來了註定的拯救。這使我想起歷劫不棄的猶太人，他們在聖經之後再有次經《塔木德》，又寫了一萬二千五百頁，250萬字！而最後一頁，也是空白。這個對神碩而不捨的民族，相信預言，知難而進，使整個民族的生命不斷進化，竟以不足世界三百分之一的人口擁有了超過世界五分之一的創見和五分之一的財富……他們也曾興致勃勃來到東方，雖然現實所見未如其願，但此後不久，中國也有人從常態難以得見卻在時空重疊與心薈萃的量態之中興歎不已：如此未來，正像憨笨而絕非狂妄的熊貓從空白之中發現的自我——雖非豪傑，卻也聖武；相信而無意外，真愛而不虛；終於，薈萃古今，悟擁未來……

　　一部孝愛長輩的電影，記不清情節了，我也在自己孝愛不能的痛楚裏——父親已過八十五，母親也有七十八，闊別八年了！擔心他們，是我沒日沒夜的驚魂！思念觸動的，是我生命之源從他們心上永匯於我的恩愛。如果人到了不能回報才了悟如此，如果人乾脆對此麻木不仁，就像我聽一位模樣已是小老頭的獨生子說到他出監是否要去加拿大看望總是他不回家就不睡覺的八十多歲老母時那一句：'有什麼好處嗎？'難道，這不是在朝自己生命的源頭吐上一口唾沫，啐一句惡毒的詛咒；我不知這種人生命還剩下什麼，但肯定任何利益也無法惠及他了！

　　我則慶倖，我能在不起訴和判無罪的一年多裏，在只和我兒子從他出生兩個月到一歲多及三歲再見時僅有的相處裏，不失良機，在'大是大非'的問題上，痛打過他的屁股！他的三個姐姐還有他的母親，看得發呆！這是永遠說不清楚的道理，因此說清了，我再說什麼他都能懂了……十歲了，他仍記得，我也仍能覺出自己手掌上的熱辣辛痛——就這樣，他會嬉笑於寵愛她的母親，卻永遠生怕有不足而愧對於我。就這麼個兒子，太容易讓他覺得自己多麼重要，那麼讓他如何面對並不覺得他那麼重要的社會呢？這社會必須要通過他自己努力，才會認同他的重要——我一巴掌，能夠打醒了他的一生嗎？聽說姐姐帶著五歲的他去游景山北海，當對我稍有微詞之時，一直默默聽著我兒時遊跡的他忽然臉通紅高聲叫起來：'你說的不對！'這發自生命之源的維護之聲有多少神性，至今我說不清，但我聽說的時候心腸已然完全融化！我的思想變成天堂，我的祝福匯齊所有神靈之愛，湧向了他——我的兒子，成為我最優美的湧現；而我同樣，是我的父母，是我神奇祝福而有長壽的他們，最優美的湧現……

心理輔導看電影《眼淚》，有位少女漸漸癱患而死……我想起運動神經障礙的理論物理學家霍金，也是同樣的絕境，也是同樣對生命的熱愛。這位少女的心事，到了霍金那裏，他用目光觸動滑鼠，寫出了理論物理的極致——黑洞理論。在不斷陷落的生命裏，他們都能體會到恒星的塌陷，體會到黑洞！他們同有不屈的靈魂，而有如此感同身受。為此感動的人們向少女施助，也使霍金的著作賣出了上千萬冊……如果不僅是眼淚，如果少女更堅強些；如果不曾亂性，理論物理學家沒有功成而移情——黑洞是否將被超越而成為白洞？歡樂便能使少女重新站起？這是天人合一的地方嗎，讓學者超越理論的墓地，讓少女的生命複再芬芳？如此而來他們的心事，也就照亮整個人類了！

心身家國天下，同理亦同治。

月光如瀑，是鏑在孩子們圍擁下盡享母親的美妙並想起了向媽媽致意？我從月色也感到媽媽心意靈透如仙飄飄，盡通我心中珍愛，和著鏑非凡承受所領略孩子們傾心的旋律！這佛誕初八前夜的月，靈透裏有喜悅廣妙的同在！佛曆始於他生命的圓寂嗎，這也正是耶穌的生肖，其中有死生相連的靈義？黑洞去了哪裡，別的星系，更大的宇宙，還是捨不下自己星系的進化乘願再來？因果相應，造化璀璨，使我們相聚於母親的月下亦能感悟時空洞開了一處生之永恆！於是，佛曆始於耶穌生肖！因生命圓滿歸寂，這在孔子七歲的佛家元年，使東方亦聞大音無聲："西方有聖人！"於是同心相諧，他與孔子共同奠立入世和出世的天人合一。這一切，源於教徒們不願正視的平凡母親真實的愛，這一切始於凡人月下盡通母心的靈透感思，始於凡人不願承受的生命歷練，而超越不願放棄須臾的把握掌控。怕拔去浴缸塞子會失去控制是尊大狂嗎，行為療法就來了——如此大震，佛誕亦驗愛心嗎，禍聚真情成福嗎？拔去塞子沒有失控，水更清了，是賢者先知而善逆用，得民主後覺而善權否；否得其正，當位權通。超越致佛，十字架上有王位。這究竟是誰，誰堪承受，誰能引領如此薈萃？讓人意想不到的自勝，歷史會做奇妙的回答吧？而此刻，月亮謎一樣微笑，在母愛親切的生命永恆裏綻現命運：易知，簡能；乾坤，造化。

可是鏑接見時的淚水攪亂我的心，就像湍流！在這理論的墓地之上，能量，它就在那兒，可是量態測不准，呈現湍流正正為反而反反又正其實際上"完全無序"的狀態。而愛隱其中如神，戲以河圖洛書浮現，以至人體輝映亦顯 741 處穴位，卻惟修寧靜之心歸默，或可會真入神，或可得驗成能。只是，怎能不心亂呢？這也是心傳同時正在地震瓦礫之下如此許多生命的痛苦嗎？我跟鏑說：又七八年過來了，還在乎眼前這最多幾個月嗎？可這淚水，讓我覺得一天都不應該！我安慰了她嗎，我能安慰失去的童年、老年和我們的幸福生活嗎？這一切不僅不會從天地間抹去，反而是真正的能量，永遠讓一切粉飾違背自然。我說過去的就過去了，我們有將來，而且已讓過去成了寶藏。如果真的成為寶藏，我們的生活不曾毀掉而是如此榮幸啟迪眾心，那麼我們的淚水就成為天地的洗禮，那該多好！量態的奇點不是盡通宇宙嗎，生命不正是如此量態在常態規律下湧現不已嗎，於是小小燭光與至偉能量同在！記得拿下奧運舉辦權那天看守所的倉裏，電扇打下一隻蜻蜓，我把它夾在了那天日記裏……我期待的內涵能在開幕的一刻看到嗎，它不會只是一片空喊喧鬧吧？這是何等偉大的文明嶄露頭角的一個機會，我的日記在說："小荷才露尖尖角，早有蜻蜓立上頭！"至偉由燭光得見，是嗎？

爸媽，鏑，你們都去檢查身體好嗎，別含糊！想起這十年，你們承受如此之多，又不能如我一般相信，凡事都往心裏去了，也許沉澱了太多有害的東西……而每次，聽說你們健康，我就心升一道道彩虹！此刻翹首與你們的團圓，心懷感謝，如此常年之信也就到此為止了。心呢，早已和你們團圓，因為思念正如小小燭光竟與至偉能量同在，一直以來撫及你們的一切直到永遠——撫及你們的思緒，也撫及你們的靈魂！

於是，我把《告別時刻》改成了《完美時刻》：

　　無法逃避，命運的差遣，所以我才能，漸漸堅強！如果那一天我們不曾義憤，也不曾堅守，即使一切都理所當然，我依然感激於那偶然的奮起……

　　相信已來到盡頭，告別的時刻，留下那相信的最燦爛的笑容！只有絕望，能教會希望；身曆苦難，才學會相信。溫暖的信心，縈繞我的冰冷；同心的笑容，讓我感到安寧。用最後的淚水，在告別的時刻，讓感激充滿心頭！

　　相遇實在太好，重逢無論何時，只要牢牢謹守。即使分別即使離散，依然同在，如今的我們，已然不約而同！

　　只有絕望，能教會我希望；歷經苦難，才學會相信！用最後的淚水，讓告別的時刻，成為完美！

國輝 2008 年 母親節

（八十六）後來

　　中秋前一天，我如常寫下最後的日記，說到所張望的破曉，不禁淚奔──它終究是未能來到，我不過是刑滿出獄。我已收拾好所有要帶的東西，儘管扔了不少也仍有滿滿一大塑膠編織袋。中秋這天叫我下樓，是早早八點未到的時候，漾起一片驚羨。我就提上如此一大袋書稿，從正在休息中秋的三百多朝夕相處的賊人眾目睽睽中間走了出去。響起零星告別的聲音，我是看也不看揮揮手。曾領著法官給我送達再審裁定的如今陳教，有點兒緊張的等在那裏。排定他值班，給我辦理出監手續。鄧教一再威脅出監將會檢查到肛門，陳教他努力強硬起來像機場檢查那樣摸了摸身，然後回來面對這一大袋書稿了。他說不能帶出去，我說是我個人物品有權帶出去。他說是監獄規定，我讓他打個收條，他已經拿出一張紙了但停在那裏。我索性在釋放證的存根上寫起來，列明自入監之日所寫日記不曾中斷，另有文稿書籍及家信若干。這等稀罕事，文化室有幾位被專門叫來在那裏待命的犯人豎起耳朵聽傻了的樣子，早有準備的陳教反而鬆了口氣──鬧大了就又是事兒，這會兒倒見我放心丟下一大袋文寶就這麼要走了。他說聽說好多人來接你，我說那不會是記者吧。見他送到門口，我在他臉上瞟了一眼，就算回了他那有些女氣的告別示意，我朝進出了六年的監區月亮門兒裏深深望去。這時五層樓上全是目光，身邊是一車間的帶隊警員，我就這麼走向通往自由的監獄大門了。經過廣場，曾時有意味深長回應的舞臺畫幕如今空空蕩蕩。身邊警員朝我嘟囔，說我總似拒人千里之外，我笑答他賊人卻個個熱情帶笑。他給我在門衛交接了手續，這才猛然省悟其中究竟。一副驚醒的樣子，卻只有向我告別了。

　　門，一聲電動開鎖的響動，打開了。只見一張張熱情張望的陌生笑臉，最後才見到鏑。在歡呼聲中，我們擁抱了。這是無數次見而相隔之後的真實擁抱，陽光普照，忽然之間一切如此寧靜。就在這曾令我為之感慨的新修的空曠大門前的中秋陽光之下，鏑手拿據說可驅晦氣的桔樹枝葉向我身上灑水。那群男女迎出來的臺灣人喜氣洋洋向我叫著："不能回頭，不能回頭！"他就那樣梗著脖子遵從著出監不能回頭的忌諱隨他們上車離去。我和鏑笑著，讓她給我在門前照張相，然後我脫下陳教順手塞給我替下囚服的短袖衫扔到地上，囚褲就留下作為紀念。我不禁望向監獄辦公樓圓形會議室的玻璃幕窗，不知那裏有沒有目光和鏡頭之類。我看見一向勞作的車間窗口，巨大的鐵門已經把過去緊緊的關在了裏面。沒有記者，那群人不過是臺灣雞頭的娘子軍迎接老闆而已。鏑租來的車靜靜等在那裏，上車吧，我拉起鏑的手，這唯一的真實。我放下我曾經一再想要在出監之時繞監一周尤其是從土江對岸望過來的想法，隨鏑去了她熱情定下的天悅酒店。我在那裏換洗，我眼前的一切就是天堂。

中秋的傍晚我們是在天上，夕照從左側照在鏑的臉上，而滿月就在右側，在我已經講了一路的同心相傳的故事裏。陽光下的鏑，幸福聽著但有些迷惑，有對來自月夜的我溫柔的理解。我們就這樣向北飛去，在太陽和月亮之間，飛向了全家團圓。

為書稿日記的事，我給何監寫了幾行字，說那些文字並不構成對於監獄內部事務證據的作用，但對我就有意義，確需維權。希望能夠發還。不久我通報的手機上來了電話，說是監獄，有關文字除家人來信可以去取，其他涉及監獄的事根據規定就不能給了。我問他貴姓，他說他是鄧允民。我知是鄧教，但像不知道是誰那樣熱情謝了他。正好有融資的事情，也要拿自學考試的畢業證，我和鏑便又去了一趟。我辦融資，鏑按計劃先去拿我的文字。只給了家信，再要就說不能給。過程錄了音，其後就去起訴，拿了回執。後來立案庭來了電話，要侵權的證據，我說就在釋放證的存根上，法院可以調取。立案庭就推，我便寄了鄧允民的錄音去。這下熱鬧了，自學考試領畢業證要監獄教育科蓋個章它也不肯了；鏑看見的就放在獄政科裏

我那一大袋文字，現在成為法院訴訟的標的了——它究竟違反
了監獄的什麼規定不讓帶出去，有的舉證和辯論了。整整兩個
月，足夠他們煎熬，也少不了翻查起六監區以往這事那事，光
日記就夠他們複印一氣了。冬至前立案庭來電話，說他們庭長
想同我談一談。我說有時間就過去，其實只要能解決都好說。
隨後，我向它上級法院寄了有關起訴不依法立案請求立案的申
訴。就此完成我維權的程序，時效中斷，也就放在那兒了……
結果呢，我後來從廣東監獄管理局的公開信息裏發現：與王教
同在監獄政治處任副主任管共青團的魯教就被從閒職調來了六
監區，他終於坐正了我一直期盼他來做的監區長；賣減刑賣到
政治處主任而後努力賣官的王教，則被調去曾因電了他馬仔而
調離六監區的那位江副監區長去幹的監察室主任一職，當然由
於級別是讓他以監獄紀委副書記來兼任……從此，魯教就一直
在六監區，2019 年 2 月在六監區監區長任上他被評為司法部
全國先進個人；十年，就像一塊碑石，他樹立在那裏！

　　新聞裏也冒出來一位寫日記的模範，多少年的日記記載了
愛國奉獻的如此這般，還說希望這樣的日記能夠一直寫下去。
我聽著像打啞謎一樣。江也在上海跟他那些人講同心，專門為
此賦詩吟誦，聽來也不知他們之外還另有什麼同心。後來溫家
寶在新聞裏說：手下的人曾把災區一個人的信拿給他看——受
了那麼多委屈，承受那麼大災難，卻還在愛著我們的國家希望

它好。不知現在他是不是還在經常熱淚長流呢？他告訴海外華人：很難過，許多事，他都沒能幫到他們。胡錦濤過年去見軍委電話兵，感謝她們把所需要的信息傳遞給中央，使他得以消息靈通，眼觀六路耳聽八方；那是後來了，最終惟有全身而退始得繼任者免遭干政格局，真就像我所說卓卓所畫，引劍淌血同歸於盡；他在生活會上為歟任內七百多條建議及三百餘項方案胎死腹中，是何等心痛。

許許多多，禪宗一樣的事，需要悟才能悟出究竟。可是人民都只眼見為實，我的孩子也已然如此。他們的社會充滿著比較，我必須儘快實實在在改變局面。家國都是如此，感悟完了，該行動了。當我驚喜激動想要告訴孩子們：殘奧會開閉幕式上的演出，果然是我想要見到的心意呈現！可我發現，除了歸默，我難以再向他們說清一切。我在夕陽與月出間告訴鏑的，她也只當我在歌唱。多麼摯熱的渴望光明，盲者的橫笛吹出天籟，而光明的太陽鳥翩翩而來他有所不知，光明和鮮花都已與他同在。在女兒般少女的攙扶下，他迎領破曉；而寄給未來的信，一封封投進信箱投向未來，少年們捧讀著感悟著，舞成一派昇華的盛世，是未來的豐收，是薈萃的文明！

這是 2008 年 5 月他經手才加上的內容嗎……王願堅 1982 年曾一副耿耿於懷的樣子叫我去他那兒坐下，然後興致高昂問起：你認識不少高幹子弟，習仲勳的兒你認識嗎，我搖頭；他便說起他們一次長談："……放著軍委耿飆的秘書不做，下到河北一個貧窮縣裏當個副縣長！我就跟他說：你沉下去，沉多深，起多高，長征呢你就能創造出人世間的奇跡！"他目光閃閃，彷彿終於要寫出已經很久寫不出來的遠勝從前的佳作，我為之點頭一笑，我深知他的苦惱；他極具情懷，對英雄的美感夢回魂牽，然而世風日下，不免借酒澆愁，他曾經無限嚮往向我提起劉伶醉，那天我把終於弄到的一瓶給了他……他早已逝去，是 1991 年元月吧。如今我不禁感想，1982 年那時的他，難道是酒不醉人人自醉，他竟然真切看到了未來，看到理想終將實現嗎。

我深知我將面對更為深刻的痛苦。以往雖然坐牢但是有夢，仍然美好；而難以實現的夢，將使我的信念遭遇唾棄，因為我最為寶貴的一切，竟然都與現實無關。還要再有怎樣的等待，才能讓我的孩子們眼見為實，而人民又還能再忍受多久。只不過，我仍然相信：破曉是註定的，它的確引領了殘奧會開閉幕式演出的創作，它擁有未來的權力，就在黑夜的盡頭。

然而，破曉，只屬於仍然醒著的人……

2008 年中秋之後

家國出獄

作　　　　者： 杜國輝
編　　　　輯： Annie
封 面 設 計： Steve
排　　　版： Leona
出　　　版： 博學出版社
地　　　址： 香港香港中環德輔道中 107-111 號
　　　　　　 余崇本行 12 樓 1203 室
出 版 直 線： (852) 8114 3294
電　　　話： (852) 8114 3292
傳　　　真： (852) 3012 1586
網　　　址： www.globalcpc.com
電　　　郵： info@globalcpc.com
網 上 書 店： http://www.hkonline2000.com
發　　　行： 聯合書刊物流有限公司
印　　　刷： 博學國際
國 際 書 號： 978-988-74229-1-4
出 版 日 期： 2020 年 3 月
定　　　價： 港幣 $118

Published and Printed in Hong Kong

如有釘裝錯漏問題，請與出版社聯絡更換。

facebook.com/globalcpc